Silvia Konnerth
Heidesommerträume

Autorin
Silvia Konnerth, geboren 1980 in Frechen bei Köln, war als Disponentin und später im Import tätig. Sie lebt mit ihrer Familie am nördlichen Rand der Lüneburger Heide und schreibt romantische Komödien, von denen sie bereits mehrere sehr erfolgreich als Selfpublisherin veröffentlicht hat. Nach »Heideblütenküsse« ist »Heidesommerträume« ihr zweiter Roman bei Blanvalet.

Weitere Informationen unter:
https://www.silviakonnerth.de/;
www.facebook.com/silviakonnerthautorin/

Von Silvia Konnerth bereits erschienen
Heideblütenküsse

Silvia Konnerth

Heidesommerträume

Roman

blanvalet

Sollte diese Publikation Links auf Webseiten Dritter enthalten, so übernehmen wir für deren Inhalte keine Haftung, da wir uns diese nicht zu eigen machen, sondern lediglich auf deren Stand zum Zeitpunkt der Erstveröffentlichung verweisen.

MIX
Papier aus verantwortungsvollen Quellen
FSC® C014496
FSC
www.fsc.org

Verlagsgruppe Random House FSC® N001967

1. Auflage

Dieses Werk wurde vermittelt durch die
Literarische Agentur Michael Gaeb.

Redaktion: Angela Kuepper
Umschlaggestaltung: © Johannes Wiebel | punchdesign, unter
Verwendung von Motiven von Shutterstock.com
(Valentyn Volkov; Scisetti Alfio; Potapov Alexander)
DN · Herstellung: sam
Satz: Vornehm Mediengestaltung GmbH, München
Druck und Bindung: GGP Media GmbH, Pößneck
Printed in Germany
ISBN 978-3-7341-0654-5

www.blanvalet.de

Für Andreas

Selbst ein Weg von tausend Meilen beginnt mit dem ersten Schritt.

Laotse

Kapitel 1

»Schön!«

Regen trommelte auf das Dachfenster, als Carolin Ahrens das soeben gehörte einsilbige Wort erst einmal verdauen musste. Sie presste den Telefonhörer ans Ohr und starrte auf die erste Seite ihres Manuskripts.

S.C.H.Ö.N. *Schön*. Mehr hatte ihre Lektorin Anette Bach über die erste Hälfte ihrer Geschichte nicht zu sagen. Dieser Gedanke und der Geruch nach frisch gestrichenen Wänden des Arbeitszimmers trugen dazu bei, dass Carolin ganz schwindelig wurde. Sie hatte mehr erwartet als dieses nichtssagende Wort. Schön war, dass Prinz Harry und Meghan den kleinen Archie bekommen hatten. Oder dass der Mai bisher doch nicht so trocken war wie im letzten Jahr. Ein schöner Roman … das war in etwa so wie Marmelade, die man immer noch essen kann, wenn man den Schimmel abgekratzt hat. Dennoch wollte sich Carolin nicht unterkriegen lassen.

»Und wie findest du die Idee, dass die Protagonistin sich dazu entscheidet, den Traum ihrer Selbstständigkeit zu begraben?«, fragte sie und hörte das sprichwörtliche Eis unter ihren Füßen knacken.

Anette zog seufzend Luft ein, was als Antwort genügt

hätte. Eilig schob sich Carolin ein Lakritzbonbon in den Mund.

»Das finde ich … nett«, antwortete die Lektorin, zündete sich mit einem *Klick!* eine Zigarette an und blies den ersten Rauch aus. Die beiden Frauen arbeiteten nun seit einigen Jahren eng zusammen – jede wusste, was die andere tat, auch wenn sie gerade nur telefonierten. »Wirklich nett.«

Carolin schluckte mehrmals kräftig, wobei ihr das Bonbon beinahe in den Rachen gerutscht wäre. Nett? Nett war fast noch schlimmer als schön. War ihr Manuskript wirklich so schlecht, dass die Lektorin keine konkreteren oder gar blumigeren Worte dafür finden konnte?

Normalerweise entfachte Anette ein Feuerwerk an Lobpreisungen über ihre Arbeit.

»Sie könnte allerdings auch für ihre Selbstverwirklichung kämpfen, oder?«, fuhr die Lektorin fort. »Es wäre schon ziemlich stark von ihr, David und seiner Spielsucht den Kampf anzusagen. Stell dir vor, dein Partner würde euer Erspartes bei Pferdewetten und damit deine beruflichen Chancen verspielen – würdest du das hinnehmen?«

Carolin dachte über das Gesagte nach und ärgerte sich über die Tatsache, dass Anette recht hatte. Ihre Romanheldin gab zu schnell auf.

»Keine Sorge, Caro. Da ist auch schon ganz viel Gutes in deinem Manuskript. Besonders gefällt mir die Szene, in der Ella mit ihrer Mutter spricht. Sehr warmherzig. Und dann der erste Kuss zwischen Ella und ihrem alten Schulfreund auf dem Schiff — toll. Ich war so froh, als sie ihn getroffen hat.«

Carolin wagte aufzuatmen. In Anettes Stimme klang keinerlei Ironie mit.

»Dass sie sich allerdings so schnell wieder auf David einlässt ... das klingt für mich nicht plausibel. Für meinen Geschmack sabotiert die Protagonistin zu oft ihr eigenes Glück.«

»Macht sie gar nicht«, gab Carolin ungewollt patzig zurück. Sie verzog das Gesicht, als hätte sie sich mit einem Hammer auf die Finger gehauen. *Reiß dich zusammen,* ermahnte sie sich. »Ich meine«, setzte sie neu an, »... vielleicht hast du ja recht. Ich dachte nur, es wäre gut, wenn ...« Ja, was eigentlich? Unsicher zupfte sie an der dunkelblonden Haarsträhne, die sich aus dem Zopf gelöst hatte. Es war also passiert. Zum ersten Mal seit acht Jahren war Carolins größte Fürsprecherin mit dem Werk ihres Schützlings unzufrieden. Sie hatte es geahnt, seit Monaten schon hatte Carolin sich mit Zweifeln und dem Gefühl gequält, dass ihre Leistung dieses Mal nicht ausreichte. Weder beim Schreiben noch beim späteren Durchlesen ihrer Zeilen hatte Carolin die Geschichte richtig gespürt. Sie fand die Sprache plump, die Bilder langweilig, und an Logik mangelte es auch. Irgendetwas stimmte mit dem Text also nicht – aber was?

»Ich würde es gut finden, wenn Ella Pläne schmiedet, wie sie allein mit dem Baby zurechtkommen kann. Sie hat doch ihre Mutter an ihrer Seite. Und diesen tollen Freund aus Kindheitstagen! Das hat so viel Potenzial«, fuhr Anette fort. »Du brauchst Gefühl. Knistern. Das vermisse ich ein wenig, Caro. Aber wir kriegen das hin, keine Sorge.«

Das *Wir* war zwar lieb gemeint, aber Carolin wusste, dass sie allein den Roman retten musste. Und dass Anette es von ihr erwartete.

»Mir fehlt der typische Carolin-Ahrens-Stil. Dieses Süße, das gleichzeitig tiefgründig ist. Deinen feinen Humor, die flotten Dialoge, wie der zwischen Ella und ihrer Oma. Da habe ich herzlich gelacht, Caro, so großartig ist er. Ich will mehr davon. Mehr Carolin, verstehst du?«

Sie hatte sich Anettes Anmerkungen auf einem Block notiert und umkringelte den letzten Satz mehrfach. *Mehr Carolin*. Wenn's nur das war … Sie musste schlichtweg schreiben wie immer, ganz einfach. Carolin holte so tief Luft, dass die Buchstaben auf dem Bildschirm vor ihren Augen verschwammen wie Tinte, die man mit Wasser beträufelt hatte. Ständig war sie darum bemüht, die Menschen um sich herum zufriedenzustellen, sodass sie gar nicht mehr gewusst hatte, wie es war, es nicht zu schaffen. Diese Erkenntnis verunsicherte Carolin umso mehr, und sie fragte sich, was das wohl über sie aussagte. War es gut oder schlecht, dass sie ihre eigenen Bedürfnisse hinter die der anderen stellte? Carolin war sich nicht sicher. Und es machte sie traurig, dass sie offensichtlich so wenig auf ihren eigenen Standpunkt hielt.

»Du sagst ja gar nichts«, sagte Anette und fügte in mütterlichem Tonfall hinzu: »Auch, wenn es dir gerade schwierig scheint, bin ich sicher, du schaffst das.«

»Ich könnte ihren Freund von früher schon eher einführen«, schlug Carolin lahm vor, erhob sich und öffnete das Velux-Fenster nur einen Spaltbreit, damit es nicht reinregnete. Sie brauchte frische Luft. Niedergeschlagen ließ sie den Blick über den Garten schweifen, in dem sich bereits braungraue Pfützen gebildet hatten, auf deren Oberfläche unerbittlich dicke Regentropfen einschlugen. Die weißen Blüten der Jasminsträucher wirkten farblos und ausgefranst, und auch die Verbenen ließen die pinkfarbenen Köpfe hängen. Die Pflanzen sahen genau so aus, wie Carolin sich fühlte.

»Prima Idee!«, freute sich Anette. »Siehst du, ein paar Handgriffe, und die Sache läuft.«

Mutig geworden straffte Carolin die Schultern. »Wie würdest du es finden, wenn er Ella dabei hilft, ihr Geld zumindest teilweise zurückzubekommen, und sie sich darauf einlässt, obwohl sie normalerweise keine Kämpfernatur ist?«

»Genau! Sie hat ja jetzt auch Verantwortung für das Baby. Ella muss sich ganz untypisch verhalten, sich überwinden. Das macht die Leserin neugierig. Viele wünschen sich insgeheim vielleicht mal, etwas zu tun, was sie sich normalerweise nicht trauen würden, oder?«

Carolin neigte den Kopf und dachte über Anettes Worte nach, doch je mehr sie versuchte, sich an Situationen zu erinnern, in denen sie selbst andere mit ihrem Verhalten überrascht hatte, desto schneller wuchs in ihr die Gewissheit, dass sie sich in den letzten Jahren durchweg erwartungsgemäß verhalten hatte. Im Job: zuverlässig, loyal – in der (Ex-)Beziehung: beständig und treu. Mit der Frisur: schulterblattlange Naturwellen – in der Wahl ihrer Urlaubsorte: flaches Land, bloß keine Berge.

»Eine Sache noch.« Anette räusperte sich, und Carolin stellte sich vor, wie sie sich in ihrem Bürostuhl zurücklehnte, die Beine übereinanderschlug und genüsslich an der Zigarette zog, das Fenster trotz der wenig frühlingshaften Temperaturen sperrangelweit offen. »Hast du mal darüber nachgedacht, den Schauplatz der Geschichte zu verlegen?«

Carolin stöhnte innerlich auf. Nicht das auch noch! »Du meinst, Köln ist nicht der richtige Handlungsort?«, fragte sie.

»Ich weiß, du bist mit dieser Stadt verbunden, weil du dort aufgewachsen bist und da wohnst«, sagte Anette, deren Tonfall keinen Zweifel daran ließ, dass ein dickes Aber folgen würde. »Aber das erwartet die Leserin. Wäre es nicht reizvoll, ihr diesmal etwas anderes zu bieten?«

»Etwas anderes?« Das war's. Schluss, aus. Das Manuskript, an dem Carolin fast neun Monate geschrieben hatte, würde niemals veröffentlicht werden. Zu viele offene Handlungsstränge. Kein roter Faden. Langweilige Charaktere. Eine Protagonistin, die sich selbst sabotierte. Und jetzt auch noch ein falscher Handlungsort. Sie blinzelte. All die Momente, in denen sie sich zusammengerissen, sich wieder und wieder die

Fanpost durchgelesen hatte, als brauchte sie einen Beweis für ihr Können, schienen nichts wert zu sein … Stopp. Energisch atmete sie durch. Carolin Ahrens warf die Flinte nicht ins Korn, früher nicht und jetzt schon gar nicht. Nicht umsonst hatte sie etwas, wovon viele Kollegen träumten: Sie lebte vom Schreiben.

»Einen Ortswechsel also«, brachte sie bestimmt hervor und öffnete Google Maps. »Was genau schwebt dir denn vor?«

»Lass deine Geschichte spielen, wo du dich wohlfühlst, Caro. Ganz egal. Nur nicht in Köln. München wäre auch eher schlecht, genau wie Hamburg oder Berlin. Such dir etwas Neues, ja? Etwas Besonderes.«

»Etwas Besonderes«, wiederholte Carolin. »Bekommst du.«

Carolin verabschiedete sich, und Anette sprach ihr ein letztes Mal Mut zu. Natürlich! Wäre doch gelacht, wenn Carolin die Talfahrt nicht locker für einen Aufschwung nutzen würde. Dumm nur, dass sie sich in diesem Moment genauso leer fühlte wie die Tüte Lakritzbonbons auf ihrem Schreibtisch.

Die Buchhandlung Zehnpfennig war für Carolin mehr als ein Ort, an dem sie Bücher kaufte. Ruhepunkt, Inspirationsquelle, Zuflucht, und das in einer Straße, in der die Hauswände bunt von Graffiti waren und jedes zweite Ladengeschäft leer stand. Früher hatte es in der Nachbarschaft florierende Geschäfte gegeben: einen Friseur, einen Blumenladen, eine Wäscherei, eine Bäckerei und einen Metzger. Neben der Buchhandlung mit ihren streifenfrei geputzten und jahreszeitlich dekorierten Schaufenstern befanden sich hier nur noch ein Kiosk und die Süßwarenmanufaktur, für deren handgemachte Salmiakdrops die Leute aus der ganzen Stadt und sogar von weit her kamen, und von denen vor wenigen Augenblicken vier Tüten in Carolins Handtasche verschwunden waren.

Als sie die Glastür aufdrückte und von der pfützenübersäten Straße die vertrauten Räumlichkeiten der Buchhandlung betrat, strömte ihr der Duft von Büchern entgegen. Und von Pfefferminztee, die Lieblingssorte der Besitzerin Frau Zehnpfennig, welche ihre Kunden im Eingangsbereich mit Liebesromanen und romantischen Komödien empfing. Sie hatte einen Tisch, auf dem sie die Neuerscheinungen sowie die Bestseller präsentierte, gleich dahinter fand die Krimi- und Thrillerabteilung Platz, dicht gefolgt von Ratgebern aller Art, die wiederum linksseitig von den Kinder- und Jugendbüchern flankiert wurden. Sie war klein, die Buchhandlung Zehnpfennig, mit ausgewähltem Sortiment, denn die Inhaberin kannte die Vorlieben ihrer Kunden und bestellte, was nicht vorrätig war.

Carolin öffnete den Reißverschluss ihres Regenmantels, schob die Kapuze vom Kopf und sah sich um. In letzter Zeit war sie viel zu häufig hier gewesen, was nicht nur Geld, sondern auch wertvolle Schreibzeit gekostet hatte. Auf unerklärliche Weise spendeten ihr die bis unter die Decke gestapelten Bücher jedoch Gewissheit, dass andere Autoren sich ebenfalls bis zum bitteren Ende durchgekämpft hatten, was die Hoffnung schürte, es dieses Mal auch wieder zu schaffen. Carolin wusste genau, was es bedeutete, einen Roman zu schreiben. Sie kannte den Kampf um Ideen, um Sätze. Worte. Die Unsicherheit, die sie immer wieder unerwartet überfiel. Und das darauffolgende Hochgefühl darüber, den einen besonderen Satz gefunden zu haben. Sie lächelte, als sie die Buchhändlerin auf einer Leiter entdeckte, obwohl Frau Zehnpfennig selten Grund zur Freude gab. Soeben wedelte sie wie jeden Donnerstag (und Montag) mit dem Staubmopp über die oberste Buchreihe. Nur am Putztag trug die Mittsechzigerin Cordhosen statt Röcke und die grauen Spaghettihaare zu einem Zopf geflochten. Das Geschäft sowie das Pfefferminztee- und Putzritual hatte sie von ihrer Mutter übernommen, der *aal Schruuv,* wie sie im Viertel genannt wurde. Frau Zehnpfennig senior war wirklich eine sehr, sehr rostige alte Schraube gewesen – alt und unfreundlich. Auch Letzteres hatte ihre Tochter geerbt. Leider. Und doch war es die einzige alteingesessene Buchhandlung im Stadtteil, und die Leute hielten ihr die Treue.

»Ach, das Fräulein Ahrens«, rief sie von oben. »Solltest du nicht vorm Computer sitzen und tippen?«

»Besser wäre es«, gab Carolin mit einem Seufzer zurück und steckte die Hände in die Gesäßtaschen ihrer Jeans. Die Buchhändlerin ahnte nicht, dass sie seit Wochen nichts lieber täte, als ihr Manuskript fertigzustellen.

»Warum tust du's dann nicht?«, fragte Frau Zehnpfennig, ohne die Arbeit zu unterbrechen.

Carolin strich mit den Fingerspitzen über den glänzenden Titel eines Frauenromans, der seit wenigen Tagen die Bestsellerlisten stürmte und dem Frau Zehnpfennig einen eigenen Tisch gewidmet hatte, mit blauem Taftstoff, Muscheln und Sand verziert, passend zum Einband, auf dem erhabene Wolken und ein Segelschiff abgedruckt waren.

»Gute Frage«, murmelte sie. Gar keine gute Frage. Sie schwieg und betrachtete den Bücherstapel, der seit vorgestern erheblich geschrumpft war.

Dann räusperte sie sich. »Empfehlen Sie mir dieses Buch?«, fragte sie, nahm eines vom Stapel und hielt es in die Luft. Es war schwer, größer als ein normales Taschenbuch, mit schicker Klappenbroschur und festem Papier. Ähnlich wie ihr eigener Roman, der letztes Jahr auf diesem Tisch gelegen hatte.

Frau Zehnpfennig schaute Carolin von oben herab an, eine ihrer Lieblingsbeschäftigungen.

Carolin konnte ja nur von sich sprechen, aber seit dem Tag vor ungefähr achtundzwanzig Jahren, an dem sie zu lange im Hanni-und-Nanni-Sammelband geblättert hatte, scharwenzelte eine der Zehnpfennigfrauen ständig um sie herum, damit das ja nicht wieder passierte. Carolin liebte es nun mal, neue Bücher in den Händen zu halten, das Papier zu fühlen, behutsam Seiten umzublättern, als wäre jede einzelne ein wertvoller Schatz. Das war schon so gewesen, als ihr Vater an ihrem achten Geburtstag zum ersten Mal mit ihr hergekommen war. Und es hatte sich nicht geändert, nachdem sie selbst mit dem Schreiben begonnen hatte. Möglicherweise tat Carolin der Buchhändlerin auch ein wenig unrecht, denn sie erinnerte sich an Tage, in denen sie als Schülerin in die Buchhandlung kam, der Verzweiflung nahe, weil sie den zu behandelnden Brecht, Goethe oder Golding nicht verstand. In diesen Momenten hatte Frau Zehnpfennig ihr einen Pfefferminztee zur Beruhigung gebracht, um dann die neuesten Lektürenhilfen aus dem Lager zu holen. Sie hatte auch nie mit Erklärungen und Tipps gespart, wie dieser oder jener Roman zu verstehen sei, was Carolin damals unheimlich nervig gefunden hatte. Erst als Erwachsene hatte sie erkannt, dass Frau Zehnpfennig damit ihre weiche Seite gezeigt hatte – in jedem Menschen konnte eben mehr stecken, als man beim ersten Hinsehen vermutete. Allerdings hatte Carolin das damals noch nicht gewusst. Nicht zuletzt deswegen kaufte Carolin nur in der Buchhandlung Zehnpfennig. Sie musste sich bloß hin und wieder die andere Seite der Buchhändlerin in Erinnerung rufen.

»Bist neuerdings recht häufig hier«, stellte Frau Zehnpfennig fest, während sie von der Leiter stieg, die sie einen Meter weiter nach rechts schob, um gleich wieder hinaufzuklettern. »Mich stört's nicht, solange du jedes Mal ein Buch kaufst.«

In diesem Augenblick bimmelte das Türglöckchen, und ein älterer Herr mit Hut und Fliege trat ein. Carolin schenkte ihm nur einen flüchtigen Blick, ehe sie sich wieder auf die Frauenromane konzentrierte. Verschwommen nahm sie wahr, dass Frau Zehnpfennig eilig von ihrem Ausguck hinabstieg. Schade, dass ihr Gemüt meist eher schattig war, weswegen Carolins Vater sie manchmal und natürlich still und heimlich »Muffkopp« genannt hatte. Beim Gedanken an dieses unvergessene Geheimnis zwischen dem Papa und ihr nahm Carolin seufzend ein Buch in die Hand, auf dessen Cover ein glitzerndes Herz abgedruckt war. »Die Liebe macht vor niemandem halt«, stand auf der Buchrückseite.

Als hätte sie mit diesem Satz beim Schicksal an der Tür geläutet, öffnete sich die Eingangstür zur Buchhandlung ein weiteres Mal, was nicht nur den Zauber des Spruchs verpuffen, sondern auch Carolin erblassen ließ. Diese Begegnung setzte das Sahnehäubchen auf den ohnehin vermurksten Tag.

»Guten Tag zusammen«, sagte die Stimme, die Carolin so vertraut war und von deren Klang sie bis vor einhundertvierundzwanzig Tagen nicht genug bekommen hatte, ebenso wenig wie von dem Mann, dem sie gehörte. Als sich ihre Blicke trafen, lächelte Lars, und Carolin zwang sich, es ihm gleichzutun. Er trug das Haar länger als gewöhnlich, weswegen sich die braunen Locken auf seiner Stirn kräuselten. Noch dazu wirkte er erschöpft, und Carolin fragte sich, ob er hinter seinem Lächeln etwas verbarg.

»Oh, hi!«, grüßte er. »Wieso überrascht es mich nicht, dich hier zu treffen?« Ehe sie etwas entgegnen konnte, schritt er auf Carolin zu und umarmte sie. Er benutzte immer noch das Parfum, das sie ihm letztes Jahr zum Geburtstag geschenkt hatte, mit dem Unterschied, dass er es jetzt nicht mehr für sie auflegte. »Wie läuft's mit dem Roman?«

»Suuper«, log sie und trat einen Schritt zurück. Warum erkundigte sich eigentlich jeder zuerst nach dem Buch statt nach ihr? Sie fragte schließlich auch nicht dauernd nach dem Bearbeitungsstand irgendwelcher Aufträge oder danach, wie viele Sparverträge Lars diesen Monat bereits verkauft hatte. Nur, weil sie keinem gewöhnlichen Bürojob nachging, hieß das doch noch lange nicht, dass man sie ständig nach ihrer Arbeit fragen durfte. Sie wusste, dass Lars dafür kein Verständnis hatte und dass er als Nächstes die neuesten Verkaufszahlen würde wissen wollen, weil nur das für ihn zählte. Komisch, dass ihr das bisher nicht sauer aufgestoßen war. Dabei hatte sie ihm oft genug versucht zu erklären, dass das Schreiben für sie nicht nur Beruf war. Es war eine Leidenschaft, ein Leben zwischen der Realität und einer Welt, die Carolin selbst erschuf. Sie liebte es, neue Charaktere zum Leben zu erwecken, ihnen eine Aufgabe zu geben, sie zu begleiten. Sie am Ende loszulassen, um einer neuen Geschichte Platz zu machen, wie ein Kindermädchen, das ein Jahr lang die Kleinen behütet, ihnen beibringt, wie man mit Messer und Gabel isst und auf die Toilette geht. Spielt, lacht, streitet, sich verträgt. Das ihnen beim Wachsen zusieht, ehe sie sie in die große Welt entlässt.

Mittlerweile war Carolin die Vorfreude auf ein neues Buch in ihrem Regal vergangen, ebenso wie der Bedarf an unangenehmen Begegnungen gedeckt war. Sie sehnte sich in ihre Wohnung zurück, wo sie sich mit ihrem Kaninchen Hannibal vor den Fernseher kuscheln wollte.

»Also dann«, sagte sie zu Lars und bemerkte, dass auf seiner rechten Wange mehr Bartstoppeln standen als auf der linken. »Du brauchst neue Rasierklingen.« Die Selbstverständlichkeit, mit der sie ihn darauf hinwies, ärgerte Carolin. Sie sollte ihm nicht helfen, besser auszusehen, sondern zeigen, wie egal ihr sein Gesicht und der Rest von ihm waren. Schnurzpiepegal. Fatalerweise verursachte der Blick aus seinen haselnussbraunen Augen immer noch ein flaues Gefühl in Carolins Magengegend. Warum konnte sie ihn nicht einfach loslassen, so wie er sie losgelassen hatte? Sie musste wirklich damit aufhören, ihm einen Platz in ihrem Leben freizuhalten. Aber wie?

Lars betastete seine Wange und grinste. »Wie ich dich kenne, bunkerst du in deiner Vorratskammer bestimmt noch ein paar Klingen.«

Erbost wollte Carolin erwidern, dass ihn ihre Vorratskammer nicht das Geringste anging. Dass er jeglichen Anspruch auf sie und alles, was mit ihr zusammenhing, in der Sekunde verwirkt hatte, in der er sich entschieden hatte, die Beziehung zu beenden. Schriftlich. Auf einer Haftnotiz. Als wäre Schlussmachen wie Einkaufszettelschreiben. Dennoch hatten sich die Worte für immer in ihr Herz gebrannt. Sie war noch lange nicht darüber hinweg – falls sie diesen Zustand überhaupt je erreichen würde.

Schnell rief sie sich Anettes Worte in Erinnerung. *Jeder tut doch mal etwas, was er sich normalerweise nicht trauen würde, oder?* Sie sollte jetzt sofort damit anfangen. *Los, mach was, womit er nicht rechnet!*, drängte eine

Stimme in ihr, doch Lars kam ihr zuvor. Wie ärgerlich, dass sie sich in seiner Gegenwart neuerdings so klein fühlte.

»Weißt du was, ich komme am besten gleich mit zu dir. Vorher brauche ich nur noch ein Buch für meine Mutter.« Er überflog den Tisch mit den Frauenromanen und rieb sich ratlos das Kinn.

Auf keinen Fall würde sie ihn mit in ihre Wohnung nehmen. Es hatte tonnenweise Raumluftneutralisierer und Duftkerzen gebraucht, um ihn und seinen Geruch von dort zu verbannen. Fast hätte man sie in der Dekoabteilung von IKEA mit Namen begrüßt. Und sie würde ihm auch nicht bei der Buchauswahl helfen, obwohl sie genau wusste, worüber sich das Geburtstagskind freuen würde.

Als Lars das Buch mit den Wolken in die Hand nahm, seufzte Carolin. »Deine Mutter liest übrigens Thriller.«

»Ah«, sagte er. Für das kleine Wörtchen Danke hatte er heute offensichtlich nichts übrig. »Ich hatte ganz vergessen, wie umsichtig du bist. Du bist ein richtig guter Freund, Caro.« Freund? Das hatte er doch nicht wirklich zu ihr gesagt, oder? Er betrachtete sie mit warmem Blick, und Carolin war sich plötzlich unsicher, ob er tatsächlich schon über sie hinweg war oder mit ihr spielte, indem er sie provozierte und absichtlich verletzte.

Etwas in ihr zerbrach. Der Scherbenhaufen, den sie so mühsam zusammengeklebt hatte, wies nach drei Monaten einfach noch nicht die nötige Stabilität auf. Dieser Mangel schien sich neuerdings durch Carolins Leben zu ziehen wie der rote Faden, der ihrer Geschichte fehlte.

»Warum wirst du denn auf einmal so blass? Vergräbst du dich wieder tagelang in deinem Büro?«, quasselte Lars, während er nach dem neuen Fitzek griff. »Meinst du, der könnte meiner Mutter gefallen?«

»Den hat sie schon.«

»Ach so.« Er kratzte sich das Kinn. »Was redet ihr denn eigentlich über mich?«, wollte er nun wissen. Carolin ahnte, dass er womöglich ein bisschen Bestätigung suchte, und war nicht gewillt, sie ihm zu geben.

»So dies und das. Aber auch nicht oft«, antwortete sie schwach und klang dabei eher rechtfertigend statt genervt, was auf jeden Fall angebrachter gewesen wäre. Andererseits war es schon ungewöhnlich, dass Carolin immer noch mit der Mutter ihres Ex-Freundes Kontakt hatte.

Gott sei Dank schwebte just in diesem Moment Frau Zehnpfennig vorbei und lenkte damit die Blicke auf sich. Auf sich und den Mann, der ihr eilig folgte und dem Carolin vorhin keine Beachtung geschenkt hatte.

»Kommen Sie. Kommen Sie nur, Herr Heise«, lockte Frau Zehnpfennig ihn. »An der Kasse habe ich noch ein paar Leseproben für Sie. Ich bin mir sicher, die werden Ihnen gefallen.«

»Sie müssen mich nicht mit Büchern locken«, entgegnete Herr Heise freundlich. »Ich komme auch so sehr gern nächste Woche wieder vorbei.«

Carolin staunte nicht schlecht, als er den Laden mit einem Stapel Bücher im Arm verließ – wollte er die etwa alle bis nächste Woche lesen? Doch nicht die Menge an Büchern, die Herr Heise soeben erstanden hatte, erweckte ihre Aufmerksamkeit. Vielmehr war es der sehnsüchtige Blick, den Frau Zehnpfennig ihm hinterherschickte, die Wangen rosa wie ein Marzipanapfel. Für einen Muffkopp machte die Buchhändlerin auf einmal einen überaus friedfertigen Eindruck, und sie bewies damit, dass tief – zugegeben, sehr tief – in ihr etwas Liebenswertes schlummerte. Doch plötzlich, als hätte jemand den Fehler im System behoben, fauchte sie:

»Mein Geschäft ist kein Café. Wenn ihr euch unterhalten wollt, geht gefälligst woandershin.« Nach einer kurzen Pause fügte sie hinzu: »Sind die Herrschaften also fündig geworden?«

Lars schnappte sich irgendein Buch vom Tisch und ging mit großen Schritten am Kinderbuchtisch vorbei zur Kasse. Nachdem er bezahlt hatte, wandte er sich zu Carolin um und lächelte sie schief an. Auf einmal vermisste sie es, mit Lars auf der Couch zu sitzen und ihm zuzuhören, wie er von der Arbeit erzählte. Für wenige Sekunden wünschte sie sich, sie würden noch zusammengehören. Dann würde er die Hand nach ihr ausstrecken und …

Verärgert über ihre eigene Wankelmütigkeit rief sich Carolin innerlich zur Vernunft. Im Augenblick benahm sie sich nämlich genau wie ihre Protagonistin Ella: dämlich.

Erschrocken stellte Carolin fest, dass Lars tatsächlich auf sie zukam. Er stoppte vor ihr, und sie sahen sich an.

Vor gar nicht langer Zeit hätte sie darauf geschworen, ihn in- und auswendig zu kennen, aber jetzt fragte sie sich, was er ihr mit diesem undeutbaren Blick sagen wollte. Lars tat immer so überlegen, dabei versuchte er bloß, seine Unsicherheit hinter seiner Coolness zu verbergen. Aber was wusste Carolin schon? Sie war ja auch davon ausgegangen, dass sie und Lars bis an ihr Lebensende zusammen sein würden. Unverhofft beugte sich Lars zu ihr und hauchte ihr einen Kuss – einen Kuss! – auf die Wange. War der Mann eigentlich noch zu retten? Das konnte er doch nicht tun!

»War schön, dich wiederzusehen, Caro. Bis bald. Hoffentlich.«

Mit einem *Klingeling!* verschwand er in die Abenddämmerung und hinterließ einen letzten Hauch Parfum sowie zwei Frauen, von denen die eine ihm perplex hinterherstarrte und die andere mit der Zunge schnalzte.

»Konnte ihn noch nie leiden«, brummte Frau Zehnpfennig, während Carolin mit den Fingerspitzen die Stelle berührte, die Lars soeben geküsst hatte. Ihre offenkundige geistige Abwesenheit interessierte die Buchhändlerin allerdings nicht. »Und nun zu dir, Fräulein Ahrens. Willst du weiter Maulaffen feilhalten? Beschäftige dich lieber mit deinem Romanprojekt. Ich werde dich heute ausnahmsweise nicht überreden, ein Buch zu kaufen.«

Carolin wandte sich um und wurde von einem wachsamen grünblauen Augenpaar gemustert. »Sehr freundlich«, gab sie zurück. »Es ist ja nicht so, als hätte ich während der letzten Monate kein kleines Vermögen in Ihre Buchhandlung investiert.«

Die Buchhändlerin verzog keine Miene, sondern fuhr unbeirrt fort: »Ich frage mich schon seit Langem, warum du mich derart oft mit deiner Anwesenheit beglückst. Kann es sein, dass dein Projekt gar nicht so gut läuft, wie du uns allen weismachen willst?«

Carolin hatte nicht geahnt, dass in Frau Zehnpfennig eine wahre Blitzmerkerin steckte. Und dass sie derart lange Sätze bilden konnte, ohne eine Gemeinheit darin zu verpacken. *Sei nicht so grantig*, mahnte sie sich und gab schließlich zu: »›Gar nicht so gut‹ ist die Untertreibung des Jahrhunderts. Ich stecke in einer waschechten Schreibkrise.« Carolin atmete tief durch. Es war das erste Mal, dass sie es laut ausgesprochen hatte, und sie fand es eigenartig, das ausgerechnet hier zu tun. Aber auch befreiend.

»Ach, so was gibt's doch gar nicht«, sagte Frau Zehnpfennig und räusperte sich. »Wusstest du eigentlich, dass die Leute schon fragen, wann ein neues Buch von dir erscheint?«

»Ehrlich?« Hoffnungsvoll trat Carolin näher.

»Na ja.« Frau Zehnpfennig blinzelte. »Manchmal.«

»Lieb, dass Sie lügen, um mich aufzumuntern.«

»Du ziehst ja sonst die Kundschaft mit deiner schlechten Laune herunter«, rechtfertigte sich die Buchhändlerin.

»Aber außer uns ist doch niemand hier.«

»Da hast du's!«

Frau Zehnpfennig tackerte übertrieben sorgsam ein

paar Blätter zusammen und sperrte den Hefter zu guter Letzt in eine Schublade des Verkaufstresens. »Also?«

»Ich glaube, ich schaff's diesmal nicht«, gestand Carolin. Wie ein Stein purzelte das Geständnis von ihrer Seele, aber die Erleichterung währte nur kurz. »Das ist eine Katastrophe.«

»Na, na, na.« Die Buchhändlerin schüttelte den Kopf. »So schlimm wird es schon nicht sein.«

»Es ist viel schlimmer, glauben Sie mir.«

»Reiß dich zusammen. So wie andere das auch tun. Oder glaubst du, mir fällt es jeden Tag gleich leicht, Bücher zu verkaufen?«

»Ich würde lieber Bücher verkaufen als schreiben.«

»Unsinn. Und das weißt du auch.« Nach einer Pause fügte sie etwas gefälliger hinzu: »Es geht mich ja nichts an, aber ... Ist es seinetwegen? Hab ja schon geahnt, dass zwischen euch etwas nicht stimmt, nachdem ihr ewig nicht zusammen hier wart. Lass dich ja nicht von ihm unterkriegen.« Frau Zehnpfennig hüstelte. »Ich hoffe, ich muss meine Kundinnen nicht mehr lange vertrösten. Also ... halt dich ran und überwinde diese ... diese Blockade oder was auch immer.«

»Wollen Sie damit sagen, dass Sie meine Geschichten am Ende ... gut finden?«, fragte Carolin ungläubig.

Die Buchhändlerin gab einen verächtlichen Laut von sich. »Das habe ich nicht gesagt. Und nun fort mit dir, sonst musst du doch noch ein Buch kaufen.«

Seufzend wandte sich Carolin ab. Für heute hatte sie mehr als genug von Büchern und sozialen Kontakten.

Mit einem *Klingeling!* verließ sie den Laden und

spürte den frischen Abendwind auf der Wange, die Lars' Lippen zuvor noch berührt hatten. Dass er seine Rasierklingen bei ihr abholen wollte, hatte er wohl vergessen. Schade. Gott sei Dank!

Der Duft nach Frühlingsregen erweckte eine unerwartete Zuversicht ganz tief in Carolins Herz. Auf ihre unvergleichliche Weise hatte die Buchhändlerin ihr Mut zugesprochen. Vielleicht lag es ja auch an der ungewohnten Seite, die Frau Zehnpfennig heute hatte durchblitzen lassen. Nahbar. Unerklärlicherweise schenkte Carolin das Hoffnung. Und Kraft. Von beidem benötigte sie derzeit sehr, sehr viel.

Neben ihrer besten Freundin Moni war Hannibal die einzige Konstante in Carolins Leben. Das schwarzweiß gefleckte Löwenkopfkaninchen schlief unter dem Schreibtisch wie ein Hund, während sie schrieb. Wenn Hannibal fand, sein Frauchen brauche eine Pause, – oder er eine kleine Zwischenmahlzeit –, reckte er sich, gähnte, putzte sich extrasüß und ausgiebig Ohren und Nase und hoppelte im Zimmer umher. Fühlte sich Carolin bis dahin immer noch nicht bemüßigt, Tee oder Kaffee für sich und einen Gemüsesnack für ihn aus der Küche zu holen, raste Hannibal wie von Sinnen durch das Büro. Dabei schlug er elegante Haken und knabberte im äußersten Notfall sogar das Ladekabel vom Laptop an. Vor drei Jahren hatte sie die verwahrloste und abgemagerte Handvoll Häschen neben dem Komposthaufen im Garten ihres Vermieters gefunden und bei sich aufgenommen. Sie war mit dem Tierchen zum Tierarzt gefahren, hatte es aufgepäppelt und vor Lars verteidigt, der auf einmal eine mysteriöse Allergie gegen Kaninchenhaare entwickelt hatte, bis er selbst dem Charme des putzigen Rammlers erlegen war. Es war sogar seine Idee gewesen, Pünktchen in Hannibal umzutaufen, denn er fand, der kleine Kerl könne es locker mit einer Herde Elefanten aufnehmen.

Heute waren Hannibal und Carolin beim Abendessen nicht allein – Moni hatte sich spontan eingeladen, nachdem Carolin ihr von der Begegnung mit Lars erzählt hatte. Sie nahm den Job als beste Freundin sehr ernst, hinzu kam die Vorliebe für Carolins selbst gemachte Schokoladenmousse, für die nach Weihnachten sämtliche Restbestände von Schokoosterhasen und -weihnachtsmännern eingeschmolzen wurden, die sie in den Schränken fanden. Alles, was schokoladig war, durfte da rein, und das, obwohl Carolin gar keine Schokolade mochte – was sie nicht daran hinderte, das Dessert Moni und ihrer Familie zuliebe zu machen, die nicht nur verrückt nach Schoki, sondern auch nach den Kuscheleinheiten mit Hannibal war. Trotz ihrer schlechten Laune wollte Carolin ihrer besten Freundin eine Freude bereiten.

»Findest du es nicht auch irre?«, fragte Moni.

»Was genau meinst du?«, fragte Carolin betont ahnungslos, räumte klirrend die Dessertschale weg und wischte der Freundin einen Schokofleck von der Wange. Das war okay, sie sorgten füreinander.

»Die Sache mit dem Kuss natürlich«, antwortete Moni. »Ich meine, es ist schon *strange*, seine Ex zu küssen.« Moni, die derzeit mit einem angespannten Verhältnis zu ihrer vierzehnjährigen Tochter Katharina kämpfte und offenbar versuchte, ihrer Sprache einen möglichst jugendlichen Touch zu verleihen, beäugte Carolin mit ihren blauen Augen, unter denen sich neuerdings dunkle Ringe abzeichneten. Die Ärmste!

Carolin räumte das Geschirr in die Spülmaschine und wartete mit ihrer Reaktion, bis alles der Größe nach verstaut war und sie ins Wohnzimmer zurückkehrte, wo Moni auf der Couch lag und Hannibal es sich auf ihrem Bauch bequem gemacht hatte. Wenn er sich wohlfühlte, wuchs er von fünfunddreißig Komma acht auf über fünfzig Zentimeter, indem er die Hinterläufe nach hinten streckte und das Köpfchen zwischen den Vorderbeinen ablegte. Monis hellblondes Haar lag wie ein Heiligenschein auf der Armlehne.

»Es war ja kein Kuss«, sagte Carolin und entkorkte auf ihrem Weg zum Couchtisch eine Flasche Rotwein, die sie heute im Wandschrank entdeckt hatte. »Nur ein Küsschen unter Freunden.«

»Küsschen unter Freunden?« Spöttisch lachte Moni auf. »Hörst du dir zwischendurch eigentlich selbst zu?«

Carolin stellte die Flasche auf dem Tisch ab und setzte sich im Schneidersitz vor die Couch auf das Kunstlammfell. Das Original hatte sie bei eBay verkauft, nachdem Lars es angeschleppt hatte, und gegen dieses täuschend echte Modell getauscht. Sie wollte kein totes Tier auf dem Wohnzimmerfußboden liegen haben. »Er hat gesagt, ich sei ein guter Freund.«

»Nein.«

»Oh, doch.« Carolin schenkte großzügig Rotwein ein, nahm einen kräftigen Schluck und schob ein Lakritzdrops hinterher.

»Du kannst von Glück reden, dass du ihn los bist«, sagte Moni. Sie küsste Hannibal und fügte hinzu: »Vielleicht sollten wir uns auch ein Kaninchen anschaffen. Diese niedliche Wackelnase ist zum Knutschen.«

»Hast du vergessen, dass Kati Hannibal vor zwei Wochen als ›Ratte im Kuhfell‹ bezeichnet hat? Weiß nicht, wie ein neuer Mitbewohner bei ihr ankommen würde.« Sie hielt Moni das halb leere Tütchen hin. »Lakritze?«

Mit einem Kopfschütteln lehnte Moni ab und vergaß sogar den »Fachjargon«. »Dieses Kind macht mich wahnsinnig. Sie redet kaum noch mit mir, und wenn, dann keift sie mich an, was meist in einer fiesen Spirale aus Anfeindungen endet. Ich kann dann auch nicht an mich halten, sosehr ich mich bemühe. Jetzt habe ich überlegt, vielleicht ein bisschen mehr Freundin zu sein statt Mutter.« Moni seufzte und schüttelte abermals den Kopf. »Meinst du, es hilft, wenn ich versuche, so zu sein wie sie?«

Ratlos verzog Carolin den Mund. »Möglicherweise sind Kinder dazu da, Eltern an ihre Grenzen zu bringen? Oder umgekehrt. Je nach Perspektive.« Sie trank einen weiteren Schluck Wein. »Wenn ich daran denke, was du mir über deine Teenagerzeit erzählt hast …«

Moni schlug die Hände vors Gesicht, woraufhin Hannibal mit dem Schwänzchen zuckte. »Oh Gott, sie wird mich wirklich wahnsinnig machen. Habe ich dir schon erzählt, dass ich einmal aus Versehen unsere Gartenhütte angezündet habe, weil ich die Zigarette nicht richtig ausgedrückt hatte? Und mit zwölf bin ich für zwei Tage von zu Hause ausgerissen, habe mich in der Turnhalle einschließen lassen – schließlich wusste ich, wo die Getränkevorräte waren und wie ich das Schloss zum Kühlschrank knacken konnte. Jedem war bekannt, dass die Lehrerin nur den Haupteingang abschließt, weswegen ich keine Angst davor hatte zu verhungern und zu verdursten. Ein anderes Mal wollte ich heimlich mit diesem Jungen aus der Dreizehnten …« Sie machte eine eindeutige Handbewegung. »Du weißt schon. Knickknack.«

Gefühlsduselig vom Rotwein schwenkte Carolin ihr Glas. Die Flasche, die sie an Weihnachten in der Pizzeria geschenkt bekommen hatte, war der einzige Alkohol, den sie im Haus hatte. Und heute war definitiv ein Abend, an dem sie welchen brauchte. Dass sie ziemlich lange nicht mehr Knickknack gemacht hatte, war noch ihr kleinstes Problem.

Sie schwiegen einen Moment einträchtig, bis Moni vorschlug:

»Ich finde, du solltest dich an Lars dafür rächen, dass er sich so feige aus dem Staub gemacht hat. Und dafür, dass es ihm so gut geht und er so tut, als wäre nichts gewesen. Mir würden tausend Gründe einfallen.«

»Nicht mein Ding«, erwiderte Carolin und nahm den nächsten Drops.

Moni richtete sich auf, woraufhin sich Hannibal aufrappelte und zum Absprung bereit machte. »Du bist einfach viel zu nett.« Schon wieder dieses »nett«! »Hör auf, ihn in Schutz zu nehmen.«

»Mach ich gar nicht.«

»Ach, nein? Küsschen unter Kumpels? Der spinnt doch. Du hast wirklich etwas Besseres verdient.«

»Ich mag's nun mal friedlich.«

Moni brummte. »Würdest du nicht gern einmal anders reagieren, als die Leute es von dir erwarten?«

»Fang du nicht auch noch an. Das Gleiche hat Anette heute Morgen schon gemeint.«

»Siehste. Vielleicht hörst du ja auf sie. Hat Anette denn auch gesagt, dass du dich mal entspannen solltest?«

»Nicht ich. Ella, meine Protagonistin«, gab Carolin ironisch zurück.

»Aha!«, rief Moni. »Die kann das aber nicht, wenn du es nicht tust.«

»Was ist bloß los mit euch?«, schimpfte Carolin, sodass Hannibal endgültig von Monis Schoß hopste und Reißaus nahm. »Den ganzen Tag über bekomme ich Ratschläge, wie dieser verfluchte Roman endlich gut wird.«

»Er ist nicht verflucht.«

»Ich hasse ihn. Er lässt sich einfach nicht fertig schreiben.«

»Vielleicht brauchst du Urlaub. So eine Trennung steckt man nicht so einfach weg. Hast du Lars' kleine Abschiedsnachricht übrigens verbrannt, wie ich es dir geraten habe?«

»Nein.«

»Soll ich sie für dich verbrennen? Ich verspreche auch, nicht das Haus abzufackeln.«

Als Antwort schwieg Carolin.

»Warum hältst du daran fest? Lars hat mit dir Schluss gemacht. Du weißt doch selbst, wie feige das ist.«

»Diese Notiz ist die einzige Verbindung, die mir zu ihm bleibt, nachdem ich sonst alles von ihm verbannt habe«, rechtfertigte sich Carolin schwach.

»Aber … er will dich nicht mehr.«

»Ich weiß. Danke.«

»Und trotzdem würdest du ihn mit Kusshand zurücknehmen.« Wissend sah Moni sie an. Sie kannte Carolin eben zu gut.

Diese leerte das Glas in einem Zuge und fixierte den schwarzen Bildschirm des Fernsehers.

»Dachte ich's mir doch«, sagte Moni und beugte sich zu ihr wie zu einem Kind, dem sie etwas erklären wollte. »Er hat den Köderhaken ausgeworfen, und du hast angebissen. Jetzt zappelst du im Netz, bis er genug von lieben, netten Delfinen hat und lieber Fische fängt, mit denen er was erleben kann.«

Carolin schnaubte. »Mit denen er was erleben kann? Was für Fische sollen das bitte sein? Aber danke, dass du mich als Delfin bezeichnest. Ich mag Delfine.«

»Jeder mag Delfine. Sie sind nett.«

»Anette findet meinen Roman *nett*«, sagte Carolin frustriert. »Im Übrigen ist Lars nicht so. Klar, er tut immer überlegen, aber im Grunde weiß ich, dass er eigentlich unsicher ist.«

»Du klingst wie eine Mutter, die rechtfertigt, warum

ihr Sohn seine Mitschüler verprügelt.« Moni seufzte. »Ich will ihm ja gar nicht unterstellen, dass er einen durchweg miesen Charakter hat. Aber du musst schon zugeben, dass das so eine Kleiner-Junge-Masche von ihm ist: Er macht einen Fehler, er wird bestraft, aber weil ihm niemand lange böse sein kann, kriegt er am Ende sein Spielzeug zurück. Ich habe mir lange genug angesehen, wie du seinetwegen zurückgesteckt hast. Sei ihm gegenüber nicht immer derart rücksichtsvoll. Er hat dir sehr wehgetan und sich kindisch verhalten, und anstatt sich zu entschuldigen, spielt er mit deinen Gefühlen, weil er genau weiß, dass er nur ein bisschen warten muss, bis du klein beigibst.«

»Das ist überhaupt nicht wahr. Ich habe nicht klein beigegeben und werde es auch nicht tun. Ich frage mich lediglich, ob …«

»Du solltest dich diesbezüglich gar nichts mehr fragen, Caro. Einen Mann wie Lars, der ständig deine Gutmütigkeit ausnutzt und dich jetzt auch noch so provoziert, hast du einfach nicht verdient.«

»Aber ich kann einfach nicht mehr schreiben, und es würde mir möglicherweise besser gehen, wenn wir …«, setzte Carolin zu einer Erklärung an.

»Du hattest doch schon lange vorher Probleme mit dem Manuskript beziehungsweise mit deiner Fantasie. Weißt du noch?« Moni beugte sich vor und streichelte über Carolins Schulter. »Es ist nicht einfach, plötzlich allein zu sein, das weiß ich. Dennoch bezweifle ich, dass ausgerechnet Lars der Schlüssel zum Ende deines Manuskripts ist.«

»Ich weiß einfach nicht, ob ich je wieder schreiben kann wie früher«, sagte Carolin verzweifelt und stellte das Glas auf den Tisch. Kurz bevor Lars ihr den Zettel geschrieben hatte, war ihr zum ersten Mal aufgefallen, dass sie Tage hatte, an denen es ihr schwerfiel, sich zu konzentrieren. Zu diesem Zeitpunkt hatte sie kurzzeitig das Gefühl gehabt, den Roman in eine Einbahnstraße zu schreiben, dieser Vorahnung allerdings keinen Raum gelassen. Dass Lars dann von jetzt auf gleich aus ihrem Leben verschwunden war, hatte die Sache natürlich nicht verbessert. Zuerst hatte sie ihre kleine Schreibkrise auf den Trennungsschmerz geschoben und darauf vertraut, dass es ihr schon bald wieder gelingen würde, kreativ zu sein. Sie hatte gehofft, das Beziehungsende ihrer Protagonistin noch wahrheitsgetreuer darstellen zu können, weil sie ja nun am eigenen Leib erlebt hatte, wie es sich anfühlte. Fehlanzeige. Täglich stieg sie die Treppen hinauf in ihr Büro, aber die Worte kamen nicht zurück. Mittlerweile waren sie sogar so weit weg, dass Carolin sie nicht einmal mehr greifen konnte, als ob sie vor einem Apfelbaum voller roter, saftig-süßer Äpfel stand, unfähig, den schönsten zu pflücken.

»Caro«, sagte Moni eindringlich. »Du weißt es vielleicht nicht. Aber ich.« Moni angelte sich Carolins Handy, das auf dem Couchtisch lag. »Allerdings musst du dafür ein paar Dinge tun. Erster Schritt zurück zum Erfolg: eine neue Frisur. Ja, ich sehe in deinem Blick, was du sagen willst, aber eine Ausrede lasse ich nicht gelten. Morgen komme ich vorbei, und damit basta.

Zweiter Punkt«, fuhr sie ohne Pause fort. »Lars' Nummer. Lösch sie. Du brauchst Abstand, um zu dir selbst zurückzufinden. Der Kontakt zu ihm ist nur unnötiger Ballast.«

»Auf keinen Fall werde ich das tun.« Vehement schüttelte Carolin den Kopf, woraufhin Moni das Telefon mit Nachdruck in Carolins Schoß legte.

»Du musst dich endlich von ihm lösen. Und von seiner Mutter. Vor allem von seiner Mutter.«

»Aber ich mag sie. Wir verstehen uns.«

»Du wirst ihn nie vergessen, wenn ständig etwas von ihm Teil deines Lebens ist. Wie ich sie kenne, redet sie doch von nichts anderem als von ihrem Larsi, oder? Also. Lösch die Nummer. Jetzt.«

»Na gut«, lenkte Carolin ohne weitere Gegenwehr ein und entfernte Lars' Eintrag, woraufhin Moni sie verdattert anlinste.

»Ähm. Das war einfach.«

Zu einfach. Sie beide wussten es, doch zu Carolins Erleichterung beließ Moni es dabei, obwohl ihre Freundin ihr gutes altes Adressbuch kannte und genau wusste, dass Lars' Nummer dort noch stand und sie ihn später wieder ihren Kontakten hinzufügen würde. Nein, Carolin war nicht bereit, auf Lars' Statusmeldungen bei WhatsApp zu verzichten, der einzigen Möglichkeit, an seinem Leben teilzuhaben. Egal, wie erbärmlich sie auch wirken musste, sie schaffte es noch nicht, ihn loszulassen.

Ihr Manuskript hingegen hätte sie liebend gern gelöscht. Klick und weg, mitsamt den Sicherheitskopien. Alle siebzigtausendvierhunderteinunddreißig netten Wörter. Futsch. Doch das Schreiben war ihr Leben, Romane nun mal ihr Job, in dem sie gut war. Richtig gut. Sie musste bloß ein wenig mehr Carolin zwischen all den Sätzen unterbringen. Und ganz nebenbei den einen Ort finden, der die Geschichte perfekt machte.

Kapitel 2

Es war mucksmäuschenstill, als Carolin in der Buchhandlung an das eichenbraune Podium trat, das Frau Zehnpfennig für Lesungen aus dem Keller nach oben schleppte. Neben dem Podest befand sich ein Tisch voller Bücher, deren Cover sie nicht erkannte. Müssten da nicht eigentlich ihre Bücher liegen? Frau Zehnpfennig war nirgends zu sehen, aber Carolin spürte ihren strengen Blick auf sich ruhen. Lesungen waren immer etwas Aufregendes, doch der erste Auftritt mit dem neuen Roman war der schlimmste. Sie konnte nie abschätzen, wie die Zuhörer die Geschichte aufnahmen, ob sie die richtigen Szenen gewählt hatte und wie oft sie sich verhaspeln würde, obwohl sie den Text unzählige Male geübt hatte. Heute las sie zum allerersten Mal aus ihrem Sommerroman 2019, dessen Protagonisten Ella und David im Nu die Herzen ihrer Leserinnen erobert hatten. Die beiden Stufen zum Mikrofon fühlten sich an wie die gefederten Holzbretter, auf denen Carolin als Kind auf dem Spielplatz so gern herumgehüpft war. Mit dem Unterschied, dass die Federn mittlerweile sehr, sehr ausgeleiert waren, und jeder ihrer Schritte sich anfühlte, als ob sie über Balancekissen laufen würde. Carolin hörte ihren eigenen Atem, der mehr einem Rasseln gleichkam, als ob neben ihr jemand eine Dose mit trockenem Reis schüttelte. Auf einmal blendete das Scheinwerferlicht, – wo kam das so plötzlich her? –, weswegen sie die Augen zusammenkniff, als sie in den dunkelroten Polstersessel sank, dermaßen tief, dass sie sich nur mühevoll aufrappeln konnte. Sie nahm das Buch, strich über den glänzenden Umschlag mit der erhabenen Schnörkelschrift darauf und blätterte bis an die Stelle, die sie lesen wollte. Ein letztes Mal sah sie auf, blinzelte in das gleißende Licht, hoffte, Moni zu sehen. Und Lars. Starrte auf die Stuhlreihen vor sich, drehte panisch den Kopf nach links und rechts, als Carolin verstand, was sie längst befürchtet hatte: Sie war allein. Allein mit dem Polstermonster, das sie zu verschlingen drohte, dem Flutlicht, das Kopfschmerzen verursachte. Und, wie sie beim Aufschlagen des Buches entsetzt feststellte, mit den leeren Romanseiten, als hätte sie vergessen, das Papier mit Worten zu füllen. Schwerfällig beugte sie sich zum Mikrofon, aber ihre Kehle war staubtrocken. Sie schluckte mehrfach, legte das Buch auf den Tisch und hoffte, dass beim nächsten Atemzug alles vorüber sein würde, doch …

Carolin benötigte ein paar Sekunden, um sich an die Dunkelheit zu gewöhnen. Mit einer Hand tastete sie sich zu ihrem Nachttisch vor, bis sie endlich sicher war, nicht mehr zu träumen. Sie lag in ihrem Bett und hörte Hannibal mit Mahl- und Schmatzgeräuschen Heu futtern. Sie atmete auf, nur um zu realisieren, dass ihre Sorgen sie jetzt sogar im Schlaf heimsuchten.

Wenn das passierte, ging es ihr wirklich schlecht. Himmel, sie musste endlich ihr Leben aufräumen und ein paar Entscheidungen treffen. Frau Zehnpfennig hatte wohl recht, Moni genauso. Dass sie es selbst bisher nicht eingesehen hatte, erschütterte sie. Sie sollte sich wirklich fragen, wie lange und wozu sie noch an der Beziehung zu Lars beziehungsweise an den Überresten festhalten wollte. Sie atmete flach, horchte, was die Stimme in ihrem Bauch flüsterte, auf die sie sich meistens verlassen hatte, ehe die verdammten Zeilen auf dem Küchentisch gelegen und alles durcheinandergebracht hatten. Kurz darauf war sie seelisch verstummt, als hätte Lars ihrer inneren Stimme ein Pflaster auf den Mund geklebt. Carolin wusste noch genau, was er auf den lindgrünen Briefblock geschrieben hatte.

Guten Morgen Caro,
hoffentlich hast du nach deinem Albtraum gut geschlafen. Übrigens – ich komme erst mal nicht nach Hause. Brauche Abstand, du auch, denke ich. Wir streiten zu viel, und wenn nicht, dann haben wir uns kaum etwas zu sagen. Die kleine Pause wird uns helfen, neue Wege zu gehen.
Bis bald
Lars

Zuerst hatte Carolin die paar Zeilen für einen schlechten Scherz gehalten, denn Lars war im Lustigsein manchmal nicht sonderlich begabt. Sie hatte sie mehrfach gelesen, nach einem versteckten Witz gesucht, den berühmten Worten zwischen den Zeilen. Aber da war nichts. Nichts, was darauf hinwies, dass Lars am Abend neben ihr auf der Couch sitzen würde, um von seinem Tag in der Bank zu erzählen, so wie er es in den letzten dreieinhalb Jahren getan hatte. Von Zahlen und Aktienfonds, Kursen und neuen Anlagegeschäften, von denen Carolin keine Ahnung hatte. Trotzdem hatte sie ihm zugehört, Fragen gestellt, denn er liebte seine Arbeit – und sie den Glanz in seinen Augen, wenn er darüber sprach. Dabei kam es nicht darauf an, dass sie ihn tatsächlich verstand, es war der Versuch, der zählte. Anteilnahme.

Sie schloss die Augen, bis der Wunsch, nicht mehr tatenlos herumzuliegen, sie zum Aufstehen drängte. Schwerfällig hievte sie sich aus den Kissen und zog langsam den Rollladen hoch. Zuerst war es nur ein schwacher Lichtstrahl, der durch die Ritzen lugte, doch schon bald durchflutete die späte Maisonne den Raum, als hätte sie ewig vor dem Fenster gewartet, um ausschließlich für Carolin zu scheinen. In Anbetracht der Uhrzeit – kurz nach elf, Carolin musste dringend etwas an ihren Schlafgewohnheiten ändern – hatte die Sonne sehr lange warten müssen.

Carolin sah sich im Schlafzimmer um, das sie renoviert hatte, sobald Lars endgültig ausgezogen war, zwei Monate nach seiner Nachricht und nur dank Monis beherztem Eingreifen. Eines Nachmittags hatte sie mit einem Topf selbst gekochter Hühnerbrühe und einer Rolle blauer Müllsäcke vor der Tür gestanden, Carolin mitsamt einer DVD vor den Fernseher verfrachtet und kurz darauf säckeweise Klamotten in den Keller geschleppt. Am Abend war der Schlüsseldienst eingetroffen, um das Schloss auszutauschen, damit Lars in Carolins Wohnung nicht mehr ein und aus gehen konnte, wie er wollte. Von Dankbarkeit und Herzweh überschwemmt, hatte sie schluchzend auf der Couch gehockt, unfähig, einen klaren Gedanken zu fassen.

Carolin stieß ein Geräusch aus, eine Mischung aus Seufzen und Brummen, das ganz tief aus ihrem Herzen kam. Sie klang wie eine Frau, die endlich aus dem Winterschlaf erwacht war und ein letztes Mal auf die Träume der vergangenen Monate zurückgeschaut hatte. Nachdem sie sich Hannibal geschnappt hatte, stieg Carolin mit ihm die Wendeltreppe in ihr Büro hinauf. Oben angekommen, schloss sie das Treppengitter, welches Lars nach Hannibals Einzug mit Kaninchendraht ausbruchssicher gemacht hatte, und blickte sich in dem Zimmer um, in dem sie ihre Bestseller geschrieben hatte. Wenn sie darauf angesprochen wurde, wiegelte sie meist bescheiden ab, dabei war sie, was sich viele Kollegen wünschten: erfolgreich. Mit Fans, die einer Neuveröffentlichung entgegenfieberten.

Gedankenverloren streichelte sie Hannibals Fell. Der süßliche Kaninchenduft schenkte ihr das Gefühl von Geborgenheit und davon, zu Hause zu sein. Möglicherweise fehlte an einigen Wänden ein wenig Pep, Farbe eben. Die schneeweißen Wände, auf denen sie bestanden hatte, obwohl Moni ihr einen ganzen Stapel Wandtattoos und einen Fächer mit zig Farbproben mitgebracht hatte, wirkten auf einmal erdrückend.

Gerade im Büro hatte Carolin es schlicht und aufgeräumt haben wollen. Bisher war sie damit jedenfalls sehr gut zurechtgekommen, weswegen die Vermutung nahelag, dass es etwas mehr als einen Klecks Wandfarbe brauchte, um endlich wieder einen Sinn in dem zu sehen, was sie tat. Möglicherweise war es nicht ihre Wohnung, die sie verändern musste, sondern ihre eigene Einstellung. Ohne diesen Schritt würden sich ihre Probleme wohl kaum in Luft auflösen.

Ratlos warf sie einen Blick auf den Laptop, dem nur Block und Stift Gesellschaft leisteten und der mal wieder darauf wartete, aufgeklappt und benutzt zu werden.

Hannibal wurde es unterdessen zu bunt, er wehrte sich entschieden gegen die heftige Liebesbekundung, indem er mit den Hinterläufen zappelte. Ein letzter Kuss, und sie setzte zuerst Hannibal auf dem Boden ab und sich anschließend an den Schreibtisch, während das Kaninchen unter die Heizung flüchtete. Entschieden klappte sie den Laptopdeckel auf, ließ das Gerät starten und öffnete ihre Manuskriptdatei, die schon über die Hälfte geschrieben und voll mit Buchstaben war. Mit Worten. Sätzen, denen eine Prise Carolin fehlte. Sie seufzte. Tippte. Löschte. Tippte.

~~Es schneite, als sie aus dem Haus trat.~~

~~Es schneite, als sie aus dem Haus ihrer Großmutter trat.~~

Es hatte seit Stunden geschneit, als sie aus dem Haus ihrer Großmutter in die Winternacht trat.

Der Schnee hatte bereits die erste Stufe der maroden Holztreppe zugedeckt, die sowohl bei Regen als auch bei Schnee schon immer rutschig gewesen war. Dennoch trat Ella Marquard in die Winternacht hinaus. Barfuß. Allein. Wobei das nicht stimmte. Unter ihrem Herzen trat ein winziger Fuß in ihren Magen.

Aber wohin zur Hölle sollte Carolin das geliebte Erbstück umpflanzen, vor dem sich Ella abgefrorene Zehen holen würde, wenn sie sich nicht schnell wieder unter die warme Bettdecke kuschelte? Die Antwort konnte den kompletten Ablauf der Geschichte beeinflussen. Wild entschlossen, das Problem hier und heute zu lösen, schnappte sich Carolin Stift und Block. Brainstorming war immer gut. Auch die absurdeste Idee vermochte mit etwas Glück zur Antwort zu führen. Warum sollte sie nicht auch mal wieder welches haben? Carolin setzte den Kugelschreiber an, malte einen blauen Punkt, tippte mehrmals mit der Miene auf das Papier, wodurch noch mehr Punkte entstanden. Notierte halbherzig *Schwarzwald*, wand sich innerlich. Nein, dazu verspürte sie keine Verbindung. *Fichtelgebirge. Oberbayern. Harz. Eifel.* Sie wartete darauf, dass die Orte etwas in ihr auslösten, aber in ihrer Schriftstellerseele war es immer noch dunkel wie im Kino, in dem eigentlich gleich der Film losgehen sollte. Aber die Filmrolle war gerissen, weswegen Carolin sich mit Bildern im Internet begnügte, nur um später festzustellen, dass sie schon wieder knappe drei Stunden vergeudet hatte. Am frühen Nachmittag schleppte sie sich, erschöpft vom Auf-den-Bildschirm-Starren, mit Hannibal die Wendeltreppe hinunter in die Küche und kredenzte dem Kaninchen eine Keramikschale voll mit Gurken- und Selleriestücken, garniert mit Möhrengrün. Sich selbst schmierte sie ein Käsebrot, brühte eine Kanne Kräutertee – *Großartige Ideen* hieß der, pah! –, als unverhofft die Türklingel schrillte. Erstaunt warf Carolin zuerst einen Blick auf die digitale Backofenuhr und schaute dann an sich herunter, von der Schlafanzughose bis zu den Ringelsocken. Eine ungewöhnliche Zeit für den Postboten, der Kummer gewohnt war und Carolin in den vergangenen Jahren in sämtlichen Zuständen gesehen hatte: im Businessdress, im Schlafanzug, in ein Handtuch gewickelt und mit Turban auf dem Kopf, im Bademantel, mit fettigen Haaren und mit einer geruchsintensiven Gesichtsmaske aus Quark, Gurke und Avocado. Schwitzend in Sportsachen – das allerdings nur ein Mal, der Crosstrainer hatte sich wegen Vernachlässigung unverzüglich einen neuen Besitzer gesucht. Im Viertel kannte man sich eben. Schwungvoll öffnete Carolin die Tür.

»Guten Morgen, Herr …« Sie erstarrte. »Nanu, du bist ja gar nicht der Postbote.«

Lars lachte und musterte sie aufmerksam. Obwohl die Wettervorhersage heute achtzehn Grad angekündigt hatte, hatte er den Mantelkragen hochgeklappt und trug den karierten Kaschmirschal, den er sich letztes Jahr in Paris gekauft hatte. »Wie ich dich kenne, bist du wohl mal wieder aus dem Bett an deinen Schreibtisch gefallen, was? Darf ich reinkommen?«

Nein. »Äh«, in Carolin schrillte und tobte alles, was schrillen und toben konnte. Kopf, Magen, Herz – um nur drei Alarmsignale zu nennen. »Mach die Tür zu!«, schrie der Kopf. »Mir ist schlecht«, würgte der Magen. »Oh, Larsi«, flötete das Herz, bis es vom Kopf zur Vernunft gerufen wurde, ein böses Gesicht aufsetzte und brummte: »Oh. Lars.«

»Am besten, wir unterhalten uns gleich hier.« Ohne ihre Wohnung zu verlassen, zog Carolin die Tür so weit zu, dass sie Lars gerade noch durch den Spalt sehen konnte. Sie wollte nicht, dass er einen Blick hineinwarf. Er wusste doch, wie wenig sie Überraschungsbesuche mochte. Indessen zog der unverhoffte Besucher den Mantel aus und hängte ihn sich über den Arm. Er trug eine Anzughose und ein Hemd, das Carolin nicht an ihm kannte.

»Na, meinetwegen. Die Tür unten stand übrigens mal wieder offen. Ich habe dem Vermieter bereits zig Mal gesagt, dass er aufpassen soll. Wahrscheinlich war sein Enkelkind wieder hier, stimmt's?«, sagte Lars aufgebracht. »Ich werde nachher klingeln und …«

»Mich stört es nicht, wenn die Tür offen steht«, fiel ihm Carolin ins Wort. »Es wird schon nichts passieren. Außerdem ist das nicht mehr deine Baustelle.«

»Ich weiß nicht, wir leben mitten in der Stadt, da muss man schon aufpassen. Wollen wir nicht doch lieber reingehen?«

Carolin blinzelte. Ihre Unsicherheit stieg proportional zur Verärgerung über sich selbst. »Nein. Ja. Nein«, stammelte sie, holte tief Luft und stieß schließlich halbwegs überzeugt aus: »Tut mir leid, im Moment passt es mir gar nicht.«

Ihr Kopf applaudierte, während sich der Magen drehte und das Herz einen beleidigten Flunsch zog.

Auch Lars verzog konsterniert den Mund. »Ich hatte gehofft, du freust dich, mich zu sehen.«

Einen Augenblick lang wäre sie fast der Versuchung erlegen, sich einzubilden, dass sie beide vielleicht doch eine Chance haben würden. Aber nein, aus hieß aus. Diesbezüglich ging Carolin keine Kompromisse ein. Eigentlich. »Tu ich ja.« *Nicht! Nachdenken, ehe du sprichst, Carolin!* »Besser, du rufst das nächste Mal an, bevor du herkommst.«

Jetzt war Lars definitiv verunsichert. Sein Zeigefinger zuckte, was nur bei äußerster Anspannung passierte und weswegen Carolin sich automatisch verpflichtet fühlte, ihn zu beruhigen.

»Du weißt doch, wie das ist«, plapperte sie und wedelte mit der Hand. »Ich werde nicht gern bei der Arbeit gestört. Und es läuft im Moment … äh … so richtig gut. Aber wenn du schon mal da bist – warte, ich hole die Rasierklingen. Deswegen bist du doch hier, oder?« Sie schloss die Tür vor Lars' Nase und rannte zur Vorratskammer, wo sie sich die Klingen schnappte, die hinter dem Vorratspack Zahnpasta, den vier Flaschen Deo und den Taschentüchern lagen. Kurz fragte sie sich, seit wann sie Rotwein zwischen den Kosmetika aufbewahrte und wie die Flasche überhaupt hinter die Rasierklingen gelangt war. War das ein Überbleibsel der letzten Geburtstagsfeier oder eines der Werbegeschenke, die Lars hin und wieder mit nach Hause gebracht hatte? Vermutlich stand sie jedoch noch viel länger im Schrank, war ständig von einer Ecke in die andere geschoben worden, bis sie schließlich da gelandet war. Egal woher und warum, Carolin schloss die Kammertür. Auf dem Weg zurück zur Wohnungstür atmete sie tief durch und kontrollierte ihr Lächeln im Spiegel, bevor sie öffnete. »Hier, bitte.«

Besorgt sah Lars sie an. »Du wirkst so anders. Ist alles in Ordnung? Wahrscheinlich hätte ich vorher anrufen sollen, aber ich dachte, du bist sowieso zu Hause.«

»Stimmt ja auch.« Sie mochte es, wenn er sie so ansah, warm und zugetan. Moni hatte mal behauptet, Lars verhielte sich hin und wieder manipulativ, was Carolin aber nur auf die Tatsache zurückführte, dass er damit seine Unsicherheit versteckte. Im Grunde war er ein großer Junge, dem seine Mutter nicht beigebracht hatte, wie man mit Streit und Verlust umging. Ob diese Erkenntnis nun ein Pluspunkt für Lars war, wagte Carolin zu bezweifeln.

»Ich bin nicht wegen der Rasierklingen hier«, fuhr Lars fort. »Ich wollte etwas mit dir besprechen. Etwas Wichtiges.«

»Oh. Also … okay. Ich denke, das wird hier draußen ganz gut funktionieren. Es fühlt sich nicht richtig an, dich reinzulassen. Das ist meine Wohnung, und du gehörst dort nicht mehr hin, verstehst du?«, sagte Carolin, überrascht von der eigenen Klarheit.

»Lars-freier Raum also«, schloss ihr Gegenüber. »Warum setzen wir uns nicht auf die Treppe? Wie damals, als du uns ausgesperrt hast.«

»Du meinst, als *du* uns ausgesperrt hast.«

Er lächelte. »Erbsenzählerin.« Nach einer Pause fügte er hinzu: »Warum bist du eigentlich nicht angezogen?«

»Bin ich doch.«

»Schon, aber …«

»Sowohl der Vermieter als auch der Postbote kennen mich im Schlafanzug, Lars. Und du auch.« Sie zog den Schlüssel aus dem Schloss, trat in den Hausflur und machte schließlich die Tür hinter sich zu. Die Treppe schien ein guter Kompromiss. Als kleinen Nebeneffekt bot sie die Gelegenheit, bei Lars zu sein, obwohl Carolin ja gar nicht bei ihm sein sollte. Wollte. Eigentlich, wie gesagt.

Er roch wieder nach ihrem Parfum, stellte sie fest, als sie sich neben ihn auf die oberste Stufe setzte und ihre Schulter seine berührte.

»Komisch«, sagte Lars und machte eine ausladende Handbewegung. »Wir zwei. Hier.«

»Ich finde es nicht sehr komisch«, entgegnete Carolin und streckte die Beine aus, um möglichst lässig zu wirken, was mit bunt geringelten Wollsocken und einer Herzchen-Schlafanzughose eher schwierig war. »Worüber möchtest du denn mit mir reden?«

»Du kannst dir bestimmt denken, dass es um die Nachricht geht.«

»Du meinst bestimmt die, die du mir eines Morgens freundlicherweise auf den Küchentisch gelegt hast.«

»Es ist mir nicht leichtgefallen, sie zu schreiben«, verteidigte sich Lars.

»Es war auch nicht gerade traumhaft, sie zu lesen«, gab Carolin zurück.

Er zuckte zerknirscht die Achseln. »Ich bin eben nicht der Meister großer Worte. Zugegeben, ich bin etwas ungünstig vorgegangen und hätte dich vorwarnen sollen.«

»Wie großzügig.«

»Nicht wahr?«, versuchte Lars zu scherzen. »Und vielleicht hätte ich mich hinterher auch ein bisschen anders verhalten sollen, das ist mir jetzt klar. Vielleicht hätten wir dann noch eine Chance gehabt.«

Carolin gefiel nicht, dass Lars in der Möglichkeitsform sprach. Sie hatte keine Ahnung, worauf er hinauswollte, aber ihr schwante, dass es besser wäre, in ihre sichere Wohnung zurückzukehren. Allein.

»Ich glaube, mein Telefon hat geklingelt«, gab sie schnell vor und erhob sich.

»Warte!«, bat Lars, als sie sich zum Gehen wandte. Er sprang auf, packte ihr Handgelenk und zog so ruckartig daran, dass sie das Gleichgewicht verlor und in seinen Armen landete.

»Oh!«, rief sie, unsicher, ob sie sich an ihn schmiegen oder wegrennen wollte. Ohne ihr die Möglichkeit zu einer Reaktion zu geben, parkte er Carolin am Treppengeländer und strich über ihren Arm.

»Entschuldige, ich wollte dir nicht wehtun.«

»Hast du nicht. Habe mich nur erschrocken.«

»Ich meine, dass ich das nie wollte.«

»War es das, was du mir sagen wolltest?«, fragte sie vorsichtig und gleichzeitig verunsichert, weil sie sich dabei ertappte, sich mehr von diesem Gespräch zu erhoffen.

Lars kratzte sich am Kopf. »Du bist wirklich merkwürdig heute. Wie dem auch sei. Es tut mir leid, Caro. Alles. Du bist eine tolle Frau, und ich habe mich oft gefragt, warum du ausgerechnet mit mir zusammen bist.« Er räusperte sich.

»Warum bist du dann gegangen?«

»Sieht so aus, als hätte ich leichte Panik davor bekommen, mich gänzlich an dich zu binden.«

»Es tat so weh, dass du plötzlich weg warst.«

»Genauso habe ich auch gefühlt!«, bekräftigte Lars.

Sprachlos starrte Carolin ihn an. Liebte er sie am Ende immer noch und hatte vor, ihr das hier, im Treppenhaus, mit ihr im Herzchenschlafanzug, zu gestehen? Wenn sie ehrlich mit sich wäre, wüsste sie, dass sie Lars nicht zurücknehmen durfte. Niemals. Auch wenn sie etliche Male davon geträumt hatte. Ein bisschen Selbstachtung besaß sogar sie, und sie zwang sich, an diesem Gefühl festzuhalten.

»Ich war nach unserer Trennung durcheinander«, fuhr Lars fort, sein Atem streifte Carolins Lippen und Nase. Pfefferminze. Ihre Lakritzdrops, die sie in diesem Augenblick dringend gebraucht hätte, waren für Lars Tictac.

Sie wollte lächeln, brachte aber nur eine unbeholfene Grimasse zustande und hauchte: »Ich doch auch.«

»An manchen Tagen habe ich mich so einsam

gefühlt, dass ich es kaum ausgehalten habe. Und dann war da immer meine Mutter, du kennst sie ja. Hat ständig von dir geschwärmt. Aber genau das war das Problem, Caro.«

Trotz des unleugbaren Hoffnungsschimmers in ihrem Innern fürchtete Carolin, er würde sie ein weiteres Mal verletzen. Sie hätte ihm Einhalt gebieten sollen, doch sie schwieg.

»Sie hat mich immerzu gedrängt, an dich zu denken, obwohl ich versuchen wollte, es nicht zu tun. Weil ich wusste, dass ich zu weit gegangen war. Ich wusste, du würdest mir meine dummen Worte nicht verzeihen. Ich musste also etwas unternehmen. Um Ruhe zu bekommen, verstehst du? Abstand kriegen. Ich bin viel rausgegangen und so, verstehst du?« Carolin nickte, nicht ganz sicher, ob sie Lars noch folgen konnte. Vom Wollen ganz zu schweigen. Er atmete tief durch. »Du weißt ja, wie schlecht ich Kritik ertragen kann. Ich mache dann immer genau das Gegenteil von dem, was mir geraten wird. Und in so einer Phase traf ich sie. Jolande. Sie ist ganz anders als du, Caro. Und ich dachte, es wäre so etwas wie Schicksal, dass sie mir über den Weg gelaufen ist. Um mir über meine Gefühle klar zu werden. Oder … ach, ich weiß ja auch nicht! Vormittags arbeitet sie in einem Blumenladen, anschließend hilft sie ehrenamtlich auf einem Gnadenhof. Mich stört der Tiergeruch ein wenig, du weißt, wie sensibel meine Nase reagiert, aber … na ja.«

Carolin staunte, mit welcher Seelenruhe er ihr von dieser Jolande erzählte. Und wie abgeklärt sie selbst blieb, während er wie ein Wasserfall redete. Sie betrachtete seine Lippen, und als Lars erwähnte, dass seine neue Flamme Bücher genauso unnötig fand wie er, trat Carolin endlich einen Schritt zurück. Als er das Wort *heiraten* aussprach, meinte, dass er da »irgendwie hineingeschlittert« und es ihm wichtig sei, dass sie es von ihm persönlich und auf gar keinen Fall von seiner Mutter erführe, wandte sich Carolin ab und hangelte sich zurück in ihre Wohnung, ohne auf Lars' verdatterte Zurufe zu reagieren. Leise schloss sie die Tür hinter sich, ging auf direktem Wege ins Schlafzimmer, schlüpfte unter die Bettdecke. Jetzt war sie wirklich unten angekommen. Aber vielleicht war diese Erfahrung auch heilsam. Morgen. Übermorgen. Doch hier, für den Moment, in dem der Schmerz in Carolin brannte wie die Tränen in ihren Augen, ließ sie zu, dass Lars' Geständnis sie mit Verbitterung erfüllte.

Der Tag verstrich ohne ein weiteres geschriebenes Wort. Natürlich hatte Carolin stundenlang vor dem Bildschirm gehockt, nachdem sie sich beruhigt, Lakritzbonbons gelutscht und abwechselnd auf ihren Text und die Liste mit den Schauplatzideen gestarrt hatte – ergebnislos. Es war nicht einmal die Grübelei über Lars und diese Jolande – was war das überhaupt für ein Name? –, die sie von der Arbeit abhielt, sondern vielmehr die beklemmende Befürchtung, in einer Hülle zu stecken, durch die sämtliche Gefühle in ihren Körper hinein-, aber nicht wieder herausflossen. Zurückweisung. Angst. Verletztheit. Unglaube. Wut. Auf alles und jeden, auch auf sich selbst. Heftig und schmerzhaft wie lange nicht mehr.

Erst als am Abend Moni mitsamt ihrem Frisierwagen in Carolins Wohnzimmer stürmte, das blonde Haar wild toupiert und steif von Haarspray, mit knallgrünem Lidschatten, aufgeklebten Wimpern und pinkfarbenen Lippen, schien die Membran auch von innen heraus porös zu werden. Die Ärmste sah nicht so aus, als hätte sie ihr Lieblingsstyling gefunden.

»Du meine Güte«, entfuhr es Carolin.

»Gefalle ich dir nicht?«, fragte Moni mit einer ordentlichen Portion Sarkasmus. »Das Werk meiner Tochter, diesem Biest. Aber du hast recht: Du siehst auch nicht aus wie vom Glück geküsst. Lass uns gemeinsam im Leid baden oder es in heißer Schokolade ertränken. Ach nee, die magst du ja nicht.« Moni seufzte. »An Tagen wie diesen wünschte ich wirklich, du hättest Alkohol im Haus.«

»Dein Wunsch sei mir Befehl«, sagte Carolin, eilte in die Küche und kehrte mit zwei Gläsern und der Flasche Rotwein, die sie vorhin hinter dem Rasierschaum entdeckt hatte, zurück ins Wohnzimmer, wo Moni schnaufend auf das Sofa sank und die Füße auf dem Couchtisch ablegte.

Carolin füllte die Gläser randvoll, Moni musterte ihre verquollenen Augen, behielt jedoch jeden Kommentar für sich. Sie war ein Kunstwerk. Als Schminkpuppe, aber vor allem als Freundin.

Moni schnaubte. »Dabei habe ich gehofft, wir würden einen netten Nachmittag verbringen und ein paar Schminktipps austauschen. Von Frau zu Frau oder so.«

»Aber du sagst doch immer, sie verschandele ihr Gesicht mit dem Zeug.«

»Natürlich sage ich das. Ich bin ihre Mutter. Ich *muss* das sagen. Und es stimmt ja auch.« Moni trank einen kräftigen Schluck Wein. »Puh, ist der trocken. Na ja, besser als gar nichts.«

»Hat dein Plan, bis auf die Tatsache, dass du wie ein Papagei aussiehst, denn funktioniert?« Carolin prostete Moni zu, deren Wangenpartie vom rosaroten Rouge leuchtete.

»Sie hat mir zu knalligen Farben geraten. Und ich bin darauf reingefallen.«

Carolin presste die Lippen zusammen. Es wäre gemein, laut zu lachen. Sehr. Gemein. »Hm«, machte sie stattdessen und leerte das Glas, ohne abzusetzen. Uh, der ging wirklich schwer runter.

»Willst du endlich erzählen, warum es schon wieder Wein gibt, obwohl du den eigentlich gar nicht magst? Wo kommen die Flaschen denn auf einmal her?«

Als Antwort erntete Moni einen vielsagenden Blick, auf den sie sofort auf die einzig richtige Art reagierte.

»Dann sollten wir uns jetzt ans Haareschneiden machen, ehe ich mich mit den Resten von Lars' Weinvorräten betrinke. Durch die Plastikwimpern sehe ich ohnehin nur die Hälfte.«

»Wie beruhigend. Du darfst gern mein Bad benutzen, bevor ich hinterher aussehe wie ein Wischmopp.«

»Du meinst, wie ich gerade.« Moni seufzte. »Caro,

ich weiß nicht mehr weiter mit dem Kind.« Carolin setzte sich neben sie und hob einen Arm, um Moni zu umarmen. »Tu's nicht«, warnte diese. »Ich färbe ab.«

Von dem bisschen Farbe ließ sich Carolin allerdings nicht abhalten, Moni an sich zu ziehen und ihr einen Kuss auf die himbeerrote Wange zu drücken. »Irgendwann wird dir Kati für alles danken, wirst sehen.«

»Irgendwann? Soll das heißen, es kann Jahre dauern? So lange kann ich nicht warten. Bis dahin habe ich graue Haare.«

»Hast du etwa schon wieder eins entdeckt?«

»Eins? Gerade heute früh habe ich meinen Ansatz nachgefärbt.« Sie löste sich aus Carolins Umarmung und setzte sich auf. »Ich gehe ins Bad, und du überlegst dir, was ich mit deinen Haaren anstellen soll.«

»Wie immer, dachte ich.«

Energisch wiederholte Moni: »Ich gehe ins Bad, und du überlegst dir, was ich *Neues* mit deinen Haaren anstellen soll.«

Allein im Zimmer atmete Carolin tief durch, und Hannibal hopste mit einem Satz auf ihren Schoß. Moni war die Beste. Die beiden Frauen hatten sich kurz nach Carolins und Lars' Einzug in den Pappelweg kennengelernt. Anfangs waren sie sich hin und wieder mit einem distanzierten Hallo auf der Straße begegnet, die von eng aneinandergereihten Mehrfamilienhäusern mit maximal vier Parteien sowie Einfamilienhäusern gesäumt war. Obwohl Müngersdorf zu Köln gehörte, gab es durchaus Straßenzüge mit Kleinstadtcharakter. Erst an dem Sommertag vor knapp vier Jahren, an dem

Lars' Beatle Cabrio aufgrund einer defekten Handbremse in Monis Vorgarten gerollt war und die Hortensien inklusive der Buchsbaumhecke niedergemäht hatte, hatten die beiden mehr als einen kurzen Gruß getauscht. Moni hatte sich furchtbar aufgeregt, weil ihre Lieblingshortensie dem Erdboden gleichgemacht worden war, und zwar genau die, die sie vor dreißig Jahren zur heiligen Kommunion bekommen hatte. Lars' halbgarer Witz darüber, dass sich Gott bestimmt über eine hübsche Blumenseele freuen würde, hatte die Stimmung nicht gerade gehoben. Den Moment, in dem Moni sich blitzschnell den Gartenschlauch geschnappt und Lars mit einem kräftigen Wasserstrahl attackiert hatte, würde Carolin wohl niemals vergessen. Auch nicht, wie er geflucht und wie sie versucht hatte, die Wogen zu glätten, indem sie Lars den Autoschlüssel in die Hand gedrückt und ihn gebeten hatte, den Wagen wegzufahren. Und um Gottes willen den ersten Gang einzulegen. Monis Gesicht hatte im selben Rotton geglüht wie die niedergemetzelte Edelrose, und sie hatte gerade das nächste Donnerwetter loslassen wollen, als Carolin gesagt hatte:

»Das ganze Chaos tut mir leid. Und was er gesagt hat, auch. Er hatte die Handbremse angezogen, ich hab's genau gesehen. Sie scheint defekt zu sein und … Natürlich ersetzen wir den materiellen Schaden, denn der Rest … oje. Tut mir wirklich leid. Uns tut es leid. Die schönen Blumen!«

Daraufhin hatte Moni sie einen Augenblick lang angesehen und schließlich erwidert: »Handbremse defekt – so so. Nun, der sollte jedenfalls besser keinen Fuß über meine Schwelle setzen, aber du kannst morgen auf ein Stück Kuchen rüberkommen. Und auf einen Haarschnitt.«

Beim Gedanken daran streichelte Carolin lächelnd über Hannibals Kopf. Moni hatte sie ins Krankenhaus gefahren, nachdem Carolin sich den Zeh an der Bettkante gebrochen hatte. Sie hatte die neuesten Bucherfolge mitgefeiert und Händchen gehalten, wenn Carolin die Aufregung bei einer Veröffentlichung nicht aushalten konnte. Sie waren immer füreinander da. Und letztlich hätte Carolin ohne ihre Freundin die ganze Trennungssache nicht überstanden. Umgekehrt hatte Carolin Moni geholfen, eine Finanzierung für ihren mobilen Friseursalon zu organisieren – mit Lars' Unterstützung, der versucht hatte, den Hortensienvorfall damit wiedergutzumachen. Außerdem war Carolin ein halbes Jahr lang jeden Donnerstag mit Monis Tochter Katharina zum Reiten gefahren, während Moni und ihr Mann Clemens in der Zeit ihre Ehe gerettet hatten, nachdem sie sich auseinandergelebt hatten.

Moni unterbrach Carolins Gedanken, indem sie aus dem Bad zurück ins Wohnzimmer geflogen kam und mit dem Frisierumhang wedelte. Die roten Flecke in ihrem Gesicht ließen darauf schließen, dass Moni heftig daran gerubbelt hatte, um die von Kati verpasste Maske von der Haut zu kratzen. »Startklar?«, wollte sie wissen.

Carolin nickte zögerlich, als ihre persönliche Hairstylistin den Frisierwagen zum Esstisch schob, einen

Stuhl zurechtrückte, mit der flachen Hand auf die Lehne klopfte und sagte: »Wie ich dich kenne, hast du wenig Lust auf Experimente.«

»Ich mag es nun mal vorhersehbar.«

»Ein Glück, dass du mich hast.« Moni stellte den mobilen Spiegelkoffer auf den Tisch, klemmte eine Flasche Haarschaum zwischen das Gelenk, damit der Winkel stimmte, saß Probe. Anschließend angelte sie diverse Fläschchen und Tuben aus einem Korb. »Hier habe ich eine Auswahl an Haarfarben, von denen ich finde, sie könnten dir stehen. Und hier … ist die Farbkarte.«

»Was stimmt denn mit meiner Haarfarbe nicht?«, fragte Carolin, nahm eine dunkelblonde Strähne und musterte sie.

»Schätze, das war eine rhetorische Frage«, gab Moni zurück. »Ich jedenfalls habe die Nase voll davon zu sehen, wie dein Haar länger und langweiliger wird. Am Ende wird es noch splissig. Nein, nein, du brauchst etwas Flottes, etwas mit Schwung. Ein Signal, dass du von jetzt an ohne Lars weitermachst und, was viel wichtiger ist …« Sie schwang die Schere wie einen Zauberstab. »Dass du ohne ihn sogar aufblühst.«

Sachte setzte Carolin Hannibal auf dem Boden ab. »Ich bezweifle, dass ihn die Blütezeit meines Lebens interessiert, er heiratet nämlich demnächst.«

Moni, die von Berufs wegen mit allerlei verrückten Geschichten konfrontiert wurde, verzog keine Miene, sondern wies erneut auf den Stuhl am Kopfende des Esstischs. »Komm her, mein Schatz. Setz dich. Ich mache dich schick für den nächsten Mann, der ganz sicher bald in dein Leben stolpern wird. Ich weiß ja, dass das Innere in einer Beziehung zählt, aber es kann bestimmt nicht schaden, mit ein paar Tricks auf den wunderbaren Menschen, der in dir steckt, aufmerksam zu machen, oder? Du wirst mir noch dankbar sein, glaub mir.«

Unsicher, ob sie Monis Ansicht teilte, gehorchte Carolin.

Bald darauf wurde gekämmt und gezupft, nachdenklich der Mund verzogen, Lippen gespitzt. Eifrig schnitt Moni Strähne für Strähne, wie ein Bildhauer, der sich langsam an die eigentliche Gestalt seiner Skulptur herantastete. »Kupferfarbene Strähnchen?«

»Auf keinen Fall.«

»Stimmt, wir nehmen hellblond.«

In der Gewissheit, dass Widerrede zwecklos war, bedeckten bald darauf hellblaue Paste und Alufolie Carolins Kopf. Hannibal beäugte sie neugierig von seinem Platz unter dem Tisch aus.

»Übrigens habe ich mir Gedanken zu deinem Roman gemacht«, sagte Moni, nachdem sie Schale und Pinsel gereinigt und den Arbeitsplatz aufgeräumt hatte. »Du solltest ihn woanders zu Ende schreiben.«

Carolin verzog den Mund. »Aha.«

»Besuch doch mal deine Schwester. Vielleicht kommt dir in der Lüneburger Heide die rettende Idee.«

»Ich wüsste nicht, warum ich sie ausgerechnet da finden sollte.« Allein der Gedanke daran, Lola zu besuchen, fegte alle kreativen Gedanken aus ihrem

Kopf wie eine Windböe, die über einen trockenen Acker rauschte. Zwar war ihre Schwester nur fünf Jahre älter als sie, aber Lola neigte dazu, sie zu bemuttern oder, noch schlimmer, sie zu maßregeln wie ein Kind, was die Kreativität nicht gerade ankurbelte. Außerdem war sie zuletzt irgendwann im vergangenen Sommer in der Heide gewesen – zumindest glaubte Carolin, dass es nicht noch länger her war. »Was sollte denn bei Lola anders sein als hier? Ich sehe da keinen Unterschied.«

»Meine Güte, Caro, jetzt streng dich halt mal ein bisschen an. Ich kann schließlich nicht deine komplette Arbeit erledigen.« Moni lachte und drückte Carolin ein Küsschen auf die Nase. Dann huschte sie in die Küche, aus der sie mit einer Tüte Chips, von denen Carolin stets eine Notration in der unteren Schublade hinter der Tür aufbewahrte, und einer Schüssel zurückkam, die sie auf den Tisch stellte. Sie riss die Tüte auf, schüttete deren Inhalt in die Schale und tauchte ihre Hand in die Kartoffelchips. Kauend fuhr sie fort: »Da soll es doch zu jeder Jahreszeit schön sein. In der Heide, meine ich.«

»Mag sein, aber …« Carolin stockte. In ihrem Kopf reihten sich Bilder von lilaroten Blütenmeeren aneinander, von Heidschnucken, Kartoffelpüree aus Heidekartoffeln, alten Bauernhäusern und Bäumen. Der Duft von feuchtem Waldboden, Moos, Blättern und Pilzen waberte auf einmal durch das Wohnzimmer und übertünchte sogar das Wasserstoffperoxid der Blondierung in ihrem Haar. Sie musterte Moni, die ungeduldig mit den Fingerspitzen auf der Tischplatte trommelte und dabei Fettabdrücke hinterließ.

»Ich glaube nicht, dass eine Auszeit jetzt das Richtige für mich ist. Schon gar nicht bei Lola«, sagte Carolin, wobei ihr Mund ganz trocken wurde. Es war wohl das schlechte Gewissen, das sie gerade plagte, weil sie sich seit Wochen schon bei ihrer Schwester melden wollte. Jedes Mal war etwas dazwischengekommen. Und jedes Mal, wenn Carolin wieder daran dachte, wurde sie traurig, weil Lola und sie sich während der letzten Jahre auseinandergelebt hatten. Dabei gab es keinen speziellen Grund dafür. Es war einfach so passiert.

Sie blinzelte, als Moni erwartungsvoll die Stirn runzelte. »Also, was ist jetzt? Fährst du hin? Gerade neulich hast du noch gesagt, dass du viel zu lange nicht dort gewesen bist. Lola freut sich bestimmt. Sicher ist sie auch unglücklich darüber, dass ihr euch so selten seht.«

»Na schön«, lenkte Carolin ein, in der Gewissheit, sich längst dagegen entschieden zu haben. Sie würde nicht fahren, hier gab es genug zu tun. Es wäre zu merkwürdig, Lola plötzlich zu überfallen. Für gegenseitige Besuche waren irgendwann nur noch Geburtstage vorgesehen. Vielleicht noch Weihnachten. Auch das hatte sich so eingeschlichen. Schade eigentlich.

»Na gut. Das reicht mir fürs Erste. Ich käme ja nie auf die Idee, dich zu etwas zu überreden.« Moni kaute auf ihrer Unterlippe, und Carolin beugte sich vor, um ihre Freundin in die Arme zu schließen, woraufhin diese abwehrend die Hände hob.

»Igitt, bleib mir weg mit dem stinkenden Zeug.« Sie deutete grinsend auf Carolins Kopf. »Lass uns nicht gefühlsduselig werden, sondern uns auf das Ende des Abends freuen. Wenn ich mit dir fertig bin, wird dich nämlich niemand mehr erkennen. Und du wirst allen Männern das Herz brechen, die es nicht wert sind, Teil deines Lebens zu sein.«

Wie immer hatte Moni, die unverbesserliche Romantikerin, nicht zu viel versprochen. Gegen Mitternacht hatte sie das dramatisch erblondete Haar zu einem kurzen, peppigen Pagenschnitt gestutzt, mit dem sich Carolin fremd vorkam. Mehrfach begutachtete sie Monis Werk im Spiegel, zippelte an Haarsträhnen herum, schob den neuen Pony zurecht. Erst gegen drei Uhr nachts, als Moni längst zu Hause war, schlief Carolin ein. Sie fühlte sich nackt und unvollständig.

Im Traum stand sie erneut auf dem Podest in der Buchhandlung, dieses Mal füllten aneinandergewürfelte Phrasen das Papier ihres Romans. In der ersten Stuhlreihe hielt eine rothaarige Frau, die Carolin schon mal gesehen zu haben glaubte, mit erstarrter Miene ein Buch hoch, aus dessen Seiten lose Buchstaben purzelten, die wie Porzellan auf dem Boden zerbrachen. Zuerst hatte sie die Fremde für ihre Schwester gehalten, doch die würde für eine Lesung wohl kaum die Reise in die Rheinmetropole auf sich nehmen.

Im Traum riss Carolin die Augen auf, unfähig aufzuspringen, um die übrig gebliebenen Wörter zu retten. Doch als die Rothaarige die Seiten wie einen Fächer aufklappte, war es zu spät. Das Buch war leer. So leer, wie Carolin sich im Moment fühlte.

Vielleicht war es wirklich an der Zeit, mal wieder rauszukommen. Sie konnte ja bei Lola anrufen und vorsichtig anklopfen, ob sie überhaupt Zeit für einen Besuch hätte.

Kapitel 3

Am nächsten Morgen – es war Christi Himmelfahrt, also frei für den nichtselbstständigen Teil der Bevölkerung – kauerte Carolin in aller Herrgottsfrühe am Küchentisch und nippte an einer Tasse Kräutertee. Der Hoffnungsfunke für einen Neuanfang war längst verglüht. Das Hellblond mochte sie zwar äußerlich strahlen lassen, aber innen, innen blieb alles dunkel und durcheinander. Lustlos stocherte sie im Schokomüsli herum – zartbitter, ihre Lieblingssorte, mit frischen Blaubeeren und Apfelstückchen, Naturjoghurt und Zimt. Die Schwindelei von gestern lag ihr immer noch im Magen. Warum hatte sie Moni nicht einfach erzählt, wovor sie sich fürchtete und weswegen es ihr so schwerfiel, ihre Schwester zu besuchen? War doch nichts dabei. Gefrustet über sich selbst ließ sie den Löffel in die Schale fallen. Ein Klecks Joghurt landete an der Blumenvase mit den Rosen darin, den sie nur grob mit einem Taschentuch wegwischte. Sie musste unbedingt den Knoten im Hirn lösen und gleichzeitig, mit etwas Glück, vielleicht sogar den in ihrem Herzen.

»Ich schaffe das schon«, hatte Carolin Moni gegenüber kurz nach der Trennung von Lars beteuert. »Brauche nur eine kurze Pause, um mich zu sammeln.« Ein paar Tage. Oder Wochen.

Jetzt seufzte Carolin. Die Wahrscheinlichkeit, dass sie in dieser Stimmung auch nur ein einziges Wort zu Papier bringen würde, war gleich null. Sie wusste das. Deswegen überlegte sie fieberhaft, ob sie die Arbeit einmal anders angehen sollte. Vielleicht half ja die richtige Musik dabei, in Schreibstimmung zu kommen? Bewegung?

Carolin schnappte sich ihr Handy vom Küchentisch, da sie um diese Uhrzeit die Nachbarn nicht mit lauter Musik belästigen wollte, vor allem nicht an einem Feiertag. Anschließend durchforstete sie eine Playlist mit dem Namen »Motivation« und markierte Titel wie »Eye of the Tiger«, »You Win Again«, »Born to Be Wild«, »I Will Survive« sowie einige andere erfolgversprechende Lieder. Nachdem sie die Kopfhörer aufgesetzt hatte, drehte sie die Lautstärke hoch, und tatsächlich! Sie wurde von den Stimmen und den Rhythmen mitgerissen. Zuerst wippte sie mit dem Fuß, sang leise mit, schwang schüchtern die Hüften, bis sie sich komplett auf ihr Musikexperiment einließ und durch das Wohnzimmer tanzte – natürlich immer darauf bedacht, nicht zu trampeln und unter ständiger Beobachtung von Hannibal, der sich vorsichtshalber in seinem Käfig versteckte und aus dem Fenster seines Häuschens hervorlugte. Zum ersten Mal seit vielen Wochen fühlte Carolin sich einigermaßen glücklich und bereit, sich ihrem Manuskript zu stellen. Nach einer halben Stunde schaltete sie die Musik aus, legte das Handy beiseite, schnappte sich summend ihr Kaninchen und kletterte mit ihm die Wendeltreppe hinauf ins Büro, wo sie Hannibal auf dem Teppich absetzte, ihm über den Kopf streichelte und sich an den Schreibtisch setzte. Sie hatte ja noch massenhaft Zeit bis zum Abgabetermin. Zwei Monate. Acht Wochen. Genug, um aus der Geschichte das Beste herauszuholen … *You win again!*

Es brauchte fast drei Stunden, um das gesamte Manuskript auszudrucken – plus einen neuen Drucker zu bestellen, weil der alte permanent den Dienst verweigerte – und die ersten Seiten, bewaffnet mit einem Rotstift, durchzugehen. In Ellas Liebesgeschichte einzutauchen, Textstellen zu streichen, Sätze umzustellen, Figuren lebendiger zu gestalten, den ersten Kuss noch romantischer zu beschreiben, damit die Leserin das Gefühl hatte, nicht nur davon zu lesen, sondern ihn sogar zu spüren. Und schlussendlich das perfekte Setting zu finden. Durststrecken waren doch normal, sagte Carolin sich. Nur Profis hielten am Ende durch, diejenigen, die es wirklich ernst meinten mit dem Schreiben. Und dorthin wollte sie auf jeden Fall: zum Ende. Sie erstellte einen Zeitplan, eine Aufgabenliste, der sie sich in den nächsten Tagen widmen musste, notierte offene Fragen und mögliche Schauplätze. Beim ersten großen Streit zwischen Ella und ihrem Ex-Freund ertappte sie sich sogar dabei, eine Träne wegzuwischen, weil sie sich so gut in ihre Protagonistin hineinversetzen konnte. Das war ihr noch nie passiert. Zwischendurch bereitete sie sich einen Latte macchiato mit extra viel Milchschaum zu und spendierte Hannibal einen selbst gebackenen Kaninchencracker, über den er sich gleich hermachte. Anschließend las sie die geistigen Ergüsse des letzten Schreibversuchs von vor drei Tagen.

Ella legte ihren Kopf an seine Schulter, während die Grillen Davids und ihr Lied zirpten. Mit zuckenden Lidern öffnete er den obersten Knopf ihrer Bluse …

Ernsthaft? Zu schnulzig. Und David öffnete Ellas Bluse wohl kaum mit seinen Lidern. Carolin löschte die letzten Zeilen, begann von vorn. Weil alles nur noch grausiger wurde, trank sie den Kaffee samt Milchschaum aus, obwohl sie ihn am liebsten zum Schluss genüsslich löffelte. Die Anspannung in ihr wuchs und ließ sie unruhig werden. Sie hatte keine Ahnung, wie sie dem Druck standhalten sollte, vor allem dem selbst auferlegten. Von innerer Unruhe getrieben, stand sie auf, setzte sich wieder.

Auf einmal kam ihr Köln unglaublich laut vor. Sie hörte das Rattern der Straßenbahn trotz des geschlossenen Fensters, was ihr vorher nie aufgefallen war. Sie fragte sich, was an diesem Tag so besonders war, dass sie ausgerechnet heute auf den Krach empfindlich reagierte. Auch die Autobahn schien ungewöhnlich laut zu rauschen. An anderen Tagen nahm sie das nicht einmal richtig wahr. Lag es daran, dass sie keinen klaren Gedanken fassen konnte? Trotz des Lärms mochte Carolin das Großstadtleben. Wirklich! Seit ihr Vater ein Haus in diesem Viertel gekauft hatte, lebte sie hier – damals war sie nicht einmal im Kindergartenalter gewesen –, also im Prinzip immer schon. Und sie hatte es nicht übers Herz gebracht, allzu weit fortzuziehen, nachdem ein Immobilienmakler das Haus für viel zu wenig Geld verscherbelt hatte. Absurderweise fühlte sie sich dem Haus gegenüber verpflichtet, hin und wieder nach dem Rechten zu sehen, obwohl rein gar nichts mehr an ihr früheres Zuhause erinnerte. Dann schlenderte sie durch die Straßen und landete, rein zufällig natürlich, vor dem Stadthaus aus den Siebzigerjahren, wo mittlerweile ein topmoderner Designerzaun aus langen Querstreben den tannengrünen Stadtvillazaun ersetzte, den Papa alle zwei Jahre gestrichen hatte, weil die Farbe abblätterte. Auch die Fassade war neu verputzt, die maroden Holzfensterrahmen waren durch Kunststoffmodelle ausgetauscht worden – energiewirtschaftlich gesehen natürlich logisch, aus Sicht der Frau, die ihre Kindheit dort verbracht hatte, ein weiterer Stich ins Herz. Aus dem Vorgarten, damals eine wilde Blumenwiese, auf der Carolin Hummeln und Schmetterlingen nachgelaufen war, hatten die neuen Besitzer betonierte Einstellplätze gemacht. Die Tanne, die am ersten Weihnachtsfest im neuen Haus im Wohnzimmer gestanden und schließlich ihr Plätzchen vor dem Wohnzimmerfenster gefunden hatte, war auch verschwunden. Und anstelle der Holzbank, auf der die Mädchen und Papa im Sommer oft gesessen, die Passanten beobachtet und zu jedem eine Geschichte erfunden hatten, stand da nun eine Wärmepumpe, im selben Grauton wie der Außenputz. Sie hätte das Haus so gern behalten und hatte überlegt, wie viele Jobs sie annehmen musste, um sich den

Unterhalt leisten zu können. Aber wie hätte sie das mit ihren neunzehn Jahren und ohne Ausbildung schaffen sollen?

Lange ließ sich Carolin nicht auf das bittersüße Gefühl der Erinnerung ein.

Sie brauchte eine Pause. Vermutlich täte es sogar gut, nach der Fertigstellung des Manuskripts einen richtigen Urlaub einzulegen. Am Meer oder, ganz verrückt, in den Bergen. Ein Städteurlaub wäre ebenfalls denkbar. Paris? London? Oder Stockholm – da wollte sie immer schon mal hin. Auf keinen Fall würde sie jedoch in die Lüneburger Heide nach Klein Odorf fahren, wo ihre Schwester wohnte und wo Moni sie unbedingt hinschicken wollte, denn sie hatte das Gefühl, allein sein zu müssen. Der winzige Heideort war ohnehin nicht weit genug weg von … von allem. Vielleicht wäre Australien das passende Ziel, doch da fiel Carolin ein, dass sie im Flugzeug reisekrank wurde, und allein hatte sie auf eine Abenteuerreise sowieso keine Lust. Sie brauchte ein Ziel, das weit weg und gut mit dem Zug zu erreichen war. Carolin seufzte. Sie war ein hoffnungsloser Fall. Erschöpft erhob sie sich und öffnete das Dachfenster, von dem aus sie auf die Straße sehen konnte. Und auf Monis Haus, dessen Tür soeben aufgerissen wurde. Heraus flatterte Moni wie ein Zitronenfalter. Als hätte sie Carolins Blicke gespürt, blickte sie auf und rief winkend:

»Huhu! Caro! Ich komm mal kurz rüber.«

Schnell verriegelte Carolin das Fenster und eilte die Wendeltreppe hinunter. Irgendwann würde sie sich sicher den Hals auf den rutschigen Stufen brechen. Sie verlangsamte ihr Tempo, obwohl Moni bereits mehrfach die Klingel betätigt hatte. Aber auch sie war keinen Genickbruch wert, und Carolin ahnte schließlich, dass Moni sie bloß ein bisschen ärgern wollte. Ehe sie den Türsummer drückte und die Wohnungstür öffnete, warf sie einen Blick auf die Wanduhr über der Flurkommode: gleich halb drei. Ihr Tagesrhythmus war vollkommen durcheinander. Im Erdgeschoss stieß Moni prompt die Haustür auf und hüpfte kurz darauf die Treppe hinauf. Sie war die einzige Frau, die im quietschgelben Polyesterjogginganzug und in den Hausschuhen ihres Mannes grazil und elfenhaft statt lächerlich wirkte.

»Das war wohl Gedankenübertragung, was?« Moni nahm zwei Stufen auf einmal. »Alles cool?«

Carolin lächelte und umarmte die Freundin. »Ich bin nicht sicher, ob die jungen Leute das noch sagen – cool.«

Moni seufzte. »Wusstest du, dass es ein Wörterbuch zum Thema Jugendsprache gibt? Vielleicht sollte ich mir das kaufen.« Sie musterte Carolin. »Wie läufst du eigentlich rum? Du bist doch hoffentlich nicht gerade erst aufgestanden? Ihr Künstler seid wirklich sonderbare Gestalten.«

»Ach, Moni«, seufzte Carolin wiederum und schloss die Tür hinter ihr. »Ich habe wieder mal versucht zu schreiben. Aber es funktioniert nicht.« Carolin führte Moni in die Küche und deutete auf einen der beiden Stühle, damit die Freundin sich setzte. »Irgendwie fehlt mir einfach die Kontrolle über … über meinen Kopf«, fuhr sie fort, während sie Wasser in den Wasserkocher füllte und drei Beutel Früchtetee in die gelb gepunktete Teekanne hängte, die sie von Moni zum Geburtstag bekommen hatte.

»Weiß genau, was du meinst – Kontrollverlust. Zwar schreibe ich nicht, aber zu Kati und wie ich mich ihr gegenüber verhalten soll, fehlt mir auch jegliche Fantasie«, sagte Moni.

Carolin drehte sich zu ihr um und betrachtete sie. »Ich glaube ja, Kati will dich genau so, wie du bist.«

»Eine uncoole Nervensäge?«

Carolin lachte. »Meinst du nicht, dass von dir als Mutter ein gewisser Nervfaktor erwartet wird?« Nach einer kurzen Pause und einem unmissverständlichen Knurren ihres Magens fragte sie: »Hast du Hunger? Ich könnte uns eine Kleinigkeit kochen.«

»Ich habe schon zwei Tafeln Haselnussschokolade gegessen, danke. Kati steht seit einer geschlagenen Stunde vor dem Spiegel im Bad, um sich zu schminken. Fürs Kino. Mit Jungs! Mein kleines Mädchen trifft sich mit Jungs. Und anstatt mich zu fragen, wie das mit dem Tuschen et cetera geht, so wie sie es früher getan hätte – Gott, ich vermisse die alten Zeiten! –, schaut sie sich YouTube-Videos an.« Moni schnappte sich den Spüllappen und rubbelte den Rest des Joghurtflecks von der Blumenvase. »›Hallo, Leute, hier ist wieder eure Blabla. Heute will ich euch zeigen, wie ihr gaaaanz einfach das perfekte Make-up für die Schule auftragt‹«, äffte sie »Blabla« dabei treffend nach. Dann wackelte sie ein paar Mal affektiert mit dem Kopf, setzte ein dümmliches Grinsen auf und klimperte mit den Wimpern. »›Das ist auch wirklich suuuuupieinfach, Leute! Ich weiß selbst nicht, wie ich immer auf diese affengeilen Ideen komme, wo ihr ja selbst seht, dass ich nicht die hellste Kerze auf der Torte bin.‹« Moni stöhnte, Carolin lachte abermals und tätschelte aufmunternd Monis Hand. »Manche Videos sind zugegebenermaßen sogar richtig gut. Trotzdem bleibe ich dabei: Diese sozialen Medien sind der Horror für alle Eltern.«

»Hast du ihr denn deine Hilfe angeboten?«

Moni schnaubte verächtlich. »Ausgerechnet von mir wird sie sich wohl kaum helfen lassen.«

»Vielleicht doch«, gab Carolin zurück, goss kochendes Wasser in die Kanne und setzte sich Moni gegenüber. »Kann doch sein, dass sie nur darauf wartet.«

»Das glaube ich nicht. Mädchen in dem Alter ticken eben anders.« Moni verzog den Mund zu einer Grimasse. »Ich habe nur noch nicht rausgefunden, wie man es hinkriegt, dass die Zahnräder wieder ineinandergreifen.«

Kurz darauf rührten sie eine Weile synchron in ihren Tees und hingen ihren Gedanken nach, jede für sich und doch gemeinsam, bis Moni einen Schlüsselbund mit herzförmigem Anhänger aus der Hosentasche zog und auf den Tisch legte.

Irritiert zeigte Carolin auf ihren eigenen Autoschlüssel, und Moni sagte ungerührt:

»Ich habe dein Auto vollgetankt, mein Göttergatte hat Öl, Reifendruck und so weiter kontrolliert. Die

Scheiben sind auch geputzt.« Sie wackelte mit dem Zeigefinger. »Du solltest wirklich besser auf deinen Autoschlüssel aufpassen. Er hat sich mir quasi aufgedrängt, wie er da so auf der Kommode im Flur lag.«

Carolin öffnete den Mund, doch das einzige Geräusch, das ihre Lippen verließ, war ein ungläubiges *Öh*.

»Nichts zu danken«, sagte Moni. »Jetzt weißt du wenigstens, warum meine Tochter einen großen Bogen um mich macht. Sie guckt genau wie du gerade, wenn ich mit ihr rede. Dabei will ich nur das Beste für euch, ehrlich, und ich kenne dich. Du hattest doch gar nicht vor, zu deiner Schwester zu fahren. Stimmt's?« Sie schluckte und fuhr fort: »So kannst du zumindest dein Auto nicht als Ausrede benutzen. Ich bin mir ganz sicher, dass das Hotel deiner Schwester der perfekte Ort für dich ist. Sie hat dir mehrfach ein kostenloses Zimmer angeboten, auch kurzfristig. Lola würde bestimmt dafür sorgen, dass du rundum versorgt bis, sodass du dich komplett aufs Schreiben konzentrieren und Inspirationen sammeln kannst.«

»Manchmal kann ich es nicht leiden, dass du mich so gut kennst.« Carolin drückte Monis Hand.

»Weißt du«, begann Moni und goss jedem eine Tasse Tee nach. »Schieb das mit der Heide nicht gleich von dir. Vergiss den Roman, tu es für dich. Vielleicht findest du ja dort, wonach du suchst. Manchmal hilft ein anderer Blickwinkel, um den Schatz zu erkennen, der vor einem liegt.«

Gut möglich, dass Moni recht hatte. Zumindest rang

sie Carolin am Ende des Gesprächs das Versprechen ab, ernsthaft über ihren Vorschlag nachzudenken.

Früher Abend. Carolin joggte. Walkte. Hinkte. Wann und wie war sie bloß auf das Fitnesslevel eines Koalas gesunken, der sechzehn Stunden am Tag schlief? Auf eine Bank am Decksteiner Weiher gestützt, schnaufte sie aus staubtrockener Kehle, das Gesicht heiß wie der Tee vorhin.

»Ist alles okay bei Ihnen?«, fragte jemand von hinten.

Carolin wandte sich um und sah in die besorgten Augen eines sehr jungen Mannes, der keineswegs atemlos war und sie noch dazu siezte, was zweifelsohne bedeutete: Sie wirkte nicht nur unsportlich, sondern auch wie eine Frau, zu der man nicht mehr einfach Du sagt.

»Alles bestens«, japste sie. »Brauche … nur eine kurze … Pause.«

Erst nachdem er von dannen gejoggt war, leichtfüßig und zügig, stieß sie einen Laut aus, der nach der frustrierten Frau klang, die Carolin nie sein wollte. Kinderlos, in schwierigen Familienverhältnissen, Single, mit bröckelnder Karriere. Und mit dem irrsinnigen Glauben, nach einem halben Jahr Laufpause mir nichts, dir nichts dort anzuknüpfen, wo sie aufgehört hatte. Diese Seitenstiche! Wo war die Frau geblieben, die in jedem Rückschritt neue Chancen sah? War sie wirklich zu dem kurzhaarigen Blondschopf mutiert, den sie heute früh im Spiegel gesehen hatte? Sie befühlte die neue Frisur, mit der sie sich am Startpunkt am Haus am See dynamisch, geradezu jung gefühlt hatte, vor allem jedoch fit genug, um die Runde um den Weiher mühelos zu bewältigen. Bei näherer Betrachtung aber passte die adrette Frisur gar nicht zu ihr, weswegen sie auf ihre langen Haare hätte bestehen sollen, selbst wenn Moni das langweilig fand. Warum landete sie eigentlich nach jedem Versuch, ihren Kummer abzuschütteln, wieder haargenau an der Stelle, an der sie sich gerade befand? Tat sie womöglich zu wenig, um ihn dauerhaft loszuwerden?

Schwerfällig stieß sie sich von der Bank ab und setzte einen Fuß vor den anderen. Der Boden hatte unter dem Regen der letzten Tage genauso gelitten wie Carolins Gemüt, er präsentierte sich matschig und viel zu nachgiebig. Nur mit Mühe sprang sie über Pfützen – zumindest vermied sie es hineinzutreten – und ignorierte die Jogger, die ihr entgegenkamen oder, noch schlimmer, sie überholten. Sie wich Fußgängern aus, die teilweise kaum langsamer waren als sie. Der diesjährige Vatertag lockte mit bestem Wetter Familien und feiernde Männergruppen, Zitronenfaltern und balzenden Singvögeln vor die Tür. Hunde tollten über die Wiese am Ufer entlang, während Herrchen und Frauchen plauderten oder die Sonne genossen. Nach wenigen Metern brannte die frische Luft in Carolins Lunge, während sie sich den Weg zwischen Kanal und Wald entlangschleppte, den drohenden Krampf in der Wade ignorierend, ebenso die belustigten Blicke der Studenten, die im Gras saßen, quatschend, lachend, küssend, zur Musik von einer französischen Sängerin.

Carolin betete inständig, niemanden zu treffen, den sie kannte. Welche Blamage! An der ersten Brücke, die den Kanal überquerte, stoppte sie. Einen Moment lang beobachtete sie orientierungslos die Autos, die an ihr vorbeifuhren, entweder aus der Innenstadt oder aus Richtung Gleuel kommend. Sie drückte die Hand auf ihre Brust, aus Sorge, das Herz könne hinausspringen, so heftig preschte es dagegen. Hatte sie bis vor wenigen Monaten wirklich die komplette Runde geschafft? Seit sie Schwierigkeiten mit dem Schreiben bekommen hatte, saß sie mehr an ihrem Schreibtisch, statt sich zu bewegen. Lars hatte sie mehrfach gefragt, ob sie ihn begleiten wolle, aber sie hatte fast jedes Mal abgelehnt, aus Angst, noch mehr Zeit als die zu verlieren, die sie mit Auf-den-Bildschirm-Starren vergeudete. Carolin raufte sich die Haare, die zu kurz für einen Pferdeschwanz geraten waren und deswegen im Nacken klebten. Sie kannte die Gegend in- und auswendig, trotzdem wusste sie in diesem Moment nicht, wohin sie gehen sollte – was sich nicht nur auf die Laufstrecke, sondern auf ihr komplettes Leben übertragen ließ. Sollte sie wirklich in die Lüneburger Heide fahren? Immerhin hatte Lola sie mehrfach eingeladen, und Carolin hatte die Reise immer wieder aufgeschoben, weil etwas dazwischengekommen war. Dabei hätte sie sich die Zeit problemlos nehmen können.

Carolin musste weiter, die Leute, die sie vorhin noch überholt hatte, guckten schon. Sie musste sich entscheiden, es gab ja nur drei Möglichkeiten. Links, rechts oder geradeaus. Auf der anderen Straßenseite bog ein alter Mann zielstrebig auf den Weg entlang dem Kanal ein und verschwand schließlich unter den Kastanien. Sie könnte den Rest der Runde auch gehend bewältigen, etwas mehr frische Luft täte bestimmt gut. Dennoch trat Carolin rückwärts, erst einen Schritt, dann mehrere, als hätte jemand sie gestoßen. Sie wandte sich um, ihr Blick folgte dem schnurgeraden Wasserlauf, bis dieser sich an ihrem Startpunkt zu einem kleinen See verbreiterte. *Entscheide dich endlich,* drängte sie sich. Eins, zwei, drei – links, rechts, geradeaus. Drei Wege, es war wirklich einfach. Sie fixierte das Bootshäuschen. Oder gab es am Ende eine vierte Möglichkeit? Mutig geworden, machte sie einen Schritt nach vorn. Oder, je nach Perspektive, zurück. Nur, weil man in die Richtung ging, aus der man gekommen war, hieß es noch lange nicht, dass dies nicht auch eine Möglichkeit war, ans Ziel zu gelangen. Sie stellte sich eine Landkarte vor und pinnte in Gedanken ein rotes Fähnchen an die Stelle, an der sie sich im Moment befand. Ja, sie könnte zu ihrem Startpunkt zurückkehren und dort die neue Route bestimmen. Schon bald bewegten sich ihre Beine ganz automatisch. Und als sie die Studentengruppe erreichte, beschleunigte sie. Ohne die Schmerzen hätte sie sogar gelächelt. Gott, ja. Sie würde Lola besuchen. Sie wollte etwas ändern, und dazu gehörte auch, dass sie den Menschen wieder Platz in ihrem Leben einräumte, die ihr wichtig waren und die sie zuletzt viel zu sehr vernachlässigt hatte.

Kapitel 4

Der Montag, an dem Carolin in die Lüneburger Heide reiste, war unspektakulärer als erwartet – zumindest bis auf die Tatsache, dass sie bei dem rasanten Fahrstil der Taxifahrerin schon wusste, warum sie lieber mit dem eigenen Auto statt mit Bahn und Taxi unterwegs gewesen wäre. Aber Moni hatte nach dem Volltanken dummerweise das Licht im Auto angelassen, was eine leere Batterie zur Folge gehabt hatte. Auch Hannibals Laune sank minütlich, was er deutlich zum Ausdruck brachte, indem er wieder und wieder mit den Hinterläufen auf den Boden der Transportbox aufstampfte, die neben Carolin auf der Rückbank stand.

Die Sonne schien, aber die erhoffte Euphorie über ihre Entscheidung, ihre Zweifel über Bord zu werfen, blieb aus. Stattdessen machte sich dieses unangenehme Kribbeln in Carolins Magen breit, das sie immer dann überfiel, wenn sie nicht recht wusste, was auf sie zukam. Sie hatte zweimal versucht, Lola telefonisch zu erreichen, um ihr Kommen anzukündigen. Einmal hatte sie den Rückruf der Schwester verpasst und dann beschlossen, einfach zu fahren. Lola hatte Carolin mehrfach angeboten, für ein paar Tage zu Besuch zu kommen – wann immer sie wollte, auch spontan. Und falls es nun doch nicht passte – irgendwo würde Carolin schon ein Zimmer finden, schließlich war in der Heide noch keine Saison. Damals, als sie mit Papa und Lola in der Lüneburger Heide Urlaub gemacht hatte, waren auch nur wenige Touristen da gewesen. Sie erinnerte sich nur dunkel daran, aber sie war ja noch so klein gewesen, dass nur verschwommene Bilder übrig waren.

Nun, während sie im Taxi vom Bahnhof Hamburg-Harburg nach Klein Odorf gefahren wurde, betrachtete sie nachdenklich die Birken am Straßenrand, die an ihr vorbeiflogen. Sie blickte über weite grüne Kornfelder, über Weiden, auf denen Pferde grasten oder die Maisonne genossen. Die Landstraße führte in ungleichmäßigen Wogen immer weiter in die Heide hinein, und Carolin hätte beinahe vergessen, wie aufgeregt sie bei dem Gedanken war, Lola gleich zu überraschen, als die Taxifahrerin hinter einer scharfen Rechtskurve plötzlich bremste. Carolins Oberkörper flog nach vorn in den Gurt, und sie legte reflexartig die Hand auf die Transportbox. Um den Grund für das plötzliche Bremsmanöver zu sehen, lehnte sich Carolin leicht zur Seite und sah am Fahrersitz vorbei.

»Alter Verwalter!«, fluchte die Taxifahrerin, nahm die viel zu große Sonnenbrille mit dem knallroten Gestell ab und ließ das Fenster herunter. »Sie sind wohl lebensmüde! Einfach mitten auf der Straße zu stehen!«

Ein Mann, Carolin schätzte ihn auf um die vierzig, dessen Auto am Straßenrand parkte, winkte und näherte sich ihnen mit großen Schritten. Er lächelte, und Carolin dachte, dass der weibliche Teil der Bevölkerung bestimmt reihenweise umkippte, wenn er das tat. Vermutlich wusste er das auch – sie ließ das allerdings kalt. Carolin konnte Männern in Anzügen nichts abgewinnen, schließlich hatte sie lange genug so ein Exemplar zu Hause gehabt. Die Ärmel des weißen Hemdes, das in einer anthrazitfarbenen Anzughose steckte, hatte er hochgekrempelt, und er sah so entspannt aus, als ob er sich jeden Tag von Frauen am Straßenrand aufgabeln ließe. Trotz des Anzugs wirkte er auf Carolin wie ein Sonnyboy: gesunde Bräune, von der Sonne ausgeblichenes Haar, gut trainiert – wobei der Haarton bei näherer Betrachtung etwas unnatürlich wirkte. Sie warf einen Blick auf den Wagen. Schwarz. Porsche, wenn Carolin sich nicht täuschte. Männer in protzigen Autos konnte sie nicht leiden. Und sich selbst im Augenblick auch nicht, weil sie sich fühlte wie eine vertrocknete alte Jungfer, die der Männerwelt abgeschworen hatte.

»Danke fürs Anhalten«, sagte er und beugte sich, mit einer Hand auf dem Autodach abgestützt, zum Fenster der Taxifahrerin herunter. Er nickte Carolin zum Gruß zu und wandte sich erneut an die Dame hinter dem Steuer: »Ich stehe schon seit einer halben Stunde hier, doch offensichtlich will außer uns niemand diese Strecke fahren.«

»Alles kein Grund, mich so zu erschrecken«, gab die Taxifahrerin ungnädig zurück und steckte sich einen Kaugummi in den Mund. »Auch einen?«, fragte sie den Mann, der dankend ablehnte. »Sie?«, bot sie Carolin einen in Alufolie verpackten Streifen an, den Blick in den Rückspiegel. Carolin schüttelte den Kopf.

»Erschrecken wollte ich Sie nicht, tut mir leid«, fuhr der Mann fort. »Ich bin bloß heilfroh, dass Sie da sind.«

»Panne, wa?«, wollte die Taxifahrerin in altklugem Tonfall wissen und setzte die Sonnenbrille wieder auf.

»Tank leer«, gab er mit einem schiefen Grinsen zu. »Hab gedacht, ich schaffe es noch bis zur nächsten Tankstelle – Sie sehen, bis wohin ich gekommen bin.«

»Mit Sprit kann ich Ihnen leider nicht dienen.« Sie zuckte die Achseln. »Sorry, da brauchen Sie wohl noch ein bisschen Geduld. Und ein Warndreieck wär' übrigens auch nicht schlecht.«

»Möglicherweise haben Sie ja ein Handy, das Sie mir freundlicherweise zur Verfügung stellen könnten, damit ich den Pannendienst anrufen kann? Bei meinem ist der Akku leer.«

»Tut mich wirklich sorry, aber bei meinem Handy ist der Akku auch leer.«

Um ehrlich zu sein, vermutete Carolin, dass sie log. Wer wusste schon, worauf der Typ es abgesehen hatte? Sie selbst würde ihr eigenes Telefon auch keinem Wildfremden geben, möglicherweise hatte er sich die Geschichte mit dem leeren Tank bloß ausgedacht. Carolin sah es bereits wie im Film vor sich: Er würde ihr Handy nehmen, zu seinem Auto rennen, losfahren und *zack!* – alle Kontakte und, noch schlimmer, die Notizen weg. Vom Wert des Geräts ganz zu schweigen. Sie räusperte sich, hatte wohl in letzter Zeit zu viele schlechte Krimis gesehen. Zugegeben, der Mann wirkte nicht wie ein gemeiner Trickbetrüger. Jemand, der so ein schickes Auto fuhr, hatte es wohl kaum nötig, Handys zu klauen. Es sei denn, der Wagen war auch gestohlen. *Carolin, hör auf, dir Geschichten auszudenken*, mahnte sie sich.

»Heute ist mein Pechtag«, seufzte der Porschefahrer, richtete sich auf und fuhr sich mit der Hand durch das Haar, dessen Blond nicht so recht zu ihm passte.

»Ich habe eins«, sagte Carolin, öffnete ihre Handtasche, holte das Handy hervor und entsperrte es.

»Diese Gutmenschen«, stöhnte die Taxifahrerin. »Ich sage nur *money, money, money*. Das Taxameter läuft unerbittlich, liebe Frau.«

Carolin ließ die Scheibe herunter, und der Mann beugte sich zu ihr. Seine graublauen Augen musterten sie aufmerksam, und er lächelte, als sie ihm das Telefon reichte. »Die Nummer vom ADAC ist gespeichert«, sagte sie. »Die vom ACE auch. Und …«

»Sie sind ja bestens vorbereitet. Danke! Und ich werde natürlich nicht mit Ihrem Telefon durchbrennen. Bin gleich zurück.«

Während er sprach, ging er zum Straßenrand, wo er auf und ab schlenderte.

»Dass ihr jungen Hüpfer ständig auf solche Kerle reinfallt«, brummte die Taxifahrerin.

»Ich falle auf niemanden rein«, gab Carolin zurück. »Ich finde es selbstverständlich zu helfen.«

»Meinetwegen. Wie gesagt: Das Taxameter läuft. Ihr Geld. Hab versucht, Sie zu warnen.«

Inzwischen war der Liegenbleiber wieder bei Carolin angekommen und reichte ihr das Handy. Ihre Fingerspitzen berührten sich kurz.

»So, das wär's. Sie waren meine Rettung. Ist ja wie ausgestorben hier. Vielleicht sieht man sich mal wieder? Ich gebe Ihnen meine Nummer.«

»Nein, danke«, sagte Carolin schnell. »Ich glaube nicht, dass wir uns wiedersehen.« An Dates hatte sie kein Interesse, und an Porschefahrern schon gar nicht. Lars hatte sich nach dem Beatle Cabrio einen zugelegt, und den hatte er zeitweise mehr gepflegt als ihre Beziehung.

»Schade, ich hätte mich gern revanchiert«, sagte der Mann und klopfte mit der flachen Hand auf das Autodach. »Aber dann wünsche ich Ihnen mal gute Reise. Und eine schöne Zeit in der Heide.«

Die Taxifahrerin wartete, bis er sein Auto erreicht hatte, und gab so unvermittelt Gas, dass Carolin, die mit einem derart plötzlichen Start nicht gerechnet hatte, in den Sitz zurückkippte. Sie wandte sich um und sah durch die Heckscheibe, dass der Mann ihnen perplex hinterherguckte, ehe er in seinen Wagen stieg. Carolin dachte noch, dass er besser nicht in seinem Auto auf den Pannendienst warten sollte, sondern am Feldrand. Aber was ging sie das an, er musste selbst wissen, was er tat. Sie drehte sich um, den Blick an den Horizont geheftet, denn dort würde es in wenigen Minuten auftauchen: Klein Odorf. Carolin lockerte den Gurt, der in den Hals schnitt. In der anderen Hand hielt sie das Handy, das noch ganz warm war.

Kurz hinter dem Ortseingangsschild von Klein Odorf drosselte die Taxifahrerin das Tempo auf ein Maß, das sich der vorgeschriebenen Geschwindigkeit innerorts zumindest annäherte. Die Trauerweiden an der alten Wassermühle waren das Erste, was Carolin von dem beschaulichen Heideort ins Auge fiel, als das Taxi sich über die Landstraße von Norden aus näherte. Sie wuchsen an der Längsseite des Mühlenteiches und tauchten ihre Blattspitzen in das klare Wasser, als suchten sie nach einem vergessenen Schatz. Zur Urlaubssaison im Juli drehte sich das Mühlenrad bestimmt; jetzt stand es still, und ein Mann hämmerte vom Holzsteg aus darauf herum. Der Mühlenteich glitzerte in der Sonne und spiegelte sich in den Fenstern des vier Stockwerke hohen Mühlenturms.

War sie eigentlich wirklich zuletzt vorigen Sommer hier gewesen? Trüb und regnerisch war es gewesen, daran erinnerte Carolin sich noch. Dennoch hatten sich alle über die ungewöhnlich milden Temperaturen gewundert. Und Lola hatte sie zu ihrem Geburtstag im April eingeladen, zu dem Carolin jedoch nicht gekommen war und stattdessen wie nahezu jedes Mal eine Ausrede erfunden hatte. Ihr war gar nicht klar gewesen, dass sie ihre Schwester über ein Jahr nicht gesehen hatte. Was sagte das über sie aus? Wie egoistisch! Carolin seufzte. Das war vergangen, nun war sie hier. Möglicherweise war das schöne Wetter ja ein Zeichen. Ein gutes Zeichen, das Veränderungen ankündigte. Sie war dafür bereit.

Mit immer noch leicht überhöhter Geschwindigkeit brauste das Taxi durch den Ort, sodass Carolin die ersten Höfe gar nicht richtig betrachten konnte. Jeder von ihnen trug den altehrwürdigen Namen derer, die Land und Hof vor Jahrhunderten gebaut und bewirtschaftet hatten. Vor Hof Voigt bremste die Taxifahrerin erneut abrupt, bis sie zum Stehen kam. Dieses Mal watschelte unmittelbar vor dem Auto eine Entenmama mit ihren eins, zwei, drei … sieben Küken bedächtig über die Straße.

»Da brat mir doch einer 'n Storch. Erst der Lackaffe, jetzt Geflügel. Sind wir hier auf Safari, oder was?«, zeterte die Frau. »Husch!« Sie hupte, was die Tiere allerdings keineswegs zur Eile ermunterte.

Carolin schnallte sich ab. »Augenblick bitte«, sagte sie und stieg aus, um den entgegenkommenden Verkehr zu stoppen – gesetzt den Fall, es gäbe welchen. Sie wartete, bis die Entenfamilie die andere Straßenseite erreicht hatte, unter einem Holzzaun hindurchgekrochen und hinter einer pinkfarbenen Buschrose verschwunden war. Bevor sie zurück ins Taxi stieg, registrierte sie, dass es hier im Norden wärmer war als in Köln. Außerdem roch es nach Blumen und Frühsommer statt nach Abgasen und undefinierbarem Industriemief. Hier gab es ja auch nichts, was stinken könnte, bis auf ein paar Pferde, Kühe und Traktoren.

»Na, Sie sind wohl 'n großer Tierfreund, wa?«, fragte die Taxifahrerin spöttisch und gab Gas, noch ehe Carolin sich angeschnallt hatte. »Wenn Se sogar ein Karnickel mitschleppen? Ich sag ja: Safari.«

Als wäre er erbost über die abwertende Bezeichnung, stampfte Hannibal erneut mit dem Hinterlauf und ruckelte mit den Zähnen ungehalten an den Gitterstäben der Transportbox. Ein derart langer Aufenthalt darin war deutlich unter seiner Würde. Carolin nickte abwesend und betrachtete den kleinen Hofladen des Ehlers Kartoffelhofs, den die Eigentümer in der umgebauten Scheune betrieben. Dort verkauften sie neben Heidekartoffeln saisonales Obst und Gemüse, Eier von glücklichen Hühnern und am Ende des Winters selbst gezogene Frühlingsblumen wie Primeln und Veilchen, was sie auf einer Schiefertafel bewarben, die an der Hofeinfahrt an einer Eiche lehnte. Ein Eichelhäher flog von einer Eiche zur nächsten, deren Stamm so breit war, dass sich dahinter locker ein Smart verstecken konnte. Warum war Carolin eigentlich nie aufs Land gezogen? Zuerst hatte sie es für einen Scherz gehalten, als Lola ihr von ihrem Plan erzählt hatte, in die Hotelbranche einsteigen zu wollen. Zu diesem Zeitpunkt war sie bereits zwei Jahre mit Paul zusammen gewesen, wegen dem sie das Rheinland verlassen hatte. Paul hatte schließlich sein Veterinärstudium in Hannover beendet und eine Stelle als Tierarzt in seinem Heimatdorf bekommen – in Klein Odorf. Das war wirklich ein schöner Zufall gewesen, da sich Lola immer schon gewünscht hatte, auf dem Land zu leben, und Paul gern zurückwollte. Dass sie dann aber das familiengeführte Hotel ihrer Schwiegereltern übernehmen wollte, fand Carolin anfangs befremdlich. Aber Lola hatte sich ihrer neuen Aufgabe mit solcher Hingabe gewidmet, dass Carolin sie nur dafür bewundern konnte. Und als Paul seinen Job vor etwa drei Jahren aufgab, um voll einzusteigen, bewiesen die beiden allen, wie ernst es ihnen mit ihrem Vorhaben war, ein erfolgreiches Hotel zu führen. Einmal hatte Lola ihr sogar angeboten, in den Betrieb mit einzusteigen, aber das war nun wirklich nicht Carolins Ding, woraufhin Lola zunächst recht pikiert reagiert hatte. Etwas zu sehr, wenn Carolin genauer darüber nachdachte. Auf einmal überkam sie das Bedürfnis nach frischer Luft. Die vielen Gedanken wühlten sie zu sehr auf.

»Ich steige hier aus«, sagte Carolin, nachdem sie beim Dorfbäcker vorbeigefahren waren. »Den Rest gehe ich zu Fuß.«

»Sicher?« Die Fahrerin stoppte, das rechte Vorderrad auf dem Gehweg. Carolin hatte sich in diesem Wagen von Anfang an nicht sicher gefühlt. »Macht zweiundsechzig Euro zehn.«

Kurz darauf nahm sie erleichtert ihren Rollkoffer entgegen und sah dabei zu, wie die Taxifahrerin umständlich wendete, fast einen Laternenmast touchierte und schließlich davonrauschte. Carolin atmete auf, wandte sich vom Taxi ab und folgte stattdessen zögerlich dem grau gepflasterten Fußweg, den Blick auf die letzte Rechtsabbiegung gerichtet, vor der Klein Odorf sich schon mit einem freundlichen Gruß verabschiedete. Im Gegensatz zu Groß Odorf war Klein Odorf, dem Namen entsprechend, wirklich winzig. Im Nachbarort gab es wenigstens Mannis Pizzadienst, an den sich Carolin wegen der Peperonipizza so genau erinnerte. Nach dem Verzehr vor einigen Jahren hatte sie zwei Tage lang kaum etwas anderes geschmeckt als »scharf«.

An der kleinen Holzbrücke, die über einen Bach

führte, bog sie nach rechts ab, sah dem Wasser für einen Moment dabei zu, wie es über Steine plätscherte und Wassergras dazu brachte, sich seiner Flussrichtung anzupassen. Der Bach scherte sich um gar nichts, er floss einfach unbeirrt und folgte der Gesetzmäßigkeit der Natur. Vielleicht sollte sie sich ein Beispiel an ihm nehmen und sich viel öfter treiben lassen. Schnell musste Carolin feststellen, dass die Abkürzung durch den Fliederweg in der prallen Sonne doch keine gute Idee gewesen war. Ihr war warm, und obwohl sie die Stille genoss, war die Dorfidylle, die aus Häusernischen und unter Büschen hervorkroch, fast schon wieder zu viel. Hinter den Holzzäunen in den Bauerngärten blühte Katzenminze, abwechselnd mit gelbem und weißem Ginster sowie Wacholderbüschen. Sie pustete mehrfach eine Haarsträhne aus der Stirn und begann allmählich zu schwitzen, weswegen besagte Strähne bald unangenehm an der Haut klebte. An einem Briefkasten hielt sie letztlich doch, zog die Jacke aus und legte sie auf den Koffer. Schon viel besser!

Je näher sie Lolas Zuhause kam, desto aufgeregter wurde Carolin. Mittlerweile freute sie sich richtig auf ihre Schwester und auch auf das schnuckelige Heidehotel mit der gepflegten Gartenanlage. Als sie sich noch regelmäßiger gesehen hatten, war Carolin aufgefallen, dass Lola ein Händchen dafür hatte, die Beete und Rabatten jahreszeitlich zu bepflanzen, was das ganze Jahr über für Farbakzente sorgte und ein Paradies für Bienen bot, was ihr besonders wichtig war. Im letzten Jahr hatte sie Carolin Fotos von Insektenhotels geschickt, die sie gebaut und an verschiedenen Orten des Gartens platziert hatte. Aber auch das Wohl ihrer menschlichen Gäste lag Lola natürlich am Herzen, weswegen ihr ein gesundes, vielfältiges Frühstück sehr wichtig war. Als Carolin und sie noch öfter telefoniert hatten – es musste also bereits zwei, drei Jahre her sein –, hatte Lola immer davon erzählt, welches Obst und welches Gemüse aktuell erntereif waren. Um eine gleichbleibende Qualität zu garantieren, setzte sie nicht nur auf Gartenanbau und den Kauf von regionalen Zutaten, sondern auch auf denselben Koch. Einmal hatte sie Carolin von einer Hamburger Kaffeerösterei vorgeschwärmt, deren Bohnen sie für besonders bekömmlich hielt. Nichts ging über frisch gemahlenen Kaffee, hatte Lola gesagt, und dass Filterkaffee bei ihr nicht auf den Tisch käme. Hin und wieder hatte sie Fotos vom Hotel und auch vom Frühstück geschickt, welches sie in einem kleinen Frühstücksraum anrichtete. Dazu gehörten Waffeln. Warme Brötchen. Wurst und Käse aus einer Schlachterei und Käserei ein paar Orte weiter. So richtig Anteil genommen hatte Carolin daran nie, obwohl Lola anscheinend sehr viel daran gelegen hätte. Sie nahm sich vor, in Zukunft offener für Lolas Themen zu sein. Aber noch konnte sie das nicht unter Beweis stellen. Erst musste sie das Hotel erreichen, und sie bereute fast, nicht mehr im Taxi zu sitzen.

Nach zehn Minuten, die Carolin wie Stunden vorkamen, erreichte sie den Holunderweg, der zu einer Seite zurück zur Ortsmitte und zur anderen Seite in eine

Sackgasse führte, an dessen Ende sich Dat lütte Hotel befand, welches seinem Namen alle Ehre machte, weil es wirklich nur sechs Hotelzimmer hatte. Carolins Herz schlug viel zu schnell, was nicht nur an dem kleinen Spaziergang lag. Völlig überzogene Reaktion, fand sie, immerhin besuchte sie nur ihre Schwester und nicht George Clooney. Noch während sie auf das mit roten Hohlziegeln aus längst vergangenen Zeiten gedeckte Backsteingebäude zuging, fielen ihr die struppigen Buchsbäume auf, die bei ihren früheren Besuchen zu akkuraten Kugeln geschnitten waren und nicht an den Struwwelpeter erinnerten.

Doch nicht nur die Buchsbäume, die den Weg vom Schotterparkplatz zum Eingang säumten, sahen vernachlässigt aus. In den Beeten und Rabatten war die knochige Sommerheide nicht geschnitten worden, auch die Rosen trugen mehr vertrocknete Blüten als frische. Bis auf ein paar Akeleien, die sich dazwischengemogelt hatten, wirkten die Beete verdorrt und ungeliebt, sogar die Azaleen am Haus sahen schlaff und krank aus. Waren die Blätter nicht normalerweise immergrün statt gelb? So kannte Carolin das Anwesen nicht. Wo waren die Terrakottatöpfe mit Fuchsien und Geranien, die einjährigen Frühjahrsblüher, die so viel Farbe brachten? Wo steckte das liebevolle Ambiente, das einen von Anfang an in seinen Bann zog, sodass man am liebsten gleich dortbleiben wollte? Nichts davon war zu sehen oder zu spüren, rein gar nichts!

Auf einmal hupte es von hinten zweimal, und ein schwarzes Auto raste auf Carolin zu, die es gerade rechtzeitig schaffte, zur Seite zu springen, ehe der Porsche an ihr vorbeiraste und mit einem sehr staubigen Bremsmanöver im Schotter parkte. Aus dem Wagen sprang ein in einen anthrazitfarbenen Anzug gekleideter Mann, die Sonnenbrille im blonden Haar. Sie hatte ihn sofort erkannt, obwohl er sich nicht einmal nach ihr umgedreht hatte, um sich für sein rüpelhaftes Verhalten zu entschuldigen. Stattdessen steuerte er geradewegs auf das Hotel zu. Das war ja allerhand. Vorhin hatte er ihr noch seine Nummer aufschwatzen wollen, und jetzt hätte er sie beinahe überfahren. Carolin, die ihre Fassung erstaunlich schnell wiedergewonnen hatte, marschierte schnurstracks hinter dem Verkehrsrowdy her.

»He!«, rief sie. »Ihr Fahrverhalten ist gemeingefährlich. Sie hätten mich beinahe erwischt.«

Der Kerl drehte sich um und sagte überrascht: »Ach – Sie?«

»Ja, ich. So klein ist die Welt.«

Er neigte leicht den Kopf und musterte Carolin skeptisch. »Ich hätte Sie fast nicht wiedererkannt. Sie sind ja knallrot im Gesicht. Ist Ihnen nicht gut?«

Knallrot? Papperlapapp. »Also …«, versuchte sie, sich zu behaupten. »Schließlich ist es ganz schön warm hier.«

Er trat an sie heran. »Sagen Sie, ich habe mich vorhin schon gefragt, ob wir uns kennen.«

»Ganz sicher nicht«, gab Carolin zurück. Gesichter prägte sie sich immer gut ein, und seins hatte sie bis vorhin auf der Landstraße noch nie gesehen.

Nachdenklich kratzte er sich am Kinn. »Komisch, ich könnte schwören, Sie schon mal gesehen zu haben.«

Carolin wurde ganz heiß. Oh Gott, hoffentlich war er kein Reporter oder dergleichen. Hin und wieder kam es vor, dass man sie erkannte. Aber hier, im Nirgendwo ... Sie schüttelte den Kopf. »Wie dem auch sei – passen Sie bitte besser auf Ihre Mitmenschen und ... auf sich auf. Man wird schnell unglücklich, wenn aus Unachtsamkeit etwas passiert.«

Jetzt lächelte er. »Danke, dass Sie sich Sorgen um meine Mitmenschen und um mich machen. Gott sei Dank sind wir quicklebendig. Und wenn ich nicht vorhin eine Abfuhr von Ihnen erhalten hätte, würde ich Sie als Wiedergutmachung auf einen Kaffee einladen. Oder Tee, was auch immer Sie mögen.« Er ging in die Hocke, um in die Transportbox zu gucken. »Oh, bringen Sie Ihr Abendbrot gleich selbst mit? Ist wahrscheinlich auch besser so, das Essen im Hotel ist leider nicht besonders.«

»Das kann ich mir kaum vorstellen. Meine Schwester legt großen Wert auf gutes Essen und überhaupt darauf, dass man sich bei ihr wohlfühlt. Sie steckt so viel Liebe und Hingabe in ihre Arbeit hier, dass man nicht einmal mehr das Gefühl hat, in einem Hotel zu sein, sondern zu Hause. Aber Sie verstehen wohl nichts von gutem Essen. Des Weiteren geht Sie mein Abendbrot nichts an, denn wie Sie selbst festgestellt haben, habe ich Ihnen eine Abfuhr erteilt.«

»Hm«, machte er. »Offensichtlich verstehen *Sie* nichts von gutem Essen. Und was das Abendessen angeht: Ich habe verstanden. Bitte gießen Sie nicht weiter Öl ins Feuer.« Nach einer kurzen Pause fuhr er fort: »Obwohl ich Sie sehr gern zum Essen eingeladen hätte, wenn Sie nicht derart deutlich Ihr Desinteresse an einer Einladung und an mir gezeigt hätten.«

»Ich … also … das … Nun hören Sie schon auf, mir ein schlechtes Gewissen einzureden«, sagte Carolin, woraufhin ihr Gegenüber lachte.

»Keine Sorge, ich werde zurechtkommen. Ihnen entgeht ja etwas, nicht mir«, sagte er mit einem frechen Zwinkern.

»Sie haben ja keine Ahnung.«

»Na bitte, jetzt wird es spannend. Mittlerweile weiß ich, dass Sie sehr gut Körbe verteilen können. Wo liegen denn die Begabungen, die ich mir nicht entgehen lassen sollte?«

Ich kann Romane schreiben, na ja, bisher zumindest, dachte Carolin, sprach es jedoch nicht laut aus. Es war ihr lieber, wenn dieser Kerl nichts über sie erfuhr.

»Tja«, sagte er nun. »Wenn Sie gern viele Körbe verteilen, würden Sie mich möglicherweise irgendwann verletzen. Von daher ist es vielleicht besser, wenn ich nicht herausfinde, welche Stärken Sie sonst noch haben.« Er zog das Jackett aus, legte es mit dem Zeigefinger am Aufhänger lässig über seine Schulter und wirkte damit auf einmal richtig wichtigtuerisch. Passend zum Auto. Carolin war froh, dass sie seine Nummer nicht eingespeichert hatte. »Also dann. Genießen Sie Ihren Aufenthalt mit Ihrem Abendessen«, sagte er und zeigte auf Hannibal. »Wir sehn uns. Dieses Mal ganz sicher.« Er grinste, wandte sich schließlich ab und schlenderte den Schotterweg entlang, der nach oben zum Haus führte. Er drehte sich nicht noch einmal um, bevor er die grüne Holztür aufdrückte und im Inneren des Hotels verschwand. Carolin starrte auf den Buchsbaumkranz, der an einem weißen Band in der Türmitte hing. Er schwang noch kurz leicht hin und her, bis nichts mehr darauf hinwies, dass Carolin bis eben nicht allein gewesen war.

»Entschuldigung, kann ich Ihnen helfen?«

Carolin fuhr herum und sah sogleich in das verblüffte Gesicht ihrer älteren Schwester. Lola stellte einen Weidenkorb voll frischem Marktgemüse und Äpfeln auf dem Schotterweg ab und starrte sie an, als wäre sie soeben vom Himmel gefallen.

»Du?«, fragten die Schwestern gleichzeitig. Lola trug eine quietschgrüne, mit Rosen bestickte Leinenbluse und die langen roten Haare zu Zöpfen geflochten, mit denen sie aussah wie Anne auf Green Gables. Sie beide hatten die Bücher geliebt.

»Ich bin wohl keine Überraschung«, sagte Lola. »Aber du! Seit wann traust du dich freiwillig her? Normalerweise muss ich mit Engelszungen auf dich einreden, ehe du dich dazu herablässt, deine alte Schwester zu besuchen – wenn überhaupt.« Sie beäugte Carolin ausgiebig. »Die neue Frisur steht dir, und …« Lola trat näher. »Meine Güte, du bist es wirklich!«

Glücklich, Lola zu sehen, wäre Carolin ihr am liebsten um den Hals gefallen, doch sie wusste mit einem Mal selbst nicht, wohin mit ihren Gefühlen. Unter ihre

Freude mischte sich eine ordentliche Portion Melancholie, angesichts der Tatsache, dass sie so viel in Lolas Leben verpasst hatte, allein was die äußere Veränderung anging. Lola war eher von sportlicher Statur gewesen, immer schon, fast drahtig, ohne störende Rundungen oder zu viel Busen. Jetzt wirkte sie dürr und sehr erschöpft und hatte ein paar Falten an den Augen und der Mundpartie, mit denen sie dem verstorbenen Vater zunehmend ähnelte. Verwundert darüber, dass es ihr vorher nie so aufgefallen war, öffnete Carolin den Mund, doch Lola kam ihr zuvor.

»Du guckst mich an, als hättest du ein Gespenst gesehen. Ich weiß schon, dass ich beinahe wie eines aussehe, die letzten Monate waren etwas anstrengend. Aber jetzt freue ich mich, dass du da bist. Und dass dir die neue Frisur gut steht, habe ich ernst gemeint. Komm her.« Unbeholfen legte Lola den Arm um Carolin, was wohl so etwas wie eine Umarmung sein sollte, und Carolin wagte aufzuatmen.

»Neue Frisur, alte Schwester«, sagte sie und versuchte sich an einem Lächeln, nachdem die beiden sich voneinander gelöst hatten. »Ich weiß, ich hätte vorher anrufen sollen, aber ich dachte, du freust dich vielleicht, wenn ich dich überrasche. Da ich ein Plätzchen zum Schreiben brauche, einen anderen Ort als meine eigenen vier Wände oder das, was ich tagtäglich sehe, fand ich die Idee gut, das mit einem Familienbesuch zu verbinden.«

»Das ist eine wunderbare Idee. Wirklich, ich freu mich!«, beteuerte Lola und strich über Carolins Arm.

»Ich kann es nur noch nicht richtig glauben, dass du leibhaftig hier vor mir stehst. Komm, ich bring dich ins Haus. Du bekommst natürlich kein Hotelzimmer, sondern eins bei Paul und mir. Du hast Glück – letzte Woche sind wir mit der Renovierung fertig geworden. Bleibt zu hoffen, dass du bei uns ein paar gute Ideen für dein Buch findest.« Sie ging in die Hocke. »Oh, da ist ja Hannibal. Ist der süß. Ich habe sogar noch eine viel bessere Idee! Meine Schwiegereltern sind auf Weltreise, und ich bringe in ihrer Wohnung hin und wieder private Gäste unter. Da ist es auch viel ruhiger als im Hotel. Hannibal und du – ihr nehmt die Einliegerwohnung über uns.« Sie nahm Carolin die Transportbox ab, in der anderen Hand trug sie den Gemüsekorb und forderte ihre Schwester mit einem Nicken in Richtung Hotel auf, ihr zu folgen.

Carolin ließ den Blick über den Vorgarten schweifen, in dem die verdorrte Sommerheide braune Krater bildete. Sie erinnerte sich an Besuche im Frühling, in denen die Pflanzen bereits dunkelgrün gewesen waren und sich auf die Blütezeit im August vorbereitet hatten. Carolin fragte nicht nach, warum sie es diesmal nicht getan hatte, stattdessen fragte sie sich, was mit ihrer Schwester geschehen war. Und warum. Sie musste es unbedingt herausfinden.

»Ich weiß, wir sind noch nicht fertig mit der Gartenarbeit für dieses Frühjahr. Es sieht ein bisschen gerupft aus. Aber das wird! Wirst sehen. Irgendwann wird's«, sagte Lola, die Carolins ratlosen Blick offenbar aufgeschnappt hatte.

Mittlerweile hatten sie die buschige Tellerhortensie erreicht, die unzählige Knospen trug. Dort bog Lola durch eine Holzpforte in den Garten ab, von dem aus sie in die privaten Wohnräume gelangen würden, die sich etwas abseits und von einem Gartenteich getrennt in den ehemaligen Stallungen befanden. Während sie über Natursteinplatten, aus deren Fugen Gräser und Moose wuchsen, an einem Rosenbeet vorbeigingen, hielt Carolin abrupt inne.

»Bist du krank?«, wollte sie von Lola wissen.

Die wandte sich ihr zu und starrte sie an. »Was?«

»Ich habe mich nur gefragt, ob es dir gut geht. Gesundheitlich. Zugegeben, wir hatten in den letzten Jahren wenig Kontakt, aber du hättest mir doch gesagt, wenn du etwas Schlimmes hättest, oder?«

Lola fixierte Carolin. »Du meinst Krebs. Wie Papa.«

Carolin nickte.

»Nun.« Zunächst schien Lola verärgert, aber dann wurden ihre Gesichtszüge plötzlich mild, und sie lächelte. »Bis auf die üblichen Wehwehchen, die man mit dreiundvierzig hin und wieder hat, bin ich kerngesund. Das ist auch gut so, weil …« Sie brach ab und schien nachzudenken.

»Weil?«, hakte Carolin nach.

»Nichts, das war's.«

Carolin warf der Schwester einen letzten skeptischen Blick zu, wollte ihr allerdings Zeit geben, sich zu öffnen. Immerhin war sie ziemlich unverhofft aufgetaucht, es war ganz normal, dass Lola nicht gleich alles vor ihr ausbreitete.

»Und deine Schwiegereltern sind auf Weltreise?«, fragte sie, um das Gespräch auf ein unverfänglicheres Thema zu lenken. »Das finde ich ganz schön mutig.«

»Manchmal muss man eben verrückte Sachen machen, auch wenn das keiner erwartet. Sieh dich an, du bist hier. Das grenzt nahezu an ein Wunder.«

»Ja«, stimmte Carolin zu. »Den Schuh muss ich mir wohl oder übel anziehen.«

»Jetzt bist du ja hier«, wiederholte Lola. »Und das ist auch gut so.«

Carolin folgte Lola durch den nach Jasmin duftenden Garten, am Wintergarten samt der Terrasse des Hotels vorbei, über eine Holzbrücke, die über einen Teich führte. Er trennte den Gäste- vom Privatbereich, den Rest der Grenze bildeten mannshohe Kirschlorbeersträucher.

Ohne ein weiteres Wort ließ sich Carolin in die nach Möbelpolitur duftende Einliegerwohnung von Lolas Schwiegereltern bringen, die sich im Dachgeschoss des Privathauses befand und in der unzählige Kinder-, Hochzeits- und Urlaubsfotos an den Wänden hingen, Spitzendeckchen auf den dunklen Eichenmöbeln und Teppiche auf dem Dielenboden lagen und die so ordentlich und sauber war wie in einem Urlaubskatalog.

»Wir sehen uns später, ja?«, sagte Lola, nachdem sie Carolin kurz angebunden die Wohnung gezeigt und einige Äpfel in eine Schale auf dem Küchentisch gelegt hatte.

»Ich dachte, wir reden noch?«, fragte Carolin überrascht zurück, doch Lola hob den Gemüsekorb und schüttelte den Kopf.

»Zuerst muss ich den Korb wegbringen und ein paar Anrufe erledigen. In der Zwischenzeit kannst du ja schon mal ein paar Seiten schreiben oder so.«

Carolin nickte langsam, aber zufrieden war sie mit Lolas Plan nicht, die zum Abschied noch mal winkte, aus der Wohnungstür trat und diese hinter sich zuzog. Jetzt war es ganz still, bloß das Ticken einer Uhr wies darauf hin, dass die Sekunden verstrichen. Nun gut, Carolin würde sich gedulden. Außerdem hatte sie jetzt Zeit, Hannibal freizulassen, sich einzurichten, durchzuatmen und die erste Begegnung mit Lola sacken zu lassen. Später war noch genug Zeit zum Reden. Bis dahin machte Carolin das, wofür sie in die Heide gekommen war: ihren Roman retten.

Nachdem Carolin das Gästezimmer kaninchensicher gemacht hatte, indem sie den giftigen Drachenbaum vom Boden auf die Fensterbank stellte und sämtliche Stromkabel vom Boden entfernte, setzte sie sich kurz entschlossen mit ihrem Laptop an den rustikalen Eichenküchentisch, wo sie eine geschlagene Stunde damit verbrachte, den Text querzulesen, um in die Geschichte zu finden. Anschließend starrte sie eine Weile auf die letzte geschriebene Zeile und beschloss, mal etwas Neues auszuprobieren und eine Szene zu schreiben, die erst später im Buch vorkommen würde, ihr jedoch leicht von der Hand gehen sollte. Eine Landschaftsbeschreibung zum Beispiel. Und sie entschied sich dazu, die Worte einfach fließen zu lassen, ohne Punkt und Komma.

Ella lehnte an der Reling der Segeljacht und blickte über das weite dunkelblaue Meer, an dessen Ende die Sonne unterging und in einem Pool aus rotgelbem Gold badete, als ob …

Als ob das jetzt ein besonderer Lesegenuss wäre! Rotgelbes Gold – pah! Carolin öffnete ein leeres Dokument, in der Hoffnung, ohne bestehende Textfragmente besser schreiben zu können. Sie wollte sich an einem Dialog versuchen, losgelöst von allen Regeln.

»Das kannst du mir nicht antun, David.«
»Dann sag mir doch, was ich stattdessen tun soll.«
»Wenn ich dir das noch sagen muss, sehe ich keinen Sinn mehr, dieses Gespräch fortzuführen.« (Tränen)
»Liebste Ella, ich werde es wiedergutmachen, versprochen. Aber bis dahin müssen wir damit leben, dass ich …« (Tränen wegwischen)

David war ein Idiot, fand Carolin. Und Ella weinte ihm ständig nach, statt mal ordentlich auf den Tisch – beziehungsweise auf die Reling – zu hauen. Gedankenverloren griff sie nach einem rotgrünen Apfel, der in der Obstschale auf dem Tisch lag, rieb ihn an ihrem Oberschenkel und biss hinein. Vielleicht sollte sie mit Ella ihren eigenen Ernstfall proben und sie David so richtig die Meinung sagen lassen. Konnte es sein, dass die fiktive Ella ihr zu ähnlich war und sie deswegen nicht mit ihrer Figur zurechtkam? Carolin erhob sich, den Apfel immer noch in der Hand, und sah von oben auf ihr Manuskript herab. David hatte Ella übel mitgespielt, hatte ihr Geld verzockt, ihre Zukunft zerstört. Sie durfte ihm auf keinen Fall hinterherrennen. Im Gegenteil! Es wäre an ihm, sich zu entschuldigen und endlich für seinen Fehler geradezustehen, die Ärmel hochzukrempeln und zu kämpfen. Vielleicht musste Carolin jemanden erschaffen, der David wachrüttelte. Jemanden, der ihm Ella wegschnappen wollte. Sie beschloss, über diese Idee nachzudenken und sich in der Zwischenzeit in ihrem Zuhause auf Zeit umzusehen.

Neugierig öffnete sie Küchenschränke, fand Teller, Tassen und Besteck, Spülmittel und Putztücher, eine Packung Haferflocken, Mehl, Salz sowie andere Gewürze und Kleinigkeiten, die man im Kochalltag brauchen kann. Von der Küche aus schlenderte sie über den Flur geradewegs ins Wohnzimmer, in dem eine geblümte Couchgarnitur stand, auf deren Armlehnen ebenfalls Spitzendeckchen lagen. Die Kissen waren ordentlich aufgeschüttelt, und auf dem Couchtisch lagen drei Fernbedienungen fein säuberlich nach Größe sortiert. Carolin biss erneut in den Apfel und bewunderte überrascht den riesigen Flachbildschirm, der an der Wand befestigt und bestimmt doppelt so groß wie ihr eigener Fernseher war. Er passte überhaupt nicht zum Mobiliar, aber Carolin fand es süß, dass die alten Herrschaften, was Technik anging, offenbar doch modern waren. Kauend suchte sie das Bad auf, in das sie vorhin bereits ihre Kulturtasche gestellt hatte und das in Braungrün gehalten war. Carolin sah keinerlei Kalkflecken an und um die Armaturen, und alles wirkte sehr gepflegt. Auf den Rand der Badewanne hatte Lola ein paar Handtücher gelegt, ehe sie gegangen war. Die Schlafzimmertür ließ Carolin unberührt, zu privat, sich darin umzusehen. Sie fand es schon merkwürdig genug, überhaupt hier zu sein, aber Lola hatte geschworen, dass es kein Problem wäre. Zuletzt betrat Carolin das kleine Gästezimmer, in dem ein schwerer Holzkleiderschrank, ein Schreibtisch aus Eichenholz und ein eher modernes weißes Bett standen, das einen hellen Akzent in das Zimmer brachte und über dem ein Ölgemälde hing, welches einen reetgedeckten Stall inmitten einer blühenden Heidelandschaft zeigte. Davor grasten einige Heidschnucken. Das funktionale Bett passte kein bisschen zur restlichen Einrichtung, aber das machte die Wohnung irgendwie lebendig, es lockerte sie auf und zeigte die Einstellung der Besitzer. Allein die Tatsache, dass die beiden mit fast achtzig durch die Welt tingelten, fand Carolin bewundernswert.

Carolin ging zurück in die Küche, um Tee zu kochen, warf einen Blick in den Kühlschrank und beschloss, später einkaufen zu fahren. Das Frühstück aus dem Speisewagen würde ihr über den Tag nicht ausreichen. Sie könnte den Bus nehmen, falls es hier so etwas wie eine regelmäßige Buslinie überhaupt gab. Im Flur, in dem neben der Garderobe (aus Eiche, logisch) eine kleine, mit Gold umrahmte Fotogalerie hing, hielt Carolin inne.

Es gab ein paar Kinderfotos von ihrem Schwager Paul, zu dem sie ein entspanntes, wenn auch kein inniges Verhältnis hatte. Sie betrachtete ein Bild, auf dem er in einer Buche saß und winkte. Wie alt mochte er gewesen sein? Neun vielleicht. Oder acht. Eventuell sogar jünger, denn wenn man genau hinsah, erkannte man, dass die Schneidezähne fehlten. Auf einem anderen Bild hielt er ein Kaninchen im Arm, das ein Füßchen verbunden hatte. Paul trug einen viel zu großen Arztkittel und ein Stethoskop um den Hals. Offensichtlich hatte er schon zeitig Ambitionen für den Beruf des Tierarztes gezeigt. Auf einem Einschulungsfoto strahlte der frisch ernannte Erstklässler vor Stolz in die Kamera und hielt eine Schultüte im Arm. Carolin erinnerte sich noch genau an ihre eigene Einschulung. Nicht nur wegen der Tatsache, dass sie endlich »groß« war, sondern daran, wie enttäuscht sie gewesen war, weil sie keine grellpinke und mit bunten, aufgeklebten Luftballons gebastelte Schultüte bekommen hatte wie Lola. Carolins war dunkelblau gewesen, mit Schildkröten darauf, aber sie hätte viel lieber Ballons gehabt. Und das Stoffkaninchen, das auf Lolas Tüte gethront hatte. Damals hatte sie es ungerecht von ihrem Vater gefunden, heute wusste sie, dass er ihr nur eine Freude hatte machen wollen, nachdem sie sich so lange eine Schildkröte gewünscht hatte. Die echte hatte nach dem Mittagessen auf einmal in einem Terrarium in Carolins Zimmer auf sie gewartet.

Wenn sie nicht alles täuschte, trug die unscharfe Gestalt im Hintergrund von Pauls Einschulungsfoto eine ähnliche Schultüte wie Lolas. So ein Zufall!

Als im Untergeschoss eine Tür mit einem *Rumms!* zufiel und ein aufgebrachtes »Kannst du mir mal sagen, warum du schon wieder so ausflippst?« von Paul folgte, schreckte Carolin zurück und verdrängte die Gedanken an ihr sechsjähriges Ich sofort. Sie horchte auf.

»Das fragst du noch?«, keifte Lola. »Ich hatte dich lediglich gebeten, mich ein bisschen bei der Gartenarbeit zu unterstützen, aber du bist ja wieder mal mit irgendwelchen Tieren beschäftigt.«

Verwundert hob Carolin eine Braue. Ihre große Schwester war bisher in allen, wirklich allen Lebenslagen so unerschütterlich gewesen, dass man es manchmal kaum aushielt. Sogar nach Papas Tod hatte sie in einer im Nachhinein bewundernswerten Ruhe geregelt, was zu regeln war, hatte auf die vierzehnjährige Carolin aufgepasst, die nach dem plötzlichen Verlust außer Kontrolle geraten war und sogar einmal von der Polizei nach Hause gebracht werden musste. Lola hatte nicht ein Mal die Beherrschung verloren. Es musste also etwas wirklich Schlimmes passiert sein, dass sie in dem Ton mit ihrem Mann sprach. Leise öffnete Carolin die Wohnungstür und lauschte, was nicht in Ordnung, aber notwendig war.

»Du weißt genau, dass ich den Notdienst in der Tierarztpraxis übernommen habe, um Claas zu unterstützen. Und es sieht ganz gut aus mit dem Job für mich.«

»Du hast doch längst einen Job. Nämlich hier, im Hotel! Du hast versprochen, mir zu helfen. Wir wollten das gemeinsam durchziehen!«, warf Lola aufgebracht ein.

»Das hätten wir auch, wenn du mich gelassen hättest. Ich habe dir schon tausend Mal gesagt, dass du mich dann auch miteinbeziehen musst, aber das machst du nicht. Hast du nie gemacht! Was also sollte ich deiner Meinung nach tun – Däumchen drehen?«

»Hast du dir mal den Garten angesehen? Den Zaun? Die Gartenmöbel? Ich kann nicht auf allen Hochzeiten gleichzeitig tanzen. Ein bisschen mehr Eigeninitiative deinerseits – mehr verlange ich doch gar nicht!«

»Eigeninitiative? Erinnerst du dich, was die letzten Male dabei rausgekommen ist, als ich von mir aus damit angefangen habe, die Beeteinfassung vorne neu zu machen? Du bist total durchgedreht, weil ich in deinen Augen wieder mal alles falsch gemacht habe«, rechtfertigte sich Paul.

»Völliger Unsinn!«

»Ach ja? Weißt du eigentlich, wie weh das tut, dass …«

Als Carolin das Kitzeln in der Nase bemerkte, war es bereits zu spät. Sie nieste. Mist! Paul und Lola waren auf einmal verstummt. Wenige Sekunden später hörte Carolin schwere Schritte näher kommen. Eilig schloss sie die Tür und flitzte wie ein Eichhörnchen ins Schlafzimmer, wo sie noch ein paar Kleidungsstücke aus dem Koffer in den Schrank räumte.

»Ist offen!«, rief sie, als jemand an der Wohnungstür klopfte. Bald darauf stand Paul im Türrahmen des Schlafzimmers. Er wirkte aufgewühlt und erschöpft, die wirren braunen Haare waren mit grauweißen Strähnen durchsetzt. Die waren beim letzten Treffen definitiv noch nicht da gewesen. Aber das war ja, wie Carolin sich bei ihrer Ankunft eingestanden hatte, schon lange her.

»Du bist also wirklich hier«, begrüßte er sie. »Ich konnte es gar nicht glauben, als Lola es vorhin kurz erwähnte.«

»Vor dem Streit, meinst du. Tut mir leid, dass ich gelauscht habe, aber ihr wart nicht zu überhören«, sagte Carolin. »Und ja, ich bin's wirklich. Hallo, Paul, schön, dich zu sehen.«

Er schloss sie fest in die Arme, und Carolin atmete überrascht durch.

»Wir freuen uns sehr, dass du da bist«, murmelte er in ihr Haar und schob sie schließlich von sich. »Wie geht es dir? Die neue Frisur steht dir. Du siehst gut aus!«

»Du aber auch«, schwindelte Carolin, weil sie nicht recht wusste, was sie darauf sagen sollte. Schwager hin oder her, Komplimente von Männern bekam sie nicht allzu oft.

»Ich bin wieder drüben!«, rief Lola von unten. Sie klang immer noch sehr aufgebracht. »Bei der Arbeit. Allein!«

Erneut fiel eine Tür unsanft zu, und Paul schloss mit einem Seufzer für wenige Sekunden die Augen. Dann bückte er sich nach dem Kaninchen, das sofort Reißaus nahm. »Da ist ja unser alter Freund Hannibal. Er mag mich wohl nicht.«

»Nimm's nicht persönlich. Nach fünfeinhalb Stunden in seinem Verlies ist er verständlicherweise verstimmt.« Sie wollte Paul unbedingt fragen, worum es bei der Auseinandersetzung gegangen war, zögerte allerdings, gleich mit der Tür ins Haus zu fallen. Sie beschloss, sich dem Thema unverbindlich zu nähern. »Ich mache mir einen Tee, möchtest du auch einen?« *Vielleicht erzählst du mir dann, was hier los ist?*, wollte sie hinzufügen, aber diese Frage wäre für das erste Gespräch nach langer Zeit zu indiskret gewesen.

»Tee wäre super, und …« Abrupt brach Paul ab und schlug sich mit der Hand gegen die Stirn. »Verdammt, jetzt fällt mir wieder ein, warum ich überhaupt hergekommen bin, ehe mich Lola im Garten abgefangen hat. Du hast doch bestimmt Hunger, und der Kühlschrank ist leer. Mach mir eine Liste, und ich fahre schnell in den Supermarkt.«

Es tat gut, dass sich jemand um sie kümmerte, aber Carolin bezweifelte, dass ihr Wohlergehen für Paul derzeit oberste Priorität haben sollte.

»Es geht mich zwar nichts an«, begann sie vorsichtig. »Aber solltest du nicht lieber den Zwist zwischen Lola und dir klären? Ich fahre mit dem Bus. Oder nehme ein Taxi.«

»Kommt nicht infrage. Und was deine Schwester angeht – ihr kann man sowieso nichts recht machen. Das Einzige, was für sie zählt, ist das Hotel. Wir streiten schon seit Monaten deswegen.«

Nun hatte sie das Thema doch auf den Streit gelenkt – na prima.

»Lola ist mit nichts zufrieden, was ich hier anfasse. Sie hält über alles die Hand und meckert ständig an mir herum. Wenn ich rote statt weiße Blumen aussuche, ist es falsch, wenn ich keine besorge, auch. Will ich ihr im Büro helfen, schickt sie mich weg, tue ich es nicht, wirft sie mir das vor. Falls Lola aus irgendeinem Grund mal ausfallen sollte, wüsste ich nicht, wie ich den Betrieb aufrechterhalten sollte. Sie hält mich komplett raus. Also kümmere ich mich um die Tiere und helfe in der örtlichen Tierarztpraxis aus. Und es sieht so aus, als würde ich dort ab Herbst fest angestellt werden.« Paul verschränkte die Arme vor der Brust. Seine Gekränktheit stand ihm geradezu ins Gesicht geschrieben. »Das wollte ich sowieso schon lange wieder in Angriff nehmen, und wenn ich hier ohnehin nicht gebraucht werde, ist es doch das Beste, was mir beziehungsweise uns passieren kann. So nerve ich Lola wenigstens nicht mit meiner Anwesenheit.«

Oje, das klang gar nicht gut. Carolin wollte etwas Tröstendes sagen, etwas Konstruktives, aber ihr fiel nichts ein, außer: »Wie wäre es, wenn ich Lola und dich heute zum Essen einlade? Ich koche.« Auf einmal fand sie ihre Idee sogar richtig gut. Auf diese Weise schlug sie drei Fliegen mit einer Klappe: Sie würde Zeit mit ihrer Familie verbringen, ein bisschen mehr über den Grund der Streitigkeiten erfahren und bestenfalls sogar dazu beitragen, dass Lola und Paul sich wieder vertrugen.

»Lola und ich an einem Tisch? Ich weiß nicht. Du hast ja gehört, dass wir uns im Moment nicht so gut verstehen.« Er verzog den Mund. »Es ist gerade alles etwas schwierig. Und bei dir? Wie läuft es bei dir und Lars?«

»Er heiratet demnächst.« Als sie Pauls verblüfftes Gesicht sah, fügte sie hinzu: »Nicht mich. Ich bin nicht hier, um euch zu meiner Hochzeit einzuladen.«

Paul sah sie mitfühlend an, dann sagte er mit einem Seufzer: »Ach, Lars. Dieser Dummkopf. Tut mir leid, das zu hören. Kommst du zurecht?«

»Natürlich!« Das war ja nur halb geschwindelt.

»Lola hat's gewusst, oder? Und sie hat mir nichts gesagt. Siehst du, das meine ich.« Hilflos hob er eine Schulter. »Und wie läuft's mit dem Schreiben?«

»Super! Einfach toll!«, beteuerte Carolin und wandte den Blick postwendend ab.

»Aha, so schlimm also.« Paul rieb sich den Nacken.

»Ich bin hier, um die nötige Ruhe zum Schreiben zu finden«, gab Carolin schließlich zu und zuckte die Achseln. »Aber natürlich auch, um Zeit mit euch zu verbringen. Mir ist ja bewusst, dass die letzten Jahre verstrichen sind, ohne dass wir wirklich am Leben der jeweils anderen teilgenommen haben. Aber das will ich jetzt ändern.«

»Darüber wird sich Lola bestimmt freuen. Sie hat sich schon so lange gewünscht, dass du dich mehr für das Hotel interessierst.«

»Für das Hotel? Eigentlich geht es mir um euch. Um Lola und dich. Und um meine Arbeit. Was habe ich denn mit dem Hotel zu schaffen?«

»Na ja, ich dachte, du …« Paul brach ab und sah sie eindringlich an. »Klar, das Manuskript.«

Was hatte er denn auf einmal? Carolin wurde nicht schlau aus ihm, doch bevor sie nachfragen konnte, fuhr er fort: »Du kannst dir ja überlegen, ob ich für dich einkaufen oder dich eben zum Supermarkt nach Groß Odorf bringen soll. Falls du mich suchst – ich bin im Stall und organisiere dir einen Unterschlupf und einen Käfig für Hannibal, damit der kleine Kerl einen Schlafplatz und eine Toilette hat. Viel Erfolg beim Schreiben und bis später.«

Ohne ein weiteres Wort wandte er sich von Carolin ab, die zu einem verwirrten Danke ansetzte. Aber da fiel die Wohnungstür bereits zu, und Carolin starrte perplex auf die Stelle, an der Paul soeben noch gestanden hatte.

Was war nur los mit ihm und Lola? Carolin ahnte, dass Ärger bevorstand. Und dass Pauls und Lolas Streit nur der Anfang war.

Kapitel 5

Nachdem Paul verschwunden war, hatte Carolin sage und schreibe zwei Seiten zu Papier gebracht, das Ergebnis überzeugte sie allerdings kein bisschen. Wer wollte bitte schön eine Liebesszene lesen, in der eigentlich nur Kaffee getrunken und ein bisschen geküsst wurde? So etwas Langweiliges hatte Carolin nicht einmal selbst erlebt, und ihr Liebesleben war streckenweise auch nicht gerade spannend gewesen. Ihr fehlte immer noch das Gespür für die richtigen Worte. Für Atmosphäre und die perfekte Umgebung. Mitten im Manuskript gab es einige Szenen mit Logikfehlern, die sie halbherzig ausbesserte. Zwischendurch fand sie den Text selbst so dröge, dass sie sich für ihre eigene Arbeit schämte. Was war nur los mit ihr? Wenn sie wenigstens den roten Faden für die Geschichte finden würde. Oder den Handlungsort. Mittlerweile schaffte sie es nicht einmal mehr, Listen zu schreiben. Ein Gedicht zur Ablenkung vielleicht? Etwas, das über »Ene, mene, miste, es rappelt in der Kiste« hinausging. Oder eine Kurzgeschichte. Einen Brief. Eine Szene, losgelöst vom Handlungsablauf – nichts ging! Es war zum Verrücktwerden. Was, wenn sie leergeschrieben war? War so etwas möglich? Gab es wirklich diesen Punkt, an dem man das Schreiben aufgeben musste, weil man am Ende seiner schriftstellerischen Leistungsfähigkeit angekommen war, wie ein Gewichtheber, der sich im Laufe der Jahre den Rücken kaputtgehoben hatte? Oh nein, das durfte nicht sein. Sie liebte ihre Arbeit, und womit sollte sie auch sonst ihren Lebensunterhalt verdienen? Carolin konnte sich nichts anderes vorstellen.

Hannibal stupste sie mit der Nase am Knöchel an, und sie nahm ihn auf den Arm. Er guckte immer noch ein wenig verdrießlich, schien allerdings zu spüren, dass Carolin dringend Nähe benötigte. Wie recht er damit hatte! Sie kraulte seine flauschigen Ohren, von denen sie nicht genug bekommen konnte, streichelte seinen Rücken und setzte ihn schließlich auf dem Teppich ab. Er war wirklich wie ein Hund, den sie überall laufen lassen konnte. Einen Moment lang sah sie ihm dabei zu, wie er unter das Bett hoppelte, und musste dann an Lola denken. Hatte es einen Streit gegeben, den Carolin verdrängt hatte und der schuld an dieser Distanz zwischen ihnen war? Seufzend setzte sie sich auf die Bettkante. Offensichtlich musste sie ein bisschen tiefer in ihren Erinnerungen graben, aber dafür brauchte sie Ruhe.

Carolin schloss die Augen und wagte sich gedanklich in die Zeit zurück, in der ihr Vater noch lebte. Der Krebs war schon weit fortgeschritten, und Papa hatte den Mädchen immer noch nichts davon erzählt. Carolin ahnte längst, dass ihn mehr als eine hartnäckige Grippe heimsuchte, aber wer war mit vierzehn Jahren schon erwachsen genug, mit dem Vater über seine Befürchtungen zu sprechen? Als Kind vertraute man doch darauf, dass die Eltern die Wahrheit sagten. Aber dann ging alles schneller als erwartet, und ehe es sich die Mädchen versahen, waren sie Halbwaisen, auf sich allein gestellt. Zu diesem Zeitpunkt versuchte Lola vergeblich, die Mutter ausfindig zu machen, und kämpfte gleichzeitig darum, die Vormundschaft für die kleine Schwester zu erwirken. Mit Erfolg. Von all dem bekam Carolin selbst allerdings nur wenig mit. Sie konnte es nicht fassen: Ihr geliebter Papa war für immer weg, sie würde nie wieder mit ihm Geschichten lesen und auch nicht mit ihm streiten, weil sie keine Lust hatte zu lernen. Und weil ihr Vater fort war, lernte Carolin erst recht nicht mehr. Zuerst war sie viel zu traurig, weinte tagelang, litt unter dem Verlust, der so groß war, dass sie das Gefühl hatte, ihn niemals überwinden zu können. Außerdem fragte sie sich in dieser Zeit oft, warum die Mutter nichts mit ihr zu tun haben wollte. Früher hatte Carolin öfters nach ihr gefragt, doch Papa hatte auch nichts über ihren Verbleib gewusst. Vielleicht hatte er es auch nicht wissen wollen. Letztlich war es Carolin egal, weil sie nichts vermisste. Aber nach dem Tod ihres Papas hätte sie ihre Mama schon gebraucht. Und Lola auch, die notgedrungen die Rolle der Starken übernahm, die ihr Zeit gab, sich zu finden, die sie in die Schule brachte. Aufgaben, die eben ihre Mutter hätte übernehmen sollen. Carolin beschloss, nie wieder einen Gedanken an sie zu verschwenden.

Gott sei Dank hatte ihre Schwester einen verständnisvollen Arbeitgeber, der ihr Freiraum für ihre privaten Belange gab, solange sie in der Berufsschule ihre

Leistung erbrachte. Carolin zog sich mehr und mehr zurück, und am ersten Todestag des Vaters und somit kurz nach ihrem fünfzehnten Geburtstag war sie das erste Mal derart betrunken, dass Lola sie ins Krankenhaus bringen musste.

Carolin zog die Schultern hoch. Sie hatte es der Schwester damals nicht leichtgemacht – oh nein. Dennoch hatte sie durchgehalten und es letztendlich geschafft, sich berappelt. Aber sie hatte fünf lange Jahre dafür gebraucht.

Carolin schluckte schwer und lockerte die Kiefermuskulatur. Sie hatte gar nicht bemerkt, wie fest sie Ober- und Unterkiefer zusammengebissen hatte, während sie in die Vergangenheit gereist war. Mit Anfang zwanzig hatte Carolin dann ihren ersten Bucherfolg gefeiert, und Lola war nach Hannover zu Paul gezogen. Aber auch das rechtfertigte nicht, dass der Kontakt zu ihrer Schwester in den darauffolgenden Jahren mehr und mehr eingeschlafen war. Genau genommen war das Warum auch nebensächlich. Wichtig war bloß, dass sie es von nun an anders machten.

»Ich muss zu Lola«, sagte sie in die Stille hinein, rutschte vom Bett, kniete sich auf den Boden und kauerte sich zusammen, damit sie unter das Bett gucken konnte, wo Hannibal saß und sich das Fell putzte. »Vielleicht kann ich ihr ja helfen. Bin bald zurück, mein Schatz.« Sie erhob sich und verließ das Gästezimmer, wobei sie sorgsam die Tür verschloss, damit Hannibal sich nicht in der gesamten Wohnung selbstständig machte. Er passte in jedes Schlupfloch, und wenn er einmal weg wäre, würde sie ihn nie wiederfinden. Eine fürchterliche Vorstellung! Carolin lief die Treppe hinunter. Sie wollte im Hotel nach Lola suchen. Draußen wurde sie von Vogelgezwitscher empfangen, das sie in der Stadt so nie zu hören bekam. Eine Kolonie Spatzen badete im flachen Bereich des Gartenteichs, der grünstichig von Algen war und in dessen Mitte ein Springbrunnen plätscherte. Gerne hätte Carolin den Vögeln zugesehen, zumal die frühsommerlichen Temperaturen geradezu zum Verweilen einluden. Dennoch passierte sie kurz darauf die Hotelterrasse, auf der mehrere Holzliegen, Stühle und Tische standen, die dringend einen Anstrich benötigten. Wenn sie Lola und Paul ein wenig zur Hand ging, würde sie helfen und sich gleichzeitig ablenken, was hoffentlich den Kopf frei für neue schriftstellerische Ergüsse machen würde. Mit großen Schritten ging sie am Gebäude entlang, um das Hotel über den Haupteingang zu betreten. Carolin verzog den Mund, als sie die Tellerhortensie an der Hausecke erreichte und den schwarzen Porsche sah, der immer noch auf dem Schotterparkplatz stand und großzügig zwei Stellplätze blockierte. Sein Besitzer schien zwar einiges auf sich zu halten, aber Einparken gehörte offensichtlich nicht zu seinen Stärken. Schnell bog Carolin in Richtung Haustür ab, um kurz darauf die zwei Stufen zum Eingang hinaufzusteigen, die gusseiserne Türklinke hinunterzudrücken und in den Schlechtparker hineinzurennen, der ihr unerwartet entgegenkam.

»Das Schicksal möchte wohl, dass wir uns ständig

begegnen, was?«, fragte er lächelnd und sah Carolin an, die sich den Unterarm rieb, mit dem sie am Türgriff hängen geblieben war. »Alles in Ordnung? Lassen Sie mal sehen.«

Ehe er nach ihr greifen konnte, zog Carolin den Arm weg. Dass er nach ihrer Abfuhr so fürsorglich war, irritierte sie.

»Geht schon«, sagte sie schnell und linste an ihm vorbei. »Was ist denn da los?«

Abgesehen davon, dass der Raum mit dem vor wenigen Jahren restaurierten Kachelofen und den beiden mit Kissen vollgestopften Sofas eher wie ein Wohnzimmer anstatt wie eine Hotellobby wirkte, stand ein Gast wild gestikulierend am Rezeptionstresen. Dahinter bemühte sich Lola um ein freundliches Gesicht, was Carolin daran erkannte, dass ihre Augen starr blieben.

»Es tut mir sehr leid, dass Sie unzufrieden sind, Herr Kaaswächter. Gegen den Lärm des nachbarschaftlichen Rasenmähers alle zwei Tage kann ich wirklich nichts tun. Aber schauen Sie, es ist doch immer nur eine Stunde – ich werde jedoch gerne nachfragen, ob man das Rasenmähen auf eine spätere Uhrzeit verschieben kann.«

Herr Kaaswächter schüttelte energisch den Kopf. »Es ist ja nicht nur der Lärm noch vor der Aufstehzeit. Die Vorhänge dunkeln nicht genügend ab, die Treppe knarrt, wenn jemand hinaufgeht, und dass das Frühstück überhaupt nicht der Beschreibung auf Ihrer Website entspricht – nun ja, das habe ich Ihnen ja heute Morgen schon gesagt.«

»Das hat er«, raunte der Porschefahrer Carolin ins Ohr. »Und zwar laut und deutlich.«

Etwas weiter weg lauschte ein hochgewachsener, kugelbäuchiger Mann aufmerksam der Diskussion, während er sich zwischendurch am Leberfleck vor seinem Ohr kratzte.

Neben ihm stand eine untersetzte Frau, deren Haare sich in winzigen Locken über den Schultern kräuselten wie Geschenkband, das jemand über ein scharfes Messer gezogen hatte.

»Wir finden das Frühstück nicht so übel, oder, Werner?«, fragte sie.

Werner ließ sich von der gereizten Stimmung am Tresen nicht beeindrucken und sagte: »Nu lassen Sie doch die Frau Maackmann in Ruhe und nehmen es, wie es ist. Sie kann schließlich nichts dafür, wenn das Küchenpersonal nicht auftaucht.«

»Ich habe ein exzellentes Frühstück bezahlt, also will ich auch eins haben«, beharrte der Meckerfritze und kreuzte die Arme vor der Brust.

»Es tut mir wirklich leid, wenn Sie unzufrieden sind, Herr Kaaswächter. Ich tue, was ich kann, um das Frühstück zu verbessern. Darf ich Sie bis dahin auf ein Stück Kuchen in unserer Dorfbäckerei …«, versuchte Lola, die Wogen zu glätten.

Soweit Carolin das aus ihrer Perspektive beurteilen konnte, war dieser Herr Kaaswächter recht schick gekleidet, allerdings sah sein Anzug nicht so nobel aus wie der des Porschefahrers, dem sie ab jetzt wohl oder übel öfter begegnen würde.

»Ich bin also nicht der Einzige, der mit dem Essen unzufrieden ist«, sagte der nun zu Carolin. Er nervte.

»Sie denken wohl immer nur ans Essen, oder?«, zischte sie, als sich der nächste Gast in die Essensdiskussion einklinkte.

»Das Frühstück ist echt scheiße«, mischte sich jetzt ein strohblonder Junge ein, der betont lässig auf einem der beiden Sofas vor der Rezeption saß und bisher hochkonzentriert und mit Kopfhörern auf den Ohren auf sein Tablet gestarrt hatte. »Ausnahmsweise hat Torsten recht.«

»Ole!«, rief die Frau ihm gegenüber entsetzt aus, die der Haarfarbe nach seine Mutter war.

»Darf man jetzt nicht mal mehr sagen, wenn man was scheiße findet?«, fragte Ole, ohne die Kopfhörer abzunehmen, weswegen er sehr laut sprach. »Der ganze Urlaub ist übrigens scheiße, weil es hier nix weiter gibt als Biolärm, aber du wolltest ja unbedingt, dass ich schon wieder mitkomme. Also beschwer dich nicht, dass ich es jetzt kacke finde, Mom. Und den Käsetypen mag ich sowieso nicht.«

»Also, das ist …«, begann Herr Kaaswächter. »Einfach unglaublich. Ich meine … Mareike, also deine Mutter, meint es doch nur gut.«

»Mag sein, dich kann ich aber trotzdem nicht ab.« Ole zuckte die Schultern.

Oles Mutter beugte sich vor und tippte an sein Knie. »Komm, beruhige dich«, sagte sie. »Wir reden später darüber.« Die arme Frau, deren Wangen ohnehin schon leuchteten wie ein Paradiesapfel, richtete sich auf, obwohl jeder mit ein wenig Einfühlungsvermögen ahnte, dass sie sich in Grund und Boden schämte.

Ole verdrehte die Augen und tat so, als steckte er sich den Zeigefinger in den Hals.

»Ole, letzte Warnung.« Sie knetete ihre zitternden Hände.

»Sonst was?« Ole gab einen verächtlichen Laut von sich.

»Ein Tag Handyverbot.«

Offensichtlich juckte Ole die angedrohte Konsequenz nicht die Bohne. Er kramte einen Kaugummi aus der Hosentasche, wickelte ihn aus der Folie, steckte ihn in den Mund und stopfte den Müll in die Ritze zwischen der Sitzfläche und der Lehne. »Alter Mom, chill deine Nuggets!«

Carolin musste unbedingt Moni erzählen, dass ihr Kind nicht das einzige auf diesem Planeten war, das in einem gewissen Alter mutierte.

»Chill deine Nuggets«, wiederholte der Bierbäuchige jetzt und brach in schallendes Gelächter aus. »'tschuldigung, aber so was Verrücktes habe ich noch nie gehört. Du vielleicht, Doris?«

Herr Kaaswächter wandte sich nun wieder zu Lola zu, die daraufhin erneut ihr Lächeln anknipste wie eine Nachttischlampe.

»Also«, setzte er an, während sein Gesicht ketchuprot anlief. »Frau … äh … Maackmann. Morgen erwarte ich das Frühstück, das ich bezahlt habe und das Sie vor allem versprochen haben. Vielfältig, lecker und frisch. Und abwechslungsreich. Ansonsten …«

»Vielleicht sollten wir alle mal unsere Nuggets chillen«, schlug Werner vor und lachte noch herzhafter, womit er sich fast wie ein alter Traktor anhörte, der nun auf Carolin zurollte. Seine Frau Doris kicherte, Herr Kaaswächter hingegen schäumte über vor Zorn. Er ballte die Hände zu Fäusten, während sein Gesicht rot wie der Lippenstift wurde, den Oles Mutter trug und dessen greller Farbton sich unnatürlich stark von ihrer sehr hellen Haut abhob. Carolin drehte sich zum Porschefahrer um, dem Werner jetzt die Schulter klopfte.

»Mächtig was los hier, was, Till?«

Till warf Carolin einen kurzen Blick zu, der ihr suggerierte, dass er nicht sonderlich erbaut darüber war, wie Werner seinen Namen herausposaunte. Sie konzentrierte sich wieder auf die Szenerie an der Rezeption und nicht darauf, dass Anonymität an diesem Ort Fehlanzeige war.

»Herr Kaaswächter«, setzte Lola nun in sanftem Tonfall an. Carolin wusste nicht, ob sie selbst so gefasst bleiben würde. »Ich gelobe Besserung, versprochen.«

»Sehen Sie«, sagte Werner und rieb sich mit den flachen Händen den Bauch. »Da wir die ganze Zeit von Essen gesprochen haben – ich brauche jetzt ein Stück Kuchen. Wie sieht's mit dir aus, Täubchen?« Er winkte seine Frau zu sich, die das Gesicht verzog, und Carolin war unsicher, ob sie das wegen der öffentlichen Verwendung des Kosenamens oder der Aussicht auf Kuchen machte. Als sie ihn erreicht hatte, nahm er ihre Hand und fügte leise hinzu: »Ein Spaziergang ohne Kuchen tut's auch, wenn dir das lieber ist.«

Als Carolin sich das nächste Mal umdrehte, war Till verschwunden, als hätte er sich in Luft aufgelöst. Nur sein Aftershave hing noch in der Luft. Es erinnerte Carolin an den Geruch von Meer mit dem Hauch eines starken Gewürzes.

»Na dann, lasst uns chillen. Schönen Tag noch alle miteinander!«, schloss Werner und verließ die Runde mit Doris an der Hand. Ein merkwürdiger Kerl war er schon – groß wie eine alte Eiche, aber lustig. Sehr sympathisch.

Auch Herr Kaaswächter stolzierte hoch erhobenen Hauptes in Richtung Zimmerflur, vorbei an Ole und Mareike, die ihm einen enttäuschten Blick zuwarf, der Carolin nicht entging. Nachdem Mutter und Sohn ihm gefolgt waren, raffte Carolin die Schultern und näherte sich ihrer Schwester, die den Kopf gesenkt hielt und etwas notierte, was sie anschließend durchstrich, indem sie mehrfach unwirsch darüberkritzelte. Lola schnaubte.

»Hey«, sagte Carolin und legte eine Hand auf den Rezeptionstresen. »Alles okay?«

»Sieht es so aus?«, blaffte Lola zurück und rieb sich den Nacken. Sie wirkte erschöpft, unter ihren Augen hatten sich dunkle Ränder gebildet. »Läuft gerade nicht so. ›Mein Name ist Torsten Kaaswächter, und ich pfeife auf Respekt anderen gegenüber.‹«

»Kann ich dir helfen? Ich kenne mich zwar mit dem Bürokram nicht aus, aber vielleicht fällt dir ja etwas anderes ein.«

»Gib dir keine Mühe«, unterbrach Lola sie. »Ich weiß,

dass dir das Hotel egal ist und du viel lieber schreiben willst.« Sie lochte ein Blatt und heftete es in einen roten Ordner.

»Du bist mir nicht egal, Lola. Darum geht es doch.«

Einen Augenblick lang sah Lola sie unergründlich an, dann atmete sie tief durch. »Und, bist du denn schon weitergekommen?«

Carolin überging den Themenwechsel. »Bewundernswert, wie ruhig du geblieben bist. Ich könnte das nicht. Und dann regt er sich auch noch über das Frühstück auf. Das ist mir besonders in Erinnerung geblieben. Und ich weiß ja auch genau, wie wichtig du …«

Lola seufzte. »Mein Frühstückskoch ist weg.«

»Wie – weg? Einfach so?«

»Er hat vorgestern Nacht erfahren, dass er im Lotto gewonnen hat, und ist nun auf und davon.«

»So was gibt's doch nicht.«

»Offensichtlich schon. Und jetzt versuche ich, Ersatz zu finden, aber so kurzfristig ist das echt schwierig. Also mache ich erst mal das Frühstück – neben allem anderen –, aber ich kann eben auch nur nullachtfünfzehn und keine kulinarischen Besonderheiten zaubern.«

Als Antwort plusterte Carolin die Wangen auf. Sie erinnerte sich zu gut an verbrannte Toasts, butterweich gekochte Nudeln und versalzene Kartoffeln, die Lola einmal »gezaubert« hatte. Der schlimmste Fehlgriff in der Küche war jedoch ein Nudelauflauf gewesen, der vor lauter Knoblauch auf der Zunge gebrannt hatte.

»Was soll's«, sagte Lola erschöpft. »Ich kriege das

schon hin. Wie immer. Hauptsache, bei dir läuft es. Und wie geht's Lars?«

»Der heiratet bald.«

»Was?« Lola riss die Augen auf. »Bist du deswegen hergekommen, um mir das zu sagen?« Sie klatschte in die Hände. »Das ist ja wunderbar! Endlich mal gute Neuigkeiten.«

»Nein, nein. So ist es nicht. Ich hätte es dir sagen sollen, aber … na ja. Ich hab's nicht getan. Das war dumm von mir. Lars und ich sind getrennt. Seit über drei Monaten schon.«

»Getrennt?« Lola guckte ehrlich betroffen. »Echt jetzt?« Sie rieb sich die Stirn. »Wenn ich das gewusst hätte … Ich meine … ich wäre doch nach Köln …«, stammelte sie.

»Schon gut«, sagte Carolin. »Du hättest nicht zu kommen brauchen, ich weiß doch, wie viel hier zu tun ist.«

»Und er hat bereits 'ne Neue?«, hakte Lola ungläubig nach. »Unerhört.«

»Ludmilla oder so ähnlich – lassen wir das. Ich komme schon zurecht. Aber … aber wie geht es dir, Lola? Du siehst müde aus. Und so dünn. Vorhin hast du dich mit Paul gestritten, doch ich habe noch nie miterlebt, dass du jemanden angeschrien hast. Nicht einmal mich, und ich habe dir wirklich oft genug Grund dazu gegeben. Also, was ist los?«

Zuerst schwieg Lola. Carolin versuchte, eine Gefühlsregung von ihrem Gesicht abzulesen, doch es gelang ihr nicht. Dann presste Lola die Lippen zusammen und sah sie aus zusammengekniffenen Augen an.

»Das fragst du noch?«, zischte sie.

Irritiert trat Carolin einen Schritt zurück. »Ich weiß nicht. Habe ich etwas falsch gemacht? Gut, ich war nicht sonderlich zuverlässig in Sachen Kontakthalten. Aber jetzt bin ich ja hier und kann dir helfen. Blumen pflanzen. Unkraut jäten. Putzen. Ich könnte vormittags schreiben und nachmittags …«

»Wenn du meinst, dass ein bisschen Gartenarbeit reicht? Ich hatte zwar gehofft, dass du dich insgesamt ein bisschen engagierst, aber bitte – pflanz Blumen.«

»Was willst du eigentlich von mir?«, fragte Carolin gereizt. »Ich biete dir doch meine Hilfe an. Was willst du noch, Lola?« Sie gab ein entmutigtes Stöhnen von sich und schlug in versöhnlichem Tonfall vor: »Komm doch heute zum Abendessen zu mir. Ich koche. Und dann reden wir. Es gibt übrigens Pasta. Mit Tomatenpesto und Pinienkernen. Das hat Papa uns früher manchmal gekocht, und wir durften dann vor dem Fernseher essen – weißt du noch?«

»Natürlich weiß ich das noch«, giftete Lola zurück, wobei ihre Augen längst nicht mehr so zornig funkelten wie noch vor wenigen Sekunden. Die Schwestern schwiegen. Schließlich lenkte Lola widerwillig ein: »Papas Tomatenpesto – klingt super.« Sie nahm einen roten Ordner und drückte ihn an sich. »Um sieben? Bis nachher also. *Ich* hab ja wie immer zu tun.« Lola wandte sich um und verschwand in ihrem Büro, und Carolin blieb mit einem flauen Gefühl im Magen zurück. Sie hatte das Gefühl, dass Lola ihr etwas sagen wollte, und sie hoffte, dass das Gespräch am Abend Klarheit bringen würde. Bis dahin würde sie sich überlegen, wie sie das Thema ansprechen konnte, ohne einen weiteren Streit heraufzubeschwören. Apropos Streit – möglicherweise wäre es gut, wenn Lola von Pauls Anwesenheit beim Abendessen wusste. Carolin umrundete den Rezeptionstresen und trat nach einem Klopfen in Lolas Büro, in das gerade eben ein deckenhoher Aktenschrank und ein Schreibtisch passten, an dem Lola tippend vor dem Computer saß. Aber das war es natürlich nicht, was Carolin von einer Sekunde auf die andere erstarren ließ, sondern das Möbelstück neben dem Fenster, das so gar nicht in diesen Raum gehörte. Das überhaupt nicht in diesem Haus stehen sollte! Sie zeigte auf den cognacfarbenen Ledersessel.

»Was … was ist denn das? Ist das etwa … ist das …«, stammelte sie, unfähig, einen klaren Gedanken zu fassen.

Einen Wimpernschlag lang erinnerte sie sich an das kleine Mädchen, das in diesem Sessel von seinem Vater eine Geschichte vorgelesen bekommen hatte. Stundenlang hatte es auf seinem Schoß gesessen und ihm zugehört, bis dem Vater die Beine eingeschlafen waren und seine Stimme versagt hatte. Aber das konnte ja nicht sein. Dieser Sessel konnte unmöglich …

Mit drei großen Schritten erreichte Carolin den Sessel, riss das geblümte Kissen von der Sitzfläche und entblößte den gräulich weißen Pflaumenmusfleck, den sie vor vielen, vielen Jahren mit Scheuermilch und Zahnpasta (angeblich ein todsicherer Haushaltstrick, hatte Lola geschworen) von der Sitzfläche hatte rubbeln wollen.

»Er ist es!«, rief sie fassungslos. »Papas Sessel. Wo hast du ihn her?» Lola hatte behauptet, den Sessel gäbe es nicht mehr. Er sei bei der Hausräumung verloren gegangen. Und jetzt stand er da, als wäre er nie fort gewesen, mit all den Erinnerungen, die er mit sich brachte. Der pochende Schmerz in Carolins Schläfe war nichts gegen die Stiche im Herzen, während sie den Fleck anstarrte.

»Ja … das … Also der Sessel …«, setzte Lola an. »Unglaubliche Geschichte. Als ich neulich …«

Carolin wandte sich um, und Lola brach ihre Erklärung ab, als ihre Blicke sich trafen.

»Das«, presste Carolin hervor. »Das ist wirklich das Allerletzte.«

Ohne ein weiteres Wort verließ sie das Büro und schließlich das Hotel. An der Tellerhortensie bog sie durch die Gartenpforte in den Garten ein und folgte dem Weg am Haus entlang, bis sie den hinteren Teil des Bauerngartens erreichte, den sie nur noch durchqueren musste, bis sie die Brücke erreichen würde.

Für Carolin war es immer sonnenklar gewesen, dass sie den Sessel bekommen würde. Sie hatte nicht nur einen Monat lang darin geschlafen und ihn gar nicht mehr verlassen wollen, sondern auch unzählige Male gesagt, dass sie ihn später einmal haben *musste*. Nachdem alles Ersparte und Papas Rücklagen aufgebraucht waren, etwa fünf Jahre nach seinem Tod, waren Lola und Carolin in eine kleine Wohnung am Stadtrand gezogen, in der weder für den Sessel noch für andere Möbelstücke aus dem Elternhaus Platz gewesen war. Die Wohnzimmereinrichtung sowie das Schlafzimmer hatten den Weg auf den Sperrmüll gefunden, den Sessel hatte Lola einlagern wollen, doch dann war er angeblich versehentlich verschüttgegangen. Und wie, bitte schön, war er jetzt in ihrem Büro gelandet? Carolin war außer sich.

»Unglaublich!«, murmelte sie vor sich hin, überfordert mit der Situation und ihrer eigenen heftigen Reaktion. »Diese … diese dumme Kuh. Diese Lügnerin!« Sie trat gegen ein Steinchen, das auf dem gepflasterten Weg lag, und bekam sofort ein schlechtes Gewissen, weil sie damit eine Amsel aufschreckte, die zwischen den Rosen nach Würmern pickte. Mit großen Schritten marschierte sie an der Terrasse vorbei, als sie im Augenwinkel eine Bewegung wahrnahm. Erschrocken fuhr sie herum und sah geradewegs in Tills aufmerksame Augen. Er saß auf einem Baumstumpf, auf dem Schoß einen Schreibblock, mit der linken Hand massierte er seine rechte.

»Hi«, grüßte Carolin düster. »Schleichen Sie sich immer von hinten an?«

»Nun ja. Ich sitze hier.« Er öffnete die Hand und ballte sie zur Faust, immer abwechselnd. »Über wen ärgern Sie sich denn so?«, wollte er wissen.

»Ich? Über niemanden. Ich bin niemand, der sich ärgert.«

»Aha. Nun gut, wenn Sie meinen …« Er bewegte die Finger wie beim Klavierspielen, bückte sich nach einem

Bleistift, der auf dem Steinboden lag, und begann zu schreiben. Richtig glücklich wirkte er allerdings nicht. Es schien ihn ziemlich viel Kraft zu kosten, den Stift zu führen.

Eine Weile beobachtete Carolin ihn. Immer wieder presste er die Lippen zusammen, setzte den Stift ab, schüttelte die Hand aus.

»Ist noch was?«, fragte Till gereizt, woraufhin Carolin den Kopf schüttelte.

»Wollte gerade weiter«, sagte sie schnell, wandte sich ab und ging ein paar Schritte. Sie hatte ganz andere Sorgen als Tills Hand. Und darüber nachdenken, warum ihm das Schreiben offensichtlich derart schwerfiel, wollte sie auch nicht. Schließlich war sie immer noch wütend. Auf Lola. Sie stoppte. Drehte sich um. Fragte: »Was machen Sie da eigentlich?«

Till hob den Kopf, sah sie an und erweckte nicht gerade den Eindruck, als verspürte er große Lust, mit ihr zu plaudern.

»Sie müssen natürlich nichts sagen. Ich habe mich nur gefragt, ob … äh, es Ihnen gut geht.«

»Mir geht es hervorragend.«

Sie glaubte ihm kein Wort. Es schien, als säße ein völlig anderer Till auf dem Baumstumpf und nicht der Mann, dem sie heute bereits mehrmals begegnet war. Dieser hier wirkte nahbar und überhaupt nicht überheblich, was Carolin ihm so gar nicht zugetraut hätte. Auch wenn er nicht interessant genug war, um ihre Meinung über ihn zu überdenken.

»Ich versuche, eine Rede zu schreiben«, sagte Till

unvermittelt. »Für mein Patenkind. Konfirmation. In zwei Wochen. Wir kommen ganz gut miteinander aus, und der Tag ist etwas Besonderes für ihn. Und für mich in gewisser Hinsicht auch. Also möchte ich ein paar Worte sagen und die Zeit hier dafür nutzen, sie mir zurechtzulegen. Wie finden Sie die Idee?«

Schon süß. »Schön«, antwortete Carolin und dachte an Anette und das Gefühl, welches S. C. H. Ö. N. bei ihr ausgelöst hatte. »Ich finde es toll und werde Sie nun allein lassen. Kreative soll man nicht bei der Arbeit stören.« Doch da knetete er ein weiteres Mal seine Hand. »Und was ist damit?«, hakte sie nach und wies mit einem Nicken auf seine Rechte.

»Handkrampf. Mal besser, mal schlimmer. Und sonderlich einfallsreich bin ich leider auch nicht.«

»Zeigen Sie mal her.« Carolin trat zu ihm und streckte in Erwartung, dass er ihr den Block reichte, die Hand aus. Als er sie überrascht ansah, bemerkte sie, wie übergriffig er ihre Aufforderung möglicherweise fand. »Ich meine, wenn Sie mögen, sehe ich mir das mal an. Ich bin ganz gut im Formulieren.« Nach kurzem Zögern reichte er ihr den Block, und sie las, so schnell sie die krakeligen Buchstaben entziffern konnte.

»Ging nicht besser«, entschuldigte sich Till und rieb die Handflächen über die Oberschenkel. »Und? Schlimm? Seien Sie ruhig ehrlich, ich vertrage das.«

Carolin lächelte. Seine Formulierungen waren … schlicht. Aber gerade das und vor allem die Bedeutung dessen, was er dem Jungen offensichtlich mitteilen wollte, trafen Carolin unmittelbar an der Stelle, die sie vorhin noch mit Zorn verschlossen gehalten hatte. Im Herzen. »Wenn Sie wollen, helfe ich Ihnen«, bot sie an.

»Damit würden Sie mir einen Riesengefallen tun.« Er lächelte dankbar, gab ihr den Bleistift, ehe er sich erhob und ihr den Baumstumpf anbot. »Mit etwas Besserem kann ich leider nicht dienen. Vorhin habe ich am eigenen Leib erfahren, wie morsch die Holzstühle sind.« Zur Untermalung rieb er sich das Hinterteil und verzog das Gesicht. »Vielleicht lassen Sie sich irgendwann ja doch von mir zum Essen einladen. Als Dank für Ihre Hilfe?«

Darauf sagte sie nichts, sondern notierte die ersten drei Sätze und zeigte sie Till. »Sehen Sie, ich stelle die Wörter nur ein wenig um, tausche das eine oder andere aus … zum Beispiel hier …, und schon klingt es ganz anders.« Er ging in die Hocke, sodass sich ihre Knie berührten. Zuerst verspürte Carolin den Drang, auf Abstand zu gehen, aber dann gewöhnte sie sich an die unbedeutende Berührung. Während Till las, musterte sie ihn verstohlen und bemerkte das Zucken seiner Mundwinkel, was sie als Zeichen von Zufriedenheit deutete.

Nach einer Weile sagte Carolin beiläufig: »Mir reicht übrigens Currywurst.«

»Wenn es das sein soll – würden Sie die mit mir essen gehen?«, fragte Till aufs Geratewohl. »Ich würde mich wirklich freuen.«

»Sie kassieren wohl gerne Körbe«, sagte Carolin und lachte. Sie fühlte sich schon viel besser als noch vor wenigen Minuten. Und Till schien es ähnlich zu gehen.

»Nur, wenn ich mir von Herzen ein Ja wünsche.«

»Sehr lieb von Ihnen, aber …«

»Ach, kommen Sie. Sie sehen vor sich einen Mann, der wirklich gern Zeit mit Ihnen verbringen möchte.«

Carolin tat so, als konzentrierte sie sich voll und ganz auf den Text, doch insgeheim war sie längst bei einem Ja angekommen. Was sie ihm natürlich nie verraten würde. Für Verabredungen hatte sie nämlich überhaupt keine Zeit. Betont gleichmütig sah sie ihn an und wunderte sich alsdann über das Lächeln, das sich ungefragt auf ihre Lippen legte. Und über das Wort, das zwischen ihnen herausfloss, ohne dass sie es aufhalten konnte. »Vielleicht.«

Till ballte die linke Hand zur Siegerpose. Schließlich sagte er: »Damit kann ich leben.«

Ich auch, dachte Carolin. *Ich auch.* Aber das würde sie ihm nun wirklich nicht verraten.

Kapitel 6

In der Küche der Einliegerwohnung – Eiche rustikal, klar, gelbbraune Fliesen, aber sehr gepflegt – duftete es nach Olivenöl, frischem Parmesan, gerösteten Pinienkernen, Knoblauch und Tomaten. Auf dem Küchentisch standen ein Strauß bunter Rosen, drei Gläser Rotwein sowie drei Teller mit Spaghetti und Pesto. Carolin war nach dem langen, aufreibenden Tag sehr hungrig und drehte Nudeln auf ihre Gabel. Sie war immer noch sauer auf Lola, hatte sich jedoch vorgenommen, den Abend ruhig beginnen zu lassen, ehe sie den Sessel-Fall wieder aufrollte. Paul schaufelte bereits die zweite Portion in sich hinein. Nur Lola stocherte lustlos im Essen herum. Die Stimmung war angespannt und, bis auf das Geräusch von Besteck auf Teller, schweigsam. Deswegen war Carolin dankbar, dass Paul die Stille brach, indem er von der Zahn-OP erzählte, die er in dieser Woche bei einem Hund durchgeführt hatte, was zwar nicht gerade appetitlich war, aber Carolin hörte ihm ohnehin nur mit einem Ohr zu. Trotz der Anspannung war sie froh, dass Lola und Paul da waren, und sie hatte nicht vor, den Abend in einem weiteren Streit enden zu lassen. Sie hatte gleich bemerkt, dass Lola es vermied, ihr in die Augen zu sehen. Sie wirkte noch angespannter und erschöpfter als zuvor. Die dunklen

Ränder unter ihren Augen waren deutlich sichtbar, und die Falte auf ihrer Stirn war Carolin vorhin auch nicht ganz so tief vorgekommen. Ehrlicherweise musste sie allerdings zugeben, dass sie am Nachmittag nicht genau hingesehen hatte, vor allem nicht, nachdem sie sich so geärgert hatte.

»Schmeckt es euch?«, fragte Carolin in die Runde, woraufhin Paul kauend den Daumen hob und Lola nickte, was als Reaktion reichte. »Es ist richtig schön, nicht für mich allein zu kochen. Zu Hause mache ich das Pesto nicht frisch. Manchmal kommt meine beste Freundin Moni vorbei, aber sie hat ihre eigene Familie und … na ja. Ich freue mich, dass ich dieser Tage auch meine Familie um mich herum habe.«

Lola drehte einen beachtlichen Hügel Spaghetti um ihre Gabel, sodass der Teller fast leer war, und streifte die Pasta am Tellerrand wieder ab. Ihr Glas Rotwein hatte sie immer noch nicht angerührt. Sie sah auf.

»Tut mir leid«, sagte sie und sah Carolin zum ersten Mal an diesem Abend direkt an. »Wegen vorhin. Und dem Sessel.«

»Hm«, machte Carolin, unsicher, ob sie die Entschuldigung mir nichts, dir nichts annehmen sollte oder nicht.

»Ich hätte es dir schon noch gesagt.«

»Schon gut«, sagte Carolin. »Hauptsache, der Sessel ist wieder da.« Sie schluckte. »Okay, das ist nicht ganz richtig. Ich finde es nach wie vor unmöglich, dass du mich damals angelogen hast, obwohl du wusstest, wie viel er mir bedeutet.«

»Es war die Wahrheit!«, verteidigte sich Lola. »Ich hätte dir schon noch erklärt, was es damit auf sich hat, sobald wir Zeit gehabt hätten.« Sie warf Paul einen bösen Blick zu. »Aber ich habe ja nie Zeit.«

»Was habe ich jetzt damit zu tun?«, wollte Paul gereizt wissen. »Machst du mich etwa dafür verantwortlich, dass du nicht mit deiner Schwester gesprochen hast, oder was?«

»Dazu kann ich nur immer wieder sagen, wenn du mir ein bisschen mehr helfen würdest, hätte ich auch mehr Zeit. Aber du kümmerst dich ja lieber um deine Tiere und die Arztpraxis statt um deine Frau.«

»Wenn du mich dir ein bisschen mehr helfen lassen würdest, hätte ich das längst getan«, gab Paul zurück, und Carolin ahnte, dass der Abend gelaufen war. »Denn ich würde mich liebend gern um meine Frau kümmern.«

Lola ließ ihre Gabel auf den Teller fallen, sodass ein Klecks Pesto auf ihrem Handrücken landete.

Eilig reichte Carolin ihr eine Serviette. »Das Essen wird kalt«, versuchte sie, die beiden Streithähne zum Schweigen zu bringen. Hilflos nahm sie die Nudelgabel und bot Paul eine weitere Portion an, doch der war noch nicht fertig.

»Ich habe immer wieder versucht, dich zu unterstützen, aber jedes Mal hast du das abgewehrt oder gemeckert, weil ich meine Sache nicht gut genug mache. Warum also sollte ich nicht mehr Zeit in das investieren, in dem ich gut bin und wo ich das Gefühl habe, etwas Wertvolles zu leisten?«

»Wir wollten das Hotel beide, aber ich muss alles allein machen«, warf Lola ihm fuchsteufelswild vor.

Carolin lehnte sich seufzend zurück. Das war ja wirklich ein wunderbarer Familienabend.

»Und wie ich dir schon hundertmal gesagt habe – du lässt mich nicht.«

Lola sprang auf, Carolin schnellte nach vorn und konnte gerade noch das Weinglas auffangen, dessen Inhalt sich beinahe über den Tisch ergossen hätte. Resigniert hob sie das Glas.

»Noch jemand Wein?«, fragte sie, ohne eine Antwort zu erwarten, und trank einige Schlucke. Ob sie den beiden vielleicht sagen sollte, dass sie sich in ihrer Argumentation im Kreis drehten?

»Ich gehe«, sagte Paul jetzt, stand auf und verließ mit großen Schritten die Küche.

»Ja, geh doch!«, schickte ihm Lola wutschnaubend hinterher, woraufhin Paul zurückkehrte, sie keines Blickes würdigte und zu Carolin sagte:

»Das Essen war wirklich lecker. Danke.«

Kurz darauf fiel die Haustür hinter ihm zu. Carolin und Lola blieben schweigend zurück. Verstohlen linste Carolin zu ihrer Schwester. Das gut gemeinte gemeinsame Abendessen hatte leider in einem Desaster geendet.

»Tja«, begann Carolin. »Dann räume ich mal ab. Möchtest du vielleicht etwas anderes essen, ich habe noch …«

»Nein«, unterbrach Lola sie schroff.

»Setz dich doch noch einen Moment. Ich könnte uns

eine heiße Milch zur Beruhigung machen, so wie du es früher gemacht hast. Und …«

»Ich will keine Milch«, brachte Lola trotzig hervor. »Ich will gar nichts mehr.«

»Aber …«

»Keinen Mann, kein Hotel.«

»Aber …«

»Ich kann nicht mehr! Wenn wir nicht bald in die Gänge kommen, ist es sowieso zu spät. Dann war's das mit allem. Wenn der Hoteltester das alles mitbekommt …«

»Hoteltester?«, quiekte Carolin. »Woher weißt du davon? Ich dachte immer, die wären in so einer Art Geheimmission unterwegs.«

Doch Lola überging ihren Einwand. »Wenn der das hier sieht und seine Bewertung schreibt, können wir dichtmachen. Wir werben als Top-Romantikhotel, aber du hast ja selbst gesehen, was daraus geworden ist. Ich habe alles gegeben, um den Betrieb am Laufen zu halten. Wirklich! Ich weiß, was dieses Hotel wert ist, nicht nur in Euro, auch …« Sie drehte sich zu Carolin um. »Auch hier.« Sie tippte auf ihr Herz.

»Wenn ihr Geld braucht – ich habe ein bisschen was gespart. Wir lassen einen Gärtner kommen und …«, schlug Carolin vor.

»Ach, Schwesterherz.« Lola schnaubte bitter. »Du hast ja keine Ahnung. Unsere Probleme sind noch viel, viel größer.«

»Wenn ich keine Ahnung habe, ändere es. Ich bin doch da. Rede mit mir!«, flehte Carolin, die spürte, dass

Lola viel mehr vor ihr verbarg, als sie zuvor gedacht hatte.

Lola sah sie mit unergründlichem Blick an. Es schien, als wäre sie für einen Moment gedanklich ganz woanders. »Mag sein, dass du recht hast«, murmelte sie. »Ich sollte etwas ändern. Ja, das sollte ich.«

Mit dem dumpfen Gefühl im Magen, dass Lola sie falsch verstanden hatte, trat Carolin auf sie zu. »Möchtest du mir nicht sagen, was zwischen Paul und dir vorgefallen ist? Ich kann mir gar nicht vorstellen, dass er dich einfach so mit allem im Stich lässt.«

»Heirate du ihn doch, wenn du ihn so toll findest. Krieg du doch sein Kind!«

Carolins Unterkiefer klappte nach unten. Moment mal – Kind?

Im nächsten Augenblick stapfte Lola bereits aus der Küche.

»Warte! Lola!«, rief Carolin ihr nach und stürmte in den Flur, doch Lola hastete bereits die Treppe hinunter.

»Nichts Lola. Nichts Hoteltester. Und für ein Baby bin ich sowieso zu alt. ›Spätgebärende‹ hat der Arzt mich genannt. Pah! Ist mir alles zu blöd!«

Die Tür fiel zu. Und Carolin war allein.

Die Wohnzimmeruhr, deren Ticken bis ins Schlafzimmer drang, machte Carolin wahnsinnig. Wie spät mochte es sein? Zwei Uhr? Drei? Sie klammerte sich an die Bettdecke und sah den Astschatten der Pappel im Garten dabei zu, wie sie Tischtennis an der weißen Wand spielten. Hannibal schlummerte unterdessen seelenruhig in seiner Box, im Mondlicht sah sie ein weißes Hinterbein, das herausragte. Carolin allerdings war meilenweit vom Schlafen entfernt, obwohl sie wirklich versucht hatte, zur Ruhe zu kommen. Eine Weile hatte sie gehofft, Lola würde zurückkehren, hatte sogar im Bett immer wieder gelauscht, ob ihre Schritte auf der Treppe zu hören waren. Zwischendurch war sie eingeduselt, um kurz vor dem Einschlummern wieder in die Wirklichkeit zurückzukehren, auf die viel zu weiche Federkernmatratze.

Mittlerweile hatte sie es aufgegeben, die Fakten des Tages in einer Gedankenliste zu notieren. Ihr spukte nur noch einer im Kopf herum: War Lola wegen der Schwangerschaft so unberechenbar? Man sagt ja, dass die Hormone dann gerne verrücktspielen. Vielleicht hatte Carolin ihre Schwester auch falsch verstanden, und Paul und sie wünschten sich vergeblich ein Baby? »›Spätgebärende‹ hat der Arzt mich genannt.« Das hatte Lola gesagt, und für Carolin klang das eindeutig. Sie würde so gerne helfen. Wenn die Situation zwischen ihnen nur nicht so eingefahren wäre und Lola sich ihr öffnen würde! Aber Lola war nun mal ein Sturkopf, weshalb Carolin einen Weg finden musste, die Schwester zum Reden zu bringen.

Sie rollte sich auf die Seite und betrachtete die schwarzen Umrisse des Drachenbaums auf der Fensterbank, der durch das Licht des Mondes Schatten auf die gegenüberliegende Wand malte. Dann schaltete sie ihr Handy ein, blinzelte. Zwei Uhr einunddreißig. Na prima, es war nicht einmal ansatzweise Zeit, bald aufzustehen. Einen Moment lang sehnte sie sich in ihre Wohnung zurück, in der alles vertraut war. Wo es niemanden gab, mit dem sich Carolin streiten konnte. Bis auf die Diskussionen mit sich selbst, vor allem das Schreiben betreffend, war es zu Hause angenehm ruhig. An diesem Tag hatte sie sich öfter gestritten als während ihrer gesamten Beziehung mit Lars, der Streitigkeiten auch nicht mochte. Nein, er schrieb lieber Zettel.

Frustriert schlug Carolin die Decke zurück, schlich zur Zimmertür, öffnete sie leise und ging in die Küche, in der sie das Licht einschaltete und sich ein Glas eiskaltes Leitungswasser eingoss. Nach einigen Schlucken stellte sie das Glas ab und sah aus dem Fenster, doch das Einzige, was sie im Licht der Deckenleuchte erkannte, war ihr Spiegelbild. Die Abbildung einer Frau mit struppiger Frisur und ausgewaschener Schlafkleidung.

Als im Garten unvermutet der Bewegungsmelder aufleuchtete, schreckte sie auf und blinzelte. Eilte zur Tür, neben der sich der Lichtschalter befand, knipste die Deckenleuchte aus, huschte zurück ans Fenster. Draußen war jemand! Jemand sehr großes. Dunkles! Eine Gestalt schlenderte, gefolgt von einem langen Schatten, über die Natursteinplatten in Richtung Schuppen, in dem Paul ein paar Kleintiere beherbergte und Findelkinder hiesiger Wildtiere aufpäppelte. Doch die Person sah nicht aus wie Paul, der erheblich stämmiger war. Trieb hier etwa jemand sein Unwesen und wollte den Tieren an den Kragen? In einer Hand hielt die Person einen Gegenstand, der aussah wie ... Carolins Nasenspitze berührte die Scheibe. Wie ein Messer! Was sollte sie tun? Nach kurzem Zögern eilte sie ins Schlafzimmer, schlüpfte dort in ihre Hausschuhe, zog die Zimmertür hinter sich zu und lief auf Zehenspitzen die Treppe hinunter ins Erdgeschoss. Als Liebesromanautorin, welche mit Gewaltverbrechen oder Erzählungen darüber nichts am Hut hatte, wählte sie statt des Feuerlöschers, der unterhalb der Garderobe hing, den erstbesten Gegenstand, den sie zu fassen bekam: einen Besen, der neben dem Feuerlöscher an der Wand lehnte. Mit einem *Klick!* öffnete Carolin die Haustür und schlüpfte ins Freie, wo es mittlerweile wieder nachtdunkel war. *Geh zurück ins Bett!*, mahnte eine innere Stimme. Doch die Füße gehorchten nicht. Sie erreichte den Sensor des Bewegungsmelders, der plötzlich grell den Weg ausleuchtete und die Gestalt vor ihr dazu brachte, erschrocken herumzufahren. Carolin stoppte abrupt, holte aus, öffnete den Mund, um etwas zu sagen. Es musste ein Traum sein. Ein Albtraum. Ihr Mund war staubtrocken. Denn vor ihr stand der letzte Mensch, dem sie im Herzchenpyjama begegnen wollte.

»Sind Sie irre?«, fuhr Till sie an. Mit der flachen Hand rieb er sich über das Gesicht. »Du meine Güte, nehmen Sie den Besen runter. Wollten Sie mir damit etwa eins überziehen?« Er beruhigte sich verblüffend schnell und musterte Carolins Outfit neugierig. »Heißes Teil.«

»Na, und Sie?«, überging sie seinen unverschämten Kommentar. »Was machen Sie hier um diese Zeit, während normale Menschen schlafen?«

»Das ist eine berechtigte Frage, die ich gern zurückgebe. Warum beruhigen wir uns nicht und …«

»Ich bin bereits ruhig. Sehr ruhig sogar.«

»Das merkt man«, sagte Till sarkastisch.

»Fehlt nur noch die Erklärung für das Messer in Ihrer Hand.« Carolin stemmte die freie Hand in die Hüfte, mit der anderen stützte sie sich am Besen ab. Viel lieber jedoch hätte sie beide Arme um ihren Körper geschlungen, und zwar nicht, um den Schlafanzug zu verdecken, sondern weil die Nächte Anfang Juni in der Heide frisch waren. Ausschließlich deswegen.

Der Bewegungsmelder erlosch, und Till wedelte mit den Händen in der Luft, bis das Licht wieder anging. Er trug eine Kapuzensweatjacke und ausgeleierte Jogginghosen, auch nicht gerade ein Outfit, das bei einer Frau für weiche Knie sorgte.

»Also«, begann sie, rieb sich den Arm. »Was ist jetzt mit dem Messer?«

»Messer? Welches Messer?« Verständnislos sah er sie an.

»Ich habe mit eigenen Augen gesehen, dass Sie vorhin einen länglichen, spitzen Gegenstand in der Hand gehalten haben. Wo ist der?«

Er schwieg, bis das Licht erlosch. »Jetzt weiß ich, was Sie meinen«, sagte er dann. »Ich wollte mir mein Filet für morgen Mittag ganz frisch abschneiden.«

»Was?«, entfuhr es Carolin. »Das ist überhaupt nicht witzig!«

»Meine Güte«, stöhnte er, fuchtelte erneut mit den Armen herum und zog dann das vermeintliche Mordwerkzeug aus der Jackentasche. »Da haben Sie Ihr Messer.« Er reichte ihr das Corpus Delicti, doch Carolin schreckte zurück und sah es ungläubig an.

»Das … das ist«, stammelte sie. »Das ist ja eine Möhre.«

Er zuckte die Achseln und fasste sich in den Nacken. »Es geht Sie zwar nichts an«, stellte er fest. »Aber ich wollte Schnitzel einen Besuch abstatten. Sie wissen schon, der Sau. Schnitzel.« Er hielt kurz inne, und als Carolin ihn weiterhin verwirrt anstarrte, fuhr er fort: »Dort im Schuppen lebt Schnitzel, das Schwein. Wissen Sie das etwa nicht? In den nächsten Tagen bekommt sie Ferkel, und ich habe mir Gedanken gemacht, ob bei ihr alles in Ordnung ist. Vielleicht fühlt sie sich gerade einsam und ungeliebt. Frauen, Sie wissen schon.«

Meinte er das jetzt ernst, oder machte er sich einen Spaß mit ihr? Er wollte doch nicht wirklich ein hochträchtiges Schwein namens Schnitzel besuchen, aus Sorge um dessen Gesundheitszustand und den seiner Ferkel. Mitten in der Nacht. Das wäre … irgendwie lieb. Aber auch seltsam.

»Es verletzt mich übrigens, dass Sie mich für einen Schweinequäler halten.«

»Tut mir leid«, murmelte Carolin kleinlaut und lehnte den Besen an einen von der Nacht grau gefärbten Busch. »Ich wusste ja nicht, dass Sie das sind.«

»Trotzdem haben Sie mich nach dem Messer gefragt, nachdem Sie es wussten.«

»Manchmal geht eben die Fantasie mit mir durch. Außerdem war ich aufgeregt.«

»Meinetwegen?«

»Nicht, wie Sie denken.«

Erneut wurde es dunkel, Carolin winkte vergebens mit den Armen. Ihr Gegenüber war erfolgreicher.

»Sie sind zu klein.« Till lachte leise.

»Ich bin nicht zu klein, sondern der Winkel zum Bewegungsmelder passt von hier aus nicht«, verteidigte sich Carolin.

»Das finde ich wirklich süß.«

»Ja, also … Ach. Sie machen mich ganz verlegen. Lassen Sie das.«

»In Ordnung.«

Carolin blinzelte ihn an. »Wie bitte?«

»Ich möchte nicht, dass Sie sich unwohl fühlen. Also werde ich mich in Zukunft zurückhalten.«

»Oh.« So hatte Carolin das nun auch wieder nicht gemeint. Sie räusperte sich, und wie auf Kommando erlosch abermals das Licht. »Warum können Sie eigentlich nicht schlafen?«, wollte sie wissen. »Brüten Sie noch über Ihrer Rede?«

»Ich hatte Hunger«, entgegnete Till trocken und spielte damit auf ihre Unterstellung an, er wolle dem Schwein an den Kragen.

»Haha.«

Er war ja richtig witzig heute Nacht. Trotzdem hatte Carolin das Gefühl, dass die Sorge um Schnitzel nicht alles war, was ihn umtrieb. Besonders jetzt, da es um sie herum dunkel war, spürte sie eine gewisse Unruhe von ihm ausgehen. Er räusperte sich, und sie bildete sich ein, dass er gern etwas gesagt hätte, es dann allerdings zurückgehalten hatte. Das wollte sie nicht. Sie mochte seine direkte Art, traute sich jedoch trotzdem nicht, ihn auf ihre Vermutung hin anzusprechen. Vielleicht würde es sich ein anderes Mal ergeben.

»Jetzt, da geklärt ist, dass Sie keine bösen Absichten haben«, begann sie ausweichend, »werde ich mich am besten wieder ins Bett verkriechen. Mir ist kalt.«

»Warum sagen Sie das nicht gleich?«

Ehe sie etwas erwidern konnte, hatte er seine Jacke ausgezogen und um ihre Schultern gelegt, wodurch er den Lichtsensor erneut auslöste. Den Lichtsensor und einen angenehmen Schauer, der sich angesichts der unerwarteten Berührung über Carolins gesamten Rücken ausbreitete. Verblüfft über das behagliche Gefühl von Nähe, sah Carolin ihm geradewegs in die Augen. Tills Jacke fühlte sich schön warm an. Warm von ihm.

»Oh, ich … nein. Bitte. Das kann ich nicht annehmen«, stammelte sie, unfähig, sich zu rühren.

»Unsinn. Ich möchte nicht, dass Sie frieren.«

Er sollte nicht so nett zu ihr sein, nein, das sollte er nicht. Denn es verwirrte sie.

»Lieb von Ihnen«, sagte sie, streifte die Jacke ab und gab sie ihm zurück. »Aber ich brauche sie nicht.«

Er seufzte, zog die Jacke jedoch ohne weitere Widerrede an. »Sie sind wirklich ein harter Brocken. Wenn ich offensiv bin, sagen Sie Nein. Wenn ich fürsorglich bin, sagen Sie ebenfalls Nein. Was muss ich tun für ein Ja?«

Carolin lächelte. »Sie haben doch bereits mein Vielleicht, schon vergessen?«

»Und wenn mir das nicht reicht?«

Für einen Moment lauschte Carolin der einträchtigen Stille zwischen den beiden Silhouetten, in die sie sich ohne Licht verwandelt hatten. Sie fühlte sich ruhig genug, um schlafen zu können, gleichzeitig jedoch genoss sie den Augenblick zu sehr, um in ihr Schlafzimmer zurückzukehren. Ergab das einen Sinn?

Als hätte er ihre Gedanken gelesen, fragte Till: »Möchten Sie mich in den Stall begleiten? Sozusagen, um sich ein letztes Mal zu vergewissern, dass ich der Sau wirklich nichts antun will.«

»Oh, ja! Ja, warum nicht?«, stimmte Carolin zu, dankbar für seine Idee, die ihr ein wenig mehr Zeit verschaffte. Zeit mit Till.

Er schwenkte den Arm, bis das Licht wieder anging, und nickte dann in Richtung Schuppen. »Sie sind die erste Frau, die ich dazu einlade, ein Schwein zu besuchen. Hätte nie gedacht, dass mir das mal passiert.«

Carolin lächelte, folgte ihm und schlüpfte in den schwach beleuchteten Schuppen, als Till ihr die Tür aufhielt. Schnitzel war wach, als hätte sie auf die beiden gewartet. Sie stöberte grunzend mit der Nase im Stroh und ließ sich nicht davon beirren, dass die nächtlichen Besucher an ihren Verschlag traten.

»Möchten Sie ihr die Möhre geben?«, frage Till Carolin, reichte ihr die Karotte, und in dem Moment, als Schnitzel den kleinen Snack witterte, kam sie angetrottet und beäugte Carolin mit ihren schwarzen Knopfaugen.

Carolin nahm die Möhre und warf sie der Sau hin.

Über die Holzlatten des Verschlags gebeugt, beobachteten Till und Carolin wie zwei neugierige Kinder das Tier dabei, wie es seinen Leckerbissen vertilgte. Schnitzel war ganz rosafarben, eben so, wie man sich ein Schwein vorstellte. Nur am Hinterteil hatte sie zwei schwarze Punkte, wie Carolin auffiel, als Schnitzel sich umdrehte und ins Stroh legte.

»Und Sie gehen wirklich öfter hierher?«, wollte sie mit gedämpfter Stimme wissen. Jetzt, da die werdende Mutter schlafen wollte, hatte sie das Gefühl, besonders rücksichtsvoll sein zu müssen.

»Zugegeben, es riecht ein wenig streng, aber ansonsten entspannt es mich. Das klingt jetzt ziemlich seltsam, was?«, meinte Till, ohne den Blick von Schnitzel abzuwenden.

Ein paar Sekunden lang dachte Carolin über seine Frage nach. Es klang schon merkwürdig. Andererseits machte es ihn noch sympathischer. Sie betrachtete ihrer beider auf die Holzlatte gestützten Arme, die so dicht beieinanderlagen, dass sie sich fast berührten. Carolin war wirklich froh, mit ihm hergekommen zu sein. Wobei – richtig entspannt fühlte sie sich nicht. Eher ein klitzekleines bisschen kribbelig. Was allerdings nicht Schnitzels Schuld war.

»Ich finde es nicht seltsam«, sagte sie schließlich. Eher süß, aber das behielt sie lieber für sich. »Schätze, ich sollte jetzt zurück ins Bett.«

Till stieß sich vom Holzzaun ab. »Ich begleite Sie das Stück. Nicht, dass draußen jemand mit einer Möhre in der Tasche wehrlose Damen im Herzchenpyjama jagt.«

Er hielt ihr abermals die Tür auf und ließ sie ins Freie treten. Dabei streifte ihr Arm seine Brust.

»Haha, sehr witzig«, gab Carolin zurück und lächelte in die Dunkelheit hinein. Dann wandte sie sich Till zu. »Ich finde den Weg schon allein. Danke für das Angebot, mich zu begleiten, und auch für …« Kurz suchte sie nach Worten. »… dafür, dass ich Sie nicht mit dem Besen verhauen musste. Ich habe so was nämlich noch nie gemacht.«

»Und es wäre über alle Maßen schade gewesen, wenn Sie ausgerechnet bei mir damit angefangen hätten.«

Sehr, dachte Carolin. »Gute Nacht«, sagte sie schließlich. »Schlafen Sie gut.«

Sie sahen sich an. Carolin fühlte sich unfähig, sich zu bewegen. Etwas passierte gerade mit ihr.

»Gute Nacht«, wünschte nun auch Till, der nach ihrer Hand griff, um sie sofort wieder loszulassen. Und in diesem Moment fragte sich Carolin, wie sie das Gefühl dieser Nacht je wieder vergessen sollte.

Zurück in ihrem Zimmer setzte sie sich an den Schreibtisch und schrieb. Kein Nachdenken. Bis der Kopf leer war. Nicht einmal Hannibal, der in der Zwischenzeit aufgewacht war und mit den Vorderpfoten an ihrem Bein hochkletterte, hielt sie davon ab, alles loszulassen, als wären ihre Gedanken ein Heidebach, der durch die Auen floss. Ein gutes Gefühl, das stark machte und Hoffnung schenkte, dass die Welt am anderen Morgen wieder besser sein würde. Und das Carolin vergessen ließ, dass sie im Moment eigentlich gar nicht schreiben konnte.

Als sie am nächsten Morgen die Augen aufschlug, den Kopf auf einem Arm abgelegt, den sie kaum mehr spürte, war es bereits hell. Zum ersten Mal in ihrer Autorenkarriere war sie tatsächlich am Arbeitsplatz eingeschlafen. Ruckartig richtete sie sich auf, verzog das Gesicht, als es im Nacken zog, las aufgeregt ihre Aufzeichnungen, die sie richtig gut fand – und die allerdings rein gar nichts mit ihrem Manuskript zu tun hatten.

Die Erinnerung an die nächtliche Begegnung mit Till ließ ihr Herz für ein paar Sekunden schneller schlagen, doch dann musste sie an den gestrigen Tag denken, an Papas Sessel, das Gespräch mit Lola und das Abendessen mit ihr und Paul – an all die Worte, die gesagt worden waren. Insgeheim hatte sie sich gewünscht, dass alle glücklich über die Wiedervereinigung sein würden. Leider hatte sie sich gewaltig geirrt. Und ein bisschen sauer auf ihre Schwester war sie auch, immerhin war Lola bisher noch nicht über ihren Schatten gesprungen und hatte den Kontakt gesucht. Stattdessen hatte sie sich klammheimlich Papas Sessel unter den Nagel gerissen. Carolin stieß einen genervten Laut aus. Was brachte es, sich deswegen zu ärgern? Sie würde später in Ruhe mit Lola darüber sprechen. Immerhin hatte ihre Schwester ja bereits versucht, ihr eine Erklärung zu liefern, die Carolin in dem Moment jedoch nicht hatte hören wollen. Gerade jetzt, wo im Raum stand, dass Lola schwanger war, nahm sich Carolin vor, behutsam mit ihr umzugehen. Bestimmt würde sich alles fügen. Das brauchte einfach etwas Zeit.

Seufzend wandte sie sich Hannibal zu und beobachte ihn eine Weile beim Herumhoppeln im Zimmer, um auf andere Gedanken zu kommen. Der kleine Kerl war wirklich ein Goldstück, das sie gestern sträflich vernachlässigt hatte. Um das ein wenig gutzumachen, holte sie ihm Kohlrabiblätter und Gurke aus der Küche und verteilte das Futter an verschiedenen Stellen im Zimmer, damit er eine Weile etwas davon hatte. Als er schließlich zufrieden mümmelte, zog sich Carolin Jeans und eine dunkelblaue Schluppenbluse an, machte sich frisch, bändigte ihr Haar. Die Frau im Spiegel wirkte schon ansehnlicher als die in der Fensterscheibe heute Nacht. Sie legte abdeckende Tagescreme sowie ein Lächeln auf und zupfte die Schleife am V-Ausschnitt zurecht, bis sie sich bereit für das Gespräch mit Lola fühlte. Totschweigen war keine Lösung, und sie wollte den gestrigen Abend nicht unkommentiert lassen.

»Tschüss, mein Schatz«, rief sie Hannibal zu, ehe sie sorgsam die Schlafzimmertür verschloss und, ungeachtet dessen, dass es erst halb sechs war, nach unten ging. Hoffentlich war Lola immer noch eine Frühaufsteherin. Im Erdgeschoss angekommen, bog sie in den Wohnflur ab, dessen Tür offen stand und der in Lolas und Pauls Privaträume führte. Im Gegensatz zu oben gab es hier moderne Buchenmöbel, durch die der Flur heller und lebendiger wirkte. Statt Kunstblumen standen auf der Kommode ein paar kleine Kakteen, zwischen denen sich eine LED-Lichterkette schlängelte.

An der Wand hingen weiße Bilderrahmen, die ein Hochzeitsporträt von Lola und Paul umkreisten, auf dem das frisch vermählte Paar glückselig grinste. Und obwohl das Foto im Laufe der Feier und nach etlichen Küssen entstanden war, glänzte Lolas zartrosafarbener Lippenstift, den Carolin ihr geschenkt hatte, immer noch. Lediglich Pauls verhangener Blick ließ darauf schließen, dass bereits eine beträchtliche Menge Alkohol geflossen war. Das Foto hatte Carolin geschossen, nachdem Paul Lolas Etuikleid aus leichter Spitze mit Schokoladencreme bekleckert hatte. Während jede andere Braut, Carolin eingeschlossen, einen Nervenzusammenbruch erlitten hätte, hatte Lola so gelacht, dass Paul sie stützen musste. Die Erinnerung an diesen Moment und an den gesamten Tag rief Wehmut in Carolin hervor. Sie waren allesamt so glücklich gewesen, obwohl sie sich so selten gesehen hatten, aber jetzt schien das nicht mehr möglich zu sein. Und das alles nur, weil sie sich keine Zeit füreinander genommen hatten. Wie traurig war das bitte?

Sie ließ den Blick über Urlaubsschnappschüsse und Familienfeste fliegen und blieb bei einem Foto hängen, das sie ganz genau betrachtete. Lolas Trauzeugin im rosafarbenen Spitzenkleid, das gerade so die Knie bedeckte, hatte sich extra für diesen Anlass eine Dauerwelle machen lassen, mit der sie wie ein frisch frisierter Pudel aussah. Sofort stieg Carolin wieder der beißende Geruch der Chemikalien in die Nase, mit denen ihr die Friseurin die Pudelfrisur verpasst hatte. Es war fast, als spürte sie das Ziepen der Haare wieder, die so fest um die Lockenwickler gedreht gewesen waren, dass Carolin gefürchtet hatte, sie würden alle ausfallen. Auf dem Bild lachte sie und hielt die Hand der Braut. Carolin hatte sich so gefreut, als Lola sie gebeten hatte, an ihrer Seite zu stehen. Und sie wünschte sich, dass es wieder so wurde wie an jenem Tag und dass ihre Schwester ähnlich empfand.

In Gedanken versunken hatte Carolin gar nicht bemerkt, dass sie nicht mehr alleine war. Sie gab einen erstickten Laut von sich, als jemand von hinten die Hand auf ihre Schulter legte. Erschrocken wirbelte sie herum, und Paul taumelte zurück.

»Uff, Paul!«, rief Carolin.

»Natürlich ich. Wer sonst?«, fragte er und stieß leise auf.

Wie er aussah! Dunkle Ränder unter den Augen, ein weinroter Fleck auf dem weißen T-Shirt, die Haare komplett derangiert. Carolin rümpfte die Nase, als ihr der biergeschwängerte Dunst entgegenwaberte, der Paul umgab.

»Himmel! Wie viel Bier hast du denn getrunken – das riecht, als hättest du darin gebadet«, stieß Carolin aus.

»Ich hab noch nicht geduscht.«

Das war nicht sein einziges Problem, fürchtete Carolin.

Paul zeigte auf die Fotografie in der Mitte und hielt sich anschließend an der Kommode fest. »Da war die Welt noch in Ordnung.«

»Paul, was …«

»In guten wie in schlechten Tagen, weißt du noch? Warst ja dabei. Hast sogar unterschrieben.«

»Ich …«

»Soll ich dir mal was sagen?«

Besser nicht. »Ja?«

»Da war deine Schwester noch die Lola, in die ich mich verliebt hatte. Guck sie dir an.« Mit den Fingerspitzen berührte er Lolas Gesicht. »Sie ist so schön. Er gab einen undefinierbaren Laut von sich, dann würgte er einmal.

»Willst du dich nicht lieber wieder hinlegen?«, wollte Carolin wissen, doch als Paul wankte, stöhnte sie widerwillig auf, packte seinen Arm und bugsierte ihn ins Badezimmer. »So weit haben wir es auf eurer Hochzeit nicht gebracht. Das wird eine ganz neue Erfahrung.« Sie schob ihn zur Toilette und schloss die Tür hinter sich.

»Geh«, forderte Paul sie auf.

»Sicher?«

»Geh schon! Ist erniedrigend genug, dass du mich so siehst. Und mach die Tür zu. Von außen!«

Erleichtert verließ Carolin das Bad, wartete vor der Tür und lauschte. »Alles okay da drinnen?«, rief sie nach einer Weile, was mit einem Würgelaut und einem unschönen Geräusch beantwortet wurde.

»Oh Gott«, krächzte Paul wie einer, der gerade seinen gesamten Mageninhalt losgeworden war.

»Rühr dich nicht vom Fleck, ich hole was«, versprach Carolin.

»Sehr witzig, wohin sollte ich in dem Zustand schon …«

Carolin verzog besorgt und zugleich leicht angewidert das Gesicht und eilte dann die Treppe hinauf, um aus der Kosmetiktasche die Notration Vomex und Aspirin zu holen. Bestens vorbereitet schleppte sie auf Reisen ihre komplette Hausapotheke in Minirationen mit.

Aus Pauls Küche holte sie ein mit Wasser gefülltes Glas und klopfte anschließend an die Badezimmertür, hinter der es beunruhigend still war. »Paul? Lebst du noch? Ich komm jetzt rein.« Vorsichtig öffnete sie die Tür und spähte in den Raum, in dem Paul jämmerlich auf dem Rand der Badewanne kauerte, das Gesicht in den Händen vergraben.

»Geht schon wieder«, murmelte er mit belegter Stimmte.

Carolin trat ein und hielt ihm die Tabletten und das Glas hin. »Du hast die Wahl zwischen Vomex und Aspirin.«

»Wofür ist das?«, wollte er wissen.

»Gegen Übelkeit und Kopfschmerzen.«

»Hast du auch was gegen verrückte Ehefrauen?«

Seufzend setzte sie sich neben Paul und betrachtete ihn. »Soll ich Lola holen, damit du sie das direkt fragen kannst?«

»Lola ist nicht da«, gab er tonlos zurück, trank das Wasser in einem Zug aus und stellte das Glas samt Tabletten auf den Waschtisch. »Ich brauch das Zeug nicht. Danke.«

»Was genau meinst du mit ›Lola ist nicht da‹?«, hakte Carolin nach. Wo sollte sie um diese Uhrzeit schon sein? »Soll ich sie anrufen, damit sie kommt?«

Paul schnaubte verächtlich. »Du verstehst wohl nicht, was ich sagen will. Lola ist weg. Gegangen.«

»Bitte etwas präziser. Was genau bedeutet ›weg‹? Wann kommt sie wieder?«

Paul zog einen zerknitterten grauweißen Briefumschlag aus der Tasche seiner Jogginghose und reichte ihn Carolin. »Das hier hat sie freundlicherweise für dich auf dem Nachttisch hinterlassen. Ich war ihr bloß eine Notiz wert.«

Sie nahm den Umschlag und wendete ihn, als ob sie nach einer geheimen Botschaft suchte. Ihr Name stand drauf, und auf einer gelben Haftnotiz wies Lola Paul an, den Umschlag an Carolin weiterzuleiten, die nun das Kuvert öffnete und den Briefbogen herauszog. Umweltpapier, typisch Lola. In der Zwischenzeit wusch sich Paul das Gesicht am Waschbecken und hielt anschließend den Kopf unter den Wasserstrahl.

»Wie kannst du dir jetzt in aller Seelenruhe die Haare waschen? Machst du dir denn gar keine Sorgen um deine Frau?«

»Sicher habe ich das«, entgegnete Paul und tastete nach einem Handtuch, mit dem er sich gleich darauf die Haare trocken rubbelte. »Aber dann habe ich den Brief gelesen.«

»Hat sie dir also doch einen geschrieben?«

»Deinen Brief, Caro.« Paul seufzte und klang auf einmal niedergeschlagen. »Lies bitte.«

Carolin faltete das Blatt auseinander. Die Tinte verschwamm darauf wie auf Löschpapier, dennoch war Lolas geschwungene Schrift einwandfrei lesbar.

Liebe Carolin,
wenn ihr morgen früh aufwacht, bin ich weg. Ich brauche mal ein bisschen Freiraum und Zeit, um mir Gedanken zu machen. Versucht nicht, mich zu erreichen, ich gehe nicht ans Telefon. Unerwartet bin ich an einem Punkt angekommen, an dem ich nicht weiterkann. Das Hotel frisst meine Energie, ich hätte mir wirklich gewünscht, dass du mehr mitmachst, weil ich mich nicht immer um alles kümmern kann. Ich verstehe ja, dass das Schreiben wichtig ist und du dir damit deinen Lebensunterhalt verdienst. Aber das Hotel ist doch gewissermaßen ein Teil von uns.
Und was Paul angeht, der den Brief bestimmt gelesen hat, obwohl er nicht für ihn bestimmt ist, weiß ich auch nicht mehr weiter. Es hat sich so viel verändert in letzter Zeit, und ich fühle mich komplett alleingelassen von ihm. Ich will mich nicht von ihm trennen, aber so kann es auch nicht weitergehen.
Was das Ende unseres gestrigen Gesprächs angeht, bitte ich dich, vorerst Stillschweigen zu bewahren. Es ist kompliziert, und ich muss mir erst über bestimmte Dinge klar werden.
Ich bin enttäuscht, Caro. Und traurig. Wütend. Und ich habe keine Kraft mehr. Außerdem finde ich, ich habe genug für dich getan – jetzt bist du mal dran, etwas für mich zu tun.

Lola

Carolin starrte auf die Zeilen und sagte mehr zu sich als zu Paul: »Hä?«

»Oder? Sie ist komplett durchgeknallt!« Er schluckte. »Ich meine … klar bin ich sauer und so. Und gleichzeitig mache ich mir Sorgen. Um Lola. Um unsere Ehe. Unsere Existenz. Ich versteh's einfach nicht. Wieso redet sie denn nicht mit mir? Das war doch früher kein Problem.«

Carolin blinzelte. Genau das hatte sie sich auch gerade gefragt. Nach und nach wurde ihr die Bedeutung von Lolas Worten bewusst: Sie nahm sich eine Auszeit und ließ Carolin und Paul mit dem Hotel allein. Mit einem Hotel, von dem keiner der beiden wusste, wie es überhaupt funktionierte. Und was war mit diesem ominösen Hoteltester, den Lola beiläufig erwähnt hatte? Carolin fühlte sich wie vor der Kopf geschlagen. Lola war doch nicht wirklich einfach abgehauen, oder? Ungläubig überflog sie den Brief ein zweites Mal.

»Was machen wir denn jetzt? Und worüber habt ihr gesprochen, nachdem ich weg war?«, unterbrach Paul ihre Gedanken, aber Carolin war wie gelähmt. Sie kannte dieses Gefühl nur zu gut von damals, als ihr Vater überraschend gestorben war. Machtlosigkeit. Unglaube. Panik.

Lola ist ja nicht gestorben, rief sie sich in Erinnerung. *Also bleib ruhig.*

Aber wie sollte sie ruhig bleiben, wenn vor ihr Lolas und Pauls Existenz lag und sie sich den beiden gegenüber verpflichtet fühlte? Sie zwang sich, aus ihrer Schockstarre hinauszutreten, indem sie tief durchatmete und sich aufrichtete.

»Keine Ahnung«, krächzte sie. Jetzt wurde es noch

komplizierter, denn Paul wusste anscheinend nichts von der Schwangerschaft, und sie durfte nicht mit ihm darüber sprechen. Fabelhaft! Sie beschloss, nur auf seine erste Frage einzugehen. »Das … das ist eine ganz neue Situation für mich. Ich … ich …« Sie ballte die Hände zu Fäusten. »Ich verstehe es so, dass Lola im Moment … unglücklich ist und überfordert mit …« Sie gab einen entnervten Laut von sich. »Was ist denn wirklich zwischen euch vorgefallen, dass sie so heftig reagiert? Habt ihr schon länger Probleme?«

»Probleme?«, hakte Paul nach, rieb sich den Nacken und fuhr schließlich fort: »Probleme nicht direkt. Es ist schon seit einiger Zeit so, dass wir uns häufiger streiten. Aber dass sie sich von mir alleingelassen fühlt, kann ich nicht nachvollziehen. Ich habe immer versucht, sie zu unterstützen, aber sie lässt mich ja nicht.«

»Es muss doch einen Grund geben, warum sie so fühlt.«

Ratlos hob er die Schultern. »Als mein Vater den Hotelbetrieb aufgeben wollte, hat er mich gefragt, ob ich in seine Fußstapfen treten wolle. Aber ich hatte damit gar nichts am Hut, hatte gerade mein Veterinärmedizinstudium beendet und glücklicherweise eine Anstellung in der örtlichen Praxis gefunden. Wir waren so froh, wieder hierher zurückzukehren! Im Gegensatz zu mir war Lola natürlich sofort Feuer und Flamme für die Idee, das Hotel zu übernehmen, und ich beschloss, ihr das zu ermöglichen. Also habe ich tagsüber ganz normal gearbeitet und abends die Sachen erledigt, die im und am Haus so angefallen sind – diverse Reparaturen, Gartenpflege oder Gästeanfragen beantworten. Kleinkram halt. Um alles andere hat sie sich gekümmert – Buchhaltung, Gästebetreuung und so weiter, was ich anfangs auch total okay fand. Schließlich hatte ich genug mit meinem Job zu tun.« Paul schluckte. »Nach … lass es etwas über fünf Jahre sein … merkte ich, dass es Lola nicht gut ging. Sie war immer müde, und ihre Laune war manchmal nur schwer auszuhalten. Also habe ich meine Stunden reduziert, um sie mehr zu unterstützen. Ich hätte sie nie hängen lassen. Am ehesten konnte ich mir vorstellen, Handlangerarbeiten im Büro für sie zu machen. Rechnungen schreiben. Akten sortieren. Ich bat sie sogar, mich in die Buchhaltung einzuarbeiten – in alles eben. Das haben wir dann auch gemacht, doch anscheinend habe ich mich zu blöd angestellt, oder Lola war zu anspruchsvoll – ich konnte es ihr jedenfalls nie recht machen. Zwei Jahre haben wir das so gemacht, und es ist wirklich unglaublich, dass sie es in der Zeit geschafft hat, mich komplett außen vor zu halten.« Traurig senkte er den Blick.

»Hattet ihr denn keine Angst, dass Lola mal ausfallen könnte?«, fragte Carolin.

»Ich schon! Aber du weißt, wie das ist, man nimmt sich vor, etwas anzupacken, und dann vergeht die Zeit, und man macht es doch nicht, weil es unbequem ist oder … man es halt einfach nicht macht.«

»Und dann hast du wieder angefangen, mehr zu arbeiten«, schlussfolgerte Carolin und setzte sich auf den Rand der Badewanne.

Paul schüttelte den Kopf. »Dann habe ich erst mal meine Anstellung gekündigt, nachdem mein Chef meinen unbezahlten Urlaub nicht mehr verlängern konnte. Ich wollte Lola zeigen, dass sie mir wichtiger ist als mein Beruf, und ich habe ja mitbekommen, dass sie die Last kaum allein bewältigen konnte. Habe doch gesehen, wie sie schuftet. Aber irgendwann gab es für Lola nur noch das Hotel, von unserer Ehe war gefühlt nichts mehr übrig. Zuerst dachte ich, das gibt sich, sobald wir uns gemeinsam organisiert haben. Doch dann erkannte ich, dass wir nur noch aneinander vorbeiredeten und uns kaum mehr Zeit für den anderen nahmen. Lola stieß mich immer wieder zurück und kritisierte mich und die Art und Weise, wie ich Dinge anging. Sie verstand einfach nicht, dass ich sie unterstützen und ihr zeigen wollte, dass ich voll hinter dem Hotelprojekt stand.« Er seufzte. »Bald fühlte ich mich wie ein Kind, dem die Mutter nichts zutraut. Lola wollte alles selbst machen, weil sie überzeugt war, es besser zu können. Ich konnte also genauso gut wieder in meinem Beruf arbeiten, der mir sehr fehlt, aber aus Angst, Lola damit ganz zu verlieren, habe ich angefangen, mich privat um verletzte oder verwaiste Wildtiere zu kümmern. Und um Schnitzel, die ich vor dem Schlachter gerettet habe. Es klingt ein bisschen verrückt, aber so fühlte ich mich wenigstens gebraucht.« Er zuckte die Schultern. »Außerdem helfe ich in der Praxis aus, wenn Not am Mann ist, nehme an Fortbildungen teil und tausche mich mit Kollegen aus, um am Ball zu bleiben, was neue Behandlungsmethoden und Studien angeht.

Ich kann sogar wieder Vollzeit einsteigen, sobald die Kollegin im Mutterschutz ist. Sie hört danach komplett auf, und ich bin wieder drin. Meine Arbeit in der Praxis fühlt sich gut an. Richtig. Das ist es, was ich gerne mache. Aber für Lola hätte ich darauf verzichtet.« Ermattet sank er neben Carolin auf den Badewannenrand, die Ellenbogen auf die Oberschenkel gestützt, das Gesicht in den Händen vergraben. »Mist.«

Tröstend legte Carolin eine Hand auf sein Bein. »Ich finde es wirklich toll, wie du versuchst, sie zu unterstützen. Wir sollten uns überlegen, wie es zukünftig weitergehen soll.«

»Bist du denn gar nicht sauer oder verletzt oder … was auch immer?«

»Doch«, gab Carolin zu. »Aber … mittlerweile habe ich das Gefühl, an dieser Situation nicht ganz unschuldig zu sein. Ich hätte mich öfter melden und fragen müssen, wie es Lola geht. Klar habe ich sie vermisst, sie ist immerhin meine Schwester, aber ich dachte, sie ist froh, wenn sie mal ein bisschen Ruhe hat vor mir, nach dem, was sie nach Papas Tod alles aushalten musste. Und dann war es so wie bei dir. Die Zeit verging, ich schob das Anrufen immer weiter auf, von einem Besuch ganz zu schweigen. Ich habe gearbeitet, es war so viel los! Na ja, ich hatte immer einen Grund, mich nicht zu melden. Und schon war wieder ein Tag rum.« Sie räusperte sich. »Im Grunde ist das unentschuldbar. Und doch wäre es für Lola der gleiche Weg gewesen.«

»Sie hat so sehr auf ein Zeichen von dir gewartet. Wegen des Hotels, weißt du.«

»Was habt ihr beide bloß mit dem Thema, dass ich mich mehr für das Hotel interessieren müsste? Ich habe damit nun wirklich nichts zu tun. Sicher, ich hätte hier und da mit anfassen können, mittlerweile habe ich jedoch den Eindruck, ihr wollt mich da in etwas reinziehen, zu dem ich gar keinen Bezug habe. Aber wenn wir schon über das Hotel sprechen: Was ist das für eine Sache mit dem Hoteltester?«

»Hoteltester?«, fragte Paul erschrocken. »Davon weiß ich nichts.«

»Na prima«, stöhnte Carolin. »Dann haben wir ja gleich mehrere Probleme auf einmal. Und sag mal – brauchen die Gäste kein Frühstück?«

Mit der flachen Hand schlug sich Paul vor die Stirn. »Das habe ich in dem ganzen Trubel völlig vergessen.«

»Kann ja nicht so schwer sein. Bisschen Wurst, Käse, Marmelade … was man halt im Hotel so bekommt.«

»Aber Lola mag nicht nullachtfünfzehn«, gab Paul zu bedenken.

»Ich weiß selbst, dass Lola den Gästen versprochen hat, dass das Frühstück besser wird. Und so gern ich wollte – ich kann nicht mal eben ein luxuriöses Buffet zaubern. Fürs Erste müssen wir improvisieren.«

Langsam nickte Paul. »Du hast recht. Gehen wir es an. Ich kümmere mich um das Frühstück und rede mit den Gästen. Mir wird schon etwas einfallen.« Er erhob sich und sah auf Carolin herab. »Lola ist wirklich gerissen. Jetzt bringt sie dich doch noch dazu, dich um das Hotel zu kümmern.«

Carolin sprang auf. »Jetzt reicht es mir aber! Warum

sollte ich Interesse an dem Hotel haben? Klar, es gehört meiner Schwester, aber ich bitte sie schließlich auch nicht, meine Bücher zu schreiben.«

»Das kann man doch nicht vergleichen. Ich glaube, sie möchte das einfach mit dir teilen. Der Erinnerung wegen. Kann man doch verstehen.«

»Ich verstehe hier gar nichts, Paul. Erinnerungen. Welche Erinnerungen?«

Paul sah Carolin nachdenklich an. »Lola hat recht, du leugnest es vollkommen.«

»Was? Ich leugne gar nichts! Im Gegenteil, ich habe das Gefühl, ich bin die Einzige, die den Tatsachen ins Auge sieht.« Sie stemmte die Hände in die Hüften. »Ganz ehrlich – sei doch froh, dass ich dir helfe. Dir und Lola. Ich muss das nicht. Schließlich hab ich genug mit meiner eigenen Arbeit zu tun. Aber ich möchte es gern, weil ihr mir wichtig seid und ich will, dass wir in Zukunft viel mehr gemeinsam machen. So wie früher, als wir klein waren, Lola und ich.«

Paul sah Carolin an, die sich unter seinem Blick plötzlich unwohl fühlte. Sie trat von einem Fuß auf den anderen und spürte ein unruhiges Kribbeln im Magen. Er rieb sich das Kinn.

»Ich weiß, wir müssen uns jetzt beeilen, aber …«, begann er. »Erinnerst du dich denn nicht, dass du als Kind schon mal hier gewesen bist?«

Carolin verschränkte die Arme vor der Brust. »Dunkel«, gab sie zurück. »War ein Urlaub, schätze ich. Ob das aber hier in Klein Odorf oder weiß Gott wo in der Heide war – das weiß ich nicht.«

»Carolin«, sagte Paul sanft. »Ich zeige dir was. Komm mal mit.« Er griff nach ihrer Hand und zog Carolin hinter sich her, hinaus aus dem Bad und aus der Wohnung.

Nur widerwillig ließ sich Carolin auf Pauls Spiel ein. Wenn es ihn glücklich machte, bitte sehr. Allerdings befürchtete sie, dass ihr nicht gefallen würde, was Paul ihr zeigen wollte. Wie richtig sie mit dieser Annahme lag, fand Carolin leider schneller heraus, als ihr lieb war.

Kapitel 7

Pauls Ziel war der Dachboden des Hauses, in dem sie von unzähligen Kartons und Kisten empfangen wurden, die offensichtlich lange nicht bewegt worden waren. Es roch nach Staub und alten Erinnerungen. Ein toller Platz zum Versteckenspielen, fand Carolin. Zum Sichverkleiden. Zum Sich-auf-die-Holzdielen-Kauern und Durch-die-Astlöcher-Schielen, von denen aus man bis in die darunterliegende Einliegerwohnung gucken konnte. Der Schmutz vergangener Zeiten hätte sie als Kind nicht gestört. Heute hustete sie, als Paul von einer Holztruhe eine Staubschicht wischte, die sich in winzig kleine Teilchen auflöste, welche im kargen, durch die beiden Dachluken fallenden Sonnenlicht umherflirrten. Der Truhendeckel ächzte beim Aufklappen wie eine alte Frau, die zu lange gesessen hatte. Paul beugte sich vornüber und hielt kurz darauf eine mit Goldpapier beklebte Schachtel in den Händen. Carolin fehlte die letzte Portion Mut, näher zu ihm zu treten, obwohl sie schon wissen wollte, was in dieser Kiste Wichtiges verborgen sein sollte. Der Abstand von gut zwei Metern stellte jedoch sicher, dass sie zu jedem Zeitpunkt die Möglichkeit hatte zu gehen. Ihr war ganz wackelig zumute, weil sie nicht wusste, was auf sie zukam.

»Ist das wirklich nötig?«, fragte sie. »Es gibt doch Wichtigeres zu tun, meinst du nicht?«

Doch Paul ließ sich nicht beirren und hielt ihr die ominöse Box hin. »Öffne sie.«

»Na gut, wenn du unbedingt willst, öffne ich die Kiste.« Sie klappte den Deckel auf, während sie in der anderen Hand immer noch Lolas Brief hielt. Sie blinzelte. Starrte das Foto an, welches obenauf lag. Lolas Brief fiel zerknüllt zu Boden. Der Dachboden, der auf die Größe einer Telefonzelle geschrumpft war, schien sich in feine Partikel aus Staub und Schmerz aufzulösen. Auf einmal gab es nur noch Carolin, Paul und das gelbstichige Foto, auf dem sich zwei Mädchen, das eine höchstens zwei Jahre, das andere im Grundschulalter, lachend im Arm hielten. Die Ältere von beiden trug ein rosafarbenes Rüschenkleid und entblößte oben und unten eine beeindruckende Zahnlücke. Die Kleine, die mit ihren dünnen Haaren und dem Feuerwehrauto-Pullover eher wie ein Junge aussah, trug den rechten Gummistiefel am linken Fuß und umgekehrt. Und hinter ihnen stand, die Hände auf die Schultern der Kinder gelegt und lächelnd – Papa. Aber das war es nicht, was Carolins Augen zum Brennen brachte, sondern das Haus im Hintergrund. Die Hortensie auf der Ecke war zwar noch klein und trug nur wenige Blüten, wohingegen die üppig blühenden Heidepflanzen den Vorgarten damals schon in ein lilarotes Meer verwandelt hatten.

Unfähig einen klaren Gedanken zu fassen, sah sie Paul an. »Woher hast du das?«, stieß sie schließlich hervor.

Paul hielt einen Moment lang inne, dann sagte er: »Das Foto entstand im Frühjahr 1982, als du noch nicht ganz zwei Jahre alt warst. Lola und ich besuchten zusammen den Kindergarten und sind in dem Jahr gemeinsam eingeschult worden. Kurz danach ist eure Mutter gegangen.«

»Warte«, unterbrach Carolin ihn und versuchte, die einzelnen Puzzleteilchen zu einem Ganzen zu verbinden. Sie nahm das Bild und betrachtete es so genau, dass ihre Nasenspitze das Papier beinahe berührte. Mit dem Schnurrbart sah der Vater ganz anders aus, als sie ihn in Erinnerung hatte. Er wirkte glücklich. Als das Foto entstanden war, war sein Herz noch heil gewesen.

Da fiel Carolin die Aufnahme von Pauls Einschulung wieder ein, die bei seinen Eltern im Wohnungsflur hing. Und das Kind mit der Kaninchen-Schultüte und den rötlichen Haaren …

Paul rieb sich den Nacken. Das Unbehagen stand ihm geradezu ins Gesicht geschrieben. »Jetzt wird mir auch klar, warum du dich an dem Tag, an dem Lola dich hierher eingeladen hat, um mich als ihren neuen Freund zu präsentieren, so verhalten hast, als wärst du zum ersten Mal hier. Ich dachte immer, du ignorierst das, weil du deinen Vater vermisst und es für dich schwierig war, hier zu sein, aber das eine hatte mit dem anderen gar nichts zu tun.«

Carolins Gehirn arbeitete an vielen Stellen gleichzeitig, weswegen es eine Weile dauerte, bis die Zahnräder wieder ineinandergriffen. Sie war überfordert mit den neuen Informationen und versuchte, sie in einen logischen Zusammenhang zu bringen. Wenn das Foto also echt war. Wenn Papa, Lola und sie tatsächlich zusammen vor dem lütten Hotel standen. Wenn also Paul und Lola in ein und demselben Kindergarten und später in einer Schule gewesen waren, konnte das nur bedeuten, dass … die verschwommene Erinnerung an einen Heideurlaub viel mehr war als das. Carolin schüttelte den Kopf. Sie wollte es immer noch nicht glauben.

»Sag doch was«, meinte Paul.

»Warum habt ihr mir das nie erklärt?«, fragte Carolin. Sie schluckte mehrfach schwer. Das war nun schon der zweite Knoten in ihrem Hals innerhalb weniger Stunden. »Warum hat mir keiner gesagt, dass wir in Klein Odorf gewohnt haben?«

Paul befeuchtete sich mit der Zungenspitze die Lippen und gab den Laut eines Mannes von sich, der sein Tagespensum an Wörtern längst ausgeschöpft hatte. »Nicht nur in Klein Odorf«, sagte er schließlich. »Sondern hier. In diesem Haus. Euer Zimmer war dort, wo jetzt Lolas und mein Wohnzimmer ist und …«

»Quatsch!«, ging Carolin dazwischen und trat einen Schritt rückwärts. »Wenn es wirklich so gewesen wäre, wüsste ich das doch. Papa hat ständig zu allem Fotoalben angelegt. In meinem Babyalbum ist kein einziges Bild, das auf unser angebliches Leben hier hinweist. Du musst dich irren.« Pauls Fantasie ging mit ihm durch. Er suchte nach Gründen, um Lolas Verhalten zu entschuldigen. Was in Ordnung war, schließlich war sie seine Frau.

Paul aber schüttelte den Kopf und zeigte auf das Foto.

»Es war ihr Hotel. Das Hotel deiner Eltern. Sie haben es gekauft, als Lola noch ganz klein gewesen ist. Zuerst lief es ganz gut, wie man sich allerdings erzählt, wurde es mit der Zeit immer schwieriger mit dem Geld, als sich der Tourismus veränderte und die Leute lieber ins Ausland reisten. Auf jeden Fall haben Lola und ich damals jeden Tag zusammen verbracht, und unsere Eltern waren ebenfalls befreundet. Das alles änderte sich erst, als deine Mutter gegangen ist. Da war dein Vater nicht nur allein mit einem Hotel, das nicht mehr lief, sondern eben auch mit zwei kleinen Mädchen, die nicht verstanden, wo ihre Mutter auf einmal hin war. Ganz abgesehen von seinem eigenen Schmerz.« Er hielt kurz inne. »Wir haben oft hier gespielt. Auf dem Dachboden. Lola, du und ich. Waren fast wie Geschwister. Kannst du dich denn an gar nichts erinnern?«

»Ich war nicht einmal zwei Jahre alt!«, rief Carolin schrill. Langsam, aber sicher war das Maß dessen, was sie an Informationen verarbeiten konnte, voll. »Irgendetwas passt hier nicht zusammen, Paul. Die Lüneburger Heide oder … oder irgendein Hotel war nie Thema bei uns. Papa und Lola hätten mir doch erzählt, wenn wir nicht zeit meines Lebens in Köln gewohnt hätten. Ich bin dort geboren und aufgewachsen. Genau wie Lola.« Sie reichte Paul das Foto und bückte sich nach Lolas Brief, strich ihn glatt, faltete ihn und steckte ihn in die Gesäßtasche, für den Fall, dass sie ihn später noch einmal lesen wollte.

»Möchtest du das Foto denn nicht behalten?«, fragte Paul überrascht, doch Carolin wollte es nicht. Sie wollte einfach nur raus. An die frische Luft. Weg. Denn obwohl sie die quälende Gewissheit nicht an sich heranlassen wollte, hatte sie keine andere Wahl, als einzusehen, dass ihr Vater und Lola, Paul und seine Eltern ihr nie die Wahrheit über ihre Herkunft erzählt hatten. Auf einmal konnte Carolin keinen klaren Gedanken mehr fassen, ihr schlug das Herz bis zum Hals. Sie fühlte sich wie ein kleines Mädchen, dessen Luftballon jemand mit einer Nadel zerstochen hatte. Verletzt. Wütend. Unsicher, wie sie mit ihrer Enttäuschung umgehen sollte.

»Ich brauche Zeit«, presste sie hervor und machte zwei Schritte rückwärts. »Das … das ist zu viel.«

Besorgt streckte Paul die Hand nach ihr aus. »Oh Mann, Caro, ich wollte nicht, dass es dir schlecht geht. Du solltest nur verstehen, warum das Hotel nicht irgendein Hotel ist. Und ich wollte dir die Entscheidung leichter machen, dich in Lolas Vertretung zu stürzen. Mit meiner Hilfe natürlich … Caro, du bist ja ganz blass.«

Kein Wunder – Carolin war richtig schlecht von all den Gefühlen, die auf sie einstürmten und mit denen sie erst einmal zurechtkommen musste. Sie konnte noch nicht nachvollziehen, warum dieser Teil ihres Lebens vor ihr verborgen geblieben war, aber sie hatte nicht die Kraft, es jetzt herauszufinden. Geschweige denn, sich um das Hotel zu kümmern. Oder um einen sitzengelassenen Ehemann. Im Augenblick konnte sie nichts tun. Nichts als flüchten.

»Ich muss hier weg«, krächzte Carolin.

»Hier weg? Weg im Sinne von vom Dachboden oder …«

»Ganz weg. Ich kann hier nicht bleiben. Im Moment jedenfalls nicht.«

»Aber ich dachte, jetzt kannst du besser verstehen …« Paul hob hilflos die Hände.

»Ach so, klar, du hast recht. Völlig egal, dass ihr mir mein Leben lang etwas vorgemacht habt. Sorry, dass ich mich so anstelle«, erwiderte Carolin bissig.

»Ich hatte ja keine Ahnung«, rechtfertigte sich Paul. »Du kannst doch nicht einfach so gehen. Lass mich bitte nicht allein mit allem.«

Carolin schüttelte den Kopf, wich einen weiteren Schritt zurück. Bald war sie an der Treppe angekommen. Bald war sie frei. Die stickige Luft hier oben erdrückte sie. »Ich lass dich nicht allein«, sagte sie. »Nicht richtig. Aber jetzt werde ich erst mal gehen. Vielleicht fahre ich nach Hause? Nachdenken. Ich kann nicht einfach sagen: ›Oh, supi, ich bin jetzt Klein Odorferin und hab ein Hotel.‹ So geht das nicht, Paul. Ich komm bestimmt wieder, aber … aber jetzt gehe ich. Es tut mir leid.«

Carolin wandte sich ab und trat zur Treppe. Pauls Blick im Rücken machte ihr die nächsten Schritte nicht gerade leichter. Ihr war bewusst, dass nicht er schuld war. Es war auch nicht seine Aufgabe gewesen, ihr zu sagen, dass sie keine gebürtige Kölnerin war. Es wäre okay gewesen, hätte sie es vor über dreißig Jahren erfahren. Sie wäre sicher mal hierhergefahren und hätte sich angesehen, wo sie früher gelebt hatte. Bestimmt hätte sie Lola unterstützt. Und sie hätte sich auf jeden

Fall nicht derart hintergangen gefühlt wie jetzt. All die unterschwelligen Vorwürfe, die kleinen Spitzen, sie würde den Traum der Schwester nicht unterstützen, ergaben auf einmal einen Sinn. Dennoch taten sie nicht weniger weh. Carolin erreichte die Treppe. Die erste Stufe knarrte.

»Ich kann dich ja verstehen«, sagte Paul leise von hinten. »Aber ich brauche dich.«

Das wusste Carolin. Sie nickte. »Ich komme ja wieder«, versicherte sie und ging, ohne zurückzublicken, die Stufen hinunter. Sie schaffte es einfach nicht, über ihren Schatten zu springen.

Die Transportbox mit dem unleidlichen Hannibal darin in einer Hand, den Rollkoffer rücksichtslos mit der anderen hinter sich herziehend, hastete Carolin wenig später aus dem Haus. An der Brücke wäre sie beinahe wegen eines hochstehenden Steines gestürzt. Mit dem Schrecken davongekommen, lief sie am Hotel vorbei und den Pfad entlang durch den Vorgarten, eilte geradewegs über den Holunderweg in Richtung Hauptstraße, als wäre dort ein unsichtbarer Magnet, der sie anzog. Wie ferngesteuert setzte sie einen Fuß vor den anderen. Sie weigerte sich, eine Verschnaufpause einzulegen, solange sie das Hotel im Rücken wusste. Erst wenn sie den Holunderweg verlassen hatte, würde Carolin ein Taxi rufen und den Pullover ausziehen, den sie über der Bluse trug, weil sie so wenig Ballast wie möglich im Koffer haben wollte. Sie lief und lief, den Rollkoffer im Schlepptau, am Hotel vorbei geradewegs auf die Straße. Im Vorgarten des Nachbarhauses flitzte ihr ein bellender Dackel entgegen, der am Zaun stoppte und das Hinterbein hob. Ein Haus weiter mähte ein Mann in Gartenschürze und Strohhut den Rasen, und am Eckhaus zur Hauptstraße zischelte ein Rasensprenger. Carolin bog um die Ecke, erleichtert, keinen Sichtkontakt mehr zu ihrer Vergangenheit zu haben, von der sie soeben erst erfahren hatte. Sachte stellte sie Hannibal im Schatten einer Buche auf dem Gehweg ab. Längst resigniert, gab das Kaninchen keinen Mucks von sich. Armer Kerl. Sie sah sich um. Betrachtete die alten Häuser, von denen eines nahezu komplett hinter einer Schicht Efeu verschwand. Sie berührte den rauen Stamm der Buche. Papa, Lola, ihre Mutter und sie hatten hier gelebt, hier, in Klein Odorf. Die Zusammenhänge verstand sie zwar noch nicht, aber zumindest ahnte sie jetzt, warum Lola ein derartiges Buhei um das Hotel machte. Warum war sie abgehauen, wenn ihr hier alles so wichtig war? Wenn ohne sie alles zu Ende gehen würde, wenn sie wirklich diesen ominösen Hoteltester erwarteten – warum? Carolin hatte noch so viele offene Fragen, die sie zunächst sortieren musste, um sie stellen zu können. Und ein wachsendes schlechtes Gewissen Paul gegenüber, weil sie ihn alleingelassen hatte. Fieberhaft suchte sie nach einer Erklärung für Lolas Verhalten und dafür, dass weder sie noch ihr Vater noch der Rest der Familie ihr je die Wahrheit gesagt hatte. Sie fühlte sich hintergangen. Und müde. Es war ein Fehler gewesen herzukommen. Sie schleppte sich bis an die Bushaltestelle, die sich gegenüber einer Töpferei befand, und sank auf die mit Fußballstickern beklebte Bank.

Atmen, mahnte Carolin sich. Atmen ging noch. Sie musste all ihre Sinne beisammenhalten, ehe sie weitere Fehler beging. Ein paar Spatzen flatterten herbei und hüpften vor ihr wie zu einem Tanz, pickten in den Fugen der Gehwegplatten und flogen weiter.

Gott, sie saß tatsächlich mit Sack und Pack an einer Bushaltestelle, an der nur einmal pro Tag ein Bus hielt, was zu Hause unmöglich war, weil dort so viele Menschen lebten. Doch sie wusste nicht weiter. Ehe sie ein Taxi rief, brauchte sie ein paar Augenblicke, um durchzuatmen. Sie wollte nach Köln, aber etwas in ihr riet ihr zu bleiben. Am besten, sie fragte den Menschen, der ihr derzeit am nächsten stand. Am besten, sie rief Moni an. Eilig suchte sie das Handy aus ihrer Handtasche, das sich zwischen drei Packungen Tempo, zwei Labello und einer Tüte Lakritzbonbons versteckte, die sie bei der Aufregung völlig vergessen hatte, suchte Monis Eintrag und tippte auf *Anrufen*. Sie ließ extra lange klingeln, aber Moni antwortete nicht. Seufzend schob sie sich ein Bonbon in den Mund, aber auch das half heute nicht. Dann suchte sie im Internet die Nummer des nächstgelegenen Taxiunternehmens, klickte jedoch nicht den Anrufen-Button. Sie dachte an Lola und verstand, dass sie selbst gerade nicht besser war. Auch sie lief davon. Natürlich, Paul brauchte ihre Hilfe. Von jetzt auf gleich hatte Lolas Verschwinden eine ganz andere Gewichtung bekommen. Jetzt ging es nicht mehr nur um sie und Paul, sondern in gewisser Weise auch um Papa.

Carolin seufzte, prüfte die Uhrzeit. Kurz nach acht. Die Hotelgäste warteten bestimmt auf ihr Frühstück. Und sie verplemperte wertvolle Reisezeit. Sie steckte das Telefon zurück in die Tasche. Egal, um wie viel Uhr sie am Bahnhof ankommen würde, sie würde die nächstbeste Verbindung nach Köln nehmen, schließlich fuhren die Züge stündlich. Carolin schloss die Augen und lauschte dem Vogelgezwitscher, das nach wenigen Sekunden jäh unterbrochen wurde. Jemand hupte. Einmal. Zweimal. Als sie blinzelnd die Lider öffnete, machte sie die Umrisse eines schwarzen Autos aus. Und Till mit Sonnenbrille, der ihr aus dem offenen Wagenfenster zuwinkte.

»Reisen Sie etwa klammheimlich ab?«, fragte er. »Dabei habe ich mir gerade eine Strategie überlegt, wie wir aus Ihrem Vielleicht ein Ja machen könnten.« Er nahm die Brille ab, taxierte Carolin und schließlich die Transportbox, die sie auf dem Schoß balancierte. »Kein Scherz, oder?«

Carolin schüttelte den Kopf. Sie hatte nicht damit gerechnet, ihn noch einmal zu sehen, und die Reaktion, die sein Auftauchen in ihr auslöste, verwirrte sie. Sicher, die Begegnung letzte Nacht hatte die Schmetterlinge in ihrem Bauch bereits aufgescheucht, aber nachts waren Gefühle immer intensiver, weswegen sie kein Herzrasen oder sich plötzlich erwärmende Hände erwartet hätte.

»Kann ich Sie irgendwohin mitnehmen? Bahnhof? Flughafen? Ich gebe mir auch besondere Mühe, umsichtig zu fahren. Versprochen.« Er zeigte ihr das Ich-schwöre-Handzeichen, woraufhin sie matt lächelte.

»Ich steige doch nicht zu irgendwelchen Männern ins Auto.« Darauf wollte Till etwas erwidern, doch Carolin kam ihm zuvor. »Ich weiß, was Sie sagen wollen. Sie sind nicht irgendwer, das ist klar. Fahren Sie ruhig weiter, ich komme schon zurecht.«

Ein Traktor zuckelte mit viel Getöse heran, überholte den Porsche und bog kurz vor der alten Wassermühle in den Hortensienweg, in dem der Name Programm war. Als der Krach verebbt war, startete Till einen neuen Versuch.

»Wenn Sie wirklich wollen, dass ich Sie allein lasse, akzeptiere ich das natürlich. Ich könnte Ihnen allerdings auch mein Ohr leihen. Sie sehen aus, als würden Sie eins brauchen. Und bei Bedarf hätte ich auch noch eine starke Schulter zum Anlehnen. Ihre Entscheidung.« Er lächelte ihr aufmunternd zu.

Gegen ein paar tröstende Worte hätte Carolin nichts einzuwenden. Ob Till dafür allerdings der Richtige war, bezweifelte sie. Zugegeben, sie mochte ihn. Und genau deswegen wollte sie ihm diese verrückte Geschichte nicht erzählen.

»Danke für das Angebot, aber mir geht's prima«, schwindelte Carolin. »Gleich rufe ich mir ein Taxi und … ja.« Ihre Stimme bebte leicht, aber sie würde nicht weinen. Nicht hier. Nicht vor ihm. Zu gern hätte sie mit ihm Currywurst gegessen. Aber unter diesen Umständen brauchte sie Abstand und Zeit zum Nachdenken. Dafür waren Gedanken an Tills Schulter und daran, wie es wohl wäre, sich an ihn zu lehnen, nicht gerade zuträglich.

»In Ordnung«, sagte er und machte Anstalten, den Motor zu starten. Doch dann sah er wieder zu Carolin, öffnete unvermittelt die Autotür, stieg aus und überquerte die Straße. Die nervige Ponysträhne rutschte ihr wieder ins Auge, und sie versuchte, sie unauffällig wegzupusten. Till öffnete den Kragenknopf seines Hemdes, das so schwarz war wie das Auto. »Ganz schön warm heute«, stellte er fest und sah Carolin derart durchdringend an, dass sie beinahe weiche Knie bekam.

»Ich weiß, Sie wollen los, aber ich möchte mich ungern über die Straße hinweg von Ihnen verabschieden«, sagte Till und klemmte ihr die verirrte Strähne hinter das Ohr.

»Okay …«, brachte Carolin hervor. »Dann also … auf Wiedersehen. Passen Sie auf sich auf. Und … viel Erfolg bei der Rede. Sie wird sicher perfekt sein.«

Für einige Sekunden sahen sie sich an, dann nickte er. »Ich werde an Sie denken, wenn ich sie vorlese. Alles Gute. Und halten Sie sich vor allem von Männern mit Karotten fern. Gerade nachts. Man kann nie wissen.« Er wandte sich ab und ging. Carolin widerstand dem Drang, sich an seinen Rücken zu hängen und ihn anzuflehen zu bleiben. Till stieg ins Auto, warf ihr einen letzten Blick zu, startete den Motor. Carolin nahm die Box in eine Hand und winkte mit der anderen. Dann brauste Till davon. Und als er die Trauerweiden der alten Wassermühle erreichte, fiel ihr ein, dass sie ihn vermutlich nie wiedersehen würde, weil sie dumme

Nuss seine Nummer nicht entgegengenommen hatte. Jetzt fühlte sie sich noch schlechter. Nur gut, dass sie vorerst von Männern genug und dazu reichlich andere Probleme hatte. Besser, sie würde schnellstmöglich von hier verschwinden. Doch sie konnte sich immer noch nicht überwinden, in der Taxizentrale anzurufen. Carolin rieb sich die Augen, sank zurück auf die Sitzbank und stellte die Plastikbox mitsamt Hannibal neben dem Koffer auf dem Boden ab. Was sie brauchte, war eine Liste. Aber sie schaffte es nicht, ihre Gedanken einzufangen und in eine logische Reihenfolge zu bringen. Schreiben, Lola, Paul, Papa, Hotel … wo sollte sie die Priorität setzen? Merkwürdigerweise kam ihr Ersteres am unwichtigsten vor, obwohl sie exakt deswegen nach Klein Odorf gekommen war. Leider hatte der Tapetenwechsel genau das Gegenteil von dem bewirkt, wofür er gut sein sollte. Ratlos vergrub Carolin das Gesicht in den Händen, hörte einen weiteren Traktor, der vorbeifuhr. Eine Autotür wurde kurz darauf zugeworfen. Schritte näherten sich. Ein braunglänzendes Paar Herrenschuhe erschien in ihrem Sichtfeld, als sie durch ihre Finger linste.

»Ich kann dich so nicht allein lassen«, sagte Till entschlossen. »Darf ich mich vielleicht zu dir setzen?«

»Du bist wirklich hartnäckig«, stellte Carolin fest und nahm den Geruch von frischem Kaffee und herbem Parfum wahr.

»Aber nur, wenn es mir wichtig ist«, gab Till zurück und setzte sich. »Willst du mir erzählen, was los ist?«

Als Carolin nach Worten suchte, fuhr er fort: »Pass

auf. Ich erzähle etwas Unverfängliches, und du darfst dann entweder lachen oder etwas erwidern.«

»Okay.«

»Prima, der Anfang ist gemacht. Meine Vorliebe für Schnitzel – das Schwein, nicht das Essen! – hast du ja bereits kennengelernt. Ich habe ihr meinen allmorgendlichen Besuch abgestattet, und sie macht keine Anstalten, demnächst mit der Geburt zu beginnen. Sie wird mir richtig fehlen, wenn ich wieder zu Hause bin, was in schätzungsweise einer Woche der Fall sein wird.«

»Du gehst doch nicht wirklich jeden Morgen – und nachts – in den Schweinestall, oder?«, hakte Carolin nach. »Und wie lange bist du überhaupt schon hier?«

»Zweieinhalb Wochen.«

»Zwei… Zweieinhalb Wochen?« Verblüfft sah Carolin ihn an. Diese Information warf gleich mehrere Fragen auf. »Wie kann man es hier so lange aushalten?« Und wer konnte sich mal eben so lange ein Hotel leisten? Das fragte sie ihn allerdings nicht, weil sie das zu aufdringlich fand.

»Sagen wir es so – hier kann ich in Ruhe nachdenken und Pläne schmieden, ohne dass ich ständig gestört werde.«

»Und zu Hause kannst du das nicht?«

Er lachte auf. »Warum habe ich das Gefühl, dass du vom Thema ablenkst?«, fragte er und räusperte sich. »Um deine Frage zu beantworten: Nein, kann ich nicht. Und ich bin froh, dass es hier geht.«

Das klang so, als ob Till etwas zu verbergen hätte,

aber Carolin beschloss, nicht weiter zu bohren. Offensichtlich mochte er nicht über sich sprechen. »Bist du … bist du auf der Flucht oder so?«, rutschte es ihr dennoch heraus, woraufhin Till lachte.

»Ein bisschen vielleicht. Vor allem vor mir selbst, schätze ich. Deswegen tut die Abwechslung hier auch ganz gut. Ich gehe viel raus, was ich sonst nie mache. Helfe Paul ein bisschen mit den Tieren – ist ja alles recht familiär hier, wenn man es zulässt. Anfangs habe ich ihm sogar geholfen, ein Amselküken zu versorgen, das aus dem Nest gefallen war, was sich als ziemlich schwierig entpuppt hat, kann ich dir sagen. Wenn meine rechte Hand nicht richtig funktioniert, dann …«

»Was ist das für eine Sache mit deiner Hand?«, wollte Carolin wissen und berührte mit den Fingerspitzen Tills Finger, die auf seinem Oberschenkel ruhten.

»Mein Arzt nennt es psychogenen Tremor. Tritt manchmal auf. Wenn ich in Stress gerate oder die Hand zu sehr belaste, krampft sie.«

»Seit wann hast du das?« Jetzt fragte sie ja doch weiter. Aber Till würde ihr schon sagen, wenn er aus dem Gespräch aussteigen wollte.

Einen Augenblick lang sah er sie an, als fragte er sich, ob er ihr alle diese Informationen wirklich geben wollte. Schließlich antwortete er: »Mein Beruf ist ziemlich anstrengend. Ich musste häufig reisen und habe zu viel gearbeitet. Vor einem Jahr fing es langsam an, aber als …« Er stoppte, wägte ab. »Es gab da eine ziemlich aufregende Zeit vor einigen Monaten. Da war es dann besonders schlimm, sodass ich die Hand kaum mehr benutzen konnte. Woher das kommt, lässt sich nicht hundertprozentig klären. Andere kriegen Burnout und ich halt das. Mein Arzt meinte, es sollte sich legen, sobald ich wieder Ruhe habe.«

»Also bist du rein privat hier?«

»Bist du vielleicht Geheimagentin, oder warum stellst du plötzlich so viele Fragen? Eigentlich sollte es doch um dich gehen, aber jetzt habe ich das Gefühl, verhört zu werden.«

»So ist es nicht gemeint«, sagte Carolin schnell. »Ich bin eben an dir interessiert.«

Till griff ihre Hand und drückte sie. »Das ist schön.«

Carolins Herz hüpfte. Passierte das gerade wirklich?

»Ich frage mich übrigens immer noch, woher ich dich kenne«, meinte er und lenkte vom Thema ab, was Carolin für den Moment zuließ, froh, dass er es bisher noch nicht geschafft hatte, sie in eine Schublade zu stecken.

»Ich bin die Frau, dank der du den Pannendienst rufen konntest.«

»Nein, das ist es nicht.«

»Doch, so ist es.«

»Ich weiß, das sollte das Erste sein, was man fragt, wenn man sich kennenlernt, aber irgendwie habe ich es versäumt. Wie heißt du eigentlich?«

Sie hatte befürchtet, dass sie mit der Sprache rausrücken musste, und versuchte, es so lange wie möglich hinauszuzögern, obwohl sie sich dabei höchst albern vorkam. »Du hast recht, eine merkwürdige Reihenfolge ist das. Aber das macht nichts, ich finde es trotzdem sehr schön. Mit dir.« Nach einer kurzen Atempause fügte sie hinzu: »Habe ich das gerade wirklich gesagt? Habe ich, oder?«

Till lachte, ein Geräusch, das Carolin sehr gefiel. Es klang warm, herzlich und echt. »Kann es sein, dass du mir deinen Namen gar nicht verraten willst? Bist du vielleicht berühmt?«

Schnell löste sie sich von Till und hob die Transportbox auf ihren Schoß, aus deren Innerem Hannibal ihr bitterböse Blicke zuwarf.

»Na gut, wie du willst«, sagte Till. »Spielen wir das Spiel. Aber spätestens nach unserem ersten Kuss ist es vorbei.«

»Ich küsse dich nicht.«

»Oh, doch.«

»Ich weiß schon, warum ich keine Porschefahrer mag – eingebildete Gockel.«

»Alles Vorurteile. Im Übrigen ist es nicht mein Auto. Nur geliehen.«

»Oh.«

»Bist du Schauspielerin?«, fragte Till weiter.

»Ich dachte, das Spiel läuft bis …«

»Da du mich nicht küssen wirst, habe ich die Spielregeln soeben geändert.« Er sah sie herausfordernd an, sie funkelte zurück.

»Schauspielern – nicht mein Ding.«

»Anwältin? Im Fernsehen oder so.«

»Sehr schmeichelhaft, aber nein. Ich bin Bankkauffrau. Ganz langweilig also.« Womit sie nicht einmal gelogen hatte. Es war eine Marotte von ihr, die Schriftstellerei erst mal nicht zu erwähnen. Sie wünschte sich, dass man sie ihretwegen kennenlernen wollte, und nicht, weil sie mit ihren Büchern erfolgreich war.

»Da ich seit meiner Kindheit dieselbe Hausbank habe, schließe ich aus, dass wir uns von dort kennen. Puh.«

»Okay«, brach es aus Carolin heraus. »Der Fairness halber werde ich dir auch ein bisschen von mir verraten. Aktuell hat meine Schwester zum Beispiel ihre Koffer gepackt und ist abgehauen. Ich glaube, sie hat so eine Art Nervenzusammenbruch. Netterweise hat sie mir einen Brief hinterlassen, nachdem wir uns ziemlich heftig gestritten haben, in dem sinngemäß steht, dass sie mit ihrem Leben nicht mehr fertig wird, es in ihrer Ehe kriselt und dass ich bitte schön das Hotel übernehmen soll, damit ich auch mal etwas für sie tue«, fasste sie zusammen.

»Was meint sie damit? Klingt, als wäre Lola ein bisschen zickig. Und ziemlich verzweifelt.«

Carolin schwieg einen Augenblick. Dann gab sie zu: »Du hast recht, so klingt es.« Nach einer Pause fuhr sie fort: »Vor vierundzwanzig Jahren ist unser Vater an Krebs gestorben, und damals hat sie alles getan, damit ich bei ihr bleiben kann. Ich bin ziemlich abgerutscht – seelisch und dann körperlich. Die ersten Monate habe ich nur geweint, weil ich natürlich traurig war. Außerdem hatte ich gar nicht gewusst, dass Papa todkrank war, weil er es uns nie gesagt hat. Klar habe ich mitbekommen, dass er sich verändert und plötzlich diese hässlichen Baseballkappen getragen hat, die überhaupt nicht zu ihm passten. Dass er abgemagert ist. Aber er hatte für alles plausible Gründe, und ich dachte, er würde mir schon sagen, wenn ich mir Sorgen machen müsste. Zumindest sollte es mit Erwachsenen so sein, dass sie einem die Wahrheit sagen.«

»Und wie ist Lola mit der ganzen Sache umgegangen?«, fragte Till, während Carolin tief durchatmete.

»Sie hat versucht, mich aufzurichten. Hat mein Lieblingsessen gekocht und dafür gesorgt, dass ich morgens aufstand und mich wusch. Hat mich zur Schule gebracht und wieder abgeholt. Eingekauft. Den Haushalt gemacht. Alles. Sie war toll. Aber damals konnte ich das nicht sehen. Das Einzige, was ich wollte, war, den Schmerz auszuschalten. Die Wut. Die Enttäuschung. Sehnsucht. Ich vermisste unseren Vater so sehr. Dann rutschte ich in falsche Kreise ab, rauchte Gras und … na ja. Du kannst dir vorstellen, dass es für alle eine harte Zeit war. Lolas Gefühle waren mir dabei egal. Das klingt ziemlich herzlos, doch das war ich nicht. Ich war nur so mit mir beschäftigt und damit, alles von mir fernzuhalten, was Gefühle in mir wecken könnte. Mir war sogar egal, ob ich selbst dabei draufgehe. Ich hatte keine Angst mehr.« Sie gab sich und Till kurz Zeit zu verschnaufen. Mit dem Daumen streichelte er ihren Handrücken. »Ich habe geklaut, wilde, sehr wilde Partys gefeiert und mich auch sonst nicht besonders pflegeleicht verhalten. Lola hatte alle Hände voll zu tun, mich vor dem Schlimmsten zu bewahren. Es dauerte Monate, bis ich plötzlich aufwachte. Das klingt jetzt ein bisschen verrückt, aber in einem lichten Moment –

wie der zustande kam, weiß ich bis heute nicht, wird wohl Schicksal gewesen sein – habe ich einen Anruf aus der onkologischen Klinik für Lola angenommen. Die Frau tat wahnsinnig geheimnisvoll und wollte mir partout nichts erzählen, woraus ich schloss, dass meine Schwester auch Krebs hatte. Da bekam ich Panik. Aber so richtig. Was, wenn ich sie auch noch verlieren würde? Ich war außer mir, habe getobt und geschrien, ich glaube, ich habe sogar ein paar Teller auf den Fliesen zerschmettert – was das angeht, ist meine Erinnerung etwas blass, vermutlich, weil ich so ausgeflippt bin. Dabei ging es bei dem Anruf gar nicht um Lola, das war einfach nur eine Freundin von ihr, die in dieser Klinik arbeitet. Trotzdem war das dann der Wendepunkt, von da an ging es bergauf. Von dem her: Ja, ich bin ihr in gewisser Weise etwas schuldig. Aber ich war damals jung und überfordert. Das kann sie mir doch nicht vorwerfen.«

»Habt ihr darüber nie gesprochen?«

»Natürlich haben wir das. Es hat eine Weile gedauert, aber als es mir dann durch die Therapie besser ging, hatten wir wieder ein sehr gutes Verhältnis zueinander. Ich hatte nie das Gefühl, dass noch etwas zwischen uns steht. Erst im Laufe der Jahre wuchs der Abstand zwischen uns, aber nicht, weil wir uns nicht liebten, sondern weil jede ihr Leben hatte und wir beide einander vernachlässigten … So kann es kommen, wenn man nicht aufpasst. Unter anderem deswegen bin ich dann auch spontan hergekommen.« Sie atmete erschöpft durch. »Hast du Geschwister?«

»Einzelkind.«

»Wie schade.« Sie lächelte schwach.

»Schön, dass du es so siehst. Das bedeutet doch, dass zwischen dir und deiner Schwester eine Menge ist, was euch verbindet.«

»Es ist so viel passiert in der kurzen Zeit, in der ich hier bin. Zuerst habe ich den Sessel gefunden, Papas Sessel, der mir früher viel bedeutet und von dem Lola behauptet hatte, er sei abhandengekommen. Da hat sie mich also schon mal angelogen. Außerdem habe ich soeben erfahren, dass das Hotel früher mal unseren Eltern gehört hat.«

»Du meinst Dat lütte Hotel?«, hakte Till überrascht nach.

»Für mich stand fest, ich bin in Köln geboren und habe schon immer dort gelebt. Als wir von hier wegzogen, war ich nicht einmal zwei Jahre alt, ich kann mich also nicht wirklich daran erinnern. Aber Paul natürlich, und der hat mir die ganze Geschichte vorhin mal eben erzählt.«

»Bleibt die Frage, warum man dir das nicht vorher gesagt hat.«

»Paul war ziemlich überrascht, als er einsehen musste, dass ich von der ganzen Sache nichts wusste. Lola hat wohl die ganzen Jahre immer darauf gewartet, dass ich mich auch mit dem Hotel verbunden fühle, weil sie wohl dachte, ich würde mich daran erinnern … Es ist verzwickt. Und jetzt ist Lola weg, während ich mich auf der einen Seite hintergangen fühle, auf der anderen Seite aber weiß, dass alles ein blödes Missverständnis war. Womit immer noch nicht geklärt wäre, warum weder unser Vater noch Lola je darüber gesprochen haben.«

»Puh«, sagte Till. »Für mich klingt das nach einem riesengroßen Missverständnis, das ihr bestimmt bald auflösen könnt. Aber nur, wenn ihr miteinander redet, schätze ich.«

Erschöpft nickte Carolin, als Till plötzlich mit Daumen und Mittelfinger schnippte und rief: »Jetzt weiß ich, woher ich dich kenne!« Er strahlte übers ganze Gesicht. »Du warst mit deiner Geschichte als Kandidatin in dieser Sendung, in der Prominente unglaubliche Geschichten erraten, und hast dort nicht nur eintausend Euro gewonnen, sondern …«

»Till!«, rief Carolin und lachte. Er besaß ein Talent dafür, sie aufzuheitern.

»Na also«, sagte Till. »So gefällst du mir schon viel besser. Ich mache mich übrigens nicht über dich lustig, sondern …«

»Ich weiß schon«, unterbrach Carolin ihn. »Danke. Ich finde übrigens, ich habe lange genug über mich und meine Vergangenheit gesprochen. Kommen wir also zu dir. Was machst du eigentlich beruflich?«

»Ach, so dies und das«, wiegelte er ab und erhob sich. Er wollte nicht darüber sprechen. Gut. Er sah auf sie herab, geradewegs in ihre Augen. »Willst du uns immer noch verlassen?«

Uns? Sie hatte nie davon gesprochen, dass sie ihn verlassen wollte. Ganz im Gegenteil. Er wäre derzeit einer der zwei Gründe hierzubleiben. Dankbar, dass er ihr, ohne Druck zu machen, zugehört hatte, lächelte sie. In diesem Moment kündigte ihr Handy eine Nachricht an. Vielleicht von Lola? Eilig suchte sie in ihrer Handtasche nach dem Telefon und stellte etwas enttäuscht fest, dass die Nachricht nicht von Lola, sondern von Paul war.

Er ist da. Der Hoteltester. Allein schaff ich das nicht, Lola geht nicht ans Telefon. Kommst du bitte zurück?
Paul

»Alles in Ordnung?«, wollte Till wissen und ging vor ihr in die Hocke, die Hände auf ihre Knie gestützt.

Sie nickte abwesend. Paul brauchte sie. Lola brauchte sie. Konnte sie also wirklich einfach so abhauen? Was, wenn das Hotel den Bach runtergehen würde – bekäme sie dann noch einmal die Chance, ihrer und Papas Vergangenheit nachzugehen? Lola und sie würden ein weiteres Stück vom Vater verlieren. Und die Distanz zwischen ihnen würde womöglich unüberwindbar werden.

»Kannst du mir einen Gefallen tun?«, fragte sie Till, der ihr einen fragenden Blick zuwarf, sich abermals erhob und nickte.

»Natürlich.«

»Würdest du mich doch fahren?«

Einen Augenblick lang schwieg er, sah sie an. »Sicher«, sagte er letztlich. »Ich fahr dich. Wohin du willst.«

Auch Carolin stand auf, Hannibals Box in einer Hand, mit der anderen klemmte sie sich den Pony hinter das Ohr. Ihre Knie waren weich vor Aufregung, und ihre Stimme bebte, als sie sagte: »Auf geht's. Zurück zum Hotel.«

Kapitel 8

Während der kurzen Fahrt von der Bushaltestelle zum Hotel dachte Carolin darüber nach, ob sie die richtige Entscheidung getroffen hatte. Immerhin hatte sie Ja zu mehr Stress gesagt, obwohl sie sich auf ihr Manuskript konzentrieren sollte. Als Till den Wagen auf dem Schotterparkplatz vor dem Hotel parkte, stellte Carolin überrascht fest, wie selbstverständlich es sich anfühlte, wieder hier zu sein. Zwar wusste sie nicht, was auf sie zukam, aber sie hatte sich vorgenommen, einfach spontan zu sein. Nicht zu planen. Sich auf das, was vor ihr lag, einzulassen.

»Soll ich mitkommen?«, fragte Till und schnallte sich ab.

Carolin kam es vor, als würde er sie schon immer begleiten, was verrückt war angesichts der Tatsache, dass sie sich erst seit gestern kannten.

»Lieb von dir, aber du hast mir schon so viel Zeit geschenkt. Hoffentlich warst du nicht zu einem wichtigen Termin unterwegs.«

»Mach dir darum keine Gedanken, ich war sowieso viel zu früh dran«, sagte er. »Sehen wir uns später?«

Carolin nickte, woraufhin sie einander angrinsten. Vielleicht war es gut, dass in ihrem Leben mal wieder was passierte.

Sie verabschiedeten sich, und Carolin hielt kurz darauf mit dem Koffer in der einen und Hannibal in der anderen Hand auf das alte Haus zu. Sie nahm sich vor, sich auf das zu konzentrieren, was vor ihr lag, und das würde ihr gewiss einiges an Kraft und Durchhaltevermögen abverlangen. Es war ja nicht nur das Hotel, dem derzeit eine kompetente Leitung fehlte, sondern auch die persönlichen Angelegenheiten, die sie zu klären hatte. Als sie die Treppenstufen zur Eingangstür erreicht hatte, hielt sie einen Moment inne. Sie fragte sich, was aus der Zeit ihres Vaters noch übrig war und was sich über die Jahre verändert hatte. Die Glocke neben der Haustür zum Beispiel war ganz nach Papas Geschmack. Eine ähnliche hing auch an ihrem Haus in Köln, aber Carolin hatte die Parallele bis heute nicht bemerkt. Eine Zeit lang hatte ihr Vater sogar die elektronische Klingel abgeschaltet, bis sich die Nachbarn über den Glockenlärm beschwert hatten. In ihrer Straße waren die Häuser viel enger aneinandergebaut als hier. Dem Drang, an dem Glockenseil zu ziehen, widerstand Carolin, stattdessen umschlossen ihre Finger die gusseiserne Türklinke und drückten diese ohne einen Blick zurück hinunter. Sie betrat das Hotel, welches sie mit dem unterschwelligen Duft von Lavendel empfing. Und mit Werner, der auf einem der beiden Sofas saß und eine Straßenkarte studierte, indem er sie hin und her drehte, während seine Frau Postkarten sortierte.

»Welche schicken wir denn dem Frank, Werner?«, fragte sie und hielt zwei Karten hoch, woraufhin Werner liebevoll lächelte und erwiderte:

»Die, die du am schönsten findest.« Als er Carolin erblickte, winkte er ihr zu. »Ach, wie schön! Wir haben uns gestern gar nicht richtig kennengelernt.«

Werner erhob sich schwerfällig, kam zu Carolin und streckte ihr seine fleischige Hand hin. So ganz verstand sie nicht, warum es ihm so wichtig war, sie kennenzulernen, aber in diesem Hotel schien es eben tatsächlich familiärer zuzugehen als anderswo – so wie sie es von Till bereits gehört hatte. Sie reichte Werner eine Hand und bemühte sich, keine Miene zu verziehen, als er sie kräftig drückte.

»Werner Meier«, stellte er sich vor. »Und das ist meine Frau. Doris. Auch Meier.«

»Ahrens, Carolin«, grüßte sie abgelenkt, denn längst hatte Paul ihre Aufmerksamkeit auf sich gezogen.

»Äh … ja. Also … wie war noch mal der Name?«, fragte er.

Sofort spitzte Carolin die Ohren und beäugte den Neuankömmling. War er das, der große, dürre Mann mit den schulterlangen weißblonden Haaren und dem Ziegenbart? War er der Hoteltester? Trotz der Aufregung, die sie plötzlich spürte, kam Carolin nicht umhin festzustellen, dass er Catweazle aus der gleichnamigen Fernsehserie aus den Siebzigern frappierend ähnelte. Bloß, dass ihn keine neunhundert Jahre alte Kröte namens Kühlwalda begleitete.

Ein letztes Mal atmete Carolin durch, schenkte Werner ein Lächeln, parkte den Koffer und die Transportbox neben dem Sofa und marschierte schließlich an Pauls Seite.

»Carolin!«, sagte der verblüfft, während sie den neuen Hotelgast anstrahlte und ihn so souverän begrüßte, als hätte sie nie etwas anderes getan.

»Ich habe mich extra beeilt. Guten Tag, herzlich willkommen bei uns im Dat lütte Hotel.«

»Das ist Herr Völler«, sagte Paul und warf ihr einen vielsagenden Blick zu.

»Völler. Wie der Rudi. Nur mit Steffen«, ergänzte Herr Völler und guckte dabei biererernst, sodass Carolin nicht wusste, ob er nun einen Scherz machte oder nicht. »Die Leute bringen das oft durcheinander.«

»Ich habe ihm das Veilchenzimmer im Obergeschoss gegeben, von dort aus hat er einen wunderbaren Blick über die Wiesen bis zum Wald. Wir wären dann hier durch.«

»Wenn Sie möchten, begleite ich Sie hinauf«, bot Carolin an und nahm den Schlüssel, den Paul ihr reichte. »Wo ist das Zimmer?«, raunte sie ihm zu.

»OG hinten rechts», gab Paul zurück.

Caroline widmete sich voll und ganz dem sauertöpfisch dreinschauenden Herrn Völler. »Wenn Sie von der Reise hungrig sind, können wir Ihnen sehr gern ein Restaurant in der Gegend empfehlen.«

»Ich möchte einfach nur meine Ruhe«, versetzte der Neuankömmling barsch. »Wenn ich etwas brauche, melde ich mich. Vielen Dank.«

Uff, ein zweiter Herr Kaaswächter hatte ihr gerade noch gefehlt.

»Natürlich«, sagte Carolin bemüht professionell. »Wie

Sie wünschen. Haben Sie Gepäck, das wir Ihnen ins Zimmer bringen dürfen?«

»So was«, ging Werner dazwischen. »Uns wurden die Koffer nicht hinterhergetragen, was, Doris-Kätzchen?«

Carolin beachtete seinen Einwand nicht und hoffte, dass Herr Völler ihn sich ebenso wenig zu Herzen nahm.

»Danke, ich trage mein Gepäck selbst«, sagte der und griff nach seinem Lederkoffer. Wenn Carolin sich nicht irrte, hatte ihr Vater früher auch so einen gehabt. Sie wunderte sich ein wenig über das Auftreten des Mannes, denn sie hatte sich einen Hoteltester anders vorgestellt. Wichtiger. Eleganter. Vielleicht wollte er ja möglichst unauffällig bleiben, doch hier hatte er schlechte Karten, sie wussten Bescheid.

Zuerst jedoch führte sie Herrn Völler, der seinem neugierigen Publikum einen skeptischen Blick zuwarf, in den Flur zu den Hotelzimmern, die knarrende, mit Teppich bezogene Holztreppe hinauf zur letzten Tür, an der ein getöpfertes Schild mit der Aufschrift *Das Veilchen braucht den Sonnenschein, dann treibt es neue Triebe. Wir wünschen dir zum Glücklichsein jede Menge Liebe.* hing. Beim Blick auf die gegenüberliegende Tür stellte Carolin fest, dass auch dort ein passender Spruch geschrieben stand. Eine schöne Idee von Lola.

»So, bitte sehr«, sagte sie, nachdem sie das Veilchenzimmer aufgeschlossen hatte. Mit einer Geste bedeutete sie ihrem Gast einzutreten. »Ich hoffe, Sie fühlen sich wohl. Falls Sie etwas brauchen, lassen Sie es uns gerne wissen. Wir möchten, dass Sie sich bei uns rundum wohlfühlen.«

»Gut, war's das?«, fragte Herr Völler, warf seinen Rucksack auf das Bett und begann damit, das Zimmer zu inspizieren. Wie er mit dem Zeigefinger über den Nachttisch strich – unsympathisch. Und überhaupt nicht geheim, immerhin stand Carolin noch in der Tür. Erleichtert stellte sie fest, dass er offensichtlich zufrieden mit dem Ergebnis war, denn er nickte. Oder war dies das Nicken eines Mannes, dem es Spaß machte, Fehler zu finden? Hoffentlich hatte Paul diesen Raum extra ordentlich hergerichtet. Zumindest war die Bettdecke glatt gezogen, die Kissen aufgeschlagen. Was das Fenster anging, blieb nur zu hoffen, dass Herr Völler den Regenflecken und dem Blütenstaub keine Beachtung schenkte.

»Ist noch was?«, fragte er.

»Einen schönen Aufenthalt wünsche ich noch«, beeilte sie sich zu sagen und schloss wenige Sekunden später die Tür hinter sich. Kurz wagte sie aufzuatmen, dann hetzte sie an die Rezeption zurück.

»Und, wie war ich?«, wollte sie von Paul wissen, der sie bereits zu erwarten schien. Er kam sofort auf sie zu und zog sie ohne Vorwarnung in seine Arme.

»Ich bin so froh, dass du da bist!«, sagte er dankbar und hielt sie fest.

»Dafür ist Familie doch da, oder?«, nuschelte Carolin an seinem Hals. Sie tätschelte seinen Rücken und befreite sich schließlich aus seiner Umarmung.

»Bleibt nur zu hoffen, dass ich mich nicht geirrt habe und dieser Herr Völler auch unser Mann ist.«

Überrascht trat Carolin einen Schritt zurück. »Wie jetzt – das ist nicht sicher?«

»Natürlich nicht – schließlich hat er nicht als Hoteltester eingecheckt. Wir wissen ja nur, dass wir getestet werden. Ein Freund von Lola hat ihr den Tipp gegeben. Ich habe eine entsprechende E-Mail gefunden.«

»Das heißt, jeder könnte der Tester sein?«, schlussfolgerte Carolin, woraufhin Paul die Schultern hob. »Und woher willst du wissen, dass er nicht längst da ist?«

Paul winkte ab. »Die Anreise soll diese Woche geplant sein. Und wir haben sonst keine weiteren Buchungen.«

Carolin war noch nicht hundertprozentig von Pauls Logik überzeugt. »Hat dieser Freund denn nicht gesagt, wie der Mann aussieht? Wir veranstalten also das Theater lediglich auf Verdacht?«

»Ich weiß nur, dass Lolas Bekannter das aus sicherer Quelle weiß. Er arbeitet für einen renommierten Hotelführer und weiß, wovon er spricht.«

Carolin nickte, obwohl sie nicht sicher war, was sie mit den Informationen anfangen sollte. »Und wann sind die anderen angereist? Werner und der Kaaswächter?«

»Das war am Montag. Denkst du, einer von ihnen …? Nein. Das glaube ich nicht. Die machen nicht den Eindruck, als ob sie so wichtig wären.«

»Ich glaube das ja auch nicht. Wobei ich mir beim Kaaswächter nicht sicher wäre.«

»Die sind es nicht. Ganz sicher.« Paul schüttelte nachdrücklich den Kopf.

»Also kommen wir so nicht weiter. Und wie lautet dein Plan?«, fragte Carolin.

»Komm mit, wir reden im Büro weiter.« Er wies in Richtung des Rezeptionstresens und ließ Carolin vorausgehen. Im Büro angekommen, schloss er Tür und Fenster. »Das Magazin plant wohl eine große Testreihe, und den Redakteuren ist nur bekannt, welches Hotel getestet wird und wann das ungefähr stattfinden soll.«

»Lola und er scheinen sich ja echt gut zu kennen, wenn er solche Geheimnisse ausplaudert.«

Paul räusperte sich und überlegte offenbar, ob er Carolins Frage ehrlich beantworten sollte.

»Nun«, begann er schließlich. »In der Kurzfassung haben die beiden sich auf einem Kongress kennengelernt und sind Freunde geworden. Die Details erspare ich uns. Nur so viel: Ich habe mich aus Eifersucht ziemlich danebenbenommen – zu Unrecht, wie sich später herausstellte.«

Einen Moment lang schwiegen sie beide.

»Lola hatte so viele Pläne, und es wäre wohl gut gewesen, die schon erledigt zu haben. Aber zuerst hatte sie wochenlang mit einer Virusinfektion zu kämpfen, daher ist einiges liegen geblieben. Ich habe getan, was ich konnte, um das Chaos so gering wie möglich zu halten – was schwierig war, da ich eine Urlaubsvertretung in der Praxis übernommen hatte und daher nur sporadisch hier sein konnte. Lola wollte unbedingt die Buchhaltung auf die Reihe bringen, den Garten machen – hast ja bestimmt gesehen, dass einige Heidepflanzen kaputtgegangen sind. Die Sträucher wollte sie schneiden, Gartenmöbel schleifen und streichen, ebenso den Zaun. Sogar die Zimmer renovieren. Völliger Blödsinn! Das kann man innerhalb von knapp vier Wochen gar nicht schaffen, schon gar nicht in ihrem Zustand. Sie hat lange gebraucht, um sich zu erholen. Wir haben fast nur gestritten, ich kam kaum mehr an sie heran. Vielleicht ist das auch ein Grund, warum sie es hier nicht mehr aushält – die miese Stimmung zwischen uns. Richtig schlimm wurde es dann, als eines Nachts Schnecken über ihre frisch gepflanzten Lupinen hergefallen sind. Danach hat sie kaum noch mit mir gesprochen. Und jetzt kommt dieser Hoteltester, von dessen Bewertung alles abhängt. Die Zeitung, für die er schreibt, wird von sehr vielen Leuten gelesen und veröffentlicht die Kritiken überall im Netz, also auf allen möglichen Reiseportalen. Wenn wir schlecht abschneiden, werden weniger Gäste zu uns kommen. Und was das bedeutet, muss ich dir wohl kaum sagen.«

Nein, das musste er nicht.

Paul öffnete das Fenster und sah hinaus. »Übrigens reagiert Lola immer noch nicht auf meine Anrufe.«

»Sie hat ja auch geschrieben, dass sie Abstand braucht.«

»Aber sie muss doch merken, dass sie mit ihrem Verhalten die Kluft zwischen euch und uns tiefer gräbt.«

»Ich glaube, das sieht sie nicht, weil sie hier keinen Ausweg findet. Trotzdem bin ich sicher, sie kommt bald zurück, und alles wird sich klären. Und in der Zwischenzeit geben wir unser Bestes, um den Laden am Laufen zu halten. Sagt man doch so, oder?«

»Ich kann aber die Praxis nicht im Stich lassen. Die brauchen mich auch.«

»Das verstehe ich ja. Aber es sind bestimmt nur ein paar Tage, bis Lola zurück ist. Allein schaffe ich es nicht, genauso wenig wie du es ohne mich schaffst. Glaubst du nicht, die verstehen das? Die kennen euch doch.« Carolin stellte sich hinter Paul, der immer noch aus dem Fenster sah, von dem aus man in den Nachbarsgarten gucken konnte, und legte ihm eine Hand auf den Rücken. »Wenn du deinem Chef und den Kollegen erklärst, was los ist, bin ich sicher, dass sie auf dich warten. Mein ›Chef‹«, sie malte Gänsefüßchen in die Luft. »Mein Chef ist da schließlich auch sehr verständnisvoll.« Sie lachte leise, wurde jedoch gleich wieder ernst. »Ich erwarte schon, dass auch du deine Prioritäten entsprechend setzt. Genau wie ich.«

Paul drehte sich zu ihr um. »Du hast recht. Es tut mir leid. Auch, dass ich dich vorhin auf dem Dachboden so überfallen habe. Mir war nicht klar, was es für dich bedeuten könnte, es war bloß mein letzter Strohhalm, an den ich mich klammern konnte, um dich zum Bleiben zu bewegen.«

Carolin betrachtete Papas Sessel, neben dem Paul stand. Bisher hatte sie das Möbelstück geflissentlich ignoriert, aber jetzt fixierte sie den Pflaumenmusfleck auf der Sitzfläche, den sie tags zuvor nicht wieder unter dem Kissen versteckt hatte. »Ich bin ja da«, sagte sie dann. »Aber jetzt müssen wir es endlich anpacken. Uns bleibt später Zeit zum Reden.«

»Und wie sollen wir das machen? Einen Koch kann ich nicht herbeizaubern, und für die Arbeiten am Haus ist kaum Geld da. Zumal der Völler ja eh schon da ist.«

»Hör auf zu zögern. Wir machen es einfach! Ich werde allerdings erst mal Hannibal aus seinem Gefängnis befreien, der arme Kerl ist schon ganz böse auf mich. Danach sollten wir ein paar Listen schreiben. Am besten, wir stellen zusammen, was alles erledigt werden muss, um zu sehen, was am wichtigsten ist. Und wer von uns was tun kann. Du wirst sehen, ich habe alles im Griff.« Sie öffnete die Bürotür und verließ mit ihrer Lüge den Raum. Am Koffer und der Transportbox angekommen, hob sie Letztere an, um mit Hannibal in die Einliegerwohnung zu gehen. Doch die Box war verdächtig leicht, und ihr wurde klar, dass etwas nicht stimmte. Sie drehte sie so, dass sie hineinsehen konnte, und ihre schlimmste Befürchtung bewahrheitete sich: Hannibal war weg.

»Äh«, stieß Carolin hervor und starrte ungläubig auf das verwaiste Büschel Heu im Inneren der Box.

»Was ist?«, fragte Paul, der ihr gefolgt war.

»Er ist weg«, presste sie benommen hervor.

»Wie – weg? Zeig her.« Paul nahm ihr die Box ab und überzeugte sich selbst davon, dass sie keine Märchen erzählte. »Er ist wirklich weg«, stellte er fest.

Carolin wurde ganz übel, ihr Magen krampfte sich zusammen. Das konnte doch nicht wahr sein, eben war Hannibal doch noch da gewesen! Und sie hatte die Box ganz sicher fest verschlossen. Die Verschlusstechnik war idiotensicher und vierfach gesichert. Wenn er nun nach draußen gehoppelt war, würde sie ihn niemals finden! Er würde jämmerlich verhungern oder von einem Bussard gefangen werden. Unfähig, sich zu rühren, ließ sie zu, dass die Tränen ihre Wangen hinunterrannen. Was zu viel war, war zu viel.

»Keine Panik«, versuchte Paul, sie zu beruhigen. Er stellte die Box auf den Boden und rieb sich den Nacken. »Wir … suchen systematisch.«

»Wie sollen wir denn zu zweit systematisch nach einem Kaninchen suchen?«, hakte Carolin hysterisch nach. »Er könnte überall sein! Oh Gott, mein armer Hannibal. Er wird jämmerlich verenden, und ich bin schuld, weil ich nicht auf ihn aufgepasst habe!«

Paul schob sich an ihr vorbei und sah streng auf sie herab. »Es bringt nichts, wenn wir uns jetzt verrückt machen, verstanden? Lass uns erst mal unter den Sofas, dem Regal, dem Sessel und in allen Ecken gucken, wo er sich versteckt halten könnte. Bestimmt ist er gar nicht weit, er ist doch ein schlaues Kerlchen.«

»Okay«, schluchzte Carolin fügsam und sah Paul dabei zu, wie er auf die Knie ging und loskrabbelte, um nach Hannibal zu suchen.

»Worauf wartest du?«

Wie auf Kommando kroch Carolin kurz darauf ebenfalls durch die Eingangshalle. Duckte sich, um unter das Bücherregal und eines der beiden Sofas zu gucken, hinter die Vorhänge und den Zeitungsständer. Nichts – bis auf Staubmäuse. Sie wurde immer unruhiger. Hannibal konnte überall sein. Er war flink und meisterhaft im Sichverstecken. Und es würde ihn nicht jucken, dass sie vor Sorge verging, zumal er ihr den langen Aufenthalt in der Box sowieso übelnahm. Sie wischte sich die Tränen fort, krabbelte suchend weiter und stoppte erst, als sie auf ein ihr bekanntes Paar Herrenschuhe stieß, die sie aufsehen ließen, geradewegs in Tills verdutztes Gesicht. Es war fast wie ein Déjà-vu, nur dass sie sich dieses Mal noch mehr blamierte.

»Jetzt weiß ich, dass es die richtige Entscheidung war, meinen Termin abzusagen. Was ist denn hier los?«, fragte er und guckte Carolin irritiert an.

»Hast du ein schwarz-weißes Kaninchen gesehen?«, fragte Paul an ihrer Stelle, stand auf und rieb sich die Hände an seiner Jeans ab. »Ich fürchte, hier ist er nicht.« Er packte Carolins Arm und half ihr aufzustehen. »Jemand muss die Box geöffnet haben.«

Till griff in die Innentasche seines Jacketts, zog ein Taschentuch hervor und reichte es Carolin.

»Du meinst, jemand hat ihn absichtlich …?« Carolin schnäuzte sich.

»'tschuldigung«, sagte Ole, der unbemerkt dazugekommen war, woraufhin sich alle zu ihm umwandten. Betreten drehte er sein Käppi hin und her und starrte Löcher in den Boden, ehe er sich traute, Carolin, Paul und Till anzusehen. »Ich wollte … ich wollte doch nur … weil«, stammelte Ole kleinlaut. »Es hat so süß ausgesehen, und da wollte ich … es mal streicheln.«

»Oh nein«, stöhnte Paul, der bereits ahnte, was folgen würde.

»Ich wollte es rausholen und mal halten, aber danach hätt' ich es auch gleich wieder weggepackt, ehrlich! Es tut mir auch voll leid, ich wollte das nicht!«

»In welche Richtung ist das Kaninchen gelaufen?«,

wollte Till von Ole wissen. »Komm schon, denk genau nach.«

»Äh … ich weiß nicht … da lang?« Ole zeigte in Richtung des Flurs, der zu den Zimmern führte. »Vielleicht aber auch da lang. Keine Ahnung.«

»Du musst doch gesehen haben, in welche Richtung das Tier gelaufen ist.«

»Es ist losgerannt, und ich wollte mich schnell vergewissern, dass mich echt keiner gesehen hat, und als ich mich wieder umgedreht habe, war es weg. Aber ich wollte das echt nicht! Ich mag doch Tiere. Tut mir leid.« Oles Stimme zitterte, woraufhin Till ihm beschwichtigend die Schulter tätschelte.

»Schon okay, jeder macht mal einen Fehler. Aber jetzt musst du wirklich genau überlegen, wohin das Kaninchen gerannt ist, damit wir versuchen können, es einzufangen. Vielleicht ist es ja noch hier im Haus. Also, denk mal scharf nach.«

In diesem Augenblick kamen Oles Mutter und Herr Kaaswächter aus dem Flur, den Paul und Carolin heute früh zum Wintergarten genommen hatten.

»Ole? Was ist denn hier los?«, fragte Mareike alarmiert. »Hast du wieder Unsinn angestellt?«

»Ey, warum hackst du immer auf mir rum?«, motzte Ole. »Du warst doch beschäftigt und gar nicht dabei.«

»Komm, Ole, du musst dich konzentrieren«, erinnerte ihn Till. »Wir müssen Hannibal finden.«

»Hannibal? Wer soll denn das sein?«, fragte der Kaaswächter und schnaubte verächtlich.

»Alter«, brummte Ole, der so langsam zu seiner alten

Form zurückfand. »Das ist ihr Kaninchen.« Er zeigte auf Carolin. »Und ich hab's aus Versehen freigelassen.«

»Oh Gott«, stieß seine Mutter aus.

»Meine Güte, der ganze Aufruhr wegen eines Karnickels?« Der Kaaswächter verdrehte die Augen, doch als Oles Mutter ihn anfunkelte, wurde er ruckzuck handzahm. »Ich meine … ja. Da helfen wir doch alle beim Suchen, oder?«

»Wen suchen wir?«, wollte Doris wissen, die soeben mit einem weiß-blau gestreiften Strohhut auf dem Kopf zur Tür hereinschneite, dicht gefolgt von Werner.

»Mein Kaninchen ist verschwunden«, erklärte Carolin.

»Ach, herrje«, rief Doris, schob Paul beiseite, dessen Hand immer noch auf Carolins Schulter ruhte, und umarmte sie mütterlich. »Na, da verschieben wir doch unseren Spaziergang und helfen, nicht wahr, Werner?«

»Aber sicher doch. Am besten, wir bilden Teams. Mein Häschen und ich bilden eins, dann Sie«, er zeigte auf Paul. »Und der Junge.«

»Ich suche mit Torsten«, sagte Oles Mutter.

»Bleiben nur noch wir beide«, stellte Till an Carolin gerichtet fest. »Wir starten am besten im Wintergarten. Ole, ihr sucht im Vorgarten. Der Rest teilt sich im Garten auf.«

»Oh Gott, wir finden Hannibal nie«, jammerte Carolin. Warum hatte sie ihn auch so lange allein gelassen?

»Keine Panik«, beruhigte Paul sie. »Wir finden ihn.«

»Ganz genau, immer positiv denken!«, stimmte Werner zu und hielt seiner Frau die Hand hin. Sie nahm den Hut ab, warf ihn wie ein Frisbee auf die Couch neben sich und ergriff Werners Hand.

»Auf geht's!«, feuerte Paul die Runde an und beugte sich, ehe er losmarschierte, noch mal zu Carolin. »Alles wird gut. Alles.«

Zweifelnd nickte sie, dann nahm Till ihre Hand und zog sie mit sich, durch den Holzrundbogen in den Flur, auf den Ole vorhin gedeutet hatte und der an einem kleinen Essensraum auf der einen und einer Fensterfront auf der anderen Seite vorbeiführte, von der aus man in den Gemüse- und Kräutergarten sehen konnte – oder das, was davon übrig war. Der Schnittlauch ragte zwischen Löwenzahn und Grasbüscheln struppig aus der Erde, während sich die dunkelgrünen Jungblätter der Erdbeeren bemühten, die braunen, trockenen zu überdecken. Von jenem Flur aus gelangten sie durch einen weiteren Holzrundbogen in den Wintergarten, der zugegebenermaßen recht gemütlich wirkte. Bunte Sitzsäcke und zwei Lesesessel umringten einen abgesägten Holzstamm, der als Tisch diente. An einer Fensterseite reihten sich einige Palmpflanzen und ein plätschernder Zimmerbrunnen aneinander. Die gläserne Decke war mit Leinentüchern abgehängt, wobei für sonnenhungrige Gäste, die sich noch nicht nach draußen trauten, immer noch genügend freie Sicht in den Himmel vorhanden war. Kurzum – es gab jede Menge potenzielle Verstecke.

»Ich hätte zwar nie gedacht, dass ich das mal zu einer Frau sagen würde, die ich gerade erst kenne«, sagte Till. »Los, auf die Knie mit dir.«

Kurz darauf krochen sie beide über den Holzboden, Till auf der linken, Carolin auf der rechten Seite. Sie spähten hinter Gardinen und unter die Sessel. Hinter Sitzsäcke und Blumenpötte, vorsichtig, um Hannibal nicht zu erschrecken.

»Tut mir leid, dass du dir meinetwegen den Anzug ruinierst«, sagte Carolin und schob einen Sitzsack beiseite. »Er sieht ziemlich teuer aus.«

Till legte den Kopf auf den Boden, um unter ein Regal zu gucken. »Ich mache mir nichts aus Anzügen. Er geht in die Reinigung und gut.«

Sie sahen sich zwei Sekunden lang tief in die Augen. Sogar über die paar Meter hinweg fand Carolin, dass sie sehr schön aussahen. Wie Bergseen, die am Ufer bläulich schimmerten. Die Verbindung zwischen ihnen wurde jäh gestört, als Ole herbeigestürmt kam und schrie:

»Sie haben ihn gesehen! Kommt schnell, wir müssen ihn einkreisen! Paul hat schon Kescher und eine Rolle Vogelnetz geholt. Schnell!«

Eilig sprangen Carolin und Till auf und rannten hinter Ole her, der mit einem Mal erstaunlich dynamisch und alles andere als griesgrämig und schwerfällig wirkte. Als sie im Vorgarten ankamen, gab Paul ihnen per Handzeichen zu verstehen, dass sich Hannibal unter einem Wacholderbusch versteckte.

»Hannibal«, sagte Carolin erleichtert.

»Komm, wir nähern uns von der anderen Seite«, schlug Till vor und schnappte sich zwei Kescher, die Paul ihm reichte, sowie das Ende eines langen, schmalen Netzes, das auf einer schweren Rolle aufgewickelt war. Mit einem Nicken wies er Carolin an voranzugehen. Kurz darauf kauerten sie mit den Keschern bewaffnet und einer ordentlichen Dosis Adrenalin im Blut zwischen Heidekraut und Fuchsien und beobachteten Hannibal, der in aller Seelenruhe ein paar Mal hierhin und dorthin hoppelte und zwischendurch an Zweigen schnupperte und an Grashalmen nagte.

»Während ich vor Angst sterbe, scheint er sich keinerlei Gedanken zu machen«, schimpfte Carolin flüsternd.

»Er ist ein Kaninchen, das nur irgendwelchen Instinkten folgt«, gab Till zu bedenken.

Sie warf ihm einen tadelnden Blick zu. »Du musst schon zugeben, dass er clever im Sichverstecken ist«, sagte sie zu Hannibals Ehrenrettung, ehe ihr bewusst wurde, dass Steffen Völler in der Eingangstür zum Hotel stand und die Szenerie skeptisch beäugte.

»Verdammt«, presste Carolin hervor. »Den hatte ich ja völlig vergessen.«

Till folgte ihrem Blick und fragte: »Wer ist das?«

»Steffen Völler. Hoteltester. Mist. Das. Hätte ich. Gar nicht. Sagen dürfen.«

»Warum. Redest. Du. So. Komisch.«

»Das ist gar nicht komisch. Seinetwegen bin ich zurückgekommen.« Als sie Tills enttäuschten Blick aufschnappte, fügte sie schnell hinzu: »Du weißt genau, wie ich das meine. Jetzt, da ich es eh schon ausgeplaudert habe, kann ich es dir ja sagen. Wir brauchen dringend einen Plan, um das Hotel vor einer schlechten Rezension zu schützen.« Wenn sie erst wieder zu Hause wäre, sollte sie ernsthaft in Erwägung ziehen, einen Roman über diese Geschichte zu schreiben.

Till bedeutete ihr zu schweigen, indem er den Zeigefinger auf die Lippen legte. »Jetzt kümmern wir uns im Hannibal und anschließend um euren Tester. Achtung, es ist so weit.«

Plötzlich ging alles ganz schnell. Mit dem Netz hatten sie Hannibals Versteck umzingelt, und als Paul das Zeichen gab, näherten sie sich alle gleichzeitig und sehr langsam von allen Seiten. Hannibal, der natürlich Lunte roch, spitzte die Ohren und flitzte wie nach dem Startschuss beim Fünfzigmetersprint los.

»Er kommt zu euch!«, brüllte Ole Carolin und Till zu, der geistesgegenwärtig vorwärtshechtete, den Korb des Keschers auf den Boden warf und …

»Er hat ihn!«, rief Werner triumphierend und klatschte Beifall, in den der Rest der Truppe einstimmte. Carolin krabbelte zu Hannibal, schob die Hand unter den Rand des Netzes, um ihrem Liebling keine weitere Möglichkeit zur Flucht zu geben, packte ihn am Nackenfell und nickte Till zu, als Zeichen dafür, dass sie alles unter Kontrolle hatte. Kurz darauf drückte sie das zappelnde Kaninchen an sich.

»Jippi!«, jubelte Doris und fiel Werner um den Hals.

»Da bist du ja, kleiner Ausreißer«, murmelte Carolin in Hannibals Fell. »Mach das ja nie wieder, hörst du?«

Werner, Doris, Paul und Ole gesellten sich zu ihnen und beglückwünschten Till zum erfolgreichen Fang.

»Danke euch allen«, sagte Carolin. »Vor allem dir.«

Sie lächelte Till glückselig an, und er lächelte, offensichtlich nicht ganz ohne Stolz, zurück. »Jetzt ist dein Anzug allerdings völlig ruiniert«, fügte sie hinzu und zeigte auf einen Riss im Hosenbein. »Ich ersetze ihn natürlich.«

»Da hast du aber noch mal Glück gehabt, Ole«, stellte seine Mutter fest. »Ich bin sehr froh, dass wir den kleinen Kerl gefunden haben. Er ist aber auch wirklich süß.«

»So, Leute, dann lasst uns mal aufräumen, damit das Tierchen sich erholen kann«, rief Werner, der sich als richtiger Anführer entpuppte. »Und ich könnte auch ein Päuschen vertragen, am liebsten mit viel Kaffee und Kuchen.« Er klopfte sich den Bauch und lachte laut.

»Was ist denn das für ein Zirkus?«, fragte nun Steffen Völler entgeistert, der die Szenerie bisher schweigend verfolgt hatte und immer noch auf der obersten Stufe am Eingang thronte, die Hände in die Hüften gestemmt. Ihn schien das glückliche Ende von Hannibals Ausflug nicht zu berühren. Auch nicht, dass Doris sich verstohlen eine Träne aus dem Augenwinkel wischte.

»Ach, ich freue mich so«, sagte sie. »Am liebsten hätte ich jetzt einen ordentlichen Schnaps auf den Schreck.«

Der Gedanke an Alkohol schien Völler nicht zu begeistern. »Merkwürdige Sitten sind das hier – veranstalten Sie öfter eine Kaninchenjagd? Das ist doch Tierquälerei!«

»Ja, das … Kaninchenjagd? Nein, wir … das«, suchte Paul nach einer Erklärung.

»Ich bin ja einiges gewohnt, aber so etwas ist mir

bisher noch nicht untergekommen. Unmöglich!«, unterbrach Herr Völler ihn.

Torsten, Mareike, Doris und Ole sahen einander an. Offensichtlich hatte Oles Missgeschick wenigstens ein Gutes: Für kurze Zeit waren sie alle zu einem Team zusammengewachsen.

»Eigentlich wollte ich nur wissen, wie ich zu diesem Restaurant komme, das Sie vorhin erwähnt haben, aber nun ist mir der Appetit vergangen. Guten Tag!« Damit drehte sich Herr Völler um und marschierte zurück ins Haus.

Paul ließ das Netz fallen und wischte sich die schmutzigen Hände an der Hose ab.

»Verdammt«, fluchte er und folgte dem verstimmten Gast eilig, während die Zurückgebliebenen das Netz einrollten und die anderen Arbeitsgeräte wegschafften.

»Vielleicht solltest du Hannibal jetzt dorthin bringen, wo er nicht mehr ausbüchsen kann«, schlug Till vor.

»Das sollte ich.« Mühsam erhob sich Carolin, stets darauf bedacht, Hannibal, der immer noch sehr zappelig war, gut festzuhalten.

»Dir liegt viel an ihm, oder?«

»Ich habe ihn gefunden, als er noch ein Baby war. Du hättest ihn sehen sollen. Ganz abgemagert war er. Fast hätte er es nicht geschafft, aber er ist nun mal ein Kämpfer.«

»Hannibal eben.«

»So ist es.« Carolin rieb ihre Nase an Hannibals Fell

und fühlte sich von Till ertappt, der sie dabei beobachtete.

»Mit dir wird es jedenfalls nicht langweilig«, stellte er fest. »Eigentlich habe ich ja hier auf Ruhe und Frieden gehofft.«

»Und dann kam ich.«

»Ja. Dann kamst du.«

Ehe sie darüber nachdenken konnte, machte Carolin einen Schritt auf Till zu, reckte sich zu ihm hinauf und küsste ihn auf die Wange, die sich angenehm rau anfühlte. Es war das erste Mal, dass Carolin bei einem Mann den ersten Schritt wagte. Und sie wollte lieber nicht wissen, was das zu bedeuten hatte.

Kapitel 9

Der Tag ging überraschend unspektakulär vorüber. Paul besänftigte Herrn Völler, indem er ihm einen Getränkegutschein für das Restaurant organisierte – viel Aufwand für jemanden, von dem er nicht einmal wusste, ob er wirklich der ominöse Hoteltester war. Sie erstellten Listen und beschlossen, dass Carolin sich um das Frühstück und Paul um die Gartenmöbel kümmern würde, ehe er den Rest des Gartens in Angriff nehmen würde. Für den maroden Zaun heuerte er einen befreundeten Zimmermann an, der ihm noch einen Gefallen schuldete. Der würde am morgigen Abend mit der Arbeit beginnen. Carolin sortierte Rechnungen und kontrollierte Zahlungsein- und -ausgänge, während Paul Buchungen für die nächsten Wochen eingab. Bisher waren für die kommenden Tage Gott sei Dank keine neuen Gäste angemeldet.

Später bestellte Carolin beim Bäcker verschiedene Brotsorten und besorgte frische Eier in Ehlers Hofladen. Der kleine Spaziergang tat ihr gut. Paul, der sich tatsächlich zwei ganze Tage freigenommen hatte, kaufte unterdessen Käse, Quark und verschiedene Müslisorten, die Carolin anschließend in hübsche Aufbewahrungsdosen aus Glas füllte, die Paul spontan aus dem Restpostenmarkt in Groß Odorf mitgebracht hatte. Ebenso Minimuffins, für die Carolin im Wohnzimmer ihrer Gastwohnung eine Etagere gefunden hatte. Wenn ihr morgen noch ein einigermaßen vernünftiges Rührei gelang, sollte hoffentlich sogar ein Torsten Kaaswächter halbwegs zufrieden in den Tag starten können, fand sie. Und der Hoteltester auch. Sie gab wirklich ihr Bestes.

Am frühen Abend versuchte Carolin vergeblich, Lola zu erreichen, obwohl sie sich vorgenommen hatte, ihr die Zeit zu geben, die sie sich erbeten hatte. Carolin dachte jedoch immer öfter an ihre Schwester und fragte sich, ob sie zurechtkam mit ihren Sorgen. Nachdem ihr Anruf ins Leere gegangen war, verabschiedete sie sich von Paul und machte sich auf den Weg in ihr Zuhause auf Zeit. Zum ersten Mal seit ihrer Ankunft blickte sie sich in Ruhe im Garten um. Im Gras blühte Rotklee, und der Lavendel würde auch bald seine zarten Blüten öffnen. Sie betrachtete die Terrasse, auf der sie mit Till gesessen hatte und neben der Himbeer- und Brombeerpflanzen an Spalieren emporwuchsen. Gleich daneben standen drei Johannisbaumstämmchen. Carolin schlenderte daran vorbei in Richtung der Brücke, über die sie zum Privathaus gelangen würde. Im Teich quakten Frösche, und Carolin versuchte, sie zwischen Seerosen und Teichlilien auszumachen. Vielleicht versteckte sich in einem von ihnen ja ein verwunschener Prinz? Über diese Vorstellung musste Carolin lächeln. Lola war in Bezug auf Märchen immer schon pragmatischer gewesen als sie. Sie fand, dass ein Frosch, den man an die Wand warf, alles war, aber kein

Prinz. Und der Gedanke an einen Kater in Stiefeln war für sie nichts als Tierquälerei.

Carolin wandte sich zu Lolas und Pauls Haus, das in dem hohen Gras auch ein bisschen wirkte wie aus einem Märchen. Das rote Mauerwerk sah an einigen Stellen brüchig aus, doch durch die Hortensie und die Kletterrose, die an einem Holzgitter rankte, schien alles zusammenzupassen. Vor dem Haus stand eine weiße Bank, deren Lack abblätterte. Als Carolin dort angekommen war, testete sie die Bank vorsichtig auf ihre Sitztauglichkeit. Als diese auch nach einigem Ruckeln nicht in sich zusammenfiel, entschied sie sich dafür, ihren Laptop zu holen und draußen zu schreiben. Vorher vergewisserte sie sich, dass Hannibal, erschöpft vom unverhofften Ausflug, schlafend unter ihrem Bett lag. Für später holte sie ein Stück Wassermelone aus dem Kühlschrank, Hannibals Leibspeise. Sich selbst nahm sie ein paar Butterkekse mit – die Tüte mit den Lakritzdrops ließ sie in der Wohnung.

An ihrem neuen Arbeitsplatz angekommen, schaltete sie den Laptop ein und öffnete die Datei des Manuskripts, in dem sie die letzte Szene las, um wieder in die Geschichte hineinzufinden. Danach tippte sie ein paar Sätze, die sie zur Abwechslung mal passabel fand, schaffte sogar eine ganze Seite. Ein Spatzenehepaar hüpfte in der Hoffnung auf Futter vor Carolins Füßen, woraufhin sie einen Keks zerbröselte und den beiden hinwarf. Ausnahmsweise nur. Dann hatte sie eine andere Idee. Sie lief hinauf in die Wohnung und holte sich Block und Bleistift, die sie zuvor in einer Küchenschublade gefunden hatte. Zurück auf ihrer Bank klappte sie den Laptop zu und benutzte ihn als Unterlage. Warum nicht mal per Hand schreiben? Vielleicht würde das ja neue Impulse bringen. Entschieden setzte sie die Bleistiftspitze an, dachte nach. Sie hätte nicht übel Lust, einfach mal den Schluss zu schreiben, um ihre eigenen Regeln und Gepflogenheiten zu durchbrechen, doch sie traute sich nicht. Allerdings konnte sie sich vorstellen, im Rahmen einer Übung vollkommen ohne Regeln zu schreiben. Eine Szene in der Mitte der Geschichte nahm nicht so viel vorweg wie das Ende, fand Carolin. Sofort dachte sie daran, dass ihre Protagonistin sich endlich gegen ihren Ex-Freund durchsetzen sollte. Sie wollte nicht, dass Ella eine graue Maus blieb, die sich alles gefallen ließ. Zunächst tat sie sich jedoch schwer, sich vom Fortlauf der Geschichte zu lösen, weswegen sie ein paar krakelige Blumen zeichnete, die so aussahen, als hätte ein Kind sie zu Papier gebracht. Aber es machte Spaß, also zeichnete sie einen Baum dazu. Und ein Strichmännchen, das sie darunterlegte. Dann notierte sie wahllos Begriffe, die ihr einfielen, und malte dazu. Sonne, Blumen, Auto, Windmühle, Fluss. Und ehe sie darüber nachdenken konnte, notierte sie erste Stichpunkte, die sich nach und nach zu Sätzen formten. Das war so befreiend! Sie schrieb banale Passagen über das Wetter. Darüber, wie sie sich bei ihrer Ankunft in der Heide gefühlt hatte. Über die erste Begegnung mit Till. Über ein Schwein namens Schnitzel. Ausgebüxte Kaninchen. Pasta-Essen mit Lola und Paul. Und mit all diesen Themen füllte sie unglaubliche vierzehn Seiten, und beim Durchsehen freute sie sich über die vielen Sätze, die sogar einen Sinn ergaben. Sie konnte also noch schreiben. Sie konnte es noch!

Erleichtert fiel Carolin abends ins Bett, und das schlechte Gewissen versteckte sie gedanklich kurzerhand unter dem Kopfkissen. Darum konnte sie sich morgen immer noch kümmern.

Es dämmerte, als Carolin die Augen aufschlug. Hatte sie wirklich bis jetzt durchgeschlafen? Da sie ohnehin früh aufstehen wollte, um das Frühstück vorzubereiten, nahm sie eine heiße Dusche, zog sich ein einfaches Top, Leggins sowie ihren Lieblingsrock über, den Kati mal genäht hatte, als sie in der sechsten Klasse an der Arbeitsgemeinschaft »Nähen« teilgenommen hatte. Anschließend setzte Carolin sich mit noch nassen Haaren auf das Bett und schrieb eine WhatsApp an Moni, die sie gestern Abend schon hatte anrufen wollen, doch die Freundin war mit ihrer Familie im Kino gewesen.

> Du fehlst mir! Hier ist so viel passiert, wovon ich dir unbedingt erzählen muss. Melde mich später telefonisch. Übrigens: Guten Morgen! Gleich halb sechs, und ich bin schon wach – was sagst du dazu?

Carolin raffte sich auf, zog Turnschuhe an, gab Hannibal ein sehr verfrühtes Möhrchen, für das sie einen verständnislosen Blick erntete, und schlich anschließend die Treppe hinunter, durch den dunklen, schlummernden Garten in die Hotelküche, in der es still und furchtbar ordentlich war. Sie schaltete das Licht an, aber der weiße Schein der Neonröhren erfüllte den Raum nicht gerade mit Behaglichkeit. Dabei könnte die Küche, deren moderne, weiß glänzende Einrichtung zum gefliesten Schachbrettboden passte, mit wärmerem Licht durchaus einen Wohlfühlfaktor haben. Von einer Imbissküche mit glänzender Alufront und Arbeitsfläche war diese hier jedenfalls weit entfernt. Wenn man eintrat, stand rechts in der Ecke ein runder Glastisch mit Holzgestell, weil Lola fand, in eine Küche gehöre ein Tisch. Vermutlich saß allerdings nur sehr selten jemand auf den passenden Stühlen, die Gäste frühstückten ja in einem separaten Raum. Dennoch würde die Sitzecke mit Stuhlkissen und ein wenig Dekoration auf der Tischplatte gleich ein wohnlicheres Ambiente schaffen, überlegte Carolin. Vielleicht würden Lola und Paul dann öfter dort essen, so, wie sie es einmal gemacht hatten, als Carolin und Lars zu Besuch gewesen waren. Damals waren sie Vorkoster für die Frühstückswaffeln gewesen, die der Koch nach eigenem Rezept gebacken hatte.

Unschlüssig blieb Carolin zunächst beim Lichtschalter stehen und ließ den Blick abermals durch den Raum gleiten. Um diese Zeit, wenn alles noch still und dunkel war, wirkte die Küche ganz anders als gestern Nachmittag, als sie die gekauften Eier auf den Tisch gestellt hatte. Dennoch war es Zeit, sich mit ihrer Arbeitsstätte auf Zeit vertraut zu machen. Zuerst öffnete sie eine Tür auf der rechten Längsseite des rechteckigen Raums, die sich als Zugang zur Vorratskammer entpuppte. Anschließend inspizierte sie den Sechsplatten-Gasherd, der mit einem beträchtlichen Teil Arbeitsfläche in einer Kochinsel installiert war. So etwas hatte sich Carolin schon immer gewünscht. Noch vier Stühle an eine Längsseite gestellt, und schon hätte man Platz, um gemütlich gemeinsam zu kochen. Wie dem auch sei – jetzt ging es darum, ein schmackhaftes Rührei zuzubereiten, und zwar nach dem Rezept für das angeblich beste Rührei, welches sie am Abend zuvor im Internet gefunden hatte. Bevor sie es den Gästen anbot, wollte sie mindestens einen Probelauf machen. Dazu öffnete sie ein paar Schränke und Schubladen, um sich einen Überblick zu verschaffen, wo was zu finden war. Die Töpfe stapelten sich in einer großen Schublade neben dem hoch eingebauten Backofen, genau wie die Pfannen und Bräter ein Schubfach darunter. Schöpfkellen, Pfannenwender und andere Kochlöffel hingen an Haken an der Wand. Verschiedene Schalen entdeckte Carolin in den Schränken auf der gegenüberliegenden Seite und den Kühlschrank im Vorratsraum, wo es auch Eier gab. Schon bald duftete es nach frisch gebratenem Ei und Butter, aber zufrieden war Carolin mit dem Ergebnis kein Stück. Das war kein schmackhaftes Rührei, sondern Eierpampe, die man wirklich niemandem vorsetzen konnte. Auch die nächsten beiden Versuche stimmten sie keineswegs fröhlicher.

»Mist!«, fluchte Carolin. »So wird das nie was!«

»Guten Morgen«, grüßte es auf einmal von der Küchentür aus.

Carolin fuhr herum und blinzelte Till an. Die frühe Uhrzeit mitsamt ihrer seelischen Verfassung machte es ihr schwer, sich zu entscheiden, ob sie sich über den unerwarteten Besucher freuen sollte oder nicht. Leider hatte er nicht den richtigen Zeitpunkt erwischt, um ihr zu begegnen.

»Hi«, gab sie zurück.

»Schlechte Laune?«

»Ja«, sagte Carolin knapp.

Till musterte zuerst sie und dann die drei Schälchen, die vor ihr standen. »Du hast Glück, dass ich kein Morgenmuffel und zufällig ziemlich gut im Rühreimachen bin. Wenn du mich also ganz lieb bittest, wäre ich sogar bereit, dich in mein Geheimnis einzuweihen.« Er lächelte verschmitzt, kam zu ihr und nahm die Gabel, die neben den Schüsselchen lag. »Mal probieren, wo das Problem ist.« Er kostete von der ersten Portion. »Trocken.« Die zweite fand er zu fettig und matschig. Die dritte war seiner Meinung nach so fad, dass er nicht einmal das Ei herausschmeckte.

»So weit war ich auch schon«, brummte Carolin und lehnte sich mit dem Rücken gegen den Apothekerschrank, von wo aus sie den Möchtegernkoch beobachtete. Es war unfair, ihre schlechte Laune an ihm auszulassen, aber sie schien ohnehin an ihm abzuprallen.

Till legte eine Hand wie einen Trichter an sein Ohr. »Und? Möchten Madame, dass ich helfe?«

»Ich weiß ja gar nicht, ob du wirklich so gut bist, wie du behauptest.«

Gleichgültig zuckte er mit einer Schulter. »Bitte,

wenn du meinst.« Mit großen Schritten durchquerte er die Küche und machte tatsächlich Anstalten zu gehen.

»Na gut!«, rief Carolin, als er fast zur Tür hinaus war. »Natürlich glaube ich dir. Und es tut mir leid, dass ich … Eigentlich bin ich kein Morgenmuffel. Ich habe mich bloß so geärgert, dass ich es nicht allein hinkriege. Ist doch bloß Rührei.«

»Sag das nicht«, widersprach Till. »Daran ist schon so mancher verzweifelt.«

Carolin seufzte. »Würdest du also *bitte* dein unschätzbares Wissen darüber mit mir teilen?«

Er blieb stehen, eine Hand an der Türklinke. »Ich weiß nicht.« Nun drehte er sich zu Carolin um und lachte. »Guck nicht wie ein angeschossenes Reh. Klar helfe ich dir. Was könnte schöner sein, als den Tag mit einem guten Rührei und … und mit dir zu beginnen?«

Dieser Blick. Sie fragte sich, ob er Frauen öfter so ansah. Aber dann dachte sie an die Kaninchenjagd und alles, was sie in den letzten beiden Tagen miteinander geteilt hatten, und kam zu dem Schluss, dass Till ein Charmeur war, der durchaus mit anpacken konnte. Und es schien, als wäre er mit dem Herzen dabei.

»Du sagst ja gar nichts. Mach dir nichts draus, ich habe nun mal diese unglaubliche Wirkung auf Frauen.« Er zwinkerte ihr frech grinsend zu, nickte in Richtung Kochinsel und sagte: »Mal sehen, ob ich dich mit meinen Qualitäten als …« Er stockte. »Ich hoffe einfach, du magst das Ei, so wie ich es zubereite«, meinte er dann, und Carolin hatte das Gefühl, dass er eigentlich etwas anderes hatte sagen wollen.

»Keine Sorge, ich bin leicht zufriedenzustellen«, sagte sie. »Ich brauche keinen Starkoch, und ich bin mir sicher, dass du mich aus meiner Rührei-Misere rettest. Denn im Retten hast du dich bisher als ziemlich guter Fang erwiesen.« Sie redete sich um Kopf und Kragen. Musste an der Uhrzeit liegen.

Ohne auf ihr Kompliment einzugehen, bedeutete Till ihr, ihm zu folgen, und schnappte sich eine Pfanne aus der Spüle. Nachdem er sie abgewaschen hatte, stellte er sie auf den Gasherd. Danach nahm er mehrere Eier aus dem Karton. »Kleine Eierkunde: Es ist richtig, sie im Kühlschrank zu lagern, obwohl man sie im Geschäft ungekühlt bekommt. Das macht nichts, weil Eier nach dem Legen mit einer Schutzschicht versehen sind, die erst nach achtzehn Tagen ihre Wirkung verliert. Danach gehören sie allerdings in die Kühlung.« Während er sprach, legte Till vier Eier auf die Arbeitsplatte und stellte Butter und Frischkäse bereit. Neugierig trat Carolin näher.

»Schüssel?«, fragte Till. »Und einen Schneebesen. Spül den Kochlöffel ab, wenn du schon da stehst.« Überrascht von der sachlichen Routine, die er an den Tag legte, befolgte sie seine Anweisungen. »Gib ein Stück Butter in die Pfanne und erhitze sie auf kleinster Stufe. Und schneid ein paar Schnittlauchhalme. Das grüne Ding da auf der Fensterbank.« Er räusperte sich, als Carolin ihn gespielt böse ansah. »Wenn du Eier übrigens einmal gekühlt hast, solltest du die Kühlkette nicht unterbrechen, da sich durch das Kondenswasser Keime bilden können … Nicht so viel Butter! Und pass auf, dass sie nicht zu heiß wird. Jetzt schlag die Eier in die Schüssel, verquirle sie kurz mit etwas Salz und gib einen Esslöffel Frischkäse dazu. Los, ehe die Butter komplett flüssig ist.« Als Carolin sich mit dem Schneebesen abmühte, stöhnte Till ungeduldig auf, nahm ihr das Arbeitsgerät weg und sagte: »So geht das.«

Erstaunlich, wie gut er das konnte. Locker-flockig aus dem Handgelenk und nicht so steif wie Carolin, wobei er das Gelenk hinterher massierte. Offenbar schmerzte es wieder. Bald darauf waberte Butterduft durch die Küche, während draußen endgültig der Tag anbrach.

»Jetzt kommt das Wichtigste: Schütte die Masse in die Pfanne und beginne gleich mit dem Rühren. So.« Er nahm ihre Hand und bearbeitete die Eimasse in gleichmäßigen Bewegungen, indem er sie immer wieder von außen nach innen schob, während sie sich stetig verfestigte.

Carolin wusste in dem Moment nicht, was aufregender war: das köstliche Aroma, das sich mehr und mehr entfaltete, die goldgelbe Farbe des Rühreis oder Tills Hand, die ihre führte.

»Nicht zu fest werden lassen, sonst trocknet es. Sobald die Masse komplett gestockt hat, bist du fertig.« Er holte eine weitere Schale aus dem Schrank neben der Spüle, damit Carolin das perfekte Rührei hineinfüllen konnte. In der Zwischenzeit schnitt er mit einer Kräuterschere die Schnittlauchhalme in feine Stücke und verteilte sie über dem Ei. »Et voilà – fertig.« Er reichte ihr eine Gabel. »Probier mal.«

Carolin pikte ein Stück Rührei auf, pustete und schob es sich in den Mund. »Das ist lecker!«, lobte sie Till, der daraufhin lächelnd aufatmete. »Vielleicht war das aber nur Zufall, und das nächste Stück ist nicht so gut … mhm … doch. Du bist der Rühreiretter!« Nach dem dritten Happen fragte Carolin: »Wo hast du gelernt, so zu kochen? Und warum kennst du dich mit Eiern aus?«

»Früher habe ich oft mit meiner Großmutter gekocht. Sie hat mir alles Mögliche beigebracht, am liebsten haben wir Braten und Soßen zubereitet – in allen Variationen. Meine Oma war schon immer weltoffen, und auch jetzt würde sie vermutlich noch vor dem Herd stehen, wenn sie mit ihren achtundneunzig Jahren nicht etwas wacklig auf den Beinen wäre.«

»Achtundneunzig! Donnerwetter. Und du besuchst sie regelmäßig?«

»Sie lebt mit ihrem Freund in einer Einrichtung auf Mallorca, weswegen wir uns seltener sehen können, als mir lieb ist.«

»Wow. Klingt so, als ob man sie unbedingt kennenlernen muss.«

»Du willst meine Großmutter kennenlernen?«

»Nein! Also … ich meine … nicht ich im Speziellen, sondern … Danke, dass du mich in dein Rühreigeheimnis eingeweiht hast. Damit kann ich zumindest für heute die Gäste glücklich machen. Schmeckt köstlich! Wenn ich das Rezept an Paul weitergeben darf, wird es hier an perfektem Rührei zumindest nicht mehr mangeln, sobald ich weg bin.«

Till hob die Brauen. »Und wo willst du hin?«

»Keine Sorge, ich werde schon noch eine Weile hier sein«, begann Carolin und ließ heißes Wasser ins Spülbecken ein. »Aber ich kann doch nicht ewig bleiben.« Sie sah auf, als sie Tills Blick in ihrem Rücken spürte. »Ich hoffe, dass Lola sehr bald zurückkommt – nicht, dass ich am Ende alles noch schlimmer mache.«

»Ich glaube, dass du dir ruhig mehr zutrauen kannst«, warf Till ein. Carolin starrte unterdessen in das Spülwasser, in dem sich die Seifenbläschen leise knisternd auflösten. »Bisher scheint doch alles ganz gut zu laufen.«

»Ja, natürlich. Aber auf Dauer kann's halt nicht gut gehen. Insgeheim habe ich damit gerechnet, dass sie es sich schon viel schneller anders überlegt.«

»Ist das der Grund, warum du erst mal geblieben bist? Du dachtest, sie würde schneller ›zur Vernunft‹ kommen?« Er malte Gänsefüßchen in die Luft.

»Es gab natürlich mehrere Gründe«, sagte Carolin, und auf einmal wurde ihr bewusst, dass er einer davon war. Bloß weil er ein bisschen kochen und einen Vortrag über Eier halten konnte, musste er allerdings noch lange nicht wissen, dass er ihren Puls zum Rasen brachte. Carolin trocknete die Pfanne ab, stellte sie für später zurück auf die Kochstelle und trat zum Fenster. Dort schob sie einen Topf Petersilie beiseite, stützte sich mit den Händen auf der Fensterbank ab und sah in den Vorgarten, der in frisches, fast zitronengelbes Morgenlicht getaucht war. Amseln und Spatzen flogen umher und suchten nach Futter. Eine Katze streunte gemächlich durch die Blumenbeete, und Carolin wandte sich ab, weil sie nicht mit ansehen mochte, wie sie nach den Vögeln jagte.

Ihr Blick begegnete Tills.

»Was ist das eigentlich für eine Geschichte mit dem Hoteltester, die du gestern erwähnt hast?«, wollte er wissen. »Soll der Neue einer sein? Im Fernsehen sehen die ganz anders aus.«

Carolin schluckte. Sie hätte sich nicht verplappern dürfen. Aber warum sollte sie eigentlich nicht mit Till darüber sprechen? Bisher hatte sie ihm ja auch vertraut. »Wir glauben, dass er einer ist.«

»Aber es könnte jeder sein, richtig?«

»Stimmt. Jeder. Doch alle Indizien sprechen für Völler. Und findest du ihn nicht auch verdächtig?«

»Den? Nein. Ich kann noch nicht einmal genau sagen, warum, aber er ist mir zu ...« Er rieb sich das Kinn, während er nach Worten suchte. »Wie sagt man es am besten, ohne gemein zu werden ... Schlampig? Ungehobelt?«

Carolin lachte. »Du meinst, er müsste so schick und charmant sein wie du? Vielleicht bist du ja heimlich der Hoteltester.«

Anstatt in ihr Lachen einzustimmen, öffnete Till den Mund, ohne einen Ton herauszubringen. Sie hatte doch nichts Falsches gesagt, oder? Genau genommen hatte sie ihm sogar ein Kompliment gemacht – wenn auch nicht gut verpackt.

»Ach, komm. Das war ein Scherz. Ich denke natürlich nicht, dass du der Hoteltester bist und uns alle an der Nase herumführst.«

»Das ist ja nett«, gab Till schnippisch zurück.

Carolin verstand nicht, was sich plötzlich zwischen ihnen verändert hatte, und fragte sich, wie sie möglichst elegant das Thema wechseln konnte. »Also …«, wagte sie einen Versuch. »Ich habe jetzt Hunger und werde mir dein perfektes Rührei einverleiben. Und ich würde es sogar mit dir teilen, wenn du wieder lieb bist.« Sie zwinkerte ihm zu, nahm zwei saubere Gabeln aus der Besteckschublade und wedelte damit. »Was sagst du dazu?« Sie schob sich einen Happen in den Mund. »Übrigens bist du einer der Gründe, aus denen ich geblieben bin. Falls es dich interessiert.«

Till lächelte leicht, aber immerhin, er lächelte.

»Die kleine Stärkung wird sicher guttun«, schob Carolin hinterher. »Denn ich habe das Gefühl, dass dieser Tag noch einige Überraschungen bringen wird.«

Im Frühstücksraum waren gegen halb neun alle Plätze belegt, sogar der Einzeltisch am Fenster war besetzt, an dem Till eingehend Carolins Rührei inspizierte, indem er es auf dem Teller hin und her schob, etwas davon auf die Gabel nahm, kostete. Anerkennend hob er den Daumen. Auch Carolin fand, dass es ohne sein Dazutun richtig gut schmeckte. Auf verschnörkelten Tabletts hatte sie Wurst und Käse, Gurkenscheiben und Radieschen hübsch angerichtet, den Joghurt in eine Glasschale gefüllt und mit roten Trauben garniert. Der Obst- und Gemüsekorb war prall gefüllt, Kaffee und Tee standen bereit, warme Milch gab es auf Bestellung und die Butter sowie Marmeladen – tja, die gab es in einfallslosen Plastikverpackungen, wofür Carolin auf die Schnelle nichts anderes eingefallen war. Im Vergleich zum Rest des Buffets wirkte die Schale mit den Plastikdöschen lieblos und nicht sonderlich ansprechend, trotzdem fand sie, dass sich ihr kleines Buffet durchaus sehen lassen konnte. Paul, der tatsächlich verschlafen hatte, wofür er sich unzählige Male entschuldigte, hatte ihr beim Anrichten des Buffets geholfen. Er hatte bis spät in die Nacht die Bepflanzung für den Garten geplant und versucht, Lola zu erreichen. Sogar Steffen Völler rührte augenscheinlich entspannt seinen Kaffee, was Carolin beruhigte. Aber als er seinen Laptop auf den Tisch stellte und aufklappte, wurde ihr abwechselnd heiß und kalt. Eilig versuchte sie, Blickkontakt mit Paul herzustellen, doch der beschäftigte sich gerade mit dem Orangensaftspender, der keinen Tropfen mehr von sich gab. Na gut, dann musste sie eben selbst aktiv werden. Wie selbstverständlich schlenderte sie zu Herrn Völlers Tisch.

»Guten Morgen«, sagte sie. »Haben Sie gut geschlafen? Ist alles recht bei Ihnen?«

Verblüfft sah der Hotelgast auf, noch verblüffter war Carolin, als er ungerührt antwortete: »Nun, ich hätte es nicht angesprochen. Aber wenn Sie so direkt fragen: Die Vorhänge sind zu lichtdurchlässig. Gegen halb fünf war ich bereits wach, obwohl ich gerade heute ein bisschen länger schlafen wollte. Außerdem tropft die Toilettenspülung. Alles kein Problem, wenn ich schlafe, aber bei Schlaflosigkeit stört es. Sagen Sie Ihrem Mann bitte, dass das in Ordnung gebracht werden muss. Ich bin ja schon froh, dass er da ist – in vielen Hotels gibt es nur einen Hausmeisterservice, der meist Stunden braucht, ehe er eintrifft. Hier ist das ganz anders. Einer der wenigen Pluspunkte. Also – sagen Sie Ihrem Mann Bescheid?«

Ihrem Mann? Dachte er etwa, dass Paul und sie … Sie entschied sich dazu, unverbindlich zu bleiben. Immerhin sollte er von dem familiären Chaos nichts merken. »Tut mir sehr leid, dass Sie Grund zur Beanstandung haben. Selbstverständlich kümmern wir uns sofort darum.« Verstohlen linste sie auf den Laptopbildschirm. Berichtete er etwa live auf seinem Blog?

»Haben Sie was im Auge? Sie kneifen so komisch die Lider zusammen«, fragte Herr Völler, und Carolin trat ertappt zurück. Im Augenwinkel sah sie, dass Till grinste. Ja, okay, sie war eben keine glanzvolle Ermittlerin. Deswegen schrieb sie ja Liebesromane.

»Immer diese Wimpern, die einem ins Auge fallen«, schwindelte Carolin. »Und bitte – wenden Sie sich gern an mich oder … meinen Mann, wenn Sie etwas brauchen. Einen schönen Tag noch.«

Sie war nur haarscharf an einer echten Blamage vorbeigeschlittert. Hätte sie doch wenigstens gesehen, woran er schrieb.

Sie ging zu Paul, aber nicht, ohne Doris zu fragen, ob mit dem Frühstück alles in Ordnung sei. Auch Mareike und Torsten Kaaswächter, deren Tische nebeneinanderstanden und die zwischendurch verliebte Blicke tauschten, fragte sie, ob sie mit dem Frühstück zufrieden seien.

»Alles gut«, fand Mareike. Ole senkte den Blick. Vermutlich schämte er sich noch für die Freilassung von Hannibal. Torsten Kaaswächter zuckte bloß die Schultern und bewertete das Frühstück mit einem halbherzigen »Na ja«. Höchstwahrscheinlich hätte er sich ohne Mareikes Anwesenheit nicht zurückgehalten.

Carolin ging zu Paul, der sich immer noch mit dem Saftspender befasste. »Paul«, flüsterte Carolin. »Er schreibt etwas.«

»Ich verstehe nicht, warum dieses Ding nicht funktioniert. Ist doch alles sauber.« Paul testete den Auslauf des Orangensaftspenders. »Komisch.«

»Paul!«, zischte Carolin und stupste ihn an. »Er ist ziemlich mies gelaunt heute Morgen und hat sich über die Gardinen und das tropfende Klo beschwert. Du musst dringend etwas tun! Hast du die Ausflugstipps zusammengestellt und die Liste mit den besten Restaurants und Museen ausgedruckt?«

Paul richtete sich auf. »Ich sehe mir die Toilette sofort an und lasse gegebenenfalls jemanden kommen. Auch das noch!« Er raufte sich die Haare. »Die Liste habe ich im Büro, alles erledigt.«

»Ich stelle eine Glaskaraffe mit Saft hin, die Dinger finde ich sowieso unhygienisch«, sagte Carolin. »Kümmere du dich um den Rest. Und sei ein bisschen überschwänglicher, damit der Völler denkt, dass hier alles läuft wie am Schnürchen. Na los!«

Paul sah Carolin an. »Du klingst genau wie deine Schwester und meisterst das toll.« Er lächelte, woraufhin Carolin übertrieben fröhlich ein Küsschen zu ihm schickte, das er mit einem ebenso überschwänglichen Lachen quittierte, ehe er ging. Sehr gut. Diese Harmonie und die Ernsthaftigkeit, mit der sie seine Beschwerden behandelten, dürften Herrn Völler gefallen. Hoffte sie zumindest.

»Entschuldigung«, hörte sie nun Torsten Kaaswächter sagen.

Lächelnd ging sie auf ihn zu. Von ihm würde sie sich die Laune nicht vermiesen lassen.

Er hielt einen Löffel voll Rührei hoch. »Das Ei ist geschmacklos und matschig«, beschwerte er sich in altbekannter Manier. »Außerdem frage ich mich, warum es keinen Speck gibt. Das gehört doch zu einem ordentlichen Frühstück dazu, finden Sie nicht?«

Carolin zwang ihre Mundwinkel, oben zu bleiben, schielte besorgt zu Herrn Völler und versuchte eilig, den unzufriedenen Nörgler zu beruhigen. »Wenn Ihnen das Ei nicht schmeckt, mache ich gern eine neue Portion, wobei ich Ihnen versichern kann, dass es ganz frisch ist. Und den Speck dürfen Sie gerne bei mir bestellen – frisch aus der Pfanne.«

»Nein, danke. Es ist ja nicht nur das Ei. Das ganze Frühstück ist eine Frechheit. Dafür habe ich nicht bezahlt.«

Sei geistreich, Carolin, mahnte sie sich. *Und bleib höflich!* »Oh. Also …« Wo steckte ihre Schlagfertigkeit, wenn sie sie dringend brauchte? »Das tut mir leid, Herr …«

»Kaaswächter. K-a-a-s-w-ä-c-h-t-e-r«, buchstabierte er. »Von Ihrem Mitleid wird das Frühstück auch nicht besser.«

Seine Art, mit anderen Menschen umzugehen, ärgerte Carolin. Sie richtete sich auf. Jemand wie er, dessen fahle Haut sie an Harzer Käse erinnerte, würde sie nicht einschüchtern. Gleichzeitig wollte sie keine weitere Verärgerung schüren, um dem Hoteltester, der das Schauspiel nun interessiert beobachtete und zwischendurch tippte, keinen Grund für weitere Minuspunkte zu liefern. Sie musste wohl oder übel auf den unzufriedenen Gast eingehen. »Was genau schmeckt Ihnen an unserem Frühstück nicht, Herr Kaaswächter?«, hakte sie deswegen nach.

Er schnaubte verächtlich. »Du liebe Güte.«

Carolin wagte nicht, sich umzusehen. Diese Unterhaltung war zu unangenehm. Sie spürte, wie ihre Zuversicht schmolz wie eine Kugel Vanilleeis, die man in die Sonne gestellt hatte. »Wenn Sie einen Vorschlag zur Verbesserung haben, dann …«

»Bitte. Das ist doch nicht meine Aufgabe.« Seine Knopfaugen blitzten boshaft. Offensichtlich gehörte er zu der Sorte Mensch, die sich am Unbehagen anderer ergötzten.

Carolin ballte die Hände zu Fäusten. Sie konnte nur schwer damit umgehen, wenn man ihr derart feindselig begegnete. »Wenn Sie mir konkret sagen, was Sie sich vorstellen, kann ich …«

»Nicht nur, dass es qualitativ schlecht ist«, sagte er kühl. »Ich fühle mich überhaupt nicht wohl und willkommen in diesem Haus. Das Frühstück ist so lieblos und austauschbar, mein Bett quietscht, dass ich ständig aufwache. Und wo ist überhaupt Frau Maackmann?

Drückt sie sich vor einer Konfrontation mit mir, weil sie weiß, dass ich immer noch unzufrieden bin, obwohl sie Besserung versprochen hat?« Er schlug ein Bein über das andere und hob eingebildet das Kinn. Dann tippte er Werner, der mit dem Rücken zu ihm saß, auf die Schulter. »Ist doch so, oder?«

Werner machte sich jedoch nicht einmal die Mühe, sich umzudrehen. »Diese ständige Aufregung ist ungesund«, nuschelte er mit vollem Mund. »Stimmt's, Hummelchen?«

Hummelchen beziehungsweise Doris, die seit geraumer Zeit an einer Brötchenhälfte mit Käse und einer Scheibe Schwarzbrot darauf knabberte, nickte zustimmend. Dann sagte sie: »Sehr.«

»Pah. Aber Sie müssen doch zugeben, dass dieses Frühstück mal wieder einfach nur hingesetzt ist. Auf den Bewertungsportalen habe ich gelesen, dass das Hotel für sein gutes Frühstück die volle Punktzahl erhalten hat«, ätzte Herr Kaaswächter. »Sagen Sie doch mal was dazu. Wobei … Sie haben ja fast noch gar nichts gegessen. Vermutlich hat's Ihnen auch den Appetit verdorben.«

»Ich versuche, auf meine Figur zu achten«, verteidigte Doris sich. Sie klang zu Recht angegriffen.

»Und wir sehen alle, dass du das nicht musst«, warf Werner ein, was der Wahrheit entsprach. Doris hatte vielleicht hier und da ein paar kleine Pölsterchen, aber Carolin wäre froh, in ihrem Alter noch so eine Figur zu haben.

»Mein Arzt hat gesagt, ich sollte.« Jetzt klang sie

richtig pikiert. »Ist eben nicht so einfach mit Mitte sechzig.«

»Ich bitte dich, mein Häschen, das Leben liegt noch vor dir!«, unterstützte ihr Mann sie. »Und ich habe dir gesagt, eine Diät ist keine Lösung. Ich habe es selbst versucht – es tut der Seele überhaupt nicht gut.«

»Diesmal schaffe ich es«, sagte Doris, klang jedoch nicht gerade überzeugt. Sie ließ ein paar Salzkörner auf ein Gurkenstück rieseln und biss hinein. »Iss nur, Werner, iss. Ich komme zurecht.« Die Ärmste wirkte jedoch eher gequält als zuversichtlich. Kein Wunder! Es war nie schön, auf seine Schwächen hingewiesen zu werden – ob beabsichtigt oder nicht. Sie linste immer wieder verstohlen auf Werners vollbeladenen Teller. Carolin kannte den sehnsuchtsvollen und gleichzeitig unglücklichen Blick von Moni, die eine beachtliche Diätkarriere hinter sich hatte. Allein deswegen verzichtete Carolin auf Schlankheitskuren aller Art und hoffte darauf, dass weibliche Rundungen bald wieder modern waren. Werner sah seine Frau mitleidig an, dann legte er die Serviette auf den Tisch und sagte:

»Ich könnte ja auch ein bisschen auf meine Linie achten.«

Carolin sah zu Till, der ihren Blick erwiderte. Sie konnte auf seine Unterstützung zählen, sobald sie nicht mehr weiterwusste, so viel war klar.

»Ich find das Frühstück auch scheiße«, lenkte nun Ole Carolins Aufmerksamkeit auf sich. Offensichtlich hatte er das gestrige Tief doch schon verarbeitet.

»Ole, benimm dich«, warnte seine Mutter, aber jeder

wusste, dass ihre Worte in der Luft bersten würden wie zerplatzte Seifenblasen. Die dunklen Ränder unter ihren Augen hingegen schienen ihre Leuchtkraft heute Morgen voll entfaltet zu haben.

»Der Junge soll ruhig sagen, was ihn stört«, forderte der Kaaswächter, wohl in der Hoffnung, sich mit ihm zu verbünden. Doch Ole verdrehte lediglich die Augen, statt sich über den Zuspruch zu freuen.

»Herr Kaaswächter«, begann Carolin bestimmt. »So kommen wir doch nicht weiter. Wenn Sie …«

»Da haben wir es schon, gute Frau. Nicht ich. Sie!«

»Nun hacken Sie mal nicht auf dem Mädchen rum«, mischte sich Werner in die Diskussion ein und drehte sich nun doch um. »Sie verderben uns allen das Frühstück und die gute Laune noch dazu, stimmt's, Doris?«

Gut gelaunt wirkte in diesem Moment allerdings niemand. Und Carolin bezweifelte, dass die Stimmung sich kurzfristig heben würde. Hoffentlich waren Paul und sie nicht zu naiv gewesen.

»Herr Kaaswächter«, startete Carolin einen neuen Versuch, ihn zu beschwichtigen. Sein Name ging ihr langsam, aber sicher auf die Nerven, und sie hatte längst keine Lust mehr, sich mit ihm auseinanderzusetzen. Doch die Diskussion mit ihm stand schließlich noch offen. Tatsächlich waren Menschen wie er einer der Gründe, weswegen sie lieber allein im Büro saß und Bücher schrieb, anstatt sich niedermachen zu lassen. »Ich würde gerne …«

»Nach der großspurigen Ankündigung hatte ich mich auf ein richtig gutes Frühstück gefr…«

»Das reicht jetzt«, schnitt Till ihm das Wort ab. Er musterte Torsten Kaaswächter mit eisigem Blick, und sogar Carolins Rücken überzog sich mit einer Gänsehaut, obwohl sie gar nicht gemeint war. »Das Frühstück ist vollkommen in Ordnung.«

»Allerdings«, stimmte Werner zu und erntete dafür einen verärgerten Blick von Mister Obermeckerer. Werner lehnte sich, so gut es mit seinem Wohlstandsbauch eben ging, über den Tisch und tätschelte die Hand seiner Frau.

»Was mein Mann sagt«, stimmte diese zu, woraufhin der Kaaswächter mit den Augen rollte.

»Mit Verlaub, junge Frau, ich liebe Ihr Rührei«, fuhr Werner fort. »Verdient meiner Meinung nach zehn von zehn Punkten.«

»Müssen Sie denn allem Punkte geben? Ist ja schrecklich«, mischte sich nun auch noch Herr Völler in die Unterhaltung ein.

Das sagt der Richtige, dachte Carolin und hatte genug. Sie ahnte, dass sie mit Torsten Kaaswächter nie auf einen Nenner kommen würde, also hob sie aus einem Impuls heraus die Hand. »Ich möchte ehrlich mit Ihnen sein. Derzeit sind wir aus … aus familiären Gründen unterbesetzt, aber wir tun unser Bestes, um diese Lücke zu füllen. Ich bitte Sie also von Herzen um etwas Nachsicht und verspreche Ihnen im Gegenzug, alles zu tun, damit Sie Ihren Urlaub genießen können.«

»Grämen Sie sich nicht. Ist doch nicht schlimm, wenn es dann und wann holpert. Wie gesagt, wir fühlen uns hier wohl. Wieder einmal, kann ich nur sagen«, bekräftigte Werner mit einem Happen Rührei im Mund seine Aussage, während Doris heftig nickte.

Herr Völler verdrehte die Augen, Till grinste.

»Ich find's, wie gesagt, immer noch kacke«, widersprach Ole.

»Dich kann man ja auch nie zufriedenstellen«, fuhr seine Mutter ihn an.

»Gar nicht wahr.«

»An allem nörgelst du herum, findest alles und jeden scheiße. Zuerst dachte ich, es wäre das Alter, aber so langsam glaube ich, du bist einfach nur wie dein Vater.«

Alle hielten die Luft an, man konnte die Spannung im Raum förmlich spüren. Auch Ole saß reglos und wie festgeklebt auf seinem Stuhl, den Rücken gerade, als ob seine Mutter ihm ein Lineal ins T-Shirt genäht hätte.

Oh nein, so hätte das Frühstück nicht enden sollen. Carolin wollte etwas sagen, um den bösen Zauber, der über ihnen lag, zu brechen. Aber ihr fiel nichts ein. Es war eben wie verhext. Auf einmal erwachte Ole aus seiner Starre und sprang unerwartet auf, sodass der Stuhl nach hinten kippte. Geistesgegenwärtig schnellte Carolin nach vorn, fing ihn auf und sah Ole nach, der aus dem Speiseraum rannte und noch in der Tür schrie:

»Ich bin gar nicht wie Papa! Papa ist ein Arschloch. Genau wie du!«

Mareike, deren Gesichtsfarbe wie bei einem Chamäleon von Knallrot zu Mehlweiß gewechselt war, wirkte mit einem Mal noch lebloser als zuvor. Mit den aufgerissenen Augen und dem zu einem entsetzten Oh geformten Mund erweckte sie den Eindruck, als hätte ihr jemand mit voller Wucht einen Fußball in den Bauch geschossen. Doris hatte mitten im Gurkennagen innegehalten und schielte zu Werner, der verstohlen mit dem Finger ein paar Brötchenkrümel auf seinem Teller zusammenschob. Sogar Monsieur Ich-weiß-zu-allem-etwas-zu-sagen-Kaaswächter enthielt sich jedes Kommentars und warf Mareike einen Blick zu, in dem, wenn man genau hinsah, Mitgefühl und vor allem ein schlechtes Gewissen schwammen. Die Frau brauchte eine ordentliche Umarmung, aber Carolin bezweifelte, dass sie die Richtige dafür war. Sie warf Torsten Kaaswächter einen auffordernden Blick zu, der daraufhin ein »Tut mir leid« murmelte. Mareike weinte geräuschlos.

»Ich kümmere mich um Ole«, sagte Till und machte sich sofort auf den Weg, um dem Jungen zu folgen.

Ermattet von der vergangenen Nacht, der Küchenschlacht und der letzten halben Stunde setzte sich Carolin auf den frei gewordenen Stuhl und reichte Mareike ein Taschentuch, das sie aus der Rocktasche gezogen hatte. Oles Mutter wischte sich damit die Tränen weg und schnäuzte sich.

»Machen Sie sich nichts draus«, brach nun Werner in seiner unnachahmlichen Art das Schweigen. »Unser Frank war auch so. Gibt sich wieder, stimmt's, Bärchen?«

Torsten Kaaswächter erhob sich und zupfte die Stoffhose zurecht, die wenige Zentimeter zu kurz war. »Ich werde jetzt mit Ole sprechen«, sagte er, berührte zögerlich Mareikes Schulter und fügte hinzu: »Ich weiß genau, wie er sich fühlt, und hätte ihn nicht provozieren dürfen. Entschuldige.« Eilig verließ er den Raum.

Carolin seufzte. Wenn er wusste, wie es sich anfühlte, nicht akzeptiert zu werden, wie man war, warum war er dann so ein Fiesling? Anscheinend musste er aber auch seine guten Seiten haben, andernfalls würde Mareike ihn wohl kaum auf ihren Sohn loslassen.

»Wie wäre es mit einer Tasse warmem Kakao?«, fragte Carolin in die Runde, weil es das Erste war, was ihr einfiel. Und weil Kakao bei Moni auch immer funktionierte. Außerdem brauchte sie selbst etwas zur Beruhigung.

Für eine Sekunde leuchteten Doris' Augen auf wie die eines Kindes, das endlich das erste Türchen im Adventskalender öffnen durfte, ehe es feststellte, dass jemand schneller gewesen war.

»Fettarme Milch?«, schob Carolin schnell hinterher. »Null Komma drei Prozent. Zuckerreduziertes Kakaopulver.« Igitt. Man sollte Diäten verbieten.

»Das wird ja immer besser«, knurrte Herr Völler, klappte seinen Laptop zu, stand auf und klemmte ihn sich unter den Arm. »Dazu fällt mir nichts mehr ein.«

»Leisten Sie uns doch Gesellschaft. Das wäre nett«, sagte Carolin, obwohl sie gut und gerne auf Völlers Gesellschaft verzichten konnte. Aber er sollte sich schließlich willkommen fühlen.

»Genau«, pflichtete Werner ihr bei.

»So etwas habe ich wirklich noch nicht erlebt«, meinte Herr Völler und stapfte zur Tür. »Und ich bin sicher, dass kaum ein Gast, der in Ruhe seinen Urlaub genießen will, Lust auf derartigen Unfug hat.« Mit diesen Worten stapfte er von dannen, und Carolin ahnte, dass sie deswegen noch in Schwierigkeiten geraten würde.

»Wollen wir dann?«, warf Doris ein. »Mein Mann liebt Kakao.«

Manchmal musste man eben spontan sein. Und darin wurde Carolin überraschenderweise immer besser.

Bald darauf saßen Doris, Werner, Mareike und Carolin um den Küchentisch, während Till mit Ole und Torsten Kaaswächter Männergespräche führte. Vor ihnen standen drei Tassen voll dampfendem Kakao (vollfett für Werner, die Light-Version für die Damen), eine Tasse Früchtetee für Carolin und eine Schale Salmiakbonbons nebst noch nicht abgelaufenen Butterkeksen, die Carolin im Wohnzimmerschrank der Einliegerwohnung gefunden hatte. Auf Werners Kakao thronte ein Berg Sprühsahne, während Carolin in ihrem Tee rührte und, begleitet von einiges Ahs und Ohs, berichtete, was sich in den letzten beiden Tagen zugetragen hatte.

»Das war die ganze Geschichte«, schloss sie nach einer Weile. Sie hatte nichts ausgelassen. Weder den Tod des Vaters noch ihren Absturz als Teenager noch Lolas Versuche, sie heil durch diese schwere Zeit zu bringen, die Streitereien vor ihrer Abreise … noch das Foto. Nur den Hoteltester erwähnte sie mit keinem Wort.

»Und Sie haben nicht gewusst, dass das Hotel früher

Ihrem Vater gehört hat?«, hakte Mareike atemlos nach. Auf einmal wirkte sie viel weniger eingeschüchtert, vor allem, nachdem sie Ole eine Tasse heiße Schokolade in den Garten gebracht hatte, wo sie den Jungen und Torsten auf der Schaukel gefunden hatte. Sie war einigermaßen beruhigt zurückgekehrt und voller Hoffnung, dass die beiden sich doch noch anfreunden würden. Er war überhaupt nicht erpicht darauf, einen neuen Vater zu bekommen, und hatte dem gemeinsamen Urlaub nur unter der Voraussetzung zugestimmt, zumindest beim Frühstück seine Mutter für sich zu haben. Dass er sich manchmal selbst durch seine Laune im Weg stand, sah Ole vermutlich nicht.

Carolin schüttelte den Kopf und nippte am überzuckerten Tee. In Gedanken hatte sie einen Teelöffel zu viel hineingegeben.

»Und Ihre Schwester ist einfach so abgehauen? So richtig weg?«, wollte Doris wissen, deren Arm nach der Sprühsahneflasche zuckte.

Carolin nickte.

»Mannomann«, sagte Werner, lehnte sich auf dem Holzstuhl zurück und rieb sich das Kinn. »Was für eine Geschichte am frühen Morgen.«

Auf einmal prasselten Erinnerungen auf Carolin ein, vor denen sie sich lange verschlossen hatte. Wie ferngesteuert begann sie zu reden.

»Nachdem unser Vater gestorben und eingeäschert worden war, hat sie … Das ist so verrückt, dass man es eigentlich nicht erzählen darf.« Ihr wurde in dieser Sekunde bewusst, dass sie zum ersten Mal keinen unbändigen Schmerz, sondern Dankbarkeit fühlte. Dankbarkeit dafür, dass Lola und sie die letzte Reise gemeinsam mit ihrem Vater erleben durften. »Sie hat den Sohn des Bestatters überredet, die Urne mit Papa gegen eine leere einzutauschen und uns Papa auszuhändigen.«

»Hat er's getan?«, wollte Mareike wissen und zerknüllte vor Aufregung eine Serviette.

Carolin nickte. »Wir sind dann mit Lolas schrottreifem Fiat Panda, für den tatsächlich jede Fahrt die letzte hätte sein können, in die Eifel an den kleinen Angelsee gefahren, an dem Papa so gern mit uns gezeltet hat. Allerdings haben wir nie einen Fisch gefangen, nur alte Schuhe und Algen, weil Papa keinen Köder an den Haken gemacht hatte. Ich glaube, eigentlich konnte er gar nicht angeln, doch das war uns egal.« Carolin lehnte sich zurück und war in diesem Augenblick wieder in der Eifel, sie roch sogar die Sonnencreme, auf der ihr Vater immer bestanden hatte. »In meinen Gedanken sind die Tage am See immer warm gewesen, warm von Zuneigung und Verbundenheit. Sie duften nach Zitronenlimonade und moosigem Ufer, nach Erdnüssen und nach *Tabac*, dem Aftershave, das sich Papa morgens ins Gesicht rieb.«

»Das klingt wie aus einem wunderbaren Roman«, hauchte Mareike.

Roman, das war das Zauberwort. Doch es wirkte nicht mehr so stark wie bisher, das schlechte Gewissen wisperte nur noch, statt zu schreien. Carolin ertappte sich sogar dabei, dass es ihr gefiel, hier zu sitzen. Mit diesen fremden Leuten, die einander nicht kannten. Und denen sie ihr Herz ausschüttete. »Sie müssen mich für komplett wahnsinnig halten«, sagte sie und lachte. »Aber vielleicht können Sie nun nachvollziehen, dass wir leider nicht den gewohnten Service bieten können.«

»Für das Frühstück hätte ich sogar ein paar Anregungen«, verkündete Doris, woraufhin alle sich gespannt auf sie konzentrierten. »Wir sind schließlich nicht zum ersten Mal hier. Es gab früher immer selbst gemachte Marmelade. Erdbeere mit Vanillegeschmack. Und Rhabarberkompott. Ansonsten füllen Sie halt gekaufte Konfitüre in Schälchen um, das sieht schon mal viel ansprechender aus. Oder Sie fragen im Dorf, ob Ihnen jemand aushelfen kann.«

»Haben wir nicht gestern beim Spaziergang einen Hofladen gesehen, auf dessen Tafel *Selbst gemachte Marmelade* geschrieben stand?«, fiel Werner ein.

»Genau, das habe ich auch gesehen! Außerdem erinnere ich mich an einen leckeren Obstsalat mit Quark, der ganz leicht nach Waldmeister geschmeckt hat. Und Karamellwaffeln. Oh, waren die lecker!«, schwärmte Mareike, deren Wangen jetzt rosa leuchteten, was ihre blauen Augen zum Strahlen brachte. Wenn sie ihr Haar zu einem peppigen Bob schneiden ließe, sähe sie sicher um Jahre jünger aus.

»Und dann diese süßen Brötchen mit Hagelzucker obendrauf«, erinnerte sich Werner. »Wenn ich mich nicht irre, ein Rezept …«

»… meines Vaters«, beendete Carolin seinen Satz.

Sie erinnerte sich an diverse Winterabende, an denen sie mit Papa und Lola gebacken hatte. Dazu hatte es immer Butter, Zuckerrübensirup und Brombeermarmelade gegeben, die Papa im Spätsommer gekocht hatte. Sogleich hatte Carolin den süß-säuerlichen Duft in der Nase. Sie seufzte. Selbst gemachte Marmelade und selbst gebackenes Brot – alles schön und gut, aber wann sollte sie dann noch schreiben? Sie steckte sich ein Bonbon in den Mund und versuchte abzuwägen. Den Blick in Richtung Küchenfenster gerichtet, sah sie den Wagen einer Sanitärfirma auf dem Parkplatz vorfahren. Anscheinend verfügte Paul über gute Verbindungen zu allen möglichen Gewerken.

»Mir gefällt unser Urlaub gerade richtig gut«, riss Doris Carolin aus ihren Gedanken und griff nach der Sprühsahneflasche. »Das ist mal etwas ganz anderes, mittendrin zu sein. Herrlich erfrischend die Kaninchensuche gestern, und jetzt dieses Gespräch. So authentisch!« Sie seufzte. »Man muss sich auch mal was gönnen, oder?« Und sprühte. Das schlechte Gewissen stand ihr geradezu ins Gesicht geschrieben, aber als sie den ersten Schluck Sahnekakao kostete, schienen all ihre Zweifel vergessen. »Die Frage ist ja, für wen Sie das alles auf sich nehmen.«

»Für Ihre Schwester hoffentlich nicht«, warf Mareike ein. »Das kann sie doch nicht erwarten. Ich mag die Frau Maackmann sehr, aber so geht man doch nicht mit seiner Schwester um. Ich habe selbst eine, und mir würde das nicht im Traum einfallen.«

»Wenn man verzweifelt ist, macht man eben Fehler«, verteidigte Doris Lola, und wenn Carolin ehrlich mit sich war, hätte sie bereits beim gemeinsamen Abendessen erkennen müssen, dass es ihrer Schwester schlecht ging.

»Sehe ich nicht so«, widersprach Mareike. »Gerade unter Geschwistern sollte man miteinander reden können. Das ist doch eine tiefe Verbindung, die man nicht aufs Spiel setzen sollte. Sie hätte ja auch früher mit der Sprache rausrücken können. Spätestens jetzt wäre es an der Zeit zurückzukehren, um die vielen Fragen zu beantworten.« Sie schluckte, blinzelte. »Vielleicht sollte ich mir das auch zu Herzen nehmen und auf meinen Ole zugehen«, fügte sie leise hinzu, ganz so, als sagte sie es nur für sich.

Während sich Doris, Mareike und Werner nun über Kindererziehung austauschten, lehnte sich Carolin in ihrem Stuhl zurück und dachte angestrengt nach. Für wen war sie hier? Lola? Paul? Für sich? Anfangs ja. Und jetzt? Für ihren Vater vielleicht? Auch. Aber vor allem war sie für Lola geblieben. Sie würde ihre Schwester nie wieder im Stich lassen.

»Ihr Lieben«, unterbrach sie die Unterhaltung der anderen und wechselte wie selbstverständlich ins Du. Nach so einem Gespräch fühlte es sich richtig an. »Danke, dass ihr euch Zeit für mich genommen habt. Das bedeutet mir sehr viel.«

»Ach, Mädchen.« Werner tätschelte väterlich ihre Hand. »Das ist doch selbstverständlich.«

»Und was wirst du jetzt tun?«, fragte Doris und sprühte einen kleinen Sahnehügel auf ihren Löffel, den sie kurz taxierte, ehe sie ihn sich in den Mund schob. »Das letzte Gönnerchen für heute. Ehrenwort«, nuschelte sie mit vollem Mund.

»Libellchen, gibst du mir auch mal die Sahne?«, fragte Werner. »Ich werde das Gefühl nicht los, dass jetzt etwas Wichtiges kommt. Dafür brauche ich eine Stärkung.«

»Ich bin nicht spontan und dennoch aus einem Impuls heraus hergekommen. Ein Glück, wie ihr alle wisst, denn Lola braucht mich. Vom Gästebewirten und von Gartengestaltung, auch von professionellem Frühstück habe ich keine Ahnung. Aber ich ziehe es jetzt durch. Und ein bisschen freue ich mich auch darauf, mal etwas ganz Neues auszuprobieren.«

Stumm tauschten die anderen zufriedene Blicke aus. Und Carolin spürte, dass etwas ganz Großes vor ihr lag.

Kapitel 10

Nachdem sie den Frühstücksraum aufgeräumt und für das morgige Frühstück eingedeckt hatte, zog Carolin sich in ihre »eigenen« vier Wände zurück. In der Einliegerwohnung war es bis auf das Ticken der Uhr im Wohnzimmer mucksmäuschenstill. Hannibal schmollte unter dem Bett, und Carolin war sicher, dass es an der fehlenden Aufmerksamkeit der letzten Tage lag. Er hatte nicht einmal die selbst gemachten Kaninchenkräcker angerührt, denen er sonst nie widerstehen konnte. Hannibal war eben eine kleine Persönlichkeit. Und deswegen liebte Carolin ihn abgöttisch.

Carolin bezog ihren Arbeitsplatz am Küchentisch. Heute wollte sie gar nicht erst versuchen, an ihrem Manuskript zu arbeiten, sondern sich gleich ihrer Schreibübung widmen. Sie folgte einfach ihrem Bauchgefühl und schrieb ihr nächtliches Erlebnis mit Till nieder. Interessanterweise hatte sie dabei jedoch nicht den Eindruck, als führte sie Tagebuch, sondern Till und sie entwickelten ihre eigene Dynamik, verwandelten sich in Romanfiguren. Auf einmal fühlte es sich nicht mehr so an, als hätte Carolin es wirklich erlebt, obwohl sie immer noch eine gewisse Nähe spürte – so wie sie allgemein für ihre Helden empfand. Bloß gut, dass diese Textfragmente lediglich für sie selbst bestimmt waren, weswegen sie sich keine Sorgen darum machen musste, ob ihre Lektorin oder die Leser ihr einen Mann abkaufen würden, der mitten in der Nacht ein Schwein besuchen wollte. Oder eine Frau, die mit einem Besen auf ihn losging. Beim Gedanken daran schmunzelte Carolin, und sie stellte sich vor, wie diese Szene hätte enden können, wenn sie nicht ins Bett gegangen wäre. Sie fragte sich, ob Till und sie sich womöglich erst am anderen Morgen getrennt hätten, und tauchte so tief in diese Vorstellung ein, dass sie die Eichenküche um sich herum vollkommen vergaß.

Erst als ihr Handgelenk schmerzte, legte sie den Stift ab und stellte fest, dass zwei Stunden vergangen waren. Sie erhob sich von dem rückenunfreundlichen Stuhl, reckte sich und ging dann ins Schlafzimmer, wo sie ihr Handy vom Nachttisch nahm und sich im Schneidersitz auf das Bett setzte. Voller Vorfreude suchte sie in der Telefonliste nach Moni. Hoffentlich hatte sie Zeit zu reden. Sie vermisste ihre Freundin.

»Na, du untreue Tomate?«, begrüßte Moni sie. »Warte, bin im Auto. Ich fahr kurz rechts ran.«

Carolin hörte, wie Moni blinkte, über einen anderen Verkehrsteilnehmer schimpfte und schließlich den Motor abstellte. »So, da bin ich. Hast Glück, dass ich rangegangen bin. Meine neue beste Freundin wartet nämlich schon auf mich.«

»Ist sie auch so nett wie ich?«, ging Carolin auf das Spiel ein. Sie hatte es schließlich nicht besser verdient.

»Viel, viel netter! Sie ist toll, du würdest sie mögen. Aber du hast ja offensichtlich keine Zeit mehr für deine alte Freundin, seitdem du da oben bist. Pass auf, jetzt kommt's. Ich habe etwas gelernt. Zuhören. Seitdem du da oben bist, bist du echt *far away from brain. Askla?*«

»Hä?«

»Da staunst du, was? Ich weiß, ich bin der totale *Knoop*, aber ich habe mir den Jugendsprache-Duden zugelegt, damit ich endlich wieder mit Kati reden und sie vor allem auch verstehen kann.«

»*Ich* verstehe allerdings kein Wort mehr.«

»Ach komm, *chill die Base, Digga*.« Nach einer kurzen Pause, in der sie ihre neuerworbenen Sprachkenntnisse wirken ließ, fuhr Moni fort: »Sag du doch auch mal was. *Fresh*, oder? Das ist übrigens das neue Cool, falls du es noch nicht wusstest.«

»Aha.«

»Weißt du, ich bin ab jetzt megaentspannt, bis Kati wieder normal ist. Du würdest mich nicht wiedererkennen, so locker gehe ich mit Pubertät und dem Krempel um. Läuft!« Nach einer weiteren Pause seufzte Moni. »Hach, meine kleine, süße Kati. Gestern hat sie ihren neuen Freund mit ins Kino geschleppt. Ihren *neuen!* Das bedeutet doch nach Adam Riese, dass irgendwo ein alter rumläuft, oder? Bitte sag mir, dass ich mich irre. Sie wird viel zu schnell groß. Habe ich eigentlich schon erwähnt, dass du mir fehlst?«

Carolins Bauch fühlte sich auf einmal warm und kribbelig an. »Ach, Moni. Sei bitte einfach du selbst, denn ich mag dich so, wie du bist. Und ich bin ganz sicher, dass Kati sich nicht anders verhalten wird, selbst wenn du das komplette Wörterbuch auswendig lernst.«

»Meinst du?« Ein weiterer sehr, sehr tiefer Seufzer folgte. »Ich bin sowieso komplett abgemeldet, seitdem sie diesen Diego mit nach Hause bringt. Den hättest du sehen müssen. Hose fast in den Kniekehlen. Ich hatte gehofft, diese schreckliche Modephase wäre vorbei. Der neueste Schrei ist allerdings, zwei verschiedene Schuhe zu tragen. Auf so was fährt mein Kind jetzt voll ab.«

Carolin sank in die Kissen. Die Bettwäsche duftete nach Weichspüler und Vanille und das Kissen ganz dezent nach ihrem Haarshampoo. »Ist er wirklich so schlimm?«

»Öhm – na ja«, druckste Moni herum. »Eigentlich macht er einen recht vernünftigen Eindruck. Spricht ganze Sätze und so. Manieren hat er auch. Aber die Hose …! Er geht übrigens in die zehnte Klasse. Wir beide wissen doch, was die Jungs in dem Alter wollen.«

»Und du meinst, Kati weiß das nicht?« Carolin zählte die Deckenspots. Es waren acht.

»Die weiß besser Bescheid als ich.« Moni seufzte schon wieder. Es musste für die ganze Familie schwierig sein, wenn das Kind langsam, aber sicher erwachsen wurde. Und Carolin fand, dass Moni sich bisher ganz passabel geschlagen hatte. »Aber nun berichte, wie läuft es bei dir? Schreibst du? Wie geht es Lola?«

Endlich konnte Carolin Moni alles erzählen, angefangen bei ihrer Ankunft im Hotel über die Streitereien mit Lola, deren Eheprobleme, den Hoteltester, den Brief, ihren Fluchtversuch bis hin zu Till und dem ungeheuerlichen Geheimnis, das Lola und Papa gehütet hatten.

»Kaum bist du ein paar Tage unterwegs, stellt sich dein ganzes Leben auf den Kopf. Das Hotel hat also deinen Eltern gehört, und Lola hat sich in Paul verliebt, nachdem sie sich schon zeitlebens kennen? Und deine Mutter hat euch verlassen – es war keine einvernehmliche Trennung, wie dein Vater immer behauptet hat? Und Lola ist jetzt weg? Das ist ja allerhand, was du da erlebst.«

»Wenn du es so sagst, klingt es wie eine Aneinanderreihung von Fakten aus den Abendnachrichten«, meinte Carolin.

»Vielleicht kannst du es ja genau so betrachten? Dadurch verlieren die Themen an Gewicht, und du kannst leichter damit umgehen. Es klingt jedenfalls so, als würde sich demnächst einiges ändern. Solange du nicht auf die Idee kommst, in die Heide zu ziehen ... Das kannst du mir nämlich nicht antun.« Moni hüstelte. »Habt ihr eigentlich schon versucht, Lolas Handy zu orten? Es gibt da verschiedene Apps, mit denen man ...«

»Wir sind doch nicht bei der Polizei.«

»War ja nur so ein Gedanke. Mal überlegen.« Sie schwiegen kurz. »Und dieser Till, den du einfach so geküsst hast – sieht der gut aus?«

»Moni!«

»Schon gut, ich frag ja bloß. Also – offensichtlich haben deine Schwester und du zu lange nicht mehr richtig miteinander geredet. Das solltet ihr schnell nachholen, sobald sie zurück ist.«

»Dafür muss sie erst mal mit mir reden«, entgegnete

Carolin. »Es ist mir wirklich wichtig, dass Lola und ich das wieder hinkriegen – und sie und Paul auch.«

»Weißt du eigentlich, dass du schon lange nicht mehr etwas so sehr wolltest, dass du bereit warst, Dinge zu tun, die dir nicht behagen? Ich kann kaum glauben, dass du dich mit nörgelnden Gästen auseinandersetzt und nicht mehr nur ans Schreiben denkst.«

»Oh«, warf Carolin nicht ohne Stolz ein. »Ich schreibe.«

»Was – echt?«

»Ja! Und es fühlt sich super an.«

»Das … das ist wirklich … Wow. Ich freue mich so für dich.«

»Du würdest in meiner Situation dasselbe tun, oder?«, fragte Carolin und strich mit der Hand über das Deckbett. »Oder hast du einen anderen schlauen Rat für mich auf Lager?«

Moni lachte. »Wenn ich du wäre, würde ich alles ganz genauso machen. Ich bin stolz auf dich.« Vorsichtig schob sie eine Frage hinterher. »Was machst du denn mit deinem Manuskript?«

»Ich werde um Fristverlängerung bitten. Es wäre das erste Mal, und ich glaube, damit können wir alle leben.«

»Dem ist nichts mehr hinzuzufügen. Oder – warte. Eins noch.« Moni legte eine bedeutungsschwangere Pause ein, dann fuhr sie fort: »Ich an deiner Stelle würde diesen Till nicht einfach so sausen lassen. Der scheint doch ein richtiges Leckerchen zu sein.«

Carolin verdrehte die Augen, aber richtig übel nahm

sie Moni nicht, dass diese es offensichtlich eilig damit hatte, sie mit dem nächstbesten Typen zu verkuppeln.

»Ist es denn schön da in der Heide?«, wollte Moni jetzt wissen und klang wieder ein wenig bedrückt.

»Viel gesehen habe ich bisher nicht, aber … ja, ich denke, es ist schön hier.« Wie vom Blitz getroffen richtete sich Carolin auf und rief: »Warum besucht ihr mich nicht übers Wochenende, Kati und du? Das wäre doch toll!«

»Ich bezweifle, dass Kati mit ihrer uncoolen Mutter verreisen will. Und dann auch noch in die Lüneburger Heide«, warf Moni wenig optimistisch ein.

»Dann musst du es ihr als geniale Idee verkaufen. Ach, komm schon. Wir drei, das wäre super.« Nach einer kleinen Pause fügte sie hinzu: »Du würdest auch Till kennenlernen und könntest selbst entscheiden, ob er einen zweiten Blick wert ist.«

Moni lachte. »Verdammt, jetzt kann ich ja gar nicht mehr Nein sagen. Na gut, ich sehe, was sich machen lässt.«

»Wunderbar! Ich könnte jemanden gebrauchen, der mir in dieser verrückten Zeit zur Seite steht.«

»Jemand anderer als Till?«

»Mooooni!«

»Apropos verrückt«, warf Moni ein. »Es gibt da noch etwas, worüber ich mit dir reden wollte.«

»Du klingst plötzlich so ernst. Ist etwas passiert?«

»Nicht direkt. Es geht … es geht um deine Post«, druckste Moni herum.

»Meine Post? Ach so. Mach dir keine Gedanken, da

kommen sowieso nur Rechnungen. Bring sie einfach mit, ja? Ich freu mich richtig. Hoffentlich klappt es am Wochenende. Ich werde Kuchen besorgen und …«

»Heute war ein großer quadratischer Umschlag mit dabei. Schwerer als normale Post. Scheint also etwas Besonderes zu sein.«

»Von besonderen Briefen habe ich die Nase voll.«

»Auch, wenn er … wenn er von Lars ist?«

Fast verschluckte Carolin sich an ihrer eigenen Spucke. »Von Lars?«, quiekte sie. »Das hat er nicht getan, oder? Mir noch einen Brief geschrieben.«

»Wie ein Brief sieht es nicht aus. Eher wie … wie eine Einladung.«

»Einladung?«, echote Carolin. Lars hatte erst letzten Monat Geburtstag gehabt. Außerdem waren sie … Nein. Das würde er nie tun.

Moni stöhnte auf. »Na gut, es *ist* eine Einladung. Ich habe den Brief geöffnet. Er lädt dich zu seiner Hochzeit ein.«

»Nein!«, rief Carolin und sprang vom Bett auf. »Das ist wirklich verrückt.«

»Und da ist noch etwas, das du wissen solltest«, brachte Moni an, doch Carolin hatte genug gehört.

»Ich gehe doch nicht zur Hochzeit von Lars und dieser … dieser Brunhilde.«

»Jolande.«

»Der hat sie doch nicht alle!« Erbost lief Carolin im Zimmer auf und ab, sodass sogar Hannibal irritiert den Kopf hob.

»Falls es dich tröstet: Ist total kitschig, die Karte. Mit

Tauben drauf und Herzchen. Abgesetzt in Gold. Und obendrauf steht ... na ja. Ich bringe sie mit, falls wir am Wochenende kommen. Und wo wir gerade beim Thema sind: Ich habe Lars beim Einkaufen getroffen, und wir sind dabei ins Gespräch gekommen. Du weißt ja, wie das ist. Man will den anderen nicht vor den Kopf stoßen und so weiter. Auf jeden Fall hat er irgendwann gesagt, dass ...«

»Moni, ich kann keine weitere Katastrophe gebrauchen. Bitte erzähl mir den Rest, wenn wir uns sehen, ja? Ich halte das sonst nicht mehr aus. Zur Hochzeit meines Ex-Freundes soll ich gehen – ich fasse es nicht!« Sie schnaubte abfällig und fügte in mildem Tonfall hinzu: »Ich würde mich jedenfalls riesig freuen, wenn es klappt und ihr am Wochenende kommt.«

»Aber Lars ...«

»Diesmal ist er eindeutig zu weit gegangen. Ich werde nicht einmal auf die Einladung reagieren. Vermutlich erwartet er noch ein Danke von mir. Oh nein. Ich verhalte mich endlich einmal so, wie es niemand von mir erwartet.«

Carolin hatte es sich mit einem Buch von Agatha Christie, das sie im Wohnzimmer gefunden hatte, und Hannibal auf dem Bauch im Bett bequem gemacht, nachdem sie sich von Moni verabschiedet hatte. Warum hatte sie sich eigentlich so lange keine Zeit zum Lesen genommen? Sie hatte ja jede Menge Bücher gekauft, aber keines gelesen. Dabei tat es so gut, in eine Geschichte abzutauchen, die nicht von ihr selbst stammte. Sie vergaß darüber sogar die Zeit. Erst ein Hämmern an der Tür ließ Hannibal aufwachen und Carolin zusammenschrecken.

»Bist du da?«, rief Paul atemlos und klopfte abermals.

Eilig klappte Carolin das Buch zu, setzte Hannibal auf dem Boden ab, ging zur Tür und öffnete.

»Was ist passiert?«, fragte sie alarmiert und zog Paul am Arm in die Wohnung. »Ist was mit Lola? Hat sie sich gemeldet?«

»Es ist aus«, stieß er hervor.

»Aus? Wie – aus? Kommt Lola nicht zurück? Hast du mit ihr gesprochen? Wie geht es ihr? Soll ich mit ihr reden?«, hakte Carolin geschockt nach.

Paul verzog fragend das Gesicht. »Lola? Wieso Lola? Ich habe den Typen von dieser Hotelzeitschrift angerufen, ihm die Situation erklärt und um nähere Informationen gebeten, weil ich die Ungewissheit einfach nicht mehr ausgehalten habe.« Er stöhnte. »Das Einzige, was ich jetzt weiß, ist, dass der Tester definitiv da ist. Aber mehr wollte er mir nicht sagen.«

»Das bedeutet, er ist es wirklich. Völler ist der Hoteltester«, schlussfolgerte Carolin.

»Aber das ist noch nicht alles«, fuhr Paul unbeirrt fort. »Die Farben, die ich für die Zäune bestellt habe, wurden vorhin geliefert. Leuchtend gelb statt Dunkelbraun. Dafür ist die Toilette so gut wie repariert und …«

»Stopp«, sagte Carolin und hob eine Hand. »Bitte gib mir einen Augenblick, um alles zu verdauen. Ich mache uns einen Tee. Oder magst du lieber Kaffee?« Mit einer Geste bedeutete sie Paul, ihr in die Küche zu folgen. Dort angekommen, setzte sie Teewasser auf und deutete auf einen Stuhl.

Doch anstatt sich zu setzen, sagte Paul: »Ich geh mal gucken, ob meine Eltern Alkohol im Haus haben. Das hält man ja sonst alles nicht aus.«

Als er Carolins mahnenden Blick auffing, gab er einen resignierten Laut von sich und ließ sich auf den Stuhl sinken. »Na gut, dann eben Tee. Ich habe übrigens Lola angerufen«, verkündete er schließlich.

»Waren wir uns nicht einig, dass wir ihren Wunsch nach einer Auszeit akzeptieren?«

»Ich fand, sie sollte wissen, was los ist, damit sie entscheiden kann, ob sie mit ihrer Pause fertig ist oder nicht. Sie weiß schließlich am besten, was zu tun ist. Außerdem ist es doch wohl normal, dass ich meine Frau vermisse und mir Sorgen um sie mache. Um uns. Während ich angefangen habe, die Gartenmöbel abzuschleifen, habe ich nachgedacht und kann jetzt ein bisschen besser nachvollziehen, warum Lola eine Pause braucht. Ich verstehe vielleicht auch, weswegen sie sich von mir alleingelassen fühlen könnte. Umso dringender müssen wir miteinander darüber reden, um einen Weg zu finden, wie wir es besser machen können und … Ich will sie einfach nur zurück. Und ich will, dass dieser verdammte Hoteltester verschwindet und uns in Ruhe lässt.« Paul senkte erschöpft den Kopf, und Carolin legte eine Hand auf seine Schulter, streichelte sie mit dem Daumen, schwieg.

Paul rieb sich die Stirn, atmete zweimal tief durch. »Okay«, sagte er dann. »Lass uns weitermachen. Es nützt ja nichts. Es ist kurz nach Mittag – ich rufe die Farbenfirma an und lasse die Lieferung wieder abholen. Dann lasse ich die Gartenmöbel Möbel sein und gehe Pflanzen für den Vorgarten kaufen. Ich habe mich im Internet schlaugemacht, was wir für den Vorgarten am besten nehmen sollen, und werde einige insektenfreundliche Stauden kaufen. Außerdem habe ich notiert, was im Garten sonst noch gemacht werden muss. Unkraut zupfen, Sträucher stutzen. Im Haus müsste mal wieder Staub gewischt und gesaugt werden, aber das kann ich heute Abend noch schnell machen. Außerdem …«

»Paul«, unterbrach Carolin ihn und drückte sanft mit den Fingern seine Schulter.

Er sah zu ihr auf. »Ich bin sicher, Lola weiß deinen Einsatz zu schätzen.«

»Na, und deinen erst! Wie wäre es übrigens, wenn ich mich morgen wieder um das Frühstück kümmere? Vorhin habe ich mich mit unseren Stammgästen unterhalten, die mir erzählt haben, was es hier normalerweise morgens gibt. Ich kann natürlich nicht versprechen, dass es so gut wird wie sonst, aber …«

»Tolle Idee! In unserer Küche müssten noch Kochbücher meiner Oma sein. Die meisten Gerichte kannte sie natürlich aus dem Effeff, aber an besonderen Tagen hat sie das Buch mit den handschriftlichen Rezepten rausgeholt. Ich werde gleich mal nachsehen, bevor ich die Blumen, ein paar Säcke Pflanzenerde und Dünger kaufe.« Er stand auf und zog Carolin in eine unverhoffte Umarmung. »Wir schaffen das doch alleine, oder?« Pauls sorgenvoller Tonfall berührte sie sehr. Und in diesem Augenblick fielen ihr Till, Werner und die anderen ein, die bestimmt mit Rat und Tat zur Seite stünden, wenn Carolin sie darum bäte. Sie löste sich von Paul und sagte lächelnd: »Ich glaube, wir sind gar nicht allein.«

Nur mit Glück erwischte Carolin Werner und Doris kurz vor ihrem Mittagsspaziergang in den Wald. Sie lud die beiden für den Nachmittag in die Hotelküche ein und entschuldigte sich gleichzeitig, dass sie schon wieder ihre kostbare Zeit in Anspruch nehmen wollte. Aber die beiden verbaten sich jede Entschuldigung und versprachen sogar, Mareike Bescheid zu geben, sollte sie ihnen über den Weg laufen. Carolin schrieb ihr dennoch eine kurze Notiz und schob sie unter den Türspalt ihres Zimmers im ersten Stock, nachdem Mareike auf ihr Klopfen nicht reagiert hatte. Anschließend lief sie die Treppe hinunter, die direkt neben dem Rezeptionstresen in den Eingangsbereich mündete. Sie knarrte bei jedem Schritt, aber Carolin gefiel das. Sie stellte sich vor, wie viele Gäste diese Stufen bereits emporgestiegen waren, und fragte sich, wie oft sie selbst hinauf- und hinuntergesprungen war. Denn das hatte sie als Kind geliebt: Stufenhopsen. Carolin durchquerte den Raum in Richtung Haustür und streckte gerade die Hand zum Türgriff aus, als von außen jemand die Holztür aufstieß – geradewegs gegen Carolins Hand.

»Au!« Sie schreckte zurück und wich Till aus, der mit energischen Schritten eintrat.

Mit einem erstickten Laut hielt er inne. »Habe ich dich erwischt?« Ohne Carolin Zeit für eine Antwort zu geben, griff er nach ihrer schmerzenden Hand und strich vorsichtig darüber. »Kannst du alle Finger bewegen? Tut mir leid, dass ich dir wehgetan habe.«

»Schon okay«, war das Einzige, was Carolin herausbrachte. Mehr als der Schmerz zählte das Gefühl von Tills Berührung, das etwas mit ihr machte, wogegen sie sich nicht wehren konnte. Plötzlich schlug ihr Herz schneller, und sie war mit einem Mal nervös wie damals mit zwölf, nachdem sie ihren ersten Willst-du-mit-mir-gehen-Brief von einem Jungen bekommen hatte, den sie wirklich mochte. Nur dass das Kribbeln, welches Tills Berührung in ihr hervorrief, viel intensiver war. Noch irritierender als ihre Reaktion war allerdings die Tatsache, dass Till ihre Hand auch noch festhielt, als er seine Untersuchung längst beendet hatte. Und dass Carolin sich wünschte, er würde sie noch eine Weile festhalten. Doch just in diesem Moment war der Zauber vorüber, als Till den Blick auf etwas richtete, das hinter Carolin war. Sie wandte sich um und sah, wie Ole aus dem Flur gehumpelt kam, der am Frühstücksraum vorbei in den Wintergarten führte. Die Jeans war am Knie zerrissen, er blutete.

»Ach, herrje«, entfuhr es Till, der sich sofort Oles annahm, zu ihm ging und sich vor ihn hockte. »Rollsplitt. Autsch.«

»Ich hole den Verbandskasten«, sagte Carolin und lief in Lolas Büro, in dem sie den Medikamentenschrank gesehen hatte. Sie griff nach Pflaster, einer

Pinzette, Einmalhandschuhen, sterilen Tüchern und einem Wunddesinfektionsmittel und eilte zurück. Inzwischen war Mareike eingetroffen, die einen Rucksack auf dem Rücken und zwei Fahrradhelme im Arm trug.

»Weit seid ihr anscheinend nicht gekommen«, mutmaßte Till. Ole fragte er: »Möchtest du, dass einer von uns die Steinchen rausholt, oder willst du das selbst machen?«

Entgeistert sah Ole an sich herab. »Äh … gehen die nicht von alleine raus?«

»Sind sie jemals von allein rausgegangen, mein Schatz?«, wollte Mareike in ironischem, aber zugleich liebevollem Tonfall wissen. »Am besten, du setzt dich auf die Couch und legst das Bein hoch.« Sie seufzte, und Ole humpelte zum Sofa. »Wir wollten ein bisschen Zeit miteinander verbringen, und jetzt das.«

»Du wolltest ja unbedingt Fahrrad fahren«, maulte Ole und gab einen erstickten Laut von sich, als er sich setzte und das Bein anwinkelte. »Ich mach das selber.«

Carolin reichte ihm die Utensilien.

»Ich weiß doch, dass du gerne Fahrrad fährst, und wollte dir eine Freude machen«, rechtfertigte sich Mareike und legte ihr Gepäck ab, während Ole die Flasche mit dem Wundspray nahm und sie unschlüssig über seinem Knie schweben ließ.

Till trat neben Carolin und nickte in Oles Richtung. »Mein Vater hat immer ›Ein Indianer kennt keinen Schmerz‹ zu mir gesagt – so ein Quatsch. Aber wenn du die Zähne zusammenbeißt, ist es schnell vorbei.«

»Soll ich dich verarzten?«, fragte Mareike, kniete sich vor ihren Sohn und griff nach der Flasche. »Lass mal sehen.«

»Nee!«, rief Ole beunruhigt und zog die Hand mit der Flasche weg. Dann fügte er hinzu: »Brennt bestimmt.«

»Deine Entscheidung«, sagte Mareike leichthin und erhob sich. »Du musst das nicht machen. Es könnte aber sein, dass sich die Wunde entzündet.« Betont gleichmütig zuckte sie die Schultern. Carolin kannte diese Masche von Moni, um Kati von etwas zu überzeugen, indem sie ihr angeblich die freie Wahl ließ. »Das tut dann natürlich noch mehr weh als das bisschen Desinfektion«, schob Mareike hinterher. »Aber wie gesagt – du entscheidest. Ich nehme an, wir fahren heute nicht mehr los? Dann bringe ich schon mal die Sachen ins Zimmer.« Sie wandte sich von Ole ab und bückte sich nach den Helmen.

Carolin konnte sehen, wie es in Oles Kopf arbeitete. Er guckte abwechselnd auf die Flasche in seiner Hand und auf das Knie, das er vorsichtig betastete. Oh ja, Carolin erinnerte sich daran, wie die Kniescheibe nach so einem Sturz zu knirschen schien. Unterdessen schnappte sich Mareike den Rucksack und ging in Richtung Treppe.

»Mama?«, fragte Ole und klang nach dem kleinen Jungen, der er einmal gewesen war, statt nach dem coolen Teenager, der er sein wollte. »Kannst du das machen?«

Carolin grinste, Mareike kehrte sofort um.

»Natürlich, mein Schatz. Das haben wir gleich.«

Während Mareike Oles Knie verarztete, der tapfer keinen Ton von sich gab, wollte Till von Carolin wissen:

»Deine Hand ist wieder okay?«

Carolin nickte und war froh, dass sie nun wieder klar denken konnte. »Wir treffen uns zur Kaffeezeit in der Küche – möchtest du auch kommen?«

»Wer ist wir?«

»Werner, Doris und ich. Aber ich hoffe, dass du und Mareike auch dabei seid. Paul und ich könnten eure Hilfe gebrauchen.«

»Ich bin dabei«, sagte Mareike und nahm ein Pflaster aus der Schutzverpackung. »Du auch, Ole?«

Seine Antwort war ein widerwilliges Grummeln.

»Gibt auch Kuchen«, lockte Carolin ihn. »Darfst dir auch aussuchen, welchen.«

»Ich wäre gern dabei«, mischte sich Till nun ein. »Aber ich habe vorher noch einen geschäftlichen Termin.«

»Stoß doch zu uns, sobald du von deinem Termin zurück bist«, schlug Carolin vor und schob hinterher: »Ich würde mich freuen.«

Till versprach, sich zu beeilen, und Mareike ging mit Ole in ihr Zimmer im ersten Stock. Carolin trat nach draußen in den Vorgarten. Es war schon wieder sonnig, die Spatzen piepten mit den Amseln um die Wette. Carolin googelte die nächste Konditorei in Groß Odorf, nachdem der örtliche Bäcker geschlossen hatte, und rief ein Taxi, auch wenn es dadurch der teuerste Kuchen werden würde, den sie jemals gekauft hatte. In

Gedanken ging sie durch, was sie beim Kaffeekränzchen nachher ansprechen wollte. Alles würde gut werden. Sie musste nur fest daran glauben.

Gegen sechzehn Uhr versammelten sich Carolin, Werner und Doris, Mareike und sogar Ole um den Tisch in der Küche. Hoffentlich würde sich Till bald auch zu ihnen gesellen. Zuversichtlich, den richtigen Weg gewählt zu haben, blickte Carolin in die Runde. Sie war einem Impuls gefolgt, den sie sich selbst nicht erklären konnte. Wer bat schon wildfremde Menschen um Hilfe, noch dazu Gäste, die eigentlich Urlaub machen wollten? Ob sie mit der Idee, die anderen mit ins Boot zu holen, richtiglag, würde sich bald herausstellen. Sie hoffte außerdem, dass auch Paul bald von seinen Einkäufen zurückkommen würde. Er hatte ihr in einer Kurznachricht mitgeteilt, dass er ein paar befreundete Handwerker und einen Gärtner besuchen würde, die eventuell helfen könnten. Auf Carolins Info bezüglich des spontanen Küchenevents hatte er nicht reagiert.

Die Hotelgäste schnatterten zunächst aufgeregt durcheinander – bis auf Ole, der sich demonstrativ die Stöpsel seiner Handykopfhörer in die Ohren steckte. Wie es schien, hatte er den kleinen Unfall rasch weggesteckt. Sein Gesichtsausdruck zeigte deutlich seine Meinung über das neuerliche Zusammentreffen und dass er es bereute, der Bitte seiner Mutter nachgekommen zu sein. Carolin klopfte mit einer Kuchengabel an ihr Wasserglas, woraufhin die Gesellschaft verstummte.

»Danke, dass ihr alle gekommen seid. Ihr seid wirklich unglaublich.« Carolin räusperte sich, und ihre Zuhörer sahen sie aufmerksam an wie eine Gruppe Erstklässler. Am liebsten hätte sie jedem Einzelnen von ihnen eine Schultüte geschenkt, ehe sie weitersprach. »Was ich euch jetzt erzähle, muss dringend unter uns bleiben.« Sie holte tief Luft. Ihr blieb nichts anderes übrig, als zu vertrauen. »Mein Schwager Paul und ich stehen derzeit unter besonderem Druck, denn … in diesem Haus ist ein Hoteltester.« Kurz hielt sie inne, während ihre neuen Freunde sie überrascht ansahen. »Wir sind uns sicher, dass es sich dabei um Herrn Völler handelt, den ihr ja bereits kennengelernt habt. Viel wissen wir nicht über ihn, nur, dass sein Urteil angeblich über alles oder nichts entscheidet. Wenn er eine schlechte Bewertung schreibt … könnte es das Ende von diesem Hotel bedeuten.«

Blicke wurden getauscht. Werner ergriff Doris' Hand. Sogar Ole rollte ausnahmsweise nicht mit den Augen, sondern legte die Hand auf den Arm seiner Mutter, die Carolin entgeistert anstarrte.

»Alles oder nichts?«, hakte Werner nach. »Das kann ich mir nicht vorstellen.«

»Warum sollte ausgerechnet er der Hoteltester sein?«, fragte Doris.

»Sagen wir so – wir wissen aus sicherer Quelle, dass der Hoteltester bereits da ist. Herr Völler ist der einzige Gast, der neu angereist ist. Und findet ihr nicht auch, dass er sich ziemlich auffällig verhält?«

»Der Kaaswächter …«, begann Ole und warf seiner

Mutter einen undeutbaren Blick zu. »Ich meine Torsten. Torsten meckert doch auch die ganze Zeit.«

»Aber Torsten ist doch kein Hoteltester, Ole«, stellte Mareike klar.

»Hab ja auch nur gesagt, dass Meckern kein Beweis ist«, gab Ole beleidigt zurück.

»Ganz sicher können wir natürlich nicht sein«, bestätigte Carolin Oles Einwand. »Es passt aber alles zusammen.«

»Könnte doch auch eine Frau sein«, gab Mareike zu bedenken.

»Bist du es?«, fragte Carolin scherzhaft.

»Natürlich nicht.« Mareike verzog den Mund. »Bleibst nur noch du, Doris. Du bist die einzige Verdächtige.«

»Nur, weil mein Gänslein beim Frühstück ein paar Punkte verteilt hat, ist sie doch nicht gleich … ich bitte euch«, ergriff Werner Partei für seine Frau, die sich soeben ein Stück Erdbeerkuchen, der in der Tischmitte thronte, auf einen Teller lud. »Der Kuchen darf aber nicht in die Bewertung eingehen, ja?« Werner lachte schallend, und Doris stimmte ein. Als sie sich beruhigt hatte, sagte sie:

»Wenn dieser Herr Völler tatsächlich Hoteltester ist, kann er das aber sehr schlecht verbergen. Normalerweise gehen die doch immer ganz unauffällig vor. Habe ich gehört.«

»Aber wie können wir euch helfen?«, fragte Mareike schließlich.

»Was schon, wir machen das Hotel wieder richtig schick!«, rief Werner begeistert.

»Nein, nein, nein!«, widersprach Carolin erschrocken und hob die Hände. »Nein! Ich hatte mir lediglich ein paar Ideen von euch erhofft, Anregungen, was Paul und ich verbessern könnten. Was euch als Gästen so aufgefallen ist. Ihr könntet mir sagen, wie es letzten Sommer hier ausgesehen hat. Ich will nicht, dass ihr … Du meine Güte. Das ist euer Urlaub, es soll euch bei uns gut gehen.«

Plötzlich zu neuem Leben erwacht, klatschte Mareike in die Hände. »Werner hat recht«, sagte sie bestimmt. »Wir tun etwas! Schließlich wollen wir doch unser Stammhotel nicht verlieren, stimmt's, Ole? Du warst drei, als wir das erste Mal hier waren. Damals war Papa noch dabei, aber wie es jetzt ist, ist es auch ganz okay, oder?« Sie stupste ihn an, Ole zuckte mit den Schultern, verkniff sich jedoch jeden Kommentar. Mareike schlug mit der flachen Hand auf den Tisch. »Jawohl, wir lassen uns unser Lieblingshotel auf keinen Fall miesmachen!«

»Lieblingshotel«, murmelte Ole. »Alter.«

»Seit zehn Jahren?«, hakte Werner nach und warf Doris einen Blick zu, den Carolin aufschnappte, aber nicht deuten konnte. »Wir sind zwar erst das dritte Mal hier, aber das macht nichts, wir möchten auch ein viertes Mal herkommen. Uns gefällt die familiäre Atmosphäre, ist alles so persönlich. Wie Nachhausekommen. Außerdem könnten wir nicht *nicht* helfen, oder, Schäfchen?«

Ehe Doris antworten konnte, unterbrach jemand die Unterhaltung. Sie fuhren herum.

»Was ist denn hier los?«, fragte Torsten Kaaswächter, der sich unbemerkt bis zur Küchentür geschlichen hatte, das Hemd bis oben hin zugeknöpft, das dünne blonde Haar zurückgekämmt, die Wangen rot wie gekochte Krebse. »Habt ihr etwa Geheimnisse?«

Ihm hatte Carolin keine Notiz geschrieben. Sie hatte nicht angenommen, dass er darauf erpicht sein könnte, einem weiteren Treffen beizuwohnen.

»Wie gut, dass du da bist«, sagte Mareike. »Wir können jede Hilfe gebrauchen.«

»Das hier ist nur was für Leute, die schon mehrmals hier waren und einen Grund haben zu helfen!«, stänkerte Ole.

Verstohlen sah Carolin zu Torsten, der unsicher im Türrahmen verharrte. War bestimmt nicht einfach, gegen ein Kind anzukommen, das immer das Vorrecht auf die Mutter haben würde. Werner tätschelte unterdessen Oles Schulter.

»Ach, komm schon, Ole«, ermunterte Mareike ihn. »Tu mir den Gefallen und sei ein bisschen offen. Vielleicht ist es eure Chance, euch ein bisschen besser kennenzulernen. Ist doch super, wenn noch jemand hilft.«

»Ich möchte ihn aber gar nicht besser kennenlernen«, schnappte Ole und zog mit einem Ruck die Stöpsel aus den Ohren. »Meinetwegen kann er mitmachen, aber dann bin ich raus.«

»Ohne dich macht's aber keinen Spaß«, versuchte Werner, ihn zu beschwichtigen.

»Na ja, vielleicht hat deine Mutter recht, Ole«, sagte

Torsten Kaaswächter vorsichtig. »Ich meine … klar, unser Start war holprig, aber …«

»Niemand wird gern ausgegrenzt«, kam ihm Carolin zu Hilfe, und Werner fügte hinzu:

»Jeder, der kann und möchte, soll mitmachen.«

»Wir verschönern nämlich das Hotel!«, verkündete Doris.

»Das Hotel? Verschönern? Ihr? Ich meine … wir?« Torsten verzog das Gesicht wie jemand, der in einen Berliner biss und den mit Senf erwischt hatte. »Also … etwas merkwürdig finde ich das schon, aber wenn ihr alle dabei seid …« Er rieb sich die Stirn. »… bin ich es auch.«

»Na also!«, rief Doris zufrieden. »Ein bisschen was Gutes tun hat noch keinem geschadet. Außerdem ist es ungesund, sich ständig aufzuregen. Das bringt ja auch gar nichts.«

Torsten öffnete den Mund, um etwas zu erwidern, doch Ole ging dazwischen. »Sag ich ja. Der ist null chillig, voll der Salzstreuer!«

Doris stockte irritiert, dann fuhr sie an Ole gewandt fort: »Und du, mein Lieber, fass dich mal an die eigene Nase. Ich weiß zwar nicht, was ein Salzstreuer mit der ganzen Sache zu tun hat, aber … Mensch, Junge. Reiß dich zusammen. Ihr seid euch nämlich gar nicht so unähnlich, ihr beiden.«

Sowohl Ole als auch Torsten Kaaswächter wollten protestieren, doch Carolin ging dazwischen. »Wir brauchen wirklich jede Hand«, sagte sie. »Eure auch.«

Ole kratzte sich den Kopf, Torsten wechselte einen

Blick mit Mareike, ehe er kurz zu Boden sah, um schließlich zu Ole zu sagen: »Komm schon, Ole. Ich möchte auch versuchen, ein bisschen … chilliger zu sein.« Er klang überraschend aufrichtig.

Carolin wagte es kaum zu atmen. Wie würde Ole sich entscheiden? Würde er auf die Bitte seiner Mutter eingehen und Torstens Wunsch respektieren, ein Teil von ihnen zu sein?

Ole rieb sich den Hinterkopf, warf Torsten einen bösen Blick zu und stopfte sich mit einem »Meinetwegen« die Kopfhörer wieder ins Ohr. Das war wohl seine Art, sich mit der Situation abzufinden und einen Schritt auf seine Mutter und ihren neuen Freund zuzugehen.

»Prima also …«, begann Carolin. »Setzen Sie sich doch zu uns, Herr Kaaswächter«, forderte sie ihn freundlich auf. »Willkommen in unserer kleinen Runde.«

»Also gut«, sagte Herr Kaaswächter und fügte hinzu: »Ich bin übrigens Torsten.«

»Dann können wir ja jetzt mit der Planung beginnen«, sagte Doris energisch und wandte sich an Torsten. »Ich fasse zusammen: Wir haben einen Hoteltester im Haus, den wir möglichst glücklich stimmen wollen, indem wir hier und da ein paar Dinge verändern.« Süß, dass sie *wir* sagte.

»Alle mal herhören!«, rief auf einmal Werner, der mit der flachen Hand auf den Tisch schlug, aufsprang und dem man so viel Dynamik auf den ersten Blick gar nicht zugetraut hätte. »Die Zeit läuft, und wir werden alle nicht jünger. Ich schlage also vor, wir teilen uns mal wieder auf.« Er guckte von einem zum anderen. »Ich will ja nicht angeben, aber ich bin ein Ass im Unkrautjäten und Rasenmähen. Und meine Gattin hat ein Auge für Gartengestaltung. Wir kümmern uns also um den Garten, wenn's recht ist. Willst du mitmachen?«, fragte er Ole. »Ich kann dir zeigen, wie man mit einem Aufsitzrasenmäher fährt.«

Ole guckte betont missmutig, doch das Zucken seiner Mundwinkel verriet, dass er vor Stolz, dass Werner ausgerechnet ihn fragte, beinahe platzte. »Wenn's sein muss«, sagte er möglichst lässig, und jeder der Anwesenden besaß genug Anstand, keine Miene zu verziehen. Teenager waren schließlich unberechenbar in ihrer Stimmung und zugleich sehr verletzlich, wie Carolin bei Kati mehrfach hatte erleben dürfen.

In diesem Augenblick platzte Paul atemlos herein. »Ich habe dich schon überall gesucht. Oh, was ist denn hier los? Gibt es etwa weitere Gründe zur Beschwerde? Oder hat die Heide Ihnen nicht genug zu bieten, dass Sie Ihren Urlaub in unserer Küche verbringen?«

»Hallöchen!«, grüßte Werner gut gelaunt. »Darf ich vorstellen: Wir sind der Hilfstrupp, um dieses schöne Plätzchen hoteltestertauglich zu machen.« Um seine Ergebenheit zu unterstreichen, deutete er eine leichte Verbeugung an. Dieser verrückte, liebe Mensch. »Wir wollen keine schlechte Bewertung riskieren, stimmt's?« Er nickte Torsten zu, der den Mund zu einer Grimasse verzog, die bei ihm glatt als Grinsen durchgehen konnte.

»Toll, was?«, fragte Carolin strahlend. »Mit so vielen

helfenden Händen sind wir bestimmt im null Komma nichts fertig.«

»Euer Ernst?«, fragte Paul ungläubig und ließ sich von Werner die Bücher abnehmen, die kurz darauf in einer Staubwolke auf dem Küchentisch landeten. »Die Heide scheint ja nicht sonderlich Eindruck auf euch zu machen, wenn ihr lieber an einem alten Haus herumbastelt.« Er schüttelte den Kopf. »Das können wir nicht annehmen.«

»Aber sicher!«, rief Doris. »Faul herumliegen oder spazieren gehen können wir später immer noch.«

Paul rieb sich den Nacken, dann breitete sich ein glückseliges Grinsen über sein Gesicht aus. »Ich werde mich auf jeden Fall erkenntlich zeigen. Versprochen! Der Wahnsinn, oder?«, meinte er an Carolin gerichtet. »Dann können wir also so richtig durchstarten. Die Pflanzen habe ich gekauft, und die Lasur für den Zaun sowie die Gartenmöbel werden am frühen Abend neu geliefert.«

»Dann los!«, rief Mareike voller Tatendrang.

»Sollten wir nicht dafür sorgen, dass der Völler eine Weile vom Haus wegbleibt?«, gab Carolin zu bedenken. »Wir wollen doch nicht, dass er unsere Gäste für uns schuften sieht. Was für einen Eindruck würde das hinterlassen?«

»Kein Problem«, beruhigte Mareike sie. »Wir passen auf, dass er nichts davon mitbekommt. Und falls er demnächst hier auftauchen sollte, lenken wir ihn ab. Mir fällt bestimmt schon was ein.« Sie lächelte verschmitzt, und Carolin und Paul sahen einander glücklich an.

Sie hatte es bisher nicht für möglich gehalten, dass sie jemals so empfinden würde. Doch in diesem Moment wollte Carolin nirgendwo anders sein als hier.

Kapitel 11

Nachdem die Teams eingeteilt worden waren und alle die Küche verlassen hatten, wurde es still um Carolin. Sie räumte den Tisch ab und stellte den Erdbeerkuchen in den Kühlschrank, den vor lauter Trubel niemand angerührt hatte – bis auf Doris, die sich ein halbes Stück für unterwegs mitgenommen hatte. Carolin rückte die Stühle zurecht und stand zunächst unschlüssig am Küchenfenster, von dem aus sie Torsten dabei beobachtete, wie er sich mit der Heckenschere vertraut machte, um die Frühlingssträucher herunterzuschneiden, die schon längst hätten gestutzt werden müssen. Er sah nicht besonders zufrieden mit seiner Entscheidung aus, im Urlaub Büsche zu schneiden, und setzte die Schere immer wieder ab. Carolin sah, dass er hin und wieder mit sich selbst sprach, und sie vermutete, dass er darüber schimpfte, nicht standhaft geblieben zu sein. Torsten war der erste Wachtposten. Er war dazu angehalten, die anderen sofort zu warnen, sollte sich Steffen Völler dem Hotel nähern. Werner hatte darauf bestanden, dass sie ein ausgeklügeltes Alarmsystem ausarbeiteten, das mit Trillerpfeifen und Tierrufen funktionierte. Und Paul hatte ihm daraufhin gezeigt, wie er eine Taube nachahmte, aber Werners Ruf klang vielmehr nach einer ertrinkenden Ente. Zumindest hatte das für einen Lacher gesorgt.

In diesem Moment röhrte der Aufsitzrasenmäher auf, für den sich Werner und Ole eingeteilt hatten. Doris widmete sich in der Zwischenzeit der Unkrautbeseitigung, während Mareike im Haus staubsaugte und wischte. Wie hatte Lola es bisher bloß geschafft, alles unter einen Hut zu bekommen? Paul reparierte und schliff die Gartenmöbel ab, damit er sie als Nächstes lasieren konnte. Und Carolin hatte sich dazu gemeldet, das Frühstück für den nächsten Tag zu planen.

Seufzend wandte sie sich vom Fenster ab, um Stift und Papier aus Lolas Büro zu besorgen. Dazu verließ sie die Küche, von der aus sie in den Wintergarten gelangte. Von dort aus bog sie in den langen Gang, ging am Essensraum vorbei und warf einen Blick in den verwilderten Kräutergarten. Vielleicht hatte ja Ole später Lust, dort für Ordnung zu sorgen? In Lolas Büro betrachtete sie kurz Papas Sessel, überlegte, ob sie testen sollte, wie es sich heute anfühlte, darauf zu sitzen, entschied sich jedoch dagegen. Eilig griff sie nach dem Gesuchten und ging in die Küche zurück. Die anderen waren schließlich schon fleißig bei der Arbeit, weswegen sie nicht noch mehr Zeit verschenken wollte. Einen kurzen Augenblick hielt sie dennoch im Türrahmen inne, als sie die leere Küche betrat. Merkwürdig, wie schnell sie sich an die Müllers, Mareike und Ole gewöhnt hatte. Sie freute sich schon auf die nächste Gesprächsrunde mit ihnen und setzte sich jetzt endlich an den Küchentisch, während sie das Handy vor sich ablegte. Konnte ja nicht so schwer sein, ein paar einfallsreiche Rezepte im Internet zu finden. Carolin googelte nach »Frühstück Hotel«, bekam aber keine brauchbaren Einträge geliefert. Also öffnete sie eine Rezepte-Seite und spezifizierte ihre Suche. Sie notierte Pancakes, Waffeln, Obstsalat, Pasteten, Frikadellen und beschloss, dass Waffeln zumindest immer eine gute Idee waren. Frisches Obst würde sie hübsch garniert servieren; wer mochte, konnte selbst angerührten Vanillequark dazu essen. Außerdem zog sie in Erwägung, Overnight Oats herzustellen, den neuen Trend aus Amerika, bei dem man die Haferflocken bereits am Abend vorher mit Obst, Milch oder Saft, Quinoa und allem, was das Herz begehrte, vorbereitete und über Nacht im Kühlschrank ziehen ließ.

Während sie schrieb, pustete sie eine Haarsträhne beiseite, die immer wieder in ihre Stirn rutschte und kitzelte. Nachdenklich klemmte sie den Bleistift zwischen die Lippen und setzte sich im Schneidersitz auf den Stuhl. Ob sie es schaffen würde, gute Brötchen zu backen, oder sollte Paul besser welche beim Bäcker aus dem Nachbarort kaufen? Ihr Ehrgeiz war geweckt, das musste sie zugeben. Sie recherchierte nach Rezepten, war aber nicht sicher, ob sie sich wirklich daran versuchen sollte. Brötchen konnte man ziemlich schnell ruinieren, wenn sie zu lange im Ofen blieben. Allein der lieben Menschen wegen, die jetzt ihr Leben bereicherten, lag ihr eigener Anspruch an das Essen hoch. Und wenn sie dann noch an Steffen Völler dachte, stand fest, dass sie gekaufte Brötchen besorgen würde.

Ein Räuspern schreckte Carolin auf. In der Tür lehnte der Nächste, der sich ohne Vorwarnung in ihr Leben geschlichen hatte, und sie freute sich, ihn zu sehen. Er trug Jeans, ein schlichtes T-Shirt und Turnschuhe. Auf dem Fußboden neben ihm stand ein Weidenkorb mit verschiedenen Mehlsorten, Salz sowie einigen anderen Tütchen, die Carolin fragend betrachtete, ehe sie Till in die Augen sah. Er deutete ein Lächeln an.

»Na, wie war dein Geschäftstermin?«, fragte sie und winkte ihn zu sich. »Und was bringst du da mit? Erinnert mich ein bisschen an Rotkäppchen.«

»Frag nicht nach dem Termin, es war furchtbar«, stöhnte Till, nahm den Korb und setzte ihn auf dem Tisch ab.

»Möchtest du mir davon erzählen?« Sie lächelte ihn aufmunternd an. Er dachte kurz nach, dann schüttelte er den Kopf, und Carolin nahm es hin. So lief das zwischen ihnen nun mal.

Zunächst sah er unschlüssig auf sie herab, dann sagte er wider Erwarten: »Diese Leute, mit denen ich mich getroffen habe, versuchen bereits seit einigen Wochen, mich zu einer Zusammenarbeit zu überreden.«

»Und jetzt hast du deine Auszeit unterbrochen, um ihnen was zu sagen?«, hakte Carolin behutsam nach. »Du musst es mir nicht erzählen, es ist bloß …«

»Ich habe abgesagt«, unterbrach Till sie. »Dass ich überhaupt darüber nachgedacht habe, ärgert mich. Seitdem ist es nämlich mit meiner Hand wieder schlimmer geworden.«

»Aber jetzt hast du dich ja entschieden und kannst runterfahren.«

Er seufzte und fuhr sich mit besagter Hand durchs Haar. »Das sollte ich wohl. Aber zuerst retten wir euer Hotel. Ich hatte da so eine Idee und habe ein paar Sachen dafür eingekauft. Und während wir uns darum kümmern, kannst du mir von eurer Küchenparty erzählen.« Mit den Händen stützte er sich auf dem Tisch ab und sah Carolin geradewegs in die Augen. »Es verstößt zwar gegen meine Prinzipien – ein Koch backt nun mal nicht –, aber in diesem Fall mache ich eine Ausnahme.«

»Du bist Koch? So ein ganz echter?«, fragte Carolin erstaunt. Das waren ja ganz neue Informationen über ihn! Sie freute sich, dass er sie ihr anvertraute.

»Das und einiges mehr. Offensichtlich bin ich sehr vielseitig.« Till zog den Stuhl neben ihr zurück und setzte sich darauf. »Zeig mal, was du dir schon ausgedacht hast.« Schweigend studierte er ihre Kritzeleien, während sie unruhig auf ihrem Stuhl herumrutschte. Sie entknotete die Beine und stellte beide Füße auf den Boden. Ihr Herz schlug unerwartet heftig, als Till aufsah und ihre Blicke sich trafen. Wie hatte er es geschafft, dass sie ihn mir nichts, dir nichts an sich heranließ? Es musste an der inneren Anspannung liegen, dass Till einen Punkt in ihr berührte, an den normalerweise niemand heranreichte. *Niemand.*

»Gar nicht übel«, sagte er und holte Carolin damit in die Hotelküche zurück.

»Wie bitte?«

»Deine Vorschläge. Für das Frühstück.«

Ob er auch merkte, dass es zwischen ihnen knisterte? Warum sonst suchte er immer wieder ihre Nähe? Das musste doch etwas zu bedeuten haben!

»Hallo?« Er wedelte mit der Hand vor ihrer Nase herum. Eine schöne Hand. »Erde an ... Es wird langsam schwierig, ohne deinen Namen zu kennen. Vielleicht sollte ich dir einfach einen Spitznamen verpassen. Das wäre doch gleich viel persönlicher und ...«

»Ich heiße Carolin«, fiel sie ihm kurz entschlossen ins Wort. Sie hatte ohnehin genug vom Versteckspiel.

Überrascht sah Till sie an. »Irgendwie fühle ich mich jetzt um einen Kuss betrogen«, sagte er schließlich und sorgte dafür, dass sich Carolins Wangen sehr schnell sehr rot färbten. Es schien ewig her zu sein, dass ein Kuss von ihm unvorstellbar für sie gewesen war.

»Wir könnten sagen, dass ich gegen die Spielregeln verstoßen habe und eine Strafe zahlen muss«, schlug sie vor.

»Ich finde nicht, dass es eine Strafe sein sollte, sich zu küssen. Du?«

Nein, dachte sie. Sagte jedoch, um nicht noch nervöser zu werden, als sie ohnehin schon war: »Wir backen also. Obwohl es gegen deine Prinzipien verstößt.« Sie zeigte auf den Korb.

Till nickte und wurde auf einmal ganz lebhaft. »Richtig. Wir backen Brot.« Er leerte den Inhalt des Korbes auf dem Tisch und zählte dabei auf, was er mitgebracht hatte: »Sauerteiganstellgut, Roggenschrot fein und grob, frische Hefe, gutes Salz, Tiefkühlerbsen, Avocado, frisches Basilikum ... Riech mal, habe ich im Kräutergarten gefunden.« Er hielt ihr die Stängel mit den kräftigen grünen Blättern unter die Nase. »Um den werde ich mich übrigens später kümmern. Viel zu schade, um ihn verwahrlosen zu lassen. Hier sind übrigens noch Limetten und Sahne.« Nach einer Pause fragte er: »Du sagst ja gar nichts. Mische ich mich zu sehr ein?«

Carolin schüttelte unwillkürlich den Kopf. »Nein. Nein! Ich bin nur etwas überwältigt.« Sie klemmte sich eine Haarsträhne hinter das Ohr. »Verstößt es eigentlich gegen irgendeinen Kochkodex, wenn wir Marmelade einkochen würden? Brombeermarmelade zum Beispiel. Ich weiß ja, es ist noch zu früh für Brombeeren, aber wetten, dass Lola welche eingefroren hat? Sie war immer schon ein Fan von Vorratshaltung, und ich weiß, dass im Garten etliche Brombeerbüsche stehen – die kann man gar nicht leer essen.«

»Warum sollte es gegen einen Kodex verstoßen?«, hakte Till erstaunt nach. »Meinst du, Einkochen ist unter meiner Würde?« Er lachte. »Für dich koche ich alles – auch Marmelade.«

Sie würden also ihre Lieblingsmarmelade kochen – toll! Das fühlte sich fast so an, als würde Carolin Till auf diese Weise mit ihrem Vater bekannt machen. Sie nahm die Tüte voll Erbsen. »Ich friere die mal wieder ein, ehe sie antauen.« Sie verschwand damit im Vorratsraum, in dem sie die Tiefkühltruhe öffnete. »Sag ich ja – Brombeeren!«, rief Carolin, als sie die Dose mit Lolas Handschrift entdeckte. Wie gut, dass Lola immer schon gern Obst, Gemüse und Speisereste eingefroren hatte. Carolin verschloss die Truhe sorgfältig und ging zurück in die Küche. »Und welches Brot backen wir?«, fragte sie.

»Heidebrot natürlich«, sagte Till, als Carolin zum Tisch zurückkehrte. »Ich finde, das passt thematisch perfekt. Das Rezept habe ich von einem befreundeten Bäcker, der mir noch einen Gefallen schuldig war. Dazu machen wir einen Erbsen-Avocado-Aufstrich. Der schmeckt köstlich zu frischem Brot und auch als Dip zu Gemüse. Für übermorgen habe ich eine weitere Idee mit Spargel. So bringst du Abwechslung in den Morgen und hast jeden Tag ein anderes Highlight, verstehst du? Und wenn wir dann noch die Marmelade einkochen, gibt es etwas für den deftigen und für den süßen Geschmack.«

»Süß. Ja.« Carolin nickte langsam, betrachtete Tills Mund, dann seine gepflegten Hände, die aussahen, als ob er damit mehr tun konnte, als nur Spargel zu schälen. Viel mehr. Na toll. Er wollte helfen, und sie dachte nur daran, wie es wohl wäre, wenn er sie berührte. Sie war eben auch nur eine Frau mit Bedürfnissen.

»Am besten, wir fangen mit dem Teig an. Der muss mindestens zwölf Stunden gehen«, sagte Till und zog einen zerknüllten Zettel aus der Gesäßtasche, den er entfaltete und glatt strich, indem er ihn neben die Einkäufe auf den Tisch legte und mehrfach mit der Handkante darüberfuhr. Der Zettel war handgeschrieben, und Carolin sah auf den ersten Blick, dass Till sich bemüht hatte, leserlich zu schreiben.

Er rieb sich das Kinn. »Ich hoffe, wir können alles entziffern. Es musste schnell gehen. Hast du schon mal Brot gebacken?«

Carolin schüttelte den Kopf.

»Das ist eine Wissenschaft für sich, finde ich. Aber ich habe vor meiner Lehre eine ganze Weile in einer Backstube gejobbt, von daher wage ich zu behaupten, dass ich mich einigermaßen auskenne. Also. Zuerst müssen wir den Sauerteig ansetzen, der fünfzehn bis vierundzwanzig Stunden gehen muss«, sagte er und beugte sich über die Backanleitung. Sie beobachtete, wie er las, sich am Kopf kratzte und sich schließlich aufrichtete. »Normalerweise würden wir unseren ersten Sauerteig über mehrere Tage ziehen, um hinterher das sogenannte Anstellgut zu erhalten. Wir können später überlegen, ob wir das machen, fürs Erste habe ich fertiges Anstellgut gekauft. Daraus machen wir unseren Sauerteig. Das klingt kompliziert, ist es aber nicht. Wir tricksen nur erst mal ein bisschen.« Er zwinkerte Carolin zu, die wirklich versuchte, seinen Ausführungen zu folgen, jedoch kläglich scheiterte. Mit den Fachbegriffen konnte sie nichts anfangen, und ihre Gedanken fuhren Achterbahn.

»Am besten, du erklärst es für Brotbacklaien wie mich ganz einfach, damit ich es auch verstehen kann«, sagte sie und zuckte mit einer Schulter.

»Möchtest du wirklich, dass ich es dir erkläre, oder sollen wir einfach starten?«

»Ich will es wissen.« Am liebsten wäre ihr, Till würde gar nicht mehr mit dem Reden aufhören – es sei denn, er wollte sie küssen. Das wäre etwas anderes. Aber den Gedanken schob sie rasch beiseite. Sauerteig war nicht gerade die richtige Komponente für erotische Gedanken.

Till, ganz in seinem Element, fuhr enthusiastisch fort: »Sauerteig ist eine Mischung aus Mehl und Wasser. Man säuert dieses Gemisch über fünf bis sechs Tage an, indem man täglich beides zu gleichen Teilen hinzufügt. Tag eins – fünfzig Gramm Wasser, fünfzig Gramm Mehl. Tag zwei – fünfzig Gramm Wasser, fünfzig Gramm Mehl und so weiter. Nach fünf bis sechs Tagen kann man dann sein erstes Brot damit backen und einen winzigen Teil davon im Kühlschrank als sogenanntes Anstellgut anfüttern. Wenn du das einmal hast, musst du nicht jedes Mal die Fünftagesprozedur durchziehen.«

»Und wofür nimmt man dann dieses Anstellgut?«, wollte Carolin wissen. Wie gebannt hing sie an seinen Lippen. Sie spürte, dass er mit dem Herzen dabei war, auch wenn Backen nicht sein Steckenpferd war.

»Davon nimmst du eine kleine Menge laut Rezept und stellst einen neuen Sauerteig her, der dann aber nur ein paar Stunden gehen muss. Am besten, wir fangen einfach mit dem Rezept an, indem wir zuerst den Sauerteig ansetzen. Jetzt ist es …« Er zog sein Handy aus der Gesäßtasche und prüfte die Uhrzeit.

»Oh, dein Akku ist ja geladen«, neckte Carolin ihn.

Till lachte und fuhr dann unbeirrt fort: »Wir müssen morgen früh aus dem Bett, und der Teig muss ausnahmsweise mit weniger Gehzeit auskommen. Jetzt mischen wir einfach dieses gekaufte Anstellgut mit Mehl und Wasser, und das war's dann erst mal.«

»Warum tust du das alles?«, fragte Carolin und erntete einen verständnislosen Blick von ihm. »Du musst ja nicht. Und trotzdem bist du immer da.«

»Wenn das Hotel pleitegeht, muss ich mir wieder einen neuen Ort suchen, an dem ich ein paar Wochen untertauchen kann. Darauf habe ich keine Lust.« Er zuckte die Schultern, dann sah er sie durchdringend an. »Außerdem mache ich es gern. Für deine Familie. Und vor allem für dich.«

Vor lauter Verlegenheit wusste Carolin nicht, wohin sie gucken sollte. Als sich ihre Blicke schließlich trafen, wurden ihre Knie weich. Sie konnte nicht wegsehen, und sie wusste, dass dieser Mann dabei war, es sich in ihrem Herzen bequem zu machen.

»Was soll ich tun?«, fragte sie mit belegter Stimme, unsicher, ob sie das Brotbacken oder das Gefühlschaos meinte.

»Hol eine große Schüssel und dreihundert Milliliter warmes Wasser«, wies Till sie mit rauer Stimme an.

Was? Carolin blinzelte, Till schluckte und trat einen Schritt zurück. Hatte sie es sich nur eingebildet, dass da etwas zwischen ihnen gewesen war? Enttäuscht nickte sie und wandte sich ab. Es fühlte sich in etwa so an, als hätte jemand einen Eimer kaltes Wasser über ihr ausgeschüttet. Sie ging zu den Küchenschränken, öffnete einen Unterschrank und nahm eine Aluschale heraus. Noch immer hatte sie das Gefühl, dass er sie ansah. Und sie war sich mit einem Mal ziemlich sicher, dass sie sich nicht geirrt hatte. Er empfand etwas für sie. Man sah einen anderen Menschen nicht so an, wenn man keine Zuneigung für ihn empfand.

Sie füllte die gewünschte Menge Wasser in die Schüssel, holte eine Küchenwage aus einer Schublade und stellte die Schale darauf. Till öffnete die Packung feinen Roggenschrot und schnitt das Tütchen Anstellgut auf, während Carolin zweihundertfünfzig Gramm Schrot zum Wasser gab.

»Du musst das jetzt erst mal gut verrühren, aber Vorsicht, es klebt. Nimm am besten einen großen Löffel. Ich sehe mich in der Zwischenzeit nach Gelierzucker um, damit wir deine Marmelade kochen können.«

Während Till in der Vorratskammer verschwand, bemühte sich Carolin, mit den Gedanken beim Rühren des in der Tat ziemlich klebrigen Teigs zu bleiben, aber es fiel ihr schwer.

»Deine Schwester hortet vielleicht einen Kram hier«, rief Till. »Steinalte Konserven, die bestimmt nie jemand aufmachen wird. Hier … Linsensuppe, Mindesthaltbarkeit neunzehnhundertachtundneunzig!«

Bestimmt Reste von Papa, schoss es Carolin durch den Kopf. Er hatte Linsensuppe geliebt. Und Lola hatte die Dose sicher allein der Erinnerung wegen behalten. Genau wie seinen Sessel.

»Zig Packen Haushaltsnatron – will Lola einen Onlineshop damit aufbauen?«, fuhr Till fort, der nichts von Carolins Überlegungen ahnte. »Ha, leere Gläser und etliche Packungen Gelierzucker. Ich muss mich revidieren – gut, dass deine Schwester alles Mögliche sammelt.« Er kam mit einem Tablett voller Einmachgläser zurück, ausgewaschene Marmeladen-, Wurst- und Gurkengläser, wie es aussah. Carolin lächelte ihm zu.

»Fleißig gerührt?«, fragte Till, woraufhin Carolin nervös blinzelte.

»Und wie!«, schwindelte sie und fügte, um vom Thema abzulenken, hinzu: »Die Beeren sind im obersten Gefrierfach. Weißt du denn, wie man Marmelade kocht?«

Für diese Frage erntete sie einen verständnislosen Blick. »Natürlich«, sagte Till. »Früher habe ich mit meiner Großmutter sämtliche Marmeladensorten gekocht. Übrigens habe ich Vanilleschoten entdeckt. Die würden sich gut in unserer Marmelade machen, was meinst du?« Erwartungsvoll sah er Carolin an, doch sie war bei *»unsere* Marmelade« aus dem Satz ausgestiegen.

»Vanilleschoten. Klar«, murmelte sie und vergaß erneut, das Mehlgemisch zu rühren. Es war viel spannender, Till dabei zuzusehen, wie er mit der großen Plastikdose und einem Röhrchen mit echter Bourbonvanille aus dem Vorratsraum kam, einen Topf aus dem Schrank nahm und auf den Herd stellte, eine Küchenwaage suchte, die er im Schrank gleich neben Carolins Knie fand. Sie bildete sich ein, dass seine Berührung etwas zu bedeuten hatte, aber vielleicht wollte er sie mit der Hand an ihrem Bein auch nur auffordern, ein Stück zur Seite zu gehen.

»Auf der Zuckerverpackung steht eins zu eins. Das bedeutet, wir kochen einen Teil Obst und einen Teil Zucker. Es gibt auch Produkte mit einem Mischungsverhältnis von zwei zu eins, das heißt …«

»Zwei Teile Obst, ein Teil Zucker«, unterbrach Carolin ihn und grinste. »Ich wollte auch mal mit meinem Wissen glänzen.«

Mit der Waage in der Hand erhob sich Till und sah Carolin an. »Für mich glitzerst du sowieso.«

Sie konnte nicht anders, als loszuprusten. »Ich glitzere? Gerade stelle ich mir ein Pummeleinhorn mit Feenstaub vor – entschuldige, ich will mich nicht über dich lustig machen. Aber du musst zugeben, es ist eine witzige Vorstellung. Ich als Pummeleinhorn.«

»Ich mag dich.«

»Oh.« Oh!

»Selbst wenn du ein Pummeleinhorn wärst, würde es mir nichts ausmachen.« Till guckte sie schon wieder so an, als sähe er in sie hinein. So voller Wärme. Das fühlte sich richtig gut an. Dann warf er einen Blick in die Teigschüssel, in der sich die einzelnen Zutaten mangels Vermischen immer noch nicht miteinander verbunden hatten. »Sag mal, hast du überhaupt gerührt?«

»Du hast mich abgelenkt!«, rechtfertigte Carolin sich und machte sich sofort ans Rühren.

Till lachte, schließlich wog er Beeren und Zucker ab, entschied sich, zwei vom Frühstück übrig gebliebene Birnen hinzuzufügen, und gab alle Zutaten in einen Topf. Er schnitt die Vanilleschote auf und legte sie zum Zucker-Beeren-Gemisch, rührte.

»Hätten wir die Beeren nicht auftauen müssen?«, fragte Carolin.

»Wir werden sehen«, gab Till mit einem Augenzwinkern zurück. »Aber jetzt kümmere dich um den Teig und hör auf, mich abzulenken. Ich rühre hier. Sonst werden wir nie fertig.«

In der Küche breitete sich der köstliche Beerenduft

aus, vermischt mit einer Note Vanille. Unwillkürlich lief Carolin das Wasser im Mund zusammen, gleichzeitig musste sie an ihren Vater denken und daran, wie gern sie ihm ein Glas vorbeigebracht hätte.

Zwischen dem Rühren bereitete Till den Erbsen-Avocado-Dip zu, indem er die Hülsenfrüchte blanchierte, sie mit kaltem Wasser abschreckte, die Avocado öffnete, in Stücke schnitt und in einer Schüssel mit Zitrone beträufelte. Schließlich mischte er Erbsen und Avocado, schnitt Basilikum in feine Streifen, mengte sie mit einem Schuss Sahne sowie Salz und einer Prise Chiliflocken unter und pürierte die Masse mit einem Stabmixer.

»Jetzt füllen wir die Marmelade um, die Schote hole ich raus«, sagte Till schließlich. »Dann gieße ich ein, du reinigst den Rand, verschließt das Glas und stellst es kurz auf den Deckel. Wir müssen uns beeilen, weil die Masse kochen muss, wenn wir sie eingießen. Bist du bereit?«

Und wie sie bereit war. Sofort widmete sie sich ihrer neuen Aufgabe. Die Flüssigkeit dampfte und duftete nach Kindheit.

»Möchtest du den Dip probieren?«, fragte Till sie, nachdem die Gläser befüllt und verschlossen waren. Was das anging, waren sie ein gutes Team. Er hielt ihr einen Teelöffel hin, und sie lächelte verlegen, ehe sie den Löffel in den cremigen Brotaufstrich tauchte. Der war lecker. Richtig lecker! Hätte sie gewusst, welches Talent in Till schlummerte, hätte sie neulich nicht darauf bestanden, sich mit Currywurst zufriedenzugeben.

»Wow«, entfuhr es ihr. »Ich hätte nicht gedacht, dass es so gut schmeckt.«

Till lächelte zufrieden. Dann wies er mit einem Nicken auf die Teigschale. »Und jetzt der Sauerteig.«

»Sauerteig«, brachte Carolin hervor. »Klar.« Sie wandte sich ab und machte sich erneut an die Arbeit. Das Zeug klebte ganz schön. Es fiel ihr schwer, sich darauf zu konzentrieren, weil sie sich die ganze Zeit über fragte, wie sie herausfinden konnte, was in Till vorging. Und sie wünschte sich, dass er sie genauso mochte wie sie ihn – nicht, dass er auf die Idee kam, anderen Frauen Rührei- und Sauerteigvorträge zu halten, nachdem sie die Nacht bei ihm verbracht hatten oder so.

Till stellte die Schale mit dem Aufstrich beiseite, trat zu Carolin und beäugte ihr Tun skeptisch. »Ist das alles, was du draufhast? Du arbeitest wie ein Mädchen. Ich zeig dir, wie man das macht, damit das ganze Mehl verrührt ist«, stichelte er scherzhaft. »So.«

Ehe sichs Carolin versah, umfasste er ihre Hand. Sie hätte nicht für möglich gehalten, dass Sauerteigrühren derart irritierend und anregend sein würde. Till stand hinter ihr. Sehr dicht, vielleicht sogar enger als nötig. Sein Atem kitzelte an ihrem Ohr. Unwillkürlich lehnte sie sich leicht gegen ihn. Wie ferngesteuert rührte sie, bis Till plötzlich innehielt. Mit dem Daumen streichelte er über ihren Handrücken. Ihre Finger verschränkten sich ineinander. Sie sehnte sich danach, dass er sie küssen würde. Und weil sie nicht länger warten oder Gefahr laufen wollte, dass er sich ihr ein weiteres Mal entzog, löste sie ihre Finger aus seinen, wandte sich um – und küsste ihn. Einfach so. Der Kuss dauerte bloß wenige Sekunden, und nachdem sich ihre Lippen von seinen lösten, fanden sie sich gleich von Neuem. Sie umfasste sein Gesicht, Till legte die Hände auf Carolins Hüften und ließ sie kurz darauf ihren Rücken hinaufgleiten, während sie sich küssten. Die Kante der Arbeitsfläche, gegen die Till sie drückte, spürte Carolin kaum. Sie fuhr mit den Händen durch sein Haar und hatte das Gefühl, dass diese Berührungen ungewohnt und gleichzeitig doch eine logische Folge aus allem waren. Ganz so, als gäbe es ein Gesetz dafür, dass Till und Carolin nie wieder aufhören durften, sich zu küssen.

»Alter!«, unterbrach Oles entsetzte Stimme sie.

Abrupt fuhren Till und Carolin auseinander, er zupfte mit einer Hand Carolins Bluse zurecht, während sie ihre Kleidung fahrig glatt strich, mit dem Ergebnis, dass sie noch knittriger wurde.

»Ihr seid echt eklig.« Ole verzog angewidert das Gesicht. Als er sich einigermaßen gefangen hatte, sagte er: »Ich soll fragen, ob Hannibal Löwenzahn essen darf.« Glücklicherweise vermied er es, Carolin in die Augen zu sehen. Ihr kam es so vor, als ob Ole sie aus einem tranceähnlichen Zustand geweckt hätte.

»Löwenzahn ist fein«, brachte sie hervor. Die Stimme, mit der sie sprach, schien gar nicht ihr zu gehören. So wie die Frau, die eben mit Till rumgemacht hatte, niemals sie selbst gewesen sein konnte. Unmöglich. Carolin küsste keine Männer, die sie nicht mindestens drei

Mal getroffen hatte. Zu einem richtigen Date. Rührei-braten und Sauerteigrühren zählten nicht unter diese Kategorie.

»Sonst noch was?«, fragte Till ungewohnt ruppig, woraufhin Ole den Kopf schüttelte und rasch das Weite suchte. Wahrscheinlich war das arme Kind nun bis ans Ende seiner Tage traumatisiert.

»Ja, also …«, begann Carolin. »'tschuldigung.«

Till sah sie ungerührt an. »Ist das ein Scherz, oder meinst du es ernst?«

»Das eben, das war … sozusagen ein Versehen.« Verlegen knetete sie ihre Hände.

»Ein Versehen. Ich habe noch nie gehört, dass man jemanden aus Versehen küsst.« Er musterte sie, drehte sich von ihr weg und stapelte scheppernd die benutzten Töpfe und Küchenutensilien im Spülbecken. Dann wischte er mit einem Handtuch über die Arbeitsplatte und warf es auf einmal auf die Töpfe. »Falls du je wieder auf die Idee kommst, mich zu küssen, solltest du dir vorher darüber im Klaren sein, ob du es wirklich willst.« Mit gekränktem Blick sah er sie an. »Und was das mit einem macht, der es ernst meint, während es bei dir nur ein Versehen ist.« Das *Versehen* betonte er extra spöttisch, um seine Missachtung deutlich zu machen.

Das war ja gehörig schiefgelaufen zwischen ihnen. Warum hatte sie nicht zu ihren Gefühlen gestanden, jetzt, da sie sich endlich nähergekommen waren? Sie hatte ihn verletzt. Unauffällig schielte sie zu ihm. Hoffentlich hatte sie ihn nicht für immer vertrieben.

Was sollte sie tun, um ihm zu zeigen, dass sie es auch ernst meinte? Ihr würde bestimmt etwas einfallen. Sie brauchte nur ein bisschen Zeit, um sich zu sammeln. Aber Zeit – das war schließlich etwas, von dem in letzter Zeit sehr wenig übrig blieb.

Nachdem Till Carolin mit letzten knappen Instruktionen zum Brotbacken versorgt und sich mit den Worten »Bin im Kräutergarten« verabschiedet hatte, überlegte sich Carolin noch rasch einen Plan für morgen. Sie würde um vier aufstehen, um den Rest des Brotteigs anzusetzen – das sogenannte Brühstück, das aus grobem Roggenschrot und heißem Wasser bestand und ein bis zwei Stunden quellen musste, ehe es mit dem Sauerteig vermischt wurde. Sie hatte sich alles ganz genau notiert und hoffte, dass sie mithilfe des Thermometers den richtigen Garpunkt des Brotes abpassen würde. Das würde ein langer Tag werden morgen, aber Carolin war fest entschlossen, um halb acht mit allem fertig zu sein. Bevor sie die Küche verließ, sah sie aus dem Fenster in den Vorgarten, der bereits jetzt durch den Rückschnitt der Sträucher ganz anders wirkte. Torsten hatte seinen Arbeitsplatz aufgeräumt und sauber verlassen, nachdem Doris den Wachtposten im Vorgarten unkrautzupfenderweise übernommen hatte. Sie erhob sich in dem Moment, als Carolin hinausguckte, streckte sich und winkte, was Carolin lächelnd erwiderte. Ein Glück, dass der Völler sich auf einen Tagesausflug begeben hatte und bisher noch nicht zurückgekehrt war.

Carolin verließ die Küche und zog die Tür hinter sich zu. Sie ging in den Wintergarten und fragte sich, ob sie wohl je Zeit finden würde, sich hier mit einem Buch zu entspannen. Die Fensterfront war frisch geputzt, der Raum wirkte richtig einladend.

»Unser Hoteltester ist noch nicht wieder aufgetaucht«, sagte Mareike, die sich von hinten angeschlichen hatte. Sie bückte sich nach dem Putzeimer, der neben einem der Sitzsäcke stand.

»Wir können das gar nicht wiedergutmachen«, sagte Carolin. »Ihr setzt euch so für uns ein – ich kann es immer noch nicht fassen.«

»Kommst du denn in der Küche voran? Vorhin habe ich Till getroffen, der mir von seiner Idee mit dem Heidebrot erzählt hat.«

Und wie sie in der Küche vorangekommen war, dachte Carolin. So sehr, dass ihr Herz komplett verrücktspielte.

»Ja, die Idee ist wirklich toll«, sagte sie ausweichend. Sie schob die Schiebetür auf und atmete die milde Frühabendluft ein.

In diesem Moment lief Ole an der Terrasse vorbei und winkte mit einem Buch. »Ich helfe Till im Kräutergarten!«, rief er Mareike zu. »Durfte mir einen Kräuterführer aus Pauls Wohnzimmer holen.«

Mareike trat neben Carolin, und im Augenwinkel sah sie, dass Oles Mutter lächelte. »Er braucht ganz dringend einen Mann in seinem Leben. Und ich hoffe, dass Torsten und er sich doch noch anfreunden. Torsten kann gut verstecken, wie liebevoll er ist, aber er ist wirklich ein guter Mensch. Gerade ist er mit Werner zum Wertstoffhof gefahren, um Rasenschnitt und Gartenreste wegzubringen. Es ist richtig schön, dass alle Hand in Hand arbeiten, obwohl wir uns vorher gar nicht richtig kannten, oder?«

»Sehr«, sagte Carolin. Gedankenverloren ließ sie den Blick über den gemähten Rasen und die geharkten Beete gleiten. Sie musste sich dringend überlegen, wie sie sich bedanken konnte. Mareike verabschiedete sich, und Carolin trat auf die Terrasse, wo die Gartenmöbel bereits abgeschliffen waren und viel hochwertiger aussahen als tags zuvor. Sie berührte das glatte Holz mit den Fingerspitzen und entschied sich dann spontan, Schnitzel zu besuchen. Über den Gartenweg ging sie in Richtung Teich, der so groß war, dass man mit einem kleinen Ruderboot darüber fahren könnte – mit ein paar Zügen zwar, aber es würde gehen. Auf der Brücke lauschte sie einen Moment lang den Fröschen, die auf den Seerosenblättern hockten oder mit dem Kopf aus dem Wasser lugten. Die Böschung schien recht flach zu sein, aber Carolin konnte sich gut vorstellen, dass es dann doch steil und rutschig bergab ging. Außerdem war sie sich nicht sicher, wie sumpfig das Ufer war. Nach wenigen Minuten setzte sie ihren Weg fort und drückte kurz darauf die Tür zum Schuppen auf. Der unnachahmliche Schweinegeruch stieg Carolin sofort in die Nase, und sie wunderte sich, dass das Tier selbst sich nicht daran störte. Aber Menschen nahmen ihren eigenen Geruch ja manchmal auch nicht wahr.

»Hi, Schnitzel«, grüßte sie das Schwein, das grunzend mit der Nase im Stroh wühlte. Trotz der bevorstehenden Geburt strahlte Schnitzel eine beneidenswerte Ruhe aus. »Ich habe dir gar nichts mitgebracht«, sagte Carolin. »Tut mir leid.«

»Mit wem redest du?«, hörte sie Paul fragen und erschrak damit schon zum zweiten Mal innerhalb einer halben Stunde. Er trug eine Anglerhose mit integrierten Gummistiefeln, in der er aussah wie ein kleiner Junge, der im Matsch spielen wollte. »Na, meine Gute? Eine brave Sau bist du, nicht wahr?« Paul schob sich an Carolin vorbei und öffnete das Gatter zum Verschlag.

»Die letzten beiden Sätze galten ihr, nicht mir, oder?«, hakte Carolin scherzend nach, während Paul mit der Hand über Schnitzels borstige Haut rieb. »Es geht voran, Paul.«

»Es ist immer wieder verwunderlich, was man leisten kann, wenn man muss«, sagte Paul zu Carolin. »Ich habe so lange die Augen davor verschlossen, dass hier dringend etwas gemacht werden muss. Schätze, ich habe mich von meiner Frau zurückgesetzt gefühlt, weil sie nur noch das Hotel im Kopf hatte. Gekränkter Stolz.« Er tastete Schnitzels Bauch ab.

»Einsicht ist der erste Weg zur Besserung, heißt es doch.« Mit einem Nicken wies sie auf seine Aufmachung und fragte: »Willst du angeln?«

»Quatsch. Ich habe Algen aus dem Teich gefischt und wollte das Ufer von den verblühten Teichlilien befreien, die sich großflächig ausgebreitet haben. Aber der Boden ist so schlammig, wenn man nicht aufpasst, steckt man ziemlich schnell ziemlich tief drin, zumal man sich auch sehr leicht in den Seerosenstängeln verheddern kann. Bin kaum allein rausgekommen. Till hat mir geholfen. War übrigens nicht sonderlich gut gelaunt. Weißt du vielleicht, warum?«

Carolin zuckte die Schultern. »Ich? Warum?«, gab sie nicht gerade überzeugend zurück, woraufhin Paul sie skeptisch musterte. Schließlich verkündete er:

»Schnitzel scheint es gut zu gehen. Würdest du mir aus dieser schrecklichen Hose helfen? Sie ist untenrum so eng, dass ich sie kaum über die Waden kriege.« Er verließ den Verschlag, schloss die Pforte hinter sich und öffnete die Trägerverschlüsse seines Outfits. »Am besten, ich setze mich auf den Strohballen, und du ziehst an den Stiefeln.« Er schob den oberen Teil der Hose bis unter den Po und ließ sich schließlich auf das Stroh fallen. »Gib's zu, du hast dir schon immer gewünscht, einen Mann auf diese Art auszuziehen.«

Carolin prustete los und zog. Zerrte. Lachte. Paul lachte ebenfalls. Dass er in dieser dämlichen Gummihose feststeckte, war lediglich ein Grund, warum Carolin nicht aufhören konnte zu lachen. Der andere war, dass es sich derart erleichternd anfühlte, lauthals zu lachen. Es war viel zu lange her, dass sie das zuletzt gemacht hatte.

»Na los, fester!«, feuerte Paul sie an.

»Wäre das nicht eigentlich mein Satz?« Carolin zerrte ein letztes Mal, dann lösten sich die Stiefel mit einem schmatzenden Laut von Pauls Beinen, und Carolin taumelte nach hinten. Geistesgegenwärtig sprang Paul auf, packte ihren Arm und half ihr, das Gleichgewicht wiederzufinden. Urplötzlich wurde die ausgelassene Stimmung von einem spitzen Schrei unterbrochen.

»Hast du das auch gehört?«, fragte Paul.

»Hilfe!«, hörten sie jemanden von draußen rufen.

»Mensch, Paul. Ist das nicht der Völler?«

Wie auf Kommando rannten sie nach draußen und sahen auch schon Steffen Völler, der fast bis zum Hals im Teich steckte.

»Hilfe!«, rief er. »Ich komme nicht raus! Es ist viel zu rutschig.«

Zeitgleich trafen Ole und Till ein.

»Alter«, sagte Ole. »Ist das neuerdings ein Badeteich?«

Die beiden überquerten eilig die Holzbrücke, und Till kniete sich an das mit Teichlilien, Gauklerblumen und Moos bewachsene Ufer, das leicht unter seinen Knien nachgab, um Völler zu erreichen.

»Geben Sie mir Ihre Hand«, forderte Till den Hoteltester auf und beugte sich so weit vor, dass er beinahe selbst ins Wasser rutschte.

»Meine Beine haben sich in den Seerosen verfangen«, jammerte Völler bei dem Versuch, sich Tills Hand zu nähern.

»Ich hole eine Astschere«, sagte Paul und lief zurück zum Schuppen.

»Ich sinke immer tiefer!«, rief Völler mit angsterfüllter Stimme und ruderte mit den Armen.

»Sie müssen ruhig bleiben«, versuchte Till ihn zu beschwichtigen. »Je mehr Sie sich bewegen, desto schwieriger wird es, Sie da rauszuholen. Wie sind Sie überhaupt so weit weg vom Ufer gekommen?«

»Ich wollte … ich wollte eine Grasmücke fotografieren, die über der Wasseroberfläche flatterte. Deswegen habe ich mich … ans Ufer gehockt und … das Gleichgewicht verloren. Wollte mich noch aufrichten … Vergeblich! Und dann … oh nein, meine Kamera! Wollte sie holen, ehe sie versinkt, aber dann …«

Carolin lief zu Till und kniete sich neben ihn. »Willst du denn gar nichts tun? Halt mich fest, dann kommen wir näher an ihn heran.« Eine Hand auf den Boden gestützt, lehnte sie sich so weit vor, dass sie beinahe das Gleichgewicht verlor. Fast hatte sie damit gerechnet, selbst ins Wasser zu fallen, das vom aufgewirbelten Schlamm ganz trüb war, doch im letzten Moment packte Till sie.

»Denk doch erst mal nach, bevor du so einen Quatsch machst«, fuhr er sie an. »Ich meine … bring dich nicht kopflos in Gefahr. Bitte! Allein kannst du ihn da auf keinen Fall rausziehen.«

Carolin ignorierte seinen besorgten Tonfall, machte sich los. »Vom Angucken wird's aber auch nicht besser. Ich hätte mich schon festhalten können.«

»Er hat sich in den Stängeln der Seerosen verheddert, Carolin. Ziehen hilft da nicht. Eher hätte er dich runtergedrückt. Und was dann?«

»Ist ja gut«, erwiderte sie. Er hatte sie zum ersten Mal mit ihrem Namen angesprochen. Das war ungewohnt. Und schön. Aber sie musste sich jetzt auf Steffen Völler konzentrieren, der mittlerweile zwei bis drei Zentimeter tiefer gesunken war.

»Alter, das ist der beste Urlaub seit Langem«, kommentierte Ole die Szene.

Paul kam zurückgelaufen und sagte atemlos: »Wenn man die Sachen braucht, liegen sie nie da, wo sie sollten. Hier sind eine Astschere und ein Seil. Ich weiß nicht, wie tief der Teich wirklich ist, aber da mein Vater ihn mal als Schwimmteich angelegt hat, in dem er auch getaucht ist, könnte ich mir vorstellen, dass es ordentlich runtergeht.«

»Oh Gott«, stöhnte Herr Völler und begann schon wieder zu zappeln.

»Stillhalten!«, wies Till ihn an. »Ich geh da jetzt rein.« Er packte das Tau und rutschte prompt ins Wasser. »Igitt, was für eine Plörre.«

»Ich halte das Seil«, sagte Paul.

»Wozu ist das gut?«, wollte Ole interessiert wissen.

»Falls der Untergrund plötzlich nachgibt, können wir ihn leichter hochziehen«, erklärte Paul.

»Sei denn, er bleibt mit dem Kopf in den Seerosen stecken«, gab Ole zu bedenken.

»Sag so was nicht«, fuhr Carolin ihn an.

»Ganz schön schlammig. Gib mir die Astschere«, wies Till Carolin an, und sie folgte seiner Anweisung.

»Damit wollen Sie aber nicht im trüben Wasser an meinen Beinen hantieren, oder?«, fragte Völler beunruhigt und hielt abwehrend die Hände vor sich.

»Und ob. Verzeihen Sie, wenn ich Ihnen zu nahe komme, aber ich muss eben tasten. Halten Sie die Arme seitlich.«

»Sie wissen schon, was Sie da tun, oder?«

»Aber klar.«

Gefühlt dauerte es Stunden, bis Völler frei war, Till

ihn unterhakte und ans Ufer manövrierte, sodass Carolin und Paul ihn an Land ziehen konnten. Er sah reichlich mitgenommen aus. Und ein bisschen beschämt.

»Danke«, murmelte er, den Blick auf den Boden geheftet. »Oh Mann, meine Kamera! Das Ding war fürchterlich teuer. Und dann die ganzen Fotos, die ich heute gemacht habe. Alles umsonst!«

In der Zwischenzeit hatten Carolin und Paul auch Till aus dem Wasser geholfen, der sich sofort aufrappelte und das T-Shirt auswrang.

»Himmel, was für ein Modder! Ich stinke wie ein Iltis. Seitdem du da bist, ist wirklich mächtig was los«, sagte er zu Carolin und verabschiedete sich eilig. Sie hatte das Augenzwinkern ganz genau gesehen.

Till hatte ja keine Ahnung, wie froh sie war, hier zu sein. Vor allem bei ihm.

Es brauchte nicht lange, bis Till geduscht war und Paul die Feuerschale angeworfen hatte, um die sich die Gäste versammelten – alle bis auf Steffen Völler. Vermutlich schrieb er schon an seinem Blog, um potenziellen Gästen zu erzählen, wie gefährlich es hier war. So einer wie er sah die Fehler doch bestimmt immer erst bei anderen. Heute Abend war das Carolin jedoch egal. Wichtig war nur, dass der Kern ihrer Truppe um das Feuer herumsaß und den Tag gemeinsam ausklingen ließ.

Mareike und Torsten tuschelten miteinander. Er legte sogar seine Hand auf ihr Knie, nachdem er verstohlen zur Seite geschielt hatte, um sich zu vergewissern, dass Ole ihn nicht dabei beobachtete. Aber Ole fachsimpelte mit Paul über den perfekten Bräunungsgrad von Grillwürstchen, während Doris und ihr Mann Wein tranken, den Werner und Torsten neben Würstchen und Brot auf dem Rückweg vom Recyclinghof aus dem Supermarkt mitgebracht hatten. Till lehnte mit einer Flasche Bier in der Hand etwas abseits an einer Buche.

Hin und wieder linste Carolin zu ihm hinüber, aber jetzt sah sie gedankenverloren den Flammen dabei zu, wie sie knisternd miteinander darum rangelten, welche am größten war. Sie flackerten gelb, rot und bläulich, spielten miteinander. Der Geruch von verbranntem Holz, Grillwürstchen und geröstetem Brot, das sie mit Holzspießen über dem Lagerfeuer grillten, die lodernden Flammen und das Gelächter um sie herum vermittelten Carolin ein Gefühl von Behaglichkeit, wie sie es lange nicht gekannt hatte. Jetzt hätte sie gern Lola hier, bestimmt würde ihr die Stimmung unter den Gästen gefallen. Was sie wohl gerade machte? Carolin würde sie so gerne fragen. Ob sie doch anrufen sollte? Was würde passieren, wenn sie zurückgekehrt war? Und wann würde sie überhaupt zurückkehren?

Carolin nippte an einem Glas saurer Limonade und spürte trotz der lauschigen Atmosphäre ein flaues Gefühl im Magen, das sich katapultartig verstärkte, als sie aufsah und Tills Blick aufschnappte, der unverhohlen auf sie gerichtet war – ganz so, als suchte er in ihrem Gesicht eine Antwort darauf, ob ihr Kuss wirklich nur ein Versehen gewesen war. Warum hatte sie das bloß gesagt? Sie warf Till ein zaghaftes Lächeln zu, welches er nicht erwiderte. Stattdessen wandte er sich ab und nippte an der Bierflasche.

Enttäuscht blickte Carolin wieder auf das Feuer und nahm ein Stück Brot, das sie auf ihren Stock aufspießte und über die Flammen hielt.

»Hey«, sagte Paul und setzte sich neben sie. Ole hatte sich zu Mareike und Torsten gesellt, mit Sicherheitsabstand zwar, aber er hatte den Schritt auf die beiden zu getan. »Hier, iss was.« Paul reichte ihr einen Teller samt Bratwurst. »Ich wusste nicht, ob du lieber Senf oder Ketchup magst, deswegen habe ich dir beides draufgemacht.«

Sie nickte, klemmte den Stock zwischen ihre Knie, tunkte die Wurst in Ketchup und Senf und biss ab. »Danke. Dass du mich so umsorgst, bringt mich dazu, dir zu sagen, dass Völler denkt, wir sind verheiratet«, sagte sie kauend. »Er steht anscheinend total auf die klassische Mann-Frau-Rollenverteilung. Deswegen habe ich es so stehen lassen. Du hast also jetzt zwei Frauen. Herzlichen Glückwunsch.«

»Es hätte mich schlimmer treffen können, oder?« Paul lachte, sie stießen an.

»Was das angeht, stimme ich dir zu«, sagte Carolin. »Für die Bewertung sehe ich allerdings nach der Teichaktion heute schwarz. Oder glaubst du, dass er die Schuld bei sich sieht?«

»Das ist nichts, was wir beeinflussen können. Wenn er sich beschwert, können wir wenigstens sagen, dass wir alles getan haben. Außerdem erkennt doch jeder mit ein bisschen Grips, dass es Eigenverschulden war. Man lernt schon als Kind, dass man sich unsicheren Ufern nicht nähern darf. Dieser Kerl ist wirklich zu dämlich.«

»Hast du denn keine Angst mehr vor einer schlechten Rezension?«, fragte Carolin überrascht und zog das inzwischen ziemlich krosse Stück Brot aus dem Feuer.

»Klar habe ich die.«

»Und warum bist du trotzdem so gut gelaunt?«, hakte Carolin verwirrt nach.

Über Pauls Gesicht legte sich ein echtes Vollfettlächeln, das gar nicht zu seinen angeblichen Sorgen passte. Er zog sein Mobiltelefon aus der Gesäßtasche und entsperrte das Display. Schließlich hielt er Carolin den Bildschirm hin, und sie wusste sofort, dass die schwarz-weißen Pixel und die kleine Bohne in der Mitte zu einem Ultraschallbild gehörten. Eines, das aus Lolas Bauch aufgenommen war.

»Oh mein Gott, da ist ja meine Nichte!«, hauchte Carolin verzückt.

»Oder dein Neffe.«

»Du wirst Vater. Ich werde Tante!« Sie ergriff Pauls freie Hand und drückte sie.

»Unglaubliche Neuigkeiten, oder? Ich bin so froh, dass Lola es mir endlich gesagt hat. Wusstest du davon? War es das, was sie in ihrem Brief gemeint hat? Was du mir nicht sagen sollst?«

»Sie hat ein paar Andeutungen gemacht. Nach dem Abendessen. Aber sie hat nicht gesagt: ›Ich bin schwanger.‹ Kommt Lola denn bald zurück?«

»Hat sie nicht gesagt. Mensch, sie soll nie wieder solche Alleingänge machen. Kein Wunder, dass sie völlig durch den Wind war. Kinder waren bei uns immer nur Streitthema, weil ich welche wollte und sie nicht. Tja.« Er zuckte die Schultern, machte aber keinen Hehl daraus, dass er dem Schicksal dankbar war. »Würde Lola nicht so an dem Hotel hängen, wäre mir jetzt sowieso alles egal. Was zählt, sind ihre Gesundheit und unsere Familie. Ich denke, wir werden uns noch mal ganz neu organisieren müssen. Aber ich freu mich drauf!«

Werners dröhnende Stimme riss die beiden aus ihrer Unterhaltung. Sie sahen auf. »Wir verabschieden uns ins Bettchen. Morgen geht's im Garten weiter, dafür wollen wir fit sein.« Er winkte Paul und Carolin, die den beiden nachsah, wie sie händchenhaltend zur Terrasse schlenderten, wo sie durch den Wintergarten im Haus verschwanden.

»Ich glaube, ich gehe auch«, sagte sie schließlich und warf einen verstohlenen Blick zur Buche, an der Till vorhin gestanden hatte. Aber er war gegangen, ohne sich zu verabschieden.

Paul räusperte sich. »Wie geht es dir überhaupt, Caro? Du hast ziemlich viel auf dich genommen, und ich weiß, dass du eigentlich zum Schreiben hergefahren bist. Kommst du mit den neuen Erkenntnissen zurecht – ich meine, was das Hotel angeht und die ganze Hintergrundgeschichte?«

Sie schürzte die Lippen und fegte mit dem Handrücken eine Mücke weg, die an ihrem Ohr sirrte. »Schätze, Lola wird mir noch einiges erzählen können, wenn sie zurück ist. Bis dahin konzentriere ich mich auf das, was ist, statt darauf, was mal war. Und auf das, was vor mir liegt, nämlich Brote, für die ich morgen um vier in der Küche stehen muss.«

Paul lächelte. »Du entdeckst noch ganz neue Talente in dir.«

»Das entscheiden wir morgen, nachdem wir das Brot probiert haben. Räumst du nachher alles zusammen?«

Paul nickte, sie nahm seine Hand und drückte sie.

»Gute Nacht, Paul.« Schwerfällig erhob sie sich vom von der feuchten Erde klamm gewordenen Sitzkissen und verabschiedete sich von Mareike, Torsten und Ole, der neben Mareike auf einer Decke lag, in den Himmel guckte und Musik hörte. Carolin folgte den Lichtpunkten der Solarleuchten. Sie überquerte die Brücke, betrachtete kurz die platt getretene Uferbepflanzung und ging schließlich ins Haus. Sie freute sich auf etwas Abstand und auf Hannibal, der bestimmt schon auf sein Abendessen wartete. Und ungern noch länger allein sein wollte.

In der Wohnung war es kühl und dunkel, als sie die Tür hinter sich schloss. Sie gewöhnte sich langsam an ihre Unterkunft und ging, ohne das Licht im Flur einzuschalten, ins Bad, wo sie ihre Kleider in den Wäschekorb warf und duschte. Der Geruch nach verbranntem Holz hing in ihrem Haar. Das heiße Wasser lief über ihren Rücken, ihre Arme, die Schultern. Sie genoss das Plätschern und die Wärme, aber noch viel mehr hätte sie es genossen, wenn Till bei ihr gewesen wäre. Immer wenn sie an ihn dachte, schlug ihr Herz schneller, und sie wünschte sich, sie hätte es ihm längst gesagt. Jetzt schien es, als hätte sie den richtigen Zeitpunkt verpasst, und sie fragte sich, wann sie wohl die Gelegenheit bekäme, ein paar Dinge zu klären. Sie trocknete sich ab und hüllte sich in ein kuscheliges Handtuch, das wie die Bettwäsche unterschwellig nach Vanille duftete. Mit einem anderen Handtuch rubbelte sie sich die Haare, die dank Monis Haarschnitt dadurch fast trocken wurden. Sie cremte sich Gesicht, Arme und Beine ein, die von der Temperatur des Wassers gerötet waren, und fütterte Hannibal. Eine Weile kraulte sie ihn hinter den Ohren, wo er es am liebsten mochte, schlug dann die kühle Bettdecke zurück und nahm ihren Schlafanzug, als es an der Wohnungstür klopfte. Sie zögerte, beschloss jedoch, Paul nicht vor der Tür stehen zu lassen. Noch in das Handtuch gewickelt, öffnete sie.

»Lieb, dass du noch mal nach mir gucken willst, aber ich …« Ihr stockte der Atem. »Du?«

»Es ist mir egal, ob du es ernst meinst oder nicht«, sagte Till mit rauer Stimme und stützte sich mit der Hand am Türrahmen ab. Sie bemerkte seinen von Bier geschwängerten Atem. »Ich will das von dir, was du mir geben kannst. Und das brauche ich jetzt. Sofort.«

Ohne lange zu überlegen, schlang Carolin die Arme um ihn. Küsste ihn. Er küsste sie. In der Wohnung stieß er mit dem Fuß die Wohnungstür hinter ihnen zu, kurz darauf zog er das Handtuch von ihrem Körper, drängte sich gegen sie. Gleichzeitig glitten Carolins Hände unter Tills T-Shirt. Sie streichelte seinen Bauch, seine Brust, den Rücken, zerrte ihm das Stück Stoff vom Leib.

Auf einmal spürte sie wieder Wärme. Tills Wärme. Es war ihr egal, dass sie bereits splitterfasernackt vor ihm stand, seine Hände sie überall berührten. Es fühlte sich gut an, so so gut. Alles, was sie wollte, war, das zu nehmen, was er ihr anbot. Geben, was er brauchte. Sie wollte bei Till sein. Nähe. Berührungen. Atmung, die sich beschleunigte. Küsse. Flüstern.

»Ich bin fast verrückt geworden vor Sehnsucht und hätte dich am liebsten schon viel früher für mich allein gehabt«, raunte Till in ihr Ohr. Darauf konnte sie nichts erwidern. Da waren nur noch Gefühle. Hände. Arme, die sie hielten. In die sie sich fallen lassen konnte.

Gemeinsam sanken sie aufs Bett. Mit Till fühlte es sich richtig an. Heilsam. Und echt. Es war das Schönste, was sie seit langer, langer Zeit erlebte. Das war Leben. Ihr Leben.

Kapitel 12

Bis auf ihre gleichmäßigen Atemgeräusche war es ganz still im Gästezimmer der Einliegerwohnung. Carolin und Till lagen eng aneinandergekuschelt unter der Bettdecke; Carolin hatte die Augen geschlossen, war aber hellwach. Sie tastete vorsichtig nach seinen Lippen und zeichnete deren Konturen mit den Fingerspitzen nach. Er lächelte. Sie ebenfalls.

»Ich hätte nicht gedacht, dass jemand meinen Plan, mich komplett abzuschotten, so durcheinanderbringt«, sagte er mit gedämpfter Stimme.

»Ist das gut oder schlecht?«, fragte sie.

Er zog sie an sich und küsste ihre Stirn. »Gut, schätze ich«, antwortete er, und Carolin hörte genau heraus, dass er absichtlich untertrieb.

Dennoch entgegnete sie gespielt aufgebracht: »Du kannst doch auf diese wichtige Frage nicht so antworten. Das macht ja die ganze Stimmung kaputt.«

Till lachte leise. »Ich weiß ja noch nicht, wie es endet.«

»Gott sei Dank weiß man's anfangs nicht, sonst ginge man einige Wagnisse vermutlich gar nicht erst ein.«

»Aber wir gehen es ein«, sagte er und ließ keinen Zweifel daran, dass er es auch so meinte.

»Schätze ja.« Carolin küsste ihn sanft. »Ich würde

gerne wissen, warum genau du hierher geflüchtet bist«, fragte sie vorsichtig.

Im Schein des Mondes, der ins Zimmer fiel, nachdem eine Wolke weitergezogen war, erkannte Carolin, dass Till ins Leere starrte. Schließlich begann er leise zu sprechen.

»Ich weiß nicht, ob du dieses Gefühl kennst, wenn du irgendwo bist, aber gar nicht mehr weißt, ob du dort sein solltest.« Und wie sie das kannte. Carolin ließ ihm Zeit, Worte zu finden, um fortzufahren. Niemand drängte sie, die Nacht war erst halb vorüber. »In den letzten Jahren bin ich nur so durchs Leben gerannt. Von einem Termin zum anderen, ein Projekt jagte das nächste. Bis es irgendwann krachte. Und zwar gewaltig. Das machte dann ruckzuck die Runde, und ich musste erst mal weg. So bin ich hier gelandet.«

Carolin streichelte seine Brust, während sie sprach. »Was ist passiert?«

Till seufzte. »Was, wenn du am Ende feststellst, dass ich nicht der bin, von dem du gedacht hast, dass ich's bin?«

So wie er bald erfahren würde, wer sie wirklich war?

»Was immer du sagst, es würde mich nicht von dem abbringen, was ich für dich fühle.« Von ihrer Ehrlichkeit überrascht, lauschte Carolin in die Stille hinein und wagte es nicht, sich zu rühren. Erst als Till sie an sich zog, atmete sie erleichtert auf.

»Also gut«, begann er und räusperte sich. »Bei meinem ehemaligen Arbeitgeber gab es ein paar Leute, denen nicht gefiel, wie ich arbeitete. Einer von denen hat mir einen Skandal angehängt, für den ich allerdings keine Verantwortung tragen kann, weil ich zu besagtem Zeitpunkt krank zu Hause lag. Zwischen meinem Chef und den Mitarbeitern gab es die Vereinbarung, dass drei Kranktage ohne Schein möglich waren. Bitte bohre nicht weiter, ja? Ich werde dir alles erzählen, wenn ich so weit bin.« Er wartete eine Antwort ab und wertete Carolins Schweigen als Zustimmung. »Weil alles über mir zusammenzubrechen schien, habe ich mich an meinen besten Freund gewandt, der sich allerdings als skrupelloser Sack entpuppt hat. Während unserer Schulzeit sind Volker und ich durch dick und dünn gegangen. Er hatte es nicht leicht, sein Vater war Alkoholiker und so. Musste immer kämpfen. Mir hat es an nichts gefehlt, meine Eltern hatten jede Menge Geld und sogar Liebe für mich übrig. Ich konnte mir alles erlauben. Deswegen war es für mich auch kein Problem, den Kopf für Volker hinzuhalten, wenn er in der Schule Mist gebaut hatte oder so. Ich habe nie Ärger bekommen. Außerdem habe ich es gern für ihn getan. Macht man ja so unter Freunden.«

»Was ist dann passiert?«

»Volker hat gerade rechtzeitig die Kurve gekriegt und mithilfe meines Vaters, der seine Nachhilfestunden bezahlt hat, das Abitur geschafft. Wurde Anwalt wie mein Vater. Du kannst dir sicher vorstellen, wie groß die Freude war. Ein würdiger Nachfolger, während der eigene Sohn es nicht einmal zum Studium gebracht hat«, fuhr Till verbittert fort.

»Das muss ein schlimmes Gefühl sein«, flüsterte

Carolin und streichelte seinen Arm, und Till schien darauf zu warten, dass sie noch etwas hinzufügte. Oder als suchte er nach Worten, um ihr noch etwas zu sagen. Aber was sollte das sein? Schließlich war er gerade so offen wie nie zuvor. Doch er fragte nur: »Möchtest du noch wissen, wie es weiterging?«

Was für eine Frage – natürlich wollte sie!

»Zwischen Volker und mir gab es zwar hin und wieder Reibereien, und klar, eifersüchtig war ich auch, aber unsere Freundschaft war mir zu wichtig, um sie einfach aufzugeben«, fuhr Till fort. »In meiner Not bin ich also zu ihm und ging davon aus, er würde mir helfen. Wäre ja mal an der Zeit, nach all dem, was ich für ihn getan habe. Nicht, dass ich es gegeneinander aufrechne, aber …«

»Ich weiß sehr gut, was du meinst. Eine Hand wäscht die andere. Ohne Strichliste, wer wann gewaschen hat.«

»Konnte ja keiner ahnen, dass er sich schmieren lässt.«

»Ach, Quatsch. Ernsthaft? Wann hast du es bemerkt?«

»Es gab eine außergerichtliche Einigung, in der ich … Sagen wir so: Er hat sich nicht sonderlich für mich eingesetzt. Den Job war ich los und den guten Ruf auch.«

Carolin schmiegte sich an ihn. »Und jetzt bist du hier, um dich zu sortieren, Abstand zu gewinnen und neue Pläne zu schmieden? Und dich um ein Hotel zu kümmern, in dem du eigentlich Ruhe gesucht hast?«

»Sieht so aus. Und vor allem Letzteres ist das Beste.«

»Diesmal hast du die Stimmungskurve gekriegt. Danke. Hast du denn schon eine Idee, was du machen möchtest?«

»Am liebsten hätte ich mein eigenes Restaurant«, begann er und klang auf einmal richtig leidenschaftlich. »Mit offener Küche, damit meine Gäste sehen, wie ich ihr Essen zubereite, und sie es gleich riechen können. Ich will ansprechbar sein und nicht hinter den Wänden einer unpersönlichen Küche verschwinden. Die Menschen sollen das, was ich mache, genauso lieben wie ich. Das wär's.« Er lachte leise. Und zog damit unwiderruflich in Carolins Seele ein. Ihr ganzer Körper kribbelte, ihr Magen vibrierte, und ihr Herz tanzte.

»Mach's doch einfach«, sagte sie unvermittelt. »Was hält dich davon ab?«

»Ich habe mir gerade erst ein Restaurant angesehen, aber da habe ich es nicht einmal für fünf Minuten ausgehalten. Meine Fantasie ist schon recht groß, würde ich behaupten, aber um mir den Schuppen schön zu denken, reicht sie nicht.« Er verschränkte seine Finger mit ihren, und sie schwiegen einen Augenblick. »Caro? Bist du noch wach?«

»Ich stelle mir gerade vor, wie das wohl wäre, in deinem Restaurant. Modern wahrscheinlich, aber trotzdem ein Ort zum Wohlfühlen. Du würdest höchstpersönlich die Teller an die Tische bringen und jedem Gast guten Appetit wünschen. Und dich hinterher persönlich vergewissern, dass das Essen auch wirklich köstlich war.«

»Genau so stelle ich es mir vor. Aber … es ist auch ein großer Schritt. Letzte Woche habe ich mir ein paar Orte weiter ein Restaurant angesehen – das hat mir ganz gut gefallen. Der Inhaber möchte Verantwortung abgeben und lieber nur noch angestellt sein. Kocht nicht selbst, von daher wäre es kein Problem, ihm entgegenzukommen. Soweit ich weiß, hat der Laden einen ziemlich guten Ruf, im Ort selbst und darüber hinaus. Ist ziemlich rustikal da drinnen, aber … ich könnte mir zumindest vorstellen, etwas daraus zu machen. Der Inhaber und ich waren uns sogar schon einig, was den Kaufpreis angeht, und der Makler hatte bereits beim Notar den Vertragsentwurf angefragt. Bis vor ein paar Tagen war ich mir sicher, dass es eine gute Idee wäre, aber inzwischen zweifle ich, ob weglaufen das Richtige ist.«

»Aber du läufst ja nicht weg. Im Gegenteil. Du startest neu durch.«

»Hm«, machte Till nachdenklich. Darauf folgte eine Weile nichts mehr. Carolin hing der verrückten Vorstellung nach, wie es wohl wäre, wenn sie in Tills Restaurant ein Eckchen zum Schreiben fände und ihn beobachten könnte. Sie hatte noch nicht viel von seinem Können als Koch mitbekommen, aber sie ahnte, dass er ehrgeizig und gut genug war, die Gäste zu begeistern. »Und du? Warum bist du hier?«, fragte Till schließlich. »Nur um deine Schwester zu besuchen, oder steckt mehr dahinter?«

Jetzt war der Zeitpunkt gekommen, an dem sie sich offenbaren musste. Wie würde er sie sehen, wenn er von ihrem Erfolg wusste, und vor allem davon, dass sie so kurz davor war, daran zu verzweifeln?

»Ich musste auch einfach mal raus«, antwortete sie zunächst unverbindlich. »Der Job, die Trennung …«

»Wann war die?«

»Vor ein paar Monaten. Aber«, schob sie schnell hinterher, »seitdem ich dich getroffen habe, tut es plötzlich kaum noch weh.«

Darauf sagte Till nichts, und Carolin fürchtete, dass sie etwas Falsches gesagt hatte. Oder dass er womöglich dachte, sie … »Das klingt jetzt so, als würde ich dich benutzen, um über etwas hinwegzukommen. Aber so ist es nicht. Es ist einfach passiert, ohne dass ich es wollte. Ich wollte mich nicht verlieben, weil ich doch hier bin, um …«

»Nicht«, unterbrach Till sie und küsste sie unerwartet stürmisch. »Alles, was du gesagt hast, war bis hierhin perfekt.« Er drehte sie auf den Rücken und sorgte dafür, dass sie tatsächlich nicht mehr sprechen konnte. Jetzt hatte sie ihm schon wieder nicht verraten, wer sie wirklich war, aber vermutlich hatte Till recht mit dem, was er gesagt hatte. Bis hierhin war alles perfekt.

Klopfen. Wo kam dieses unbarmherzige Geräusch bloß her? Vom Sonnenlicht geblendet, blinzelte Carolin. Wie spät war es? Und wer hatte es derart eilig, sie aus ihrem wunderbaren Traum zu reißen? Mühsam öffnete sie die Augen, dann realisierte sie einen schweren Arm auf sich und Tills warmen Körper, an den jener Arm sie nun zog.

»Geh nicht«, murmelte er, und Carolin wäre der Versuchung fast erlegen.

»Ich weiß genau, dass du da drin bist, Schlafmütze. Mach auf!«

»Moni!« Hektisch befreite sie sich aus der Umarmung und schlug die Decke beiseite. »Herrje!«

»Nicht doch«, maulte Till und zog das Deckbett wieder bis zur Nasenspitze.

»Du musst aufstehen«, drängte Carolin ihn und kitzelte ihn am Fuß. »Das ist Moni, meine beste Freundin. Aus Köln. Was macht sie denn hier? Und verdammter Mist! Das Frühstück! Till, los, steh auf! Mist, Mist, Mist! Moment! Bin gleich da!« Hektisch klaubte sie seine Kleidungsstücke vom Boden auf und warf sie auf das Bett. Anschließend kramte sie Slip und BH aus ihrem Koffer, zog sich ihre zerknitterte Bluse über und schlüpfte in eine Jeans.

»Halb acht. Verflucht!«, stellte Till mit einem Blick auf ihr Smartphone fest. Eilig schälte er sich aus der Bettdecke und reckte sich. »Mach dir keine Sorgen – du klärst das mit deiner Freundin, ich gehe in die Küche und kümmere mich um das Brot.«

Carolin stieß einen letzten verzweifelten Laut aus und lief in den Flur.

»Soll ich mich unter dem Bett oder im Schrank verstecken?«, rief er ihr noch hinterher. Der hatte Nerven!

Carolin riss die Tür auf.

»Das hat ja gedauert. Huhu, da sind wir!«, rief Moni. In der nächsten Sekunde warf sie sich in Carolins Arme und drückte sie fest an sich. Über ihre Schulter hinweg sah Carolin Kati, die mit ihrem Smartphone beschäftigt war und nicht einmal den Kopf hob, als sie sie grüßte.

»Ich habe frühestens morgen mit euch gerechnet.« Sie drückte Moni einen Kuss auf die Wange und löste sich aus ihrer Umarmung.

»Wir sind schon heute Nacht losgefahren«, sagte Moni munter. »Wenn Kati mal Donnerstag und Freitag in der Schule verpasst, macht das auch nichts. Oder, Mäuschen?«

»Hm«, brummte Kati, und Carolin fragte sich unwillkürlich, ob sie ihrer Mutter überhaupt zugehört hatte.

»Also sind wir heute um halb vier losgefahren, um noch was vom Tag zu haben, wenn wir schon Schule schwänzen. Und unsere Luftmatratzen haben wir auch mitgebracht. Sicherheitshalber. Du hast doch bestimmt ein Plätzchen frei für uns, oder?«

»Frei? In der Wohnung? Also … ja, sicher! Und … Wie war denn die Fahrt?«, stammelte Carolin. So recht traute sie sich nicht, ihre Freundin in die Wohnung zu bitten. Obwohl sie genau genommen Monis Rat befolgt hatte: Sie hatte sich anders verhalten, als man es von ihr erwartete, und sich Till förmlich an den Hals geworfen.

Moni, die wahrscheinlich Lunte roch, neigte den Kopf zur Seite und lugte an Carolin vorbei. »Sollen wir das wirklich auf dem Hausflur besprechen?«, wollte sie ungläubig wissen und bekam auf einmal schallplattengroße Augen. »Nä!«

»Guten Morgen«, sagte Till von hinten, woraufhin

Carolin mit einem Seufzer die Tür aufstieß und ihren Besuch mit einer Handbewegung hereinbat.

»Das ist übrigens …«

»Kai Beck!«, quiekte Moni, und Carolin verstand den Wirbel zunächst gar nicht.

Sogar Kati sah jetzt von ihrem Handy auf, stieß ein »Krass geil!« hervor und tippte anschließend wild auf dem Smartphone herum. Moni schob Carolin beiseite und ergriff Tills Hand, der sich inzwischen sein T-Shirt und die Jeans angezogen hatte. Kai Beck?

»Aber das ist doch Till«, sagte Carolin schwach, ohne von Moni gehört zu werden.

»Ich habe jede Ihrer Sendungen gesehen«, schwärmte ihre Freundin. »Jede! Bin ein Riesenfan.«

Sendung? Momentchen mal. Carolin musterte Till, der sie unsicher angrinste und sich verlegen den Nacken rieb, als er ihren Blick aufschnappte. Okay. Moni kannte ihn.

Und ja, Moni liebte Kochsendungen. Wenn sogar Kati bei seinem Anblick ausflippte … Wer zum Teufel war er?

»Meine Mutter hat sogar neulich Ihr Rezept mit der gefüllten Pute nachgekocht«, brach Kati ihr Schweigen. Sie klang ganz ehrfürchtig, was selten vorkam. Das wusste man, sobald man sich länger mit Teenagern des einundzwanzigsten Jahrhunderts befasste.

»Oh ja, das habe ich!«

»Darf ich … darf ich ein Autogramm haben? Bitte? Und ein Foto machen?«, fragte Kati, kramte aus ihrer Handtasche einen Kugelschreiber hervor und reichte ihn Till. Carolin folgte dem Ganzen mit vor Sprachlosigkeit offen stehendem Mund.

»Autogrammkarten habe ich leider keine dabei«, gestand er. Autogrammkarten?

»Nehmen Sie meinen Arm«, schlug Kati vor und errötete, als Till sie berührte. Sie errötete! Sogar durch die dicke Make-up-Schicht erkannte Carolin das. Kati kicherte, blinkerte Till zwischen schwarz getuschten Wimpernextensions an und bekam gerade noch ein butterweiches »Danke« zustande. Dann quiekte sie: »Das ist ja so endlaser! Ich habe bei YouTube gesehen, wie Sie in der letzten Sendung das Gesangsbattle gegen diesen Schlagerfuzzi gewonnen haben. Mega krass gesungen!«

Till war also in Wirklichkeit Kai Beck, der singende Fernsehkoch. Fieberhaft kramte Carolin in ihren Erinnerungen, ob sie den Namen schon mal gehört hatte, und wenn ja, mit welchem Gesicht sie ihn in Verbindung brachte. Ihr kam immer wieder dieser braunhaarige Typ mit trendiger Hornbrille, rasiertem Seitenhaar, dafür längerem, zur Seite gestyltem Deckhaar und Vollbart in den Sinn. Aber mit dem hatte Till doch gar keine Ähnlichkeit. Bis auf die Augen vielleicht. Und die Nase. Und … oh Mann. Kai Beck – Lebensmittelskandal – TV-Aus. Wieso hatte sie nicht früher geschaltet? Natürlich hatte sie davon gehört, wäre jedoch nie auf die Idee gekommen, Till damit in Verbindung zu bringen.

»Ich dachte, niemand erkennt mich, wenn ich das Hipsteroutfit ablege, mir die Haare färbe und möglichst unauffällig unter meinem richtigen Namen unterwegs bin. Bisher hat's zumindest problemlos funktioniert.«

Moni schnalzte und sagte: »Schätzchen, gefärbte Haare erkenne ich sofort.«

Till lächelte Carolin zögerlich an, dann winkte er Kati zu sich, legte den Arm um sie und stellte sich professionell in Selfiepose.

Auf einmal hatte Carolin das Gefühl, vor einem anderen Mann zu stehen als vor dem, der eben noch nackt in ihrem Bett gelegen hatte. Ihr war klar, dass sie kein Recht hatte, sauer zu sein, nachdem sie ihm ebenfalls Details zu ihrer Identität vorenthalten hatte. Folglich war doch alles gut – jeder von ihnen hatte sein Geheimnis. Gehabt. Trotzdem fühlte sich Carolin verletzt.

»Ich kümmere mich mal ums Frühstück«, sagte Till-Kai, kam mit zwei großen Schritten zu Carolin und küsste sie beinahe scheu auf den Mund. »Tut mir leid, dass du es so erfahren hast«, hauchte er an ihre Lippen und wandte sich zum Gehen.

Carolin wusste nicht, was sie denken sollte und wie ihr geschah, als Moni sie an sich zog und ohne Rücksicht auf ihre minderjährige Tochter rief: »Ich fasse es nicht, du hast mit Kai Beck geschlafen, dem berühmten Fernsehkoch!«

Eine halbe Stunde später trafen Carolin, Moni und Kati in der Küche ein. Auf dem Küchentisch lagen drei bis oben hin gefüllte Papiertüten voller Brötchen, auf einer klebte eine Haftnotiz mit winzig kleinen Buchstaben.

Carolin musste sie in die Hand nehmen, um Pauls Nachricht zu entziffern.

Brötchen, falls es mit dem Brot nicht klappt. Völler ist auch mal wieder um sechs los. Bin bei Schnitzel, der Stall ist fällig.
Paul

Bei Schnitzel würde Carolin später auf jeden Fall auch noch vorbeischauen.

Till hatte, offensichtlich in Rekordgeschwindigkeit, denn er war nirgends zu sehen, die zweite Teigkomponente, das Brühstück, in einer Schüssel angesetzt, an der ebenfalls ein Post-it klebte.

Liebe Carolin, leider klappt es mit dem Brot nicht wie geplant, aber Paul hat Gott sei Dank Brötchen besorgt. Freue mich, dich nachher zu sehen – hab was zu erledigen.
Till

Seinen Namen hatte er extrafett unterstrichen, als ob er betonen wollte, dass Kai Beck kein Thema mehr war. Carolin dachte an den Nachmittag in der Küche, die gemeinsame Nacht und fragte sich, ob die Neuigkeiten über Till wirklich etwas an ihren Gefühlen für ihn änderten. Er war also berühmt – na und? Aber hätte er ihr denn auch bald reinen Wein eingeschenkt, wenn Moni, der eingefleischte Beck-Fan, seine Tarnung nicht hätte auffliegen lassen? Aus Taktgefühlt hatte sie hoch und heilig versprochen, keinen großen Wirbel um ihn zu machen, und auch Kati hatte sie verboten, das frühmorgendliche Zusammentreffen im Internet zu verbreiten. Was ihre Verzückung allerdings kein Stück minderte. Während sie Carolin bei den Frühstücksvorbereitungen half und dafür Gurken und Karotten in Stücke schnitt, die Carolin als Fingerfood zum Erbsen-Avocado-Aufstrich reichen wollte, plapperte Moni in einer Tour.

»Ich bin richtig stolz auf dich und kann es noch gar nicht glauben. Kai Beck und du. Hätte ich gleich gewusst, dass du in Wahrheit von Kai Beck sprichst, wäre ich sofort da gewesen, darauf kannst du einen lassen.« Moni richtete das Gemüse sternförmig auf einer Porzellanplatte an, stapelte in der Mitte ein paar Stücke Radieschen und bewunderte die Obstmischung aus Äpfeln, Kiwi, Trauben, Erd- und Blaubeeren, zu der Carolin Sahnequark gerührt hatte. »Sieh mal einer an. Man könnte meinen, du hast plötzlich Spaß am Kochen. An wem das wohl liegt?« Moni zwinkerte ihr zu, doch Carolin hatte nur ein müdes Lächeln dafür übrig, ging in den Vorratsraum und holte den Erbsen-Avocado-Aufstrich aus dem Kühlschrank.

»Das war Tills Idee«, sagte Carolin und stellte die Schale neben der Gemüseplatte ab. »Das Rezept für die Quarkspeise kommt von Mareike, die du später auch kennenlernen wirst.« Sie verteilte eine Handvoll gehackter Pistazien auf dem Sahnequark.

»Jetzt erzähl doch mal. Wie kam das mit dir und Kai, und wie ist er so?«, hakte Moni ungeduldig nach.

»Er heißt Till«, gab Carolin knapp zurück.

»Kai oder Till – es ist derselbe Mann, oder? Das ist nicht fair. Endlich passiert mal wieder etwas Gutes in deinem Leben, und du lässt mich nicht daran teilhaben.«

Carolin sah ihre Freundin an. »Es ist nicht so einfach, wie du denkst«, sagte sie schließlich und wischte mit einem Tuch einen Wasserfleck von der Arbeitsplatte. »Vor allem jetzt, da ich weiß, wer er ist.«

»Du wusstest es echt nicht, oder? Sonst hättest du mir ja erzählt, dass du eine Berühmtheit abgeschleppt hast.« Enthusiastisch klatschte sie in die Hände. »Wie aufregend! Zwei Stars auf einer schicksalhaften Begegnung. Du solltest ein Buch darüber schreiben.«

»Moni, er hat's mir nicht gesagt«, versuchte Carolin, sie auf den Boden der Tatsachen zurückzuholen. »Und um ehrlich zu sein, weiß er auch nicht, wer ich bin. Womöglich ist das jetzt egal, weil ich neben ihm nur ein kleines Licht bin.«

Moni schnalzte missbilligend mit der Zunge. »Jetzt mach aber mal halblang. Du fährst auf ihn ab, er auf dich – wo ist das Problem? Und wenn der Sex dann noch gut ist … Ist er?«

Kati, die am Küchentisch saß, den Blick an ihr Telefon gefesselt, murmelte: »Könnt ihr eure ekelhaften Gespräche nicht irgendwo anders führen?«

»Du tust doch sonst immer so erwachsen«, gab Moni zurück. Anscheinend verfolgte sie nun die Konfrontationsstrategie statt die Freundinnennummer.

Ohne aufzusehen, gab Kati einen verächtlichen Laut

von sich. »Boah, Mom, du hast echt keine Ahnung, was man fragt und was besser nicht.«

»Aber du, oder was?«, schnappte Moni.

»Ich wette, ich weiß besser Bescheid als du. Auch über Sex«, mutmaßte Kati und grinste herablassend, ohne ihre Mutter dabei anzusehen. Carolin wollte es nicht sagen, aber sie fürchtete, dass Kati auf dem Gebiet der Sexualität tatsächlich informierter war als Moni und sie zusammen. In Zeiten von Google, YouTube und Co. …

Carolin nahm ein Tablett aus dem Schrank und stellte die Quarkspeise und den erbsengrünen Aufstrich darauf. Beides sah schlicht, aber sehr appetitlich aus. Kai Beck, der berühmte Fernsehkoch, wusste, was er tat. Nicht nur, was das Kochen anging. Bei der Erinnerung an letzte Nacht reagierte ihr Körper sofort. Um sich abzulenken, sah sie auf die Uhr. Gleich kurz nach neun.

»Die Brote backe ich für später, als kleine Mahlzeit zwischendurch. Oder für morgen.«

»Brot backst du auch? Wahnsinn!«, entfuhr es Moni.

Carolin seufzte. »Ich wollte alles perfekt haben, damit unser Hoteltester ja nichts zu meckern hat, nachdem er gestern unfreiwillig im Teich baden gegangen ist.«

»Ach ja, der Hoteltester.« Moni räusperte sich. »Aber … um noch mal auf Kai zurückzukommen …«

»Till!«

»Er weiß also nicht, dass du Schriftstellerin bist?«

Carolin schüttelte den Kopf, und Moni strahlte. »Na, dann kannst du es ihm gleich sagen, und alles ist gut.«

Carolin war noch nicht überzeugt. Ob es wirklich so einfach war?

Kati sah auf, neigte nachdenklich den Kopf und blickte Carolin mit ihren blauen Augen an. Dasselbe Atlantikblau wie Monis, derselbe wache Ausdruck. Hinter der dicken Make-up-Schicht versteckte sich ein hübsches, intelligentes Mädchen, das nun den Mund verzog, mit den Schultern zuckte und sich erneut dem Handy widmete. Gerade, als Carolin das Tablett anheben wollte, sagte Kati:

»Ist doch eigentlich egal, wer jemand ist. Hauptsache, du bist glücklich mit ihm.«

Moni lächelte ihre Tochter liebevoll an, wie es nur eine Mutter konnte. Für so viel Weisheit sollte man dem Mädchen einen Orden verleihen. Sie hatte mit wenigen Worten das gesagt, worauf es ankam.

Mitten in diesen vertraulichen Moment platzte Ole in die Küche. »Alter, sie sind da!«, schrie er. Dann blieb für wenige Sekunden die Zeit stehen. Ole erblickte Kati. Wurde knallrot. Sie wischte auf ihrem Handydisplay herum, hob nur kurz den Blick und nahm nicht weiter Notiz von ihm. Er starrte sie mit offenem Mund an. »Äh«, brachte er hervor und sprach mit unnatürlich tief gestellter Stimme weiter: »Ich meine … die Ferkel sind da. Neun. Und … äh. Sie stinken echt.«

Kati gab einen gekünstelten Würgelaut von sich, während Moni in die Hände klatschte und entzückt rief:

»Oh, wie niedlich! Glücksschweinchen!«

»Und, Ole, geht's allen gut?«, fragte Carolin. »Sind die Ferkel süß?«

Über Oles Gesicht huschte ein verräterisches Strahlen, ehe er gewollt gleichmütig den Mund verzog und abwinkte.

»Wisst ihr was, wir verlegen das Frühstück einfach nach draußen«, schlug Moni vor. »Das Wetter ist so schön.«

»Das geht nicht, wir haben draußen weder Stühle noch Tische, und das Rührei muss ich auch noch machen«, warf Carolin ein und stellte zwei Brotkörbe neben die Brötchentüten.

»Ich habe eine Idee«, sagte Ole. »Gebt mir zehn Minuten und kommt dann mit dem ganzen Kram nach draußen, ja?« Und weg war er. So energisch kannte Carolin ihn ja gar nicht.

Kati sah auf, steckte das Handy in die Gesäßtasche ihrer schneeweißen Röhrenjeans, schüttete den Inhalt der Papiertüten in die Brotkörbe, nahm sie und folgte Ole mit einem »Ich kann mir die Schweinchen ja mal ansehen« nach draußen.

»Deine Tochter hat ein weiteres Herz erobert«, sagte Carolin.

»Ja«, bestätigte Moni. »Aber du auch, Madame. Und ich freue mich für dich. Deine neuen Aufgaben bekommen dir, und dieses Strahlen steht dir außerordentlich gut.«

Gleichzeitig mit Werner, Doris, Mareike und Torsten trafen Carolin und Moni vor dem Schweinestall ein.

»Eine wunderbare Idee, das Essen an die frische Luft zu verlegen und dieses Ereignis zu feiern«, rief

Werner. »Das ist ja wie in einer Geschichte von Astrid Lindgren. So idyllisch!« An Carolin gerichtet fuhr er fort: »Ich hab schon von Till gehört, dass es dein leckeres Heidebrot erst am Nachmittag gibt. Schade, aber ich freue mich auf eine zünftige Vespermahlzeit. Und jetzt wollen wir uns zuerst die kleinen Schweinchen ansehen, oder?«

»Ole soll uns ja nicht umsonst aus den Betten getrommelt haben«, sagte Mareike lachend und band sich einen Zopf.

Der Reihe nach drängten sie sich in den Schuppen, um die neuen Erdenbewohner zu begutachten. Auch Carolin bewunderte die rosa-schwarz gefleckten Ferkel, die grunzend um die Wette zur besten Position an der Milchbar krabbelten. Zauberhaft!

»Sind die süß!«, rief Mareike.

»Goldig!«, pflichtete Doris bei.

»Seht euch den mit dem schwarzen Po an«, sagte Werner.

»Alle sind quietschfidel«, verkündete Paul, der sich ins Stroh hockte und das letzte Ferkel abtastete. »Dieses auch. Prima! In ein paar Tagen kann die Rasselbande bestimmt das erste Mal an die frische Luft und die Matschstellen erkunden.«

Bis Carolin und Moni Butter, Brombeer-Birnen-Marmelade, Käse, Dip, Salat, Teller, Tassen und was für das Frühstück sonst noch nötig war, nach draußen gebracht hatten, hatten Ole und Paul Holzböcke mit Spanplatten darauf aufgestellt, was zwar nicht besonders hübsch, aber zweckdienlich war. Carolin wunderte sich zwar, wo Till blieb, aber sie versuchte, nicht ständig an ihn zu denken. Er würde schon noch auftauchen.

»Was braucht es mehr als das Wunder der Geburt und ein köstliches Frühstück, oder?« Werner stieß Torsten mit dem Ellenbogen in die Seite.

»Wo steckt denn nun dieser Herr Völler?«, fragte Doris und tunkte ein Stück Gurke in den Erbsen-Avocado-Dip. »Er verpasst ja alles!«

»Ich bezweifle, dass er ein Frühstück neben dem Schweinestall gutheißen wird«, gab Carolin zu bedenken. »Wie würdet ihr das sehen, wenn ihr Hoteltester wärt?«

»Ich wäre begeistert!«, rief Doris. »Ist so schön ungezwungen hier. Als würden wir uns schon ewig kennen.«

»Ungewöhnlich ist es«, sagte Torsten und nippte an einer Tasse Kaffee. »Es riecht unappetitlich.« Als er Mareikes mahnenden Blick aufschnappte, fügte er schnell hinzu: »Aber … es hat was.«

»Seht euch um – lauter glückliche Gesichter«, schwärmte Doris weiter, deren Haut von der Gartenarbeit leicht gebräunt war und die, im Vergleich zu vor wenigen Tagen, sehr zufrieden wirkte. »Und wisst ihr, ich habe beschlossen, keine Diät mehr zu machen. Seitdem geht es mir viel besser. Ich werde einfach ein bisschen mit dem Essen aufpassen und einmal in der Woche einen Fastentag einlegen. So kann ich mir auch ohne schlechtes Gewissen ein weiteres Portiönchen von diesem köstlichen Dip und dem Brot gönnen –

und von der leckeren Marmelade! Jawohl.« Sie lächelte. »Ich freu mich ja schon so aufs Unkrautzupfen!«

»Ich auch, mein Ferkelchen«, kicherte Werner, und alle stimmten mit ein.

»Och nee, nicht schon wieder arbeiten«, nörgelte schließlich Ole. »Können wir nicht mal was Cooles machen?« Der Seitenblick auf Kati blieb unbeantwortet, denn sie nagte gedankenverloren an einem Stück Möhre und guckte auf ihr Handy.

»Du könntest mir beim Holzhacken helfen. Hab mir die superscharfe Axt vom Nachbarn geliehen«, schlug Paul vor. »Die alten Stämme müssen aus dem Weg, da könnte ich deine Hilfe gut gebrauchen. Nicht obercool, aber schon nicht uncool, oder?«

Ole deutete dezent seinen Verdruss an dieser Idee an, indem er so tat, als steckte er den Zeigefinger in den Hals.

»Darfst dich auch an der Motorsäge versuchen«, lockte Paul beiläufig. »Falls du dir das zutraust.«

»Klar, Alter! Geilo!« Ole räusperte sich, linste zu Kati und fügte in seiner Ihr-könnt-mich-alle-mal-Stimme hinzu: »Ich meine … ätzend. Wenn es sein muss …«

»Apropos, wenn es sein muss – ich muss mir jetzt unbedingt noch mal die kleinen Racker ansehen«, verkündete Werner. »Ich bin ja so verliebt! Wer kommt mit?«

Niemand ließ sich zweimal bitten, und so drängten sie sich kurz darauf wieder um den Verschlag, in dem die kleine Schweinefamilie jetzt friedlich schlummerte.

»Haben sie denn schon Namen?«, fragte Carolin.

Paul schüttelte den Kopf. »Allerdings freue ich mich, wenn ihr euch welche ausdenkt. So hat jeder von euch sein Privatschweinchen.«

»Das mit dem schwarzen Hintern heißt Werner«, dröhnte Werner laut lachend.

In diesem Moment stolperte Till alias Kai Beck alias der berühmte Fernsehkoch zur Tür herein. Er trug jetzt ein schwarzes T-Shirt über einer stonewashed Jeans. »Sind sie da? Alle gesund? Hab mich extra beeilt.« Wie ein kleiner Junge drängte er sich zwischen Werner und Doris, schob Kati und Ole beiseite und beugte sich über die Holzlatten. »Zuerst war ich ja sauer, dass sie nicht auf mich gewartet hat. Ich dachte, Schnitzel und ich hätten eine besondere Verbindung.« Till lachte sein Till-Lachen. »Aber … wer könnte da böse sein?«

Genau, dachte Carolin. Wer könnte da böse sein?

»Können wir jetzt gehen, Mom?«, fragte Kati genervt. »Ich dachte, wir unternehmen was Spannendes. Stattdessen hängen wir in einem stinkenden Schweinestall ab.«

»Oh ja!«, rief Moni. »Wir machen etwas richtig Tolles. Ich habe gesehen, dass die Buchsbäume im Vorgarten aussehen, als wären sie jahrelang nicht geschnitten worden.«

»Mom!«

»Was für eine Friseurin wäre ich, wenn ich aus den fusseligen Dingern nicht etwas Hübsches zaubern würde?«

»Da mach ich nicht mit!«, protestierte Kati. »Das ist total langweilig!«

»Möchtest du lieber mit Ole und Paul Holz sägen?«

»Oder Unkraut zupfen«, schlug Werner vor.

»Staub wischen«, warf Mareike in die Waagschale.

»In die Metro fahren«, kam es von Torsten, der mit einem langen Einkaufszettel winkte.

»Der Stall müsste auch noch saubergemacht werden«, merkte Paul an.

Und Till zuckte die Schultern und sagte: »Die Brote müssen gebacken werden. Aber die Stelle als Küchenfee ist bereits vergeben.« Er lächelte Carolin zu, und sie kam nicht umhin zuzugeben, dass sie sich auf die gemeinsame Zeit freute und auch darauf, ihm über die Schulter zu gucken.

»Mann, wär ich mal zur Schule gegangen«, motzte Kati und stapfte davon.

»Ach, ist das schön mit einer Teenagertochter«, sagte Moni ironisch. »Wenn du mir Heckenscheren gibst, legen wir gleich los, Paul.«

Kurz darauf verließen alle den Stall, und Moni folgte ihrer Tochter mit zwei Heckenscheren bewaffnet. Als sie die Mitte der Brücke erreicht hatte, wandte sie sich noch einmal um und warf den anderen eine Kusshand zu. Es schien, als täte der Aufenthalt hier jedem auf seine eigene Art und Weise gut. Beim einen geschah es schneller, der andere brauchte eine Weile, bis die Wirkung einsetzte.

»Na dann, Freunde«, sagte Werner. »Worauf warten wir noch? Ran an die Arbeit!« Er klopfte sich den Bauch. »Schnell noch ein Brötchen auf die Hand und ab in den Vorgarten.«

»Ich kümmere mich um die Backwaren und das Mittagessen«, verkündete Till und fragte Carolin: »Hilfst du mir?«

Doch ehe sie antworten konnte, kehrte Moni rennend und wild gestikulierend zurück.

»Oje«, rief sie und zeigte in Richtung Hotel. »Caro!«

In diesem Moment sah Carolin eine weitere Person, die sich ihnen von der anderen Seite des Teichs her näherte. Sie traute ihren Augen nicht. Sollte sie jetzt lachen oder weinen? Sie wusste es nicht. Fest stand nur, dass sie Lars abpassen musste, ehe er auf ihre neuen Freunde traf. Sie wollte auf keinen Fall, dass die Vergangenheit sie hier und heute einholte.

Kapitel 13

Mit großen Schritten ging Carolin dem Neuankömmling entgegen, der sie mit einem »Hallo« begrüßte und sich mit der Hand durch das braune Haar fuhr. Dabei glitzerte seine silberne Armbanduhr im Sonnenlicht.

Wie viele Baustellen brauchte Carolins Leben denn noch?

Sie schluckte, gab Moni per Handzeichen zu verstehen, dass sie alles im Griff hatte, und sagte mit fester Stimme: »Hallo, Lars.« Als sie ihn erreicht hatte, fauchte sie: »Was machst du hier?« Sie fand es unmöglich, dass er wie aus dem Nichts auftauchte, und war gleichzeitig verwundert, dass seine Anwesenheit sie nicht auf romantische Weise aufwühlte, sondern ärgerte. Dieser Ort war larsfreie Zone, sie hatte ihn nicht einmal vermisst. Unter den Augen der anderen, auch unter Tills – das war ihr bewusst –, wies sie auf Pauls Haus und bedeutete Lars, ihr zu folgen. Es war ihr unangenehm, dass alle Zeuge davon wurden, wie sie von ihrem alten Leben eingeholt wurde.

»Das ist aber kein besonders netter Empfang«, beschwerte sich Lars, ohne Carolins Frage zu beantworten.

Sie stieß die Haustür auf, trat in den Windfang und drehte sich dann zu ihm um.

»Solltest du nicht das große Fest mit deiner Sieglinde

organisieren?«, fragte Carolin unwirsch und wunderte sich zugleich über ihre eigene Empörung.

»Sie heißt Jolande. Hallo, Carolin.«

»Weiß sie, dass du hier bist?«

»Ich wollte dich sehen«, gab er trotzig zurück und lockerte den Krawattenknoten. Schon wieder hatte er ihre Frage nicht beantwortet. »Moni hat mir erzählt, dass du für eine Weile hier bist, also habe ich mich ins Auto gesetzt und bin hergekommen.«

»Wie reizend.«

»Sei nicht böse auf Moni. Du weißt doch, dass sie sich manchmal verplappert.«

»Auf Moni bin ich auch nicht böse. Sie konnte schließlich nicht ahnen, dass du dich gleich auf den Weg hierher machen würdest, wo du doch sonst jeden Besuch bei meiner Schwester vermieden hast, weil es dir in der Heide zu langweilig ist.«

Lars stellte seine Tasche ab und musterte sie. »Ich dachte, du freust dich, mich zu sehen.«

»Und ich dachte, du hättest begriffen, dass ich Abstand will. Abgesehen davon kannst du hier nicht einfach auftauchen, als wäre nichts gewesen.«

Lars betrachtete sie aufmerksam. »Du bist so anders.«

»Ich bin einfach nur sauer, weil du dich so egoistisch verhältst.« Und weil es ihr bisher nie aufgefallen war, dass er sich oft so benahm.

»Nach unserem letzten Treffen hatte ich schon den Eindruck, dass da noch etwas zwischen uns ist.«

Einen Moment lang sah sie ihn an. Schließlich sagte sie: »Dein Gefühl hat dich nicht getäuscht. An dem Tag habe ich mir tatsächlich einen Neuanfang gewünscht – bis zu dem Moment, in dem du mir von dieser Gudlinde erzählt hast.«

»Jolande.«

»Das weiß ich doch. Mir ist aber egal, wie sie heißt, Lars, obwohl die Arme gar nichts dafürkann. Was nichts an der Tatsache ändert, dass du mir schon wieder sehr, sehr wehgetan hast. Deswegen …«

»Ich bin hergekommen, weil ich mit dir reden muss. Vielleicht gehen wir irgendwohin, wo es gemütlicher ist als hier.«

»Besser nicht. Lola ist nicht da, und ich habe Paul versprochen, ihm zu helfen. Deswegen muss ich dringend in die Küche. Kochen.«

»Du kochst?«, fragte Lars, als wäre es ein kleines Wunder. »Ich meine … na ja, dann warte ich eben.«

»Das Ding ist, Lars, du kannst nicht bleiben. Hier ist kein Platz für dich.«

»Caro, sei nicht albern. Ja, es ist nicht optimal mit uns gelaufen, aber ich bin hier und möchte das aus der Welt schaffen. Glaubst du nicht, dass wir erwachsen genug sind, um …«

»Findest du es erwachsen, mir einen Brief auf den Küchentisch zu legen und einfach zu verschwinden? Ich glaube nicht, dass das erwachsen ist. Und einfach hier aufzutauchen und zu erwarten, dass ich dir den roten Teppich ausrolle, ist ebenso wenig erwachsen.« Sie stemmte die Hände in die Hüften. »Du kannst nicht einfach kommen und gehen, wie es dir passt, so funktioniert das nicht. Ich weiß, dass ich es dir nie deutlich gesagt habe, aber ich finde es unmöglich, dass du mich sitzengelassen und mich vor allem so schnell ersetzt hast. Abgesehen davon besitzt du nicht nur die Frechheit, mich zu eurer Hochzeit einzuladen, nein, du platzt außerdem ohne Vorwarnung in mein neues Leben rein, das ich mir gerade aufbaue, und bringst alles durcheinander. Ich bin glücklich, wie es gerade ist, verstehst du?« Sie hatte ihm einfach gesagt, was sie dachte, statt alles in nette Worte mit rosa Schleifchen darum zu verpacken. *Das* war ein Wunder. Ein großes.

»Aber … aber ich …«, stammelte Lars. »Ich will doch gar nicht heiraten. Zumindest nicht Jolande. Und ich bin gekommen, um dir das zu sagen. Ich heirate sie nicht, wenn du mich heiraten willst, Caro.« Er streckte die Hand nach Carolin aus, die einen Schritt rückwärts machte und abwehrend die Hände hob. Hatte er ihr gerade auf seine unromantische Art mitgeteilt, dass er sie und nicht seine Verlobte heiraten wollte?

»Was ist bloß los mit dir?«, fragte Carolin schrill. »Du kannst doch nicht ernsthaft erwarten, dass ich darauf eingehe.«

»Aber es war doch gut mit uns. Und ich bin sicher, alles könnte wieder so werden wie früher. Wir kennen uns in- und auswendig. Ich weiß ja, ich habe meine Macken, aber ich bin bereit, an mir zu arbeiten. Du auch?« Er guckte so hoffnungsvoll wie ein Junge, der unbedingt in die Fußballmannschaft aufgenommen werden wollte. Ihm war wohl nicht bewusst, dass er Carolin gerade gehörig beleidigt hatte, wenn er von ihr verlangte, dass sie auch an sich arbeiten sollte.

Carolin musste ruhig bleiben. Es nutzte niemandem, wenn sie die Nerven verlor. »Gerade hast du gesagt, dass du Jolande nicht heiratest, wenn ich dich zurücknehme. Du hast nicht gesagt, dass du sie auf keinen Fall heiraten willst. Im Umkehrschluss heißt das, dass du dir alle Optionen offenhältst, habe ich recht?«

Lars fuhr sich mit der Hand durch die Haare. »Das ist doch Erbsenzählerei, Caro.«

»Ich bin nun mal eine Erbsenzählerin. Überleg dir genau, was du willst, bevor du mir ewige Liebe schwörst oder deine Freundin vor den Traualtar führst. Wenn schon nicht ihr und mir zuliebe, dann deinetwegen.« Genau genommen hatte er ihr nicht einmal gesagt, dass er sie liebte. Oh Gott, was hatte sie bloß so lange bei ihm gehalten? In diesem Moment war sie einfach nur dankbar, dass sie ihm nicht mehr hinterhertrauerte. Sie war frei.

»Fahr nach Hause, Lars, und kläre, was zu klären ist. Für uns ist es zu spät.«

Er sah sie an. Lange. Carolin betrachtete das wohlvertraute Gesicht, in dem sie lesen konnte wie in einem Buch. Das blasse Muttermal oberhalb des rechten Auges, die kleine Narbe an seiner Unterlippe, die sich bei schlechtem Wetter besonders deutlich abzeichnete. Sie würde ihn wohl nicht wiedersehen. Und das war gut so.

»Wie du willst«, sagte Lars schließlich kühl und bückte sich nach seiner Tasche. »Mach's gut, Carolin.« Ein Schatten huschte über sein Gesicht. »Tut mir leid, dass es so gekommen ist.« Er wandte sich ab, öffnete die Tür und ging.

Carolin blickte ihm nach, bis er aus ihrem Sichtfeld verschwunden war, und flüsterte: »Mir nicht.«

Atemlos erreichte Carolin den Vorgarten, in dem Moni und Kati den Buchsbäumen zu einer neuen Frisur verhalfen, während weiter hinten im Garten die Motorsäge aufheulte. Sie hatte Lars einige Minuten Vorsprung gelassen, ehe sie losgelaufen war, um ihrer Freundin zu erzählen, was soeben geschehen war.

Als Moni sie kommen sah, legte sie die Heckenschere beiseite und meinte: »Ich wollte dir ja sagen, dass ich Lars getroffen und ihm erzählt habe, wo du bist. Und dass ich die Befürchtung gehabt habe, dass er neben der Spur ist und dir einen Besuch abstattet. Aber du hast mich am Telefon abgewürgt. Vielleicht ist es ja auch ganz gut, dass er hergekommen ist. Ich meine, damit du dir darüber klar werden kannst, was du willst.«

»Oder wen«, warf Kati ein und bückte sich, um einen überstehenden Zweig abzuschneiden.

»Ich weiß gar nicht, warum ihr beide euch ständig in der Wolle habt. Ihr seid euch so ähnlich und blast auch jetzt ins gleiche Horn«, gab Carolin zurück und verdrehte die Augen. »Du hättest ruhig noch mal versuchen können, es mir zu sagen«, fuhr sie an Moni gerichtet fort. »Wenigstens wäre ich dann vorgewarnt gewesen.«

»Mag sein, aber so konntest du dir keinen Plan

zurechtlegen. Lars ist ziemlich zerknirscht abgerauscht, hat nicht mal ein richtiges Tschüss rausbekommen. Was hast du ihm denn gesagt?«

Carolin seufzte. Sie wollte nicht weiter auf der Tatsache herumreiten, dass Moni nach ihrem Telefonat noch genügend Gelegenheiten gehabt hätte, ihr zu sagen, dass Lars ihren Aufenthaltsort kannte. Nicht, dass sie mit seinem Auftauchen gerechnet hätte, aber er hätte sie zumindest nicht derart überrumpeln können.

»Was schon? Dass es aus ist, natürlich«, sagte Carolin.

»Echt?«

»Wer würde sich schon gegen einen Typen wie Kai Beck entscheiden?«, warf Kati als Argument in die Waagschale. »Das wäre ja so, als würde ich den Billiglidschatten von irgendeinem Discounter auf die Augen schmieren, statt meine Lieblingspalette zu benutzen.« Auf den verständnislosen Blick der beiden Frauen hin zuckte sie mit den Schultern und wandte sich wieder dem Buchsbaum zu. »Ich mein ja nur.«

Moni öffnete den Mund, um etwas zu erwidern, entschied sich jedoch dazu, lieber das Thema zu wechseln. »Wir werden nachher unsere geschundenen Hände verwöhnen lassen. Hier gibt's doch bestimmt ein Spa oder Beautystudio in der Nähe, oder? Möchtest du mitkommen?«

Bevor Carolin antwortete, hörte sie ein vernehmliches Räuspern. Eines, das nichts Gutes verhieß. Eines, das Steffen Völlers Kehle entsprang und das, seinem Gesichtsausdruck nach zu urteilen, kein Zeichen unbändiger Freude war.

»Frau Maackmann«, sagte er und zauberte ein Paar schwarze Socken hinter seinem Rücken hervor, während er unter den anderen Arm seinen Laptop geklemmt hatte. »Die habe ich in meinem Schrank gefunden, als ich das Bügeleisen gesucht habe. Meine sind es nicht und Ihre vermutlich auch nicht.«

»Wieso nennt der dich Frau Maackmann?«, raunte Moni, die hinter Carolin getreten war.

Du meine Güte, dachte Carolin. *Reagiere souverän!*

Wer auch immer das Zimmer geputzt hatte – das Paar Socken vom Vorgast hatte er offensichtlich übersehen. Das durfte nicht passieren, aber es war schließlich nur ein Paar Socken.

»Geben Sie mal her«, wies Moni ihn an und riss sie ihm aus der Hand. »Wir entsorgen die gerne für Sie.« Sie neigte den Kopf und musterte Steffen Völler, was, erfahrungsgemäß, kein gutes Ende nehmen würde. Moni war eben sehr direkt.

»Ich bitte vielmals um Entschuldigung«, sagte Carolin schnell. »Wir haben Sie übrigens beim Frühstück heute vermisst.«

»Ich habe in aller Frühe einen Spaziergang gemacht und in dem kleinen Café an der Jagdhütte gegessen«, entgegnete Herr Völler.

»Wie schade, Sie haben etwas verpasst. Damit meine ich nicht nur den Brotaufstrich, den wir heute ausprobiert haben, sondern auch die Ferkel, die letzte Nacht zur Welt gekommen sind. Sie sind wirklich allerliebst.«

»Aha«, gab Völler desinteressiert zurück. Carolin hatte schon befürchtet, dass ein paar Schweinchen nicht reichen würden, um ihn milde zu stimmen. »Darf ich Ihnen als kleine Wiedergutmachung …«

»… einen Haarschnitt anbieten?«, unterbrach Moni sie. »Außerdem kann ich mir bei Ihnen sehr gut dunkelblond vorstellen. Oder hellbraun. Was halten Sie eigentlich von Kurzhaarfrisuren?«

»Wie bitte?«, fragte Steffen Völler und starrte Moni verständnislos an.

»Eine Meinungsumfrage«, warf Carolin rasch ein. »Wie wäre es, wenn wir Ihnen eine Wandertour organisieren?«

»Ich kümmere mich gern selbst um meine Freizeitgestaltung. Danke«, gab Völler in schnippischem Tonfall zurück.

»Ich empfehle Ihnen außerdem, den Bart abzunehmen. Ohne würden Sie bestimmt viel jünger wirken«, fuhr Moni unbeirrt fort.

»Moni. Bitte nicht«, flehte Carolin, aber Moni war bereits voll in ihrem Element.

Sie trat an Steffen Völler heran, der verblüfft seinen Laptop an sich drückte. Wahrscheinlich würde er hierzu gleich auch etwas schreiben. Carolin befürchtete, dass die Liste auf der Positivseite erheblich kürzer ausfallen würde als jene auf der Negativseite. Moni hingegen nutzte den Moment der Unachtsamkeit aus und sagte:

»Wissen Sie was, ich schneid Ihnen die Haare. Und Sie werden begeistert sein.«

»Meine Haare?«, fragte der Hoteltester pikiert nach. »Was ist damit nicht in Ordnung?«

»Alles bestens!«, ging Carolin dazwischen. »Lange Haare sind total modern.« Sie warf ihrer Freundin einen strengen Blick zu, der jedoch ignoriert wurde.

»Sind sie nicht«, sagte Moni. »Sagen wir heute Abend?«

»Ich …«

»Als Wiedergutmachung. Und damit Sie sich wieder rundum wohlfühlen. Achtzehn Uhr?«

Sie meinte es zwar gut, aber manchmal war Monis Ehrlichkeit einfach zu viel und vor allem fehl am Platz.

»Sie müssen nicht zusagen, Herr Völler, wirklich nicht.«

»Aber ich mach's kostenlos.«

»Wolltest du nicht die Buchsbäume schneiden?«

»Buchsbäume? Sind Sie keine Friseurin?«

»Aber ja doch«, sagte Moni und legte vertraulich die Hand auf Herrn Völlers Arm. Sie fixierte ihn mit ihren blauen Augen, die so ausdrucksstark waren, dass sie ihr Gegenüber damit geradezu hypnotisieren konnte.

»Ich finde es reichlich befremdlich – eine Friseurin, die auch Hecken schneidet. Außerdem habe ich noch nie von einem Hotel gehört, das kostenlose Haarschnitte anbietet.«

»*Ihnen* biete ich einen an, mein Lieber. Nur Ihnen. Als Wiedergutmachung für die alten Socken.«

»Ich weiß nicht recht …«

»Wir können uns aber auch gerne anders einigen«, schlug Carolin vor. Sie klang verzweifelt. Na prima. Wie unprofessionell! »Moni, du hast doch deine Sachen gar nicht dabei. Also …«

»Selbstverständlich habe ich das! Als mobiler Friseur bin ich immer einsatzbereit«, brüstete sich Moni.

Moni war aber auch wirklich begriffsstutzig. Merkte sie denn nicht, worauf Carolin hinauswollte?

»Herr Völler, wenn Sie mögen, könnte ich …«

»Nee, nee, schon gut, Frau Maackmann. Ich mach das. Warum nicht? Ist mal was ganz anderes. Wenn sie sagt, dass ich nachher gut aussehe …«

»Gut?« Moni lachte glockenhell auf. Sie hatte es mit ihrer einnehmenden Art mal wieder geschafft. »Sie werden super aussehen. Wunderbar, dann treffen wir uns nachher in der Lobby, ja? Ich habe noch zu tun. Die Buchsbäume, Sie verstehen?«

»Deine Mutter ist verrückt«, seufzte Carolin. Und Kati lachte.

Auf ihrem Weg in die Küche legte Carolin einen Zwischenstopp im Büro ein, um eingehende Anrufe auf Pauls Handy umzuleiten und einen Zettel an der Rezeption zu hinterlassen, der mögliche Besucher zu ihr in die Küche lotste. Einen Augenblick lang genoss sie die Pause, stand unschlüssig vor dem Sessel ihres Vaters. So viele Jahre lagen zwischen heute und dem Tag, an dem sie das letzte Mal auf Papas Schoß gesessen hatte. Damals war es für sie nie eine Option gewesen, dass der Vater eines Tages – viel zu früh – nicht mehr da sein würde. Liebevoll berührte sie das Leder mit den Fingerspitzen, dann ließ sie sich vorsichtig in den Sessel sinken, nahm den Geruch des Leders wahr, schloss die Augen. Verrückterweise wartete sie darauf, dass die Tatsache, in Papas Sessel zu sitzen, etwas mit ihr machte, sie zum Weinen brachte oder ihr Angst einflößte. Dass Trauer in ihr hochkochte oder sie an die schlimme Zeit nach dem Tod des Vaters denken musste. Aber da war nichts bis auf die Wärme, die sie in ihrem Herzen spürte, und die Ruhe, die sie mit einem Mal überkam. Am Ende des Tages war dieser Sessel eben einfach nur ein Möbelstück, mit dem sie wunderbare Erinnerungen verknüpfte, mehr nicht. Durch das gekippte Fenster hörte sie Vögel zwitschern, die vom Schlagen eines Hammers unterbrochen wurden. Hier gab es keinen Autolärm, keine Straßenbahn, und die Uhren schienen langsamer zu ticken als in der Großstadt. Carolin konnte sich gut vorstellen, zukünftig öfter hier zu sein – gesetzt den Fall, Lola wollte das auch. Hoffentlich würde sie bald zurückkommen. Es gab so viel, was die Schwestern besprechen mussten, aber vor allem wünschte sich Carolin, Lola einfach zu umarmen und ihr zu sagen, wie wichtig sie ihr war. Bei dem Gedanken an etwas Wichtiges kam ihr Lars in den Sinn. Bis vor wenigen Tagen hatte sie sich nicht vorstellen können, ihn gänzlich aus ihrem Leben auszuschließen, und heute hatte ausgerechnet sie das endgültige Aus ihrer Beziehung verkündet. Zwar war sie sich noch nicht ganz sicher, was sie wollte, aber wen sie nicht mehr wollte, das war glasklar. Und sie war froh, dass sie es Lars geradewegs ins Gesicht gesagt hatte. Ihre Entscheidung hing, das konnte sie nicht leugnen, natürlich auch mit Till zusammen, obwohl sie überhaupt nicht wusste, ob und wie es mit ihm weitergehen sollte. Aber sie wollte es wenigstens versuchen. Carolin öffnete die Augen. Ihr Blick fiel auf einen Marienkäfer, der an der weißen Zimmerdecke krabbelte. Marienkäfer waren als Glücksbringer bekannt, oder? Carolin erhob sich, ging zum Schreibtisch und nahm ein Blatt Papier. Anschließend zog sie die Ballerinas aus, stellte sich auf die Sitzfläche des Sessels und reckte sich mit dem Papier gen Zimmerdecke.

»Na los, mein Kleiner. Mach schon, ehe ich das Gleichgewicht verliere und mir das Genick breche.«

Zunächst sträubte sich der Käfer, doch schließlich setzte er sich auf das Blatt, das Carolin nun behutsam von der Decke wegbewegte. Sie beugte sich vor, steckte das Blatt durch den Fensterspalt, und schon flog ihr Glücksbringer davon. Sie hatte ihr Glück gerettet.

Auf einmal dachte Carolin daran, dass sie diesen Satz in einem Roman verwenden sollte.

Sie hatte ihr Glück gerettet.

Vor ihrem geistigen Auge erschien eine Frau ohne Gesicht, aber Carolin wusste, dass sie langes dunkles Haar und einen Hund hatte. Würde sie jemandem, der nicht schrieb, davon erzählen, hielte er sie vielleicht für verrückt, weil es zwischen beiden Merkmalen augenscheinlich keinen Zusammenhang gab. Aber für Carolin fügten sie sich ganz logisch zusammen, und sie stellte sich vor, wie die Gesichtslose den Hund an einem See spazieren führte. Und dass neben ihr ein Mann ging. Mit einem Kind an der Hand. So lief das mit den Ideen nun mal.

Sie setzte sich auf Lolas Bürostuhl, hing noch ein

wenig ihren Gedanken nach und fragte sich, ob sie diese Frau wohl jemals zum Leben erwecken würde. Aber den Satz, den würde sie auf jeden Fall verwenden. Schließlich entsperrte sie den Computerbildschirm und tippte den Namen Kai Beck in die Google-Suchleiste ein, woraufhin sofort unzählige Einträge aufgelistet wurden. *Kai Beck – Homepage*. *Kai Beck kocht* mit dem Verweis auf einen Fernsehsender. Langsam scrollte sie sich durch die Ergebnisse und stieß dabei auch auf einige Zeitungsartikel und Fotos, auf denen er ihr ganz fremd vorkam. Sie hatte den Namen zuvor mit dem richtigen Mann verknüpft. Kai Beck war der Barttyp. Auf einem Foto trug er sogar kinnlanges Haar dazu. Ihr kam es so vor, als wäre dieser Mann nicht der, mit dem sie letzte Nacht zusammen gewesen war. Die Bilder waren Momentaufnahmen und zeigten einen Teil von ihm, den Carolin nicht kannte. Warum waren sie nicht von Anfang an ehrlich zueinander gewesen? Ob Till je wieder vorhatte, sich in diesen Mann zu verwandeln? Wie viel hatten er und Kai Beck gemeinsam? Sie wusste es nicht. Aber sie wollte es herausfinden.

Langsam richtete sie sich auf, erhob sich. Auch wenn die Uhren hier anders tickten – sie hatte keine Zeit zu verlieren.

In der Hotelküche duftete es nach Zwiebeln, süßem Paprika und Kreuzkümmel. Till hatte sich ein Geschirrtuch um den Kopf gebunden, mit dem er aussah wie Karate Kid in erwachsen. Im Gegensatz zu jedem anderen Mann, der in dieser Aufmachung eher idiotisch wirken würde, war er einfach hinreißend. Er pfiff eine Melodie, die Carolin nicht erkannte, weil Pfeifen nicht gerade zu seinen Stärken gehörte. Als er begriff, dass er nicht mehr allein war, verstummte er und hielt mitten in einer Bewegung inne, wischte sich schließlich die Hände an einem Spültuch ab und grinste.

»Hi, Karate Kid«, sagte Carolin, woraufhin er sie zuerst perplex ansah, dann begriff, sich das Geschirrtuch vom Kopf zog und es in die Spüle warf. Mit großen Schritten kam er auf sie zu, nahm ihr Gesicht in beide Hände und küsste sie.

»Ich hatte schon Angst, dass ich dich vergrault habe, weil ich nicht ganz ehrlich gewesen bin.«

Carolin lächelte. »Diesbezüglich müssen wir wohl dringend an uns arbeiten.« Sie löste sich von ihm, ging zur Kochinsel und spähte in den Topf. »Chili! Wie das duftet!«

Er reichte ihr einen Löffel zum Probieren. »Was schmeckst du?«

»Fruchtig, scharf, würzig. Schmeckt ein bisschen nach … Zimt?«

Ohne auf ihre Vermutung einzugehen, wollte Till beiläufig wissen: »Sag mal … Wer war eigentlich dieser Typ vorhin?« Er rührte in der Hackfleischsoße, deren köstliches Röstaroma sich mit den anderen Zutaten vermischt hatte und sich im Raum verteilte.

Zeit, ehrlich zu sein, sagte Carolin sich. »Das war Lars. Mein Ex-Freund.«

»Und was wollte er? Bisschen merkwürdig, seine Ex im Urlaub zu besuchen, oder?« Er hatte aufgehört zu rühren und sah Carolin durchdringend an.

»Er hat mir angeboten, seine Hochzeit abzusagen, wenn ich ihn heirate.«

Tills Mimik gefror. Dann verschränkte er die Arme vor der Brust. »Das ist ja ein nettes Angebot. So ein Schwachkopf.« Nach kurzem Nachdenken fügte er betont unbeteiligt hinzu: »Geht mich ja nichts an, aber … du hast doch Nein gesagt, oder?«

»Bist du etwa eifersüchtig?«

»Pffff – ich bin doch nicht eifersüchtig. Ich meine … auf ihn doch nicht. Also … und? Heiratest du ihn?«

»Himmel – nein!«, stieß Carolin hervor. »Glaubst du wirklich, ich bin so verzweifelt?«

Till steckte die Hände in die Jeanstaschen. »Das nicht, aber wenn man jemanden liebt …«

»Ich liebe ihn aber nicht«, ging Carolin direkt dazwischen. »Es ist vorbei, und das habe ich ihm unmissverständlich gesagt.«

Till sah sie an, ehe er sich wieder dem Essen widmete, und sie beobachtete ihn dabei.

»Nun«, begann er nach einer Weile. »Vielleicht war ich doch eifersüchtig. Ein bisschen. Du weißt ja, wie Männer manchmal sind.« Ein kaum sichtbares Grinsen umspielte seinen Mund.

»Klar«, sagte Carolin nur, während ihr Herz in Jubelschreie ausbrach. Dann wechselte sie abrupt das Thema. »Ich habe dich übrigens gegoogelt.«

»Dann weißt du ja jetzt Bescheid.«

»Was Kai Beck angeht, schon, aber was ist mit dir, Till? Über dich würde ich sehr gern mehr erfahren.«

»Dann schlage ich vor, dass wir künftig mehr miteinander reden und uns besser kennenlernen, was meinst du?« Till legte einen Deckel auf den Topf. »Im Übrigen kennst du mich bereits recht gut. Ich bin der Typ mit der Stresshand, der endlich seinen Traum vom eigenen Restaurant leben möchte. Und zwar mit einer Frau an meiner Seite, die mich so nimmt, wie ich bin. Als Till Wiedemann. Mit dem Mann im Netz habe ich nicht viel zu tun.«

Carolin trat vor und legte sanft ihre Hand auf seinen Arm. »Till Wiedemann gefällt mir immer besser.«

»Ein Leben mit mir ist nicht gerade einfach«, gab Till zu bedenken. »Die Leute reden immer noch über mich, sie reagieren, sobald ich irgendwo erkannt werde. Du hast es heute Morgen selbst erlebt. Und es gibt durchaus Menschen, die sich deutlich weniger über eine Begegnung mit mir freuen. Es ist immer eine Gratwanderung für mich, mit den Leuten umzugehen, und ich weiß, dass ich schnell dazu neige, mich zu verschließen. Hinzu kommt, dass ich im Moment nicht weiß, wie es weitergeht, privat wie beruflich. Da gibt es diese Fernsehproduktionsfirma, die unbedingt ein neues Projekt mit mir machen will.«

»Der Termin.«

»Die sind echt hartnäckig. Und dann denke ich, ja, okay, anscheinend bist du doch noch interessant. Das tut natürlich im ersten Augenblick gut, aber was ist mit all denen, die nicht erkennen oder wissen, dass ich unschuldig bin? Und was ist mit meinem Restaurant, in dem ich den Gästen das Essen persönlich an den Tisch bringe? Ich meine, das lebt natürlich von einem guten Ruf, aber ich glaube, wenn ich fernab der Medien noch mal neu starte, habe ich eine echte Chance. Zwar weiß ich, dass ein eigenes Restaurant noch mehr Arbeit bedeutet, als angestellter Koch zu sein, aber ich bin bereit, das zu leisten. Vielleicht, um mich daran zu erinnern, warum ich Koch geworden bin – nämlich, um Menschen mit meinem Essen glücklich zu machen. In einem Großrestaurant ist das wie Massenabfertigung, zumindest hat man wenig Kontakt außerhalb der Küche. Das will ich nicht.«

Sanft legte Carolin eine Hand an Tills Wange. »Deine Frage kann ich dir natürlich nicht beantworten. Und dir deine Zweifel und Ängste nehmen auch nicht. Aber ich könnte dir zuhören. Wir könnten deine Pläne besprechen. Meine. Vielleicht sogar unsere. Ich würde einfach für dich da sein. Was meinst du? Wäre das etwas, das du dir vorstellen kannst?«

Er beugte sich zu ihr und küsste sie. Dieser Kuss fühlte sich an, als legte Till all seine Hoffnung und Zuneigung hinein. Sie schlang die Arme um ihn und ließ sich in diesen Kuss fallen. Entfernt nahm sie wahr, dass jemand an die Küchentür klopfte. Und als hätte sie heute keine Verschnaufpause verdient, hörte sie Steffen Völler fragen:

»Frau Maackmann, du meine Güte! Was machen Sie denn da mit dem Koch?«

Erschrocken löste sie sich von Till. »Es ist nicht so,

wie Sie denken«, setzte Carolin zu einer Erklärung an und fühlte sich wie ein Teenager, der von seiner Mutter bei etwas Ungehörigem erwischt wurde. Warum hatte sie das Missverständnis, mit Paul verheiratet zu sein, bloß nicht gleich aus der Welt geschafft, als es entstanden war?

»Hier geht es ja zu wie in Sodom und Gomorrha! Haben Sie denn keinen Respekt vor der Ehe?«

»Ehe?«, fragte Till erstaunt.

»Aber ich bin doch gar nicht verheiratet«, rechtfertigte sich Carolin. »Das haben Sie mir unterstellt, und ich habe es nicht korrigiert, weil ich dachte, Sie mögen es familiär und … und mit Frau und Mann … Ich hatte gehofft, Ihr Urteil würde dann milder ausfallen.«

»Mein Urteil? Wovon reden Sie eigentlich?«, fragte Völler empört.

»Meine Schwester, die normalerweise das Hotel leitet, ist nicht da, weswegen mein Schwager, also Herr Maackmann, und ich nun die Verantwortung tragen. Uns liegt wirklich viel an diesem Haus. Es hat früher unserem Vater gehört. Wir geben unser Bestes – Paul, ich und die anderen Hotelgäste.«

»Die anderen Hotelgäste?« Vor lauter Staunen bekam Steffen Völler den Mund nicht mehr zu. »Was meinen Sie mit ›die anderen Hotelgäste‹?«

»Alles Stammgäste, die ihr Urlaubsdomizil nicht verlieren wollen. Die Eheleute Müller kümmern sich um den Garten. Haben Sie denn nicht bemerkt, dass er sich verändert hat?«

»Schon, aber …«

»Alles, damit Sie sich bei uns wohlfühlen.«

»Frau …, ich verstehe kein Wort«, sagte Völler.

»Bitte schreiben Sie keine schlechte Rezension, Herr Völler. Bitte«, flehte Carolin.

Herr Völler trat von einem Fuß auf den anderen und verschränkte die Hände vor der Brust. »Wie gesagt. Keine Ahnung, wovon Sie sprechen und warum Sie mir diese Geschichte erzählen.«

»Herrgott«, mischte sich Till ein. »Wir wissen, dass Sie der Hoteltester sind.«

Herr Völler hob abwehrend die Hände und trat zurück. »Sie sind ja verrückt. Alle beide. Diese Geschichte, die Sie sich da ausgedacht haben … Gibt es hier irgendwo versteckte Kameras? Haha, sehr witzig, ihr habt mich.« Suchend sah er sich um.

»Sie müssen sich nicht länger verstecken«, sagte Carolin.

»Aber ich bin doch gar kein Hoteltester!«, rief Steffen Völler verzweifelt. »Ich bin Ornithologe und möchte den Vogelbestand im Naturschutzgebiet Nordheide dokumentieren.«

Irritiert sahen sich Carolin und Till an. Steffen Völler war nicht der Hoteltester? Das durfte doch nicht wahr sein – alle Indizien sprachen für Völler! Und jetzt sollte all der Wirbel umsonst gewesen sein?

Till fand als Erster seine Sprache wieder und stellte die Fragen aller Fragen: »Wenn Sie nicht der Hoteltester sind – wer ist es dann?«

Kapitel 14

Es duftete nach frisch gemähter Wiese, feuchter Erde und Sommer, als Carolin eine Viertelstunde später vor Lolas und Pauls Haus saß und auf ihren Schwager wartete. Till hatte vorgeschlagen, sich um die Brote zu kümmern, damit Carolin mit den anderen sprechen konnte. Sie wollte klären, wie es nun weitergehen sollte. In ihr machte sich ein merkwürdiges Gefühl breit. Mit seiner Frage hatte Till den Nagel auf den Kopf getroffen: Wer zum Teufel war der Hoteltester? Wenn Steffen Völler es nicht war, blieben nur zwei Möglichkeiten. Entweder, der Tester war doch noch nicht aufgekreuzt, oder … Verstohlen linste Carolin von einem zum anderen. Auf der Bank neben ihr saßen händchenhaltend Werner und Doris. Er hatte sich zurückgelehnt und die Augen geschlossen. Sie wirkte ein wenig steif, wahrscheinlich das Ergebnis der stundenlangen Gartenarbeit. Sie war schließlich nicht mehr die Jüngste. War einer von ihnen besagter Hoteltester? Carolin schnaubte leise. So ein Quatsch!

Torsten saß mit Mareike im Gras. Er hatte den Arm um ihre Schulter gelegt. Ihm würde Carolin schon eher zutrauen, dass er alle an der Nase herumgeführt hatte. Andererseits passte das so gar nicht zu seiner Geschichte mit Mareike und Ole, der an der Hauswand lehnte, auf seinem Smartphone tippte und immer wieder argwöhnisch zu seiner Mutter und ihrem neuen Freund schielte. Es fühlte sich nicht gut an, auf einmal jeden verdächtig zu finden. Ein seichter Wind wehte über die Truppe, die gemeinsam so viel geschafft hatte, und doch kannten sie sich im Grunde gar nicht.

»Ich kann es gar nicht glauben«, sagte Mareike in das Schweigen hinein. »Vielleicht ist er ja wirklich noch nicht hier?«

»Alles andere würde bedeuten, dass einer von uns nicht die Wahrheit sagt«, brachte Torsten die Sache auf den Punkt.

»Wir sollten nicht damit anfangen, uns gegenseitig zu verdächtigen«, warf Carolin ein, doch es fiel ihr selbst schwer, sich daran zu halten.

»Richtig«, pflichtete Doris ihr ungewohnt knapp bei.

»Eigentlich ist es ja egal, wer es ist und wer nicht«, warf Werner ein. »Wichtig ist doch, dass wir einiges auf die Beine gestellt haben, und zwar nur, weil wir zusammengehalten haben.«

In diesem Moment sprintete Paul herbei. Er trug eine Baseballcap, mit der er – bis auf die fehlende Zahnlücke – fast wie der Junge von seiner Einschulung aussah. »Hier seid ihr«, rief er außer Atem. »Stellt euch vor, was gerade passiert ist.«

»Stell du dir vor, dass Steffen Völler nicht der Hoteltester ist«, warf Torsten grimmig dazwischen.

»Ist er nicht?« Wie vom Donner gerührt blieb Paul stehen. »Aber wer ist es dann?«

»Irgendjemand spielt uns etwas vor«, sagte Mareike.

Paul kratzte sich am Hinterkopf. »Nun ja … wenn es ums Vorspielen geht … möglicherweise könnte ich dazu etwas beisteuern«, druckste er herum.

»Rück schon raus mit der Sprache«, drängte Carolin und machte einen Schritt auf Paul zu.

»Als ich gerade vom Holzlattenholen im Baumarkt zurückkam, stand ein ziemlich aufgeblasener Typ vor unserer Tür, der zu einem Kai Beck wollte.«

»Kai Beck?«, fragte Werner.

Carolin horchte auf, schwieg jedoch und guckte möglichst unbeteiligt. Sie wollte zuerst wissen, wie Pauls Geschichte endete.

»Kai Beck? Das ist doch der Fernsehkoch«, erklärte Ole und tippte auf seinem Handy. »Hier.« Er zeigte das Display in die Runde, und alle sahen sich Kai Beck an.

»Ach, der!«, rief Mareike.

»Hatte der nicht diesen Gammelfleischskandal in seinem Restaurant? Eine Schweinerei war das«, sagte Werner und schnaubte verächtlich.

»Dem ist bestimmt der Ruhm zu Kopf gestiegen«, kam es von Torsten.

Carolin presste die Lippen zusammen. Das waren wohl die Reaktionen, von denen Till vorhin gesprochen hatte. Nicht mehr lange, und sie würde etwas sagen.

»Aber der ist doch gar nicht hier«, meinte Mareike kopfschüttelnd.

»Das habe ich dem Typen auch gesagt. Und dann, stellt euch vor, hat er gefragt, ob denn ein Till Wiedemann hier wäre. Ich habe natürlich gesagt, dass ich darüber keine Auskunft geben darf, ich meine, der kam von irgendeiner Fernsehsache, nicht von der Polizei oder so. Aber dann habe ich mal gegoogelt, und wisst ihr was: Ich glaube, unser Till ist Kai Beck.«

»Ach, Quatsch.« Mareike machte eine wegwerfende Handbewegung. »Till sieht doch nicht aus wie Kai Beck.«

»Doch!«, widersprach Paul energisch. »Zeig noch mal das Foto, Ole.« Er nahm das Handy, vergrößerte das Foto auf dem Display und zeigte es den anderen. »Seht euch die Augen an. Und den Mund. Ich bin ganz sicher – er ist es!«

»Selbst wenn«, mischte sich Carolin nun ein. »Was wäre schon dabei? Darf er keinen Urlaub machen, oder was?«

»Er hätte es uns aber sagen können«, gab Torsten zu bedenken. »Von daher …« Er drehte die Hand abwägend hin und her.

»Moment«, brauste Carolin auf. Sie hatte lange genug geschwiegen. »Zunächst einmal kann ich sehr gut verstehen, dass er nichts davon gesagt hat, weil er ja offensichtlich privat hier ist. Abgesehen davon kann uns doch total egal sein, ob er nun Kai Beck ist oder nicht. Was ändert das? Er hat mitgemacht, genau wie wir alle hier.«

»Ich finde schon, dass es einen Unterschied macht«, sagte Torsten. »Jetzt sieht es so aus, als hätte er seine Identität verheimlicht, und ich frage mich, was er noch verbirgt.«

»Was willst du damit sagen?«, fuhr Carolin ihn an.

»Du glaubst doch wohl nicht, dass er der Hoteltester ist?«

»Kann aber sein.«

»Lächerlich! Er ist Koch und hat mit dem Hotelgewerbe überhaupt nichts zu schaffen. Außerdem hätte er mir bestimmt die Wahrheit gesagt.«

»Also wusstest du, wer er ist?«, fragte Paul verblüfft.

Carolin fühlte sich in die Enge getrieben. Was sollte das? Das eine hatte mit dem anderen nichts zu tun. »Ich sage nur, er testet uns nicht. Ich weiß es einfach. Das ist absurd.«

»Ihr wisst aber schon, dass er für ein Hotelmagazin mal 'ne Reihe mit Hotelküchen gemacht hat, oder?«, fragte Ole. »Hier in dem Zeitungsartikel steht: ›… war für eine Kolumne dreimal in Hotelküchen unterwegs, um sie auf Herz und Nieren zu prüfen.‹ Blablabla. ›… findet es selbst wichtig, dass das Hotelessen gewissen Standards entspricht.‹ Und hier noch: ›Er könne sich ebenso vorstellen, auch Hotels im Allgemeinen einer Prüfung zu unterziehen. Eine Fortsetzung ist in Planung.‹« Ole sah auf. »Der Text ist von Anfang des Jahres. Kann doch sein, dass es jetzt weitergeht?«

Niemand sagte ein Wort. Auch Carolin wusste nichts zu erwidern. Till hatte diese Kolumne mit keiner Silbe erwähnt, obwohl er vorhin die Chance gehabt hatte, alles auf den Tisch zu legen. Andererseits hatte sie ihm ja auch nicht sämtliche Erfolge und Misserfolge aufgezählt. Carolin wusste nicht, was sie denken sollte. Till würde doch nicht derart falsch mit ihr spielen. Gut, er war nicht immer restlos ehrlich gewesen, aber diesbezüglich stand sie ihm kein bisschen nach. War es fair von ihr, wegen dieser Sendung an Till zu zweifeln? Andererseits war da dieser Typ vom Fernsehen, der nach ihm gefragt hatte. Konnte es wirklich sein, dass er … Sie brauchte unbedingt Abstand. Hier hielt sie es nicht länger aus.

»Ich kann mir einfach nicht vorstellen, dass Till so etwas tun würde. Nicht nach alldem, was wir hier gemeinsam erlebt haben«, sagte sie kopfschüttelnd. »Entschuldigt mich bitte.« Sie wandte sich ab, lief zum Haus, stieß die Tür auf und rannte vom Windfang aus in die Einliegerwohnung. Das war einfach zu viel für sie. Sie stürmte ins Schlafzimmer, wo Hannibal erschrocken einen Sprung in das Holzhäuschen machte. Dann schnappte sie sich ihr Handy vom Nachttisch und rief Moni an, die allerdings nicht antwortete. Vermutlich ließen Kati und sie sich noch verwöhnen.

Was sollte sie jetzt tun? Till zur Rede stellen? Nein, sie musste erst ihre Gedanken ordnen. Aus dem Seitenfach des Koffers nahm sie eine Tüte Lakritzbonbons und ging in die Küche, wo sie sich ein großes Glas Wasser einschenkte, das sie, ohne abzusetzen, austrank. Möglicherweise ist bald wieder Zeit für Wein, dachte sie, setzte sich an den Küchentisch, nahm Stift und Papier, die dort immer noch lagen, und schrieb, bis ihr Handgelenk schmerzte. Sie notierte alles, was geschehen war, einschließlich ihrer Ängste und Wünsche, ihrer Zweifel. Sie fürchtete sich davor, dass Torsten mit seiner Unterstellung Till gegenüber recht haben könnte. Und davor, dass jemand aus der Gruppe nicht ehrlich war. Sie hatten doch alle an einem Strang gezogen – konnte es wirklich einen unter ihnen geben, der diese Geschichte ausnutzen würde, um … Nein, das wollte Carolin sich einfach nicht vorstellen. Sie hoffte, dass sich alles als ein riesengroßer Irrtum entpuppen würde. Einen Hoffnungsschimmer gab es ja: Das Hotel sah schon viel besser aus als noch vor zwei Tagen. Lola hatte einen Schritt auf Paul zugemacht und würde hoffentlich bald zurückkehren. Das war gut! Und auch, dass sie selbst endgültig mit Lars abgeschlossen hatte, war ein wichtiger Schritt.

Carolin schüttelte ihre Hand aus. Sie wusste nicht, wie lange sie geschrieben hatte, aber sie lehnte sich zurück, streckte die Beine aus und schloss die Augen. Vielleicht regelten sich einige Dinge ja von selbst. Möglicherweise musste sie einfach hier sitzen, warten und atmen.

Carolin seufzte. Ihr war klar, dass Herumsitzen und Däumchendrehen nichts nützten. Ein kleiner Spaziergang wäre genau das Richtige. Schwerfällig erhob sie sich, schob die Blätter ordentlich zusammen, stellte ihr Glas in die Spüle, nahm einen Apfel aus der Obstschale, wusch und halbierte ihn, verpackte die eine Hälfte in einer Dose. Dann ging sie zu Hannibal ins Schlafzimmer.

»Hier ist noch ein kleiner Snack für dich, mein Süßer«, sagte sie zu Hannibal, der neugierig angehoppelt kam. Carolin ging in die Hocke, streichelte über seinen Kopf und richtete sich schließlich wieder auf. »Bis nachher!«

Sie hoffte, dass sich Paul und Co. mittlerweile aus dem Staub gemacht hatten, sodass sie unbehelligt das Grundstück verlassen konnte. Unten angekommen, öffnete Carolin vorsichtig die Haustür, spähte hinaus, und als niemand zu sehen war, trat sie erleichtert nach draußen. Wie ein Kaninchen auf der Flucht huschte sie über die Brücke, den Weg entlang bis zur Terrasse, auf der nun aufgearbeitete Gartenmöbel zum Verweilen einluden. Sie passierte die Querseite des Hauses, und ihr fiel auf, dass die Erde in den Beeten aufgelockert war und sie gejätet waren. Sie trat durch die Gartenpforte; an der Tellerhortensie legte sie an Tempo zu, lief den Weg zur Straße entlang, über den Parkplatz in den Wendehammer, von wo aus sie zügig in Richtung Hauptstraße ging. Sie hatte Lust auf einen Marsch durch die Wiesen und Felder, darauf, sich frei zu fühlen. Der Nachbarsdackel preschte kläffend an den Zaun, aber Carolin beachtete ihn gar nicht. Als sie die Hauptstraße erreichte, bog sie nach rechts ab – einfach so, weil sie es wollte. Sie zog ihr Handy aus der Gesäßtasche und wählte, ohne nachzudenken, Lolas Nummer. In der Annahme, sie würde ohnehin nicht antworten, erschrak sie, als sie die Stimme ihrer Schwester hörte.

»Ist gerade ganz schlecht«, sagte Lola grußlos.

»Aber ich wollte doch nur …«

»Du, wir reden später, ja? Kann gerade nicht telefonieren. Tschüss, Caro!« Aufgelegt.

Was war das denn? Carolin wusste nicht, wie ihr geschah, als von hinten jemand hupte. Einmal. Zweimal. Dreimal. Gehörte das in Klein Odorf zum guten

Ton? Carolin drehte sich um. Und aus dem Fenster des knallgelben Fiat 500 gelehnt, winkte Lola. Sie bremste unmittelbar neben Carolin, die vor lauter Verblüffung sprachlos war. Lola trug das Haar offen, ihre Augen wirkten lebendiger als noch vor drei Tagen.

»Beim Fahren kann ich eben nicht telefonieren. Komm, steig ein! Ich will dir etwas zeigen«, forderte sie Carolin auf.

Sie hatte so lange auf Lolas Rückkehr gewartet, dass sie plötzlich überfordert damit war, sie leibhaftig vor sich zu sehen. Sollte sie ihr Vorwürfe machen oder über alles hinweggehen? Eilig versuchte sie, Worte zu finden und gleichzeitig ihre Gefühle zu sortieren, was angesichts des Hin und Hers in ihrem Kopf schwierig war. »Du hast Nerven«, war das Erste, was ihr einfiel.

»Ich kann ja verstehen, wenn du böse auf mich bist, aber bitte, steig erst mal ein«, sagte Lola, woraufhin Carolin tief durchatmete und ihrer Aufforderung folgte.

Ja, sie war böse auf Lola. Und gleichzeitig erleichtert, sie wohlbehalten wiederzusehen.

Im Auto roch es nach einer Mischung aus Leder und Schaum-Erdbeeren, die Lola Carolin sogleich unter die Nase hielt, während sie den Wagen in Richtung Ortsausgang lenkte. »Auch welche? Zurzeit bin ich verrückt nach den Dingern.«

Schweigend schüttelte Carolin den Kopf und schnallte sich an. Mit ein paar Zuckererdbeeren würde sie sich nicht abspeisen lassen. An der nächsten Kreuzung bog Lola nach Groß Odorf ab.

»Erinnerst du dich an den Ausflug nach Helgoland,

als Papa total seekrank war?«, begann Lola. »Und trotzdem hat er versprochen, dass wir im nächsten Jahr wieder hinfahren.«

»Ich habe da diesen kratzigen Norwegerpullover bekommen«, erinnerte sich Carolin nach kurzer Bedenkzeit.

»Und auf der Rückreise über Hamburg hat mir Papa meinen ersten BH gekauft. Das war so peinlich!« Erneut hielt Lola Carolin die Süßigkeitentüte hin. »Möchtest du nicht doch?»

Carolin zuckte mit den Schultern und nahm eine Erdbeere.

»Ich vermisse Papa«, sagte Lola mit belegter Stimme.

»Ich auch.« Carolin sah zu ihrer Schwester. »Aber dich habe ich auch vermisst. Sehr lange schon. Hab's nur nicht gleich gemerkt. Es ist gut, dass du zurück bist.«

Lola nickte, schluckte. »Schon komisch, dass die Zeit so schnell verflogen ist und wir uns verloren haben, wo wir doch so viel miteinander durchgemacht haben.«

»Vielleicht ist es gerade deswegen passiert. Weil wir froh waren, dass es vorbei war. Und dass wir beide unser Leben haben«, mutmaßte Carolin. »Wohin fahren wir eigentlich?«

»Wart's ab. Ich habe lange darüber nachgedacht, was ich dir sage, wenn ich zurückkomme, und habe dann beschlossen, dich an unseren Lieblingsort zu bringen, in der Hoffnung, dass mir dort die passenden Worte einfallen würden.«

»An *unseren* Lieblingsort?«

Lola bremste, weil eine Taube auf der Straße saß und äußerst schwerfällig zum Abflug startete. »Ich hätte nicht einfach verschwinden dürfen. Das weiß ich jetzt.« Lola blinkte und bog auf eine enge Landstraße ab, die von Gersten- und Weizenfeldern gesäumt war, an deren Rand die ersten Sonnenblumen blühten. »Aber ich konnte nicht anders. Der Wunsch abzuhauen war so … so übermächtig, dass ich es nicht mehr ertragen konnte. Mich hat alles genervt. Paul, das Hotel, der ständige Druck … mein ganzes Leben.«

»Warum hast du nicht mit mir geredet? Oder mit Paul?«

»Was hätte das geändert? Ich hatte das Gefühl, in einer Spirale zu stecken, in die ich immer tiefer hineingeraten war. Und das Einzige, was mir blieb, war Flucht. Dass ich damit alles schlimmer machen würde, war mir in dem Moment egal. Erst als ich allein war, ging mir auf, wie sehr ich Paul verletzt haben musste. Wahrscheinlich war er verrückt vor Sorge. Und was ich dir zugemutet habe, war auch unfair, weil ich ja wusste, dass du dringend schreiben wolltest.«

»Wo hast du dich denn versteckt?«

»Ich war in einem Wellnesshotel an der Ostsee. Und bevor du fragst, es war grauenhaft. Ein unpersönlicher Bunker voller verwöhnter Menschen. Und mittendrin ich. Es hat nicht lange gedauert, bis ich wieder nach Hause wollte. In das beschauliche Klein Odorf. Zu meinem Mann.«

An einer Weggabelung fuhren sie in Richtung der Naturschutzgebiete, vorbei an einer Töpferei, einem

Café sowie einer Jagdschule, hinter welcher Lola nach rechts in einen Feldweg bog, der vor einem Waldstück endete. Dort hielt sie an, stellte den Motor ab und stieg aus.

»Kommst du?«, fragte sie.

Ohne ein weiteres Wort folgte Carolin Lola, deren knöchellanger Plisseerock um ihre Beine wehte, über einen Trampelpfad, der zwischen Birken, Tannen und Buchen entlangführte. Es duftete nach Holz und feuchtem Waldboden. Von einem der Bäume rief ein Kuckuck. Sie stiegen über einen umgekippten Baumstamm, der von Pilzen bewachsen war und hinter dem der Pfad eine Biegung machte. Ein Stück weiter tauchte eine Holzhütte auf, deren Fenster mit Steinen eingeworfen worden waren, die Tür aus den Angeln gerissen, der dunkelbraune Lack abgeplatzt. Das Sonnenlicht drang in goldgelben Strahlen durch die Baumkronen und schien auf das bemooste Dach. Es wirkte beinahe verwunschen.

»Das war früher Pauls und mein Geheimversteck«, brach Lola das Schweigen, nachdem sie vor der Hütte angehalten hatten. »Von Klein Odorf aus gelangt man über einen Waldweg direkt hierher. Paul hatte die Hütte auf einer Wanderung mit seinen Eltern entdeckt. Zuerst waren nur er und ich hier, aber als du laufen konntest, haben wir dich im Fahrradanhänger mitgenommen. Dich und Peter Pan, Pauls Schäferhund. Ein verrücktes Vieh, das zu faul zum Rennen war und immer neben dir im Anhänger gesessen hat. Aber wehe, uns kam einer zu nah, dann …«

»Warum habt ihr mir nie erzählt, dass wir hier gewohnt haben?«, brach es aus Carolin heraus.

»Wie meinst du das?«, fragte Lola irritiert zurück.

»Jetzt tu doch nicht so. Von Paul musste ich erfahren, dass wir hier gelebt haben und dass das Hotel früher Mama und Papa gehört hat.«

Verständnislos runzelte Lola die Stirn. »Wieso von Paul? Was hat er damit zu tun?«

»Er hat mir das Foto gezeigt und erzählt, was damals passiert ist. Das war richtig schlimm für mich, weißt du das eigentlich? Als hättet ihr mich mein halbes Leben lang an der Nase herumgeführt«, sagte Carolin mit bebender Stimme. Plötzlich drängte alles aus ihr heraus. »Ich dachte immer, dass ich seit meinem ersten Tag in Köln gelebt hätte. Und dass Mama und Papa sich friedlich getrennt hätten, weil sie sich nicht mehr lieb genug hatten. Zumindest hat Papa ja nie schlecht über sie gesprochen. Aber dann hat mir Paul erzählt, dass sich Mama einfach aus dem Staub gemacht und uns mit allem alleingelassen hat. Danach war Papa angeblich mit uns und den Schulden so überfordert, dass er das Hotel verloren hat und wir nach Köln gegangen sind. Stimmt das? War das wirklich so?«

Lola öffnete den Mund, ohne dass ihr ein Ton entwich. Sie starrte Carolin an und wurde so bleich im Gesicht, dass Carolin fürchtete, sie würde jeden Moment umkippen.

»Du hast das nicht gewusst?«, hakte Lola ungläubig nach. »Kann doch nicht sein.«

»Wieso nicht? Ich war viel zu klein.«

»Das warst du wohl. Also … Es ist nicht so, dass Papa und ich das verheimlicht hätten. Wir haben … nur nicht darüber gesprochen und …« Lola stieß einen verzweifelten Laut aus. »Das darf doch nicht wahr sein. Ich habe jahrelang darauf gehofft, dass du auf mich zukommst, weil du auch etwas von Papas Vermächtnis haben willst. Dass wir es teilen und gemeinsam in Ehren halten. Da hätte ich ja warten können, bis ich alt und grau bin.« Sie griff nach Carolins Hand. »Wie schrecklich ist das bitte? Ich habe gedacht, du hast kein Interesse an mir und dem Hotel. Und du … du wusstest in Wirklichkeit gar nichts davon. Caro – ich hatte manchmal so gemeine Gedanken. Einmal habe ich mir sogar gewünscht, du würdest mit deinen Romanen endlich mal floppen. Wie armselig, oder? Und noch dazu zu Unrecht. Oh Gott, das tut mir so, so leid!« Eine Träne lief über Lolas Wange, die sie mit dem Handrücken wegwischte. »Wärst du nicht hergekommen, hätten wir dieses Missverständnis nie aufdecken können.«

»Wärst du nicht abgehauen, hätte es keinen Grund gegeben, darüber zu sprechen. Es tut mir leid, dass ich mich so lange nicht gemeldet habe. Ich wollte ja, aber ich hab's einfach nicht getan. Ich verspreche mich zu bessern. Und jetzt, da ich weiß, was los ist, werde ich auf jeden Fall für dich da sein. Für dich und deine kleine Familie.«

Lola schluchzte auf, und Carolin zog die große Schwester in ihre Arme. Vor Erleichterung und Liebe wusste sie kaum wohin mit ihren Emotionen. Als Lola an ihrer Schulter heftig zu weinen begann, konnte Carolin sich auch nicht mehr zurückhalten. Es war ein befreiendes Weinen. Eines, dass Veränderungen einläutete.

»Caro, ich habe solche Angst davor, Mutter zu werden. Was, wenn ich dem Kind nicht gerecht werden kann? Wenn ich eine schlechte Mama werde, so wie unsere, die irgendwann nicht mehr bei uns sein wollte? Was, wenn es umgekehrt ist? Wenn das Kind nicht mehr bei mir sein will, weil ich es vergraule? Wenn ich es verliere, so, wie ich dich verloren habe?«

Hatte Lola etwa ernsthaft gedacht, sie hätte sie vergrault? Carolin drückte ihre Schwester fest an sich, küsste ihr Haar. »So etwas darfst du nie, nie denken, hörst du? Du hast dein Bestes gegeben, was so viel mehr war als das, was man von einer so jungen Frau, die noch dazu gerade ihren Vater verloren hatte, erwarten kann. Du warst Mutter, Vater und Schwester zugleich und hast deinen Job ganz prima gemacht! Soll ich dir sagen, warum ich wirklich Abstand genommen habe?«

Lola nickte schwach.

»Du solltest dein Leben zurückhaben. Ich wollte, dass du endlich so leben kannst, wie du wolltest, und nicht, wie es für mich am besten war. Ich war aus dem Gröbsten raus, mir ging es gut, hatte mich und mein Leben im Griff – und alles, was ich wollte, war, dass du frei bist. Frei von der Pflicht, dich um deine kleine Schwester zu kümmern.« Carolin streichelte Lolas Rücken. »Und was deinen Job als Mutter angeht, bin ich ganz sicher, du wirst das noch besser meistern, weil dieses kleine Wesen nämlich ein Teil von dir und Paul ist. Es wird in dir wachsen, du wirst es zur Welt bringen und lieben. Und es wird dich lieben, Lola. Außerdem wirst du niemals allein damit sein. Paul ist an deiner Seite. Und ich auch, sooft du mich brauchst.«

Eine Weile hielten sich die beiden noch in den Armen, bis Lola sich von Carolin losmachte, ein Taschentuch aus der Rocktasche zog und sich kräftig schnäuzte. Sie rieb sich die verquollenen Augen.

»Diese Hormone machen mich noch wahnsinnig«, krächzte sie und räusperte sich. »Alles geht mir zu Herzen, ich habe mich gar nicht mehr unter Kontrolle. Die Fressattacken nicht zu vergessen, am besten muss es deftig und viel sein. Diese Schwangerschaft wird mich einiges kosten.« Sie schniefte ein letztes Mal und fügte hinzu: »Aber ich zahle den Preis gern. Hauptsache, es geht alles gut. Mit dreiundvierzig gehöre ich nicht gerade zur Traumaltersgruppe, was Schwangerschaften angeht. Na ja, ich habe schon ein paar Arzttermine gemacht, um diverse Risiken auszuschließen. Und bis dahin werde ich mich darum kümmern, meine Ehe wiederzubeleben und das Hotel …« Lola sah Carolin ernst an. »Wie schlimm ist es denn?«

Carolin zuckte mit einer Schulter. Sollte sie Lola die volle Wahrheit sagen oder häppchenweise damit herausrücken? »Eigentlich läuft es ganz gut«, antwortete sie vage. »Der Garten wird immer schöner, der Zaun ist so gut wie heile, die Gartenmöbel repariert.«

»Was? Wie hast du das gemacht?«

»Das war nicht ich allein. Ich hatte tatkräftige Unterstützung von deinen Gästen. Und natürlich von Paul.«

»Von meinen Gästen?«

»Oh ja, alle haben mehr oder weniger freiwillig mitgemacht. Das einzige Problem ist, dass wir glaubten, den Hoteltester entlarvt zu haben. Doch dann stellte sich heraus, dass das ein Irrtum war, und nun … na ja.« Sie dachte an Till und an den Floh, den Torsten ihnen ins Ohr gesetzt hatte. Und daran, dass sie sich tatsächlich davon verunsichern ließ, sosehr sie sich auch dagegen wehrte.

Lola seufzte. »Ich hätte nicht gehen dürfen. Was habe ich mir nur dabei gedacht?« Sie setzte sich auf einen umgekippten Baumstamm, der nur wenige Schritte entfernt lag, und betrachtete das marode Holzhaus. »Ob das sinnbildlich für mein Leben steht?«

Carolin setzte sich neben Lola und zeigte auf die Walderdbeeren, die neben dem Haus zwischen Steinen wuchsen. »Guck dir nicht das zerbrochene Glas und das modrige Holz an, sondern das Schöne drumherum. Und wenn du damit fertig bist und erkennst, dass der erste Anschein viel schlimmer war, als es in Wahrheit ist, stehst du auf und machst weiter.«

Ganz in der Nähe klopfte ein Specht an einen Baumstamm, als ob er Lola ermuntern wollte, den Kopf nicht hängen zu lassen.

»Du hast recht«, sagte Lola bestimmt und stand mit einem Ruck auf. »Lass uns fahren. Ich möchte sehen, was ihr mit meinem Zuhause angestellt habt.« Sie machte einen Schritt vorwärts, und Carolin packte sie am Handgelenk.

»Ich habe darüber nachgedacht, wie es weitergehen

könnte. Mit uns und dem Hotel. Es ist nicht so, dass mir nichts daran liegt. Ich muss mich nur an den Gedanken gewöhnen, dass es plötzlich so viel mehr Wert hat als zuvor.«

»Klar, das verstehe ich.«

»Ich kann mir allerdings vorstellen, dass ich in Zukunft öfter hier sein könnte. Schon allein, um dich mit dem Baby zu unterstützen. Und … vielleicht kann ich mich hier jenseits meines einsamen Schreibtischs noch mit anderen Dingen beschäftigen, die indirekt etwas mit der Schriftstellerei zu tun haben.«

Plötzlich begannen Lolas Augen zu leuchten. »Das ist die Idee! Wir könnten dir im Schuppen so eine Art Atelier einrichten, in dem du schreiben und Lesungen halten kannst!«

»Nein, nein, der Stall gehört Schnitzel und den Ferkeln. Und Paul braucht ihn für seine anderen Tiere.«

»Die Ferkel sind da? Ach, Schnitzel hat das hinter sich, was ich noch vor mir habe.« Sie hüstelte. »Wie auch immer. Es ist genug Platz vorhanden, um dir eine kleine Hütte zu bauen. Du könntest deinen eigenen Garten anlegen und dich komplett verwirklichen. So hättest du auch deinen Rückzugsort, wenn meine Schwiegereltern wieder da sind. Wie ich sie kenne, werden sie ihre Reise abbrechen, sobald sie von der Schwangerschaft erfahren.« Sie hob den Daumen. »Also schön. Schön! Wir haben Pläne. Das ist wunderbar!«

Zum ersten Mal hatte das Wort »schön« eine positive Bedeutung für Carolin, der in diesem Moment eine weitere Sache einfiel.

»Eins noch.« Sie schluckte. »Papas Sessel. Wie kommt er in dein Büro, nachdem er angeblich verschüttgegangen ist?«

Lola lachte auf. »Das ist nun wirklich eine lustige Geschichte.« Sie setzte sich wieder neben Carolin auf den Stamm. »Neulich war ich bei eBay auf der Suche nach günstigen Polstermöbeln für den Eingangsbereich, als mir dieser Sessel angezeigt wurde. Ich dachte zuerst, ich träume, wer rechnet schon mit so was! Aber der Pflaumenmusfleck, ich meine, es war dein Fleck.«

»Und ein bisschen deiner. Schließlich waren Scheuermilch und Zahnpasta dein Vorschlag.«

Sie lachten.

»Klar, dass ich ihn haben musste. Und glaub mir, ich hätte alles dafür gezahlt. Aber der Typ wollte ihn einfach nur loswerden! Paul ist also für mich bis nach Stuttgart gefahren, um ihn zu holen.«

»Ganz schön rumgekommen, Papas Sessel.«

»Ja. Hätte ich gewusst, dass du uns besuchst, hätte ich ihn weggeschafft, denn es sollte ein Geburtstaggeschenk werden.«

Gerührt legte Carolin ihre Hand auf die Stelle, unter der ihr Herz ganz schnell schlug. »Ein Glück, dass Papas Sessel wieder zu Hause ist. Vielleicht ist das ja ein Zeichen. Auch wenn es nur ein Teil von ihm ist – jetzt sind wir wieder vereint.«

Das Leben bestand aus vielen Puzzleteilen. Und Carolin hatte das Gefühl, mit einem Schlag einen Großteil der Teile verbunden zu haben.

Es war bereits Nachmittag, als Carolin und Lola ins Hotel zurückkehrten. Erschöpft. Glücklich. Und hungrig.

Sie befüllten zwei Teller mit Tills Chili, das er für Carolin in einem kleinen Topf beiseitegestellt hatte und das sie natürlich bereitwillig mit Lola teilte. Daneben stand ein mit einem Küchentuch abgedeckter Brotkorb. Neugierig hob Carolin das Handtuch an, woraufhin der Duft von frischem Heidebrot sich entfaltete. Till hatte es fertig gebacken und eine Notiz dazugelegt.

Liebe Carolin,
alles okay bei dir? Wir haben Chili und Brot gegessen – es ist sehr gut angekommen, obwohl die Stimmung merkwürdig war, jetzt, da wir immer noch im Dunkeln tappen. Ich habe einen letzten Termin, berichte später davon.
Guten Appetit!
Till

»Eins sieht köstlicher aus als das andere!«, rief Lola.

Leider stellte sich kurz darauf heraus, dass Lola scharfes Essen derzeit nicht vertrug – sie bekam schlimmes Sodbrennen, wogegen auch der halbe Liter Milch, den sie auf ex dagegen trank, nichts nutzte. Im Vertrauen erzählte Carolin ihr, wer Till wirklich war, und Lola konnte nicht fassen, dass sie, neben ihrer Schwester, einen weiteren Promi im Haus hatte. Und dass sie ihn nicht erkannt hatte. Carolin verschwieg wohlweislich, dass jene Promis sich bereits sehr nahegekommen waren.

Werner, Doris, Mareike, Ole und Torsten freuten

sich über Lolas Rückkehr. Sie wurde mit einem großen Hallo begrüßt und herumgeführt. Zum Dank für ihren Einsatz schenkte Lola den fleißigen Helfern ein Wochenende in der nächsten Urlaubssaison, um die fehlenden Urlaubstage nachzuholen und sich zu vergewissern, dass ihre Mühen nicht umsonst gewesen waren.

Gerade als Carolin und Lola das Privathaus betraten, hörten sie Pauls Stimme ein Stück hinter ihnen. Sie wandten sich um, während Paul ihnen über die Brücke entgegenrannte und unmittelbar vor Lola zum Stehen kam.

»Werner hat mir gesagt, dass du zurück bist. Wann wolltest du mich darüber informieren?«, fragte er atemlos. Er wirkte aufgewühlt und froh zugleich, fuhr sich mit der Hand über den Mund, und Carolin befürchtete fast, das Wiedersehen würde in einem Streit enden.

»Paul, ich …«, setzte Lola zu einer Antwort an.

»So was darfst du mir nie wieder antun, hast du verstanden? Ich will nie wieder so wütend auf dich sein und das nicht mit dir klären können. Ich will mir nie wieder solche Sorgen um dich machen, weil du dich weigerst, mit mir zu sprechen. Und wenn es dir nicht gut geht, rede bitte mit mir.« Er atmete tief durch und fügte hinzu: »Gut, dass du da bist.«

Mit einem Schluchzer fiel ihm Lola um den Hals, und Carolin zog sich in die Einliegerwohnung zurück. Sie freute sich für Paul und Lola, aber solange sie nicht wusste, wie es mit ihr und Till weiterging, konnte sie so viel Rührung schlecht ertragen. Sie setzte sie zu

Hannibal auf den Schlafzimmerboden, streichelte und fütterte ihn mit Gurke und sah ihm bei der Fellpflege zu. Sie hatte sich vorgenommen, an nichts zu denken. Nicht an die Arbeit, das Hotel, an Lola … und schon gar nicht an Till. Wo der wohl steckte?

Als Moni und Kati endlich von ihrem Wellnesstrip zurückkehrten, bekam Steffen Völler, der sich noch distanzierter verhielt als zuvor, die versprochene Frisur, mit der man ihn kaum wiedererkannte. Kurze gepflegte Haare, den Bart ordentlich gestutzt – bloß auf eine neue Haarfarbe hatte er verzichtet. Und auch darauf, dem Rest der Truppe bei einem späten Kaffee Gesellschaft zu leisten, weil er laut eigener Aussage lieber allein sein wollte.

Gegen achtzehn Uhr, als die Müllers nach der restlichen Gartenarbeit und einem Kaffee zu einem Spaziergang aufgebrochen waren und Mareike, Torsten und Ole sich überlegt hatten, ins Kino zu gehen, betrat Till die Küche, in der Lola, Moni und Carolin den Abwasch erledigten. Er trug erneut einen Anzug, und in Carolin keimte so langsam der Verdacht auf, dass er sich doch ganz wohl darin fühlte. Sein unverhofftes Auftauchen brachte ihre Wangen zum Glühen, wofür sie von ihrer Schwester fragende Blicke erntete.

»Oh!«, machte Till überrascht, als er Lola erblickte, und fügte lächelnd hinzu: »Herzlich willkommen zurück. Ich hoffe, Sie sind zufrieden mit dem, was wir bisher erreicht haben.«

Lola machte ein paar Schritte auf ihn zu und umarmte Till. »Auch für Sie gilt, dass ich mich freue, Sie nächstes Jahr ein Wochenende lang hier zu begrüßen – auf unsere Kosten. Als kleine Wiedergutmachung.«

»Ach, nicht der Rede wert«, erwiderte Till. »So viel Arbeit war es ja nicht. Und es hat sich schließlich gelohnt. Vor allem für mich.« Beim letzten Satz blickte er Carolin an, deren Gesicht sich noch mehr erwärmte und die verlegen wegsah. Er sagte so liebe Sachen, und sie verdächtigte ihn zu lügen. Kein feiner Zug, Carolin Ahrens!

Till löste den Krawattenknoten und atmete erleichtert durch. »Endlich kann ich das nervige Ding ausziehen.« Carolin fragte er: »Hast du kurz Zeit?«, worauf Lola zwischen den beiden hin- und herguckte. Ob sie sich zusammenreimte, was da los war?

»Geh nur«, sagte Moni und schob Carolin ein Stück vorwärts. »Den Rest schaffen wir auch allein, oder, Lola? Kati und ich sind heute Abend übrigens unterwegs. Wir machen Hamburg unsicher und haben uns ein Hotelzimmer genommen.« Sie zwinkerte Carolin zu, und auch Lolas Gesicht ließ keinen Zweifel mehr daran, dass bei ihr der Groschen gefallen war. Till legte die Hand auf Carolins Rücken, um sie aus der Küche zu führen. Im Flur wollte er beiläufig wissen: »Alles okay bei dir? Du warst auf einmal weg.«

»Ja, ich … Tut mir leid, dass ich nicht geholfen habe. Lola hat mich überrascht. Wir … wir haben geredet.« Sie schluckte. Sollte sie ihn mit Torstens Vermutung einfach konfrontieren, um das aus der Welt zu schaffen? »Und wo hast du gesteckt?«

»Du musst dich nicht entschuldigen. Und was deine

Frage angeht – wart's ab, ich zeige es dir gleich«, sagte er geheimnisvoll und nahm ihre Hand, die er bis zum Auto nicht mehr losließ. Dort angekommen, öffnete er ihr die Beifahrertür und schloss sie, nachdem Carolin eingestiegen war.

»Du machst mich neugierig«, gab sie zu, als Till den Motor startete, woraufhin er sie zufrieden anlächelte und losfuhr.

Während sie gemeinsam der Landstraße folgten, Groß Odorf hinter sich ließen, an Roggen- und Gerstenfeldern, Pferdeweiden und Waldstücken entlangfuhren und die Lohnsdorfer Windmühle passierten, überlegte Carolin, welches Geheimnis er mit ihr teilen wollte.

Erst als Till an der Autobahnauffahrt zur A7 vorbei in Richtung des kleinen Heideorts Moorbach fuhr, sagte er: »Es ist ein bisschen riskant, aber es fühlt sich richtig an.« Sie ließen einen Reit-Megastore rechts liegen, und Till bremste stark, kurz bevor er das Ortsschild passierte. »Ich bin gespannt, was du sagst.« Er räusperte sich. »Mir ist übrigens eingefallen, woher ich dich kenne«, erwähnte er wie nebenbei.

Perplex sah Carolin ihn an. Daran hatte sie gar nicht mehr gedacht.

»Ja?«, fragte sie.

»Frankfurter Buchmesse. Letztes Jahr. Gourmetmeile. Ich habe dort mit meinem Freund Ricardo italienische Antipasti serviert, nachdem sein Kollege ausgefallen war. Du hattest das Weinglas abbekommen, das diese hibbelige Reporterin versehentlich umgeworfen hatte, woraufhin sie sich unzählige Male bei dir entschuldigt hat. Und als mir das eingefallen ist, habe ich mich auch wieder an Lisane erinnert, die neben dir gestanden hat, die Schwester einer alten Freundin von mir …«

»Meine Agentin.«

»So klein ist die Welt. Du hättest mir ruhig sagen können, dass du Schriftstellerin bist.«

»Tut mir leid, dass du es so erfahren hast. Mir geht es ein bisschen wie dir«, sagte Carolin. »Zuerst bin ich froh, wenn mich die Leute nicht kennen. Sobald sie hören, dass ich Bücher schreibe, geht die Fragerei los. Wie lange schreibst du schon? Wie bist du dazu gekommen? Kann man davon überhaupt leben und so weiter.«

»Wie lange schreibst du schon? Wie bist du dazu gekommen? Kann man davon überhaupt leben?«, neckte Till sie und streichelte über ihr Knie. »Zwei verkappte Promis auf ihrem Weg durch die Lüneburger Heide – meinst du, das ist erfolgversprechend?«

Carolin lachte. »Als Buch eher nicht. Aber manche Sachen sind noch mal viel schöner, wenn man sie wirklich erlebt, statt nur darüber zu schreiben.«

»Vielleicht schreibst du ja mal einen Heideroman.«

Kurz hinter dem Rechtsknick der Vorfahrtsstraße parkte Till vor einem Restaurant, das offensichtlich noch geschlossen hatte. Alles war dunkel. Carolin fielen jedoch die Rüschengardinen an den Fenstern auf und die kleinen Laternen, die auf den Fensterbänken standen und die von den draußen hängenden Petunien beinahe verdeckt wurden.

»Scheint so, dass du Pech hast«, sagte sie. »Der Dorfkrug hat zu.«

Till spielte am Schlüsselbund herum, den er bereits aus dem Zündschloss gezogen hatte. »Ich habe dir doch von dem Restaurant erzählt, das mir ganz gut gefallen hat. Nun. Das ist es. Das ist mein Restaurant.« Er strahlte über das ganze Gesicht, und alle Sorgen schienen wie weggeblasen. »Ich habe es getan, weil du recht mit allem hattest, was du gesagt hast.«

»Und dann bist du los und hast ein Restaurant gekauft?«, hakte Carolin ungläubig nach.

»Nicht einfach so. Ich hatte längst einen Businessplan gemacht, und den Vorvertrag hatte ich ja auch schon. Den hatte ich von einem befreundeten Immobilienmakler gegenlesen lassen und … Als du mir gesagt hast, wie du mich siehst, da war mir klar, dass es genau das ist, was ich will. Ich habe mich Heidekartoffeln schälen sehen. Und Gurkensalat gerochen – mit Gurken aus meinem Gewächshaus. Ich habe frisches Gemüse gesehen, das ich vom Markt hole und … Im hinteren Teil des Grundstücks steht noch ein altes Holzhaus, das ich ausbauen werde, um darin zu wohnen. Es steht inmitten eines Apfelgartens, den du dir unbedingt ansehen musst. Vielleicht verkaufe ich Apfelmus. Oder Apfelkuchen. Mit Vanilleeis und …«

»Ich dachte, ein Koch backt nicht. Till, du bist verrückt.«

Ein Junge auf einem Skateboard rollte vorbei und musterte den Porsche neugierig. Hinter ihm gingen eine Frau und ein Mann, der einen jungen Schäferhund an der Leine führte.

»Anton«, rief die Frau. »Guck nach vorne!«

»Ich habe mich gefragt, ob … Man weiß ja nie, was kommt, aber falls du … falls wir …«, druckste Till herum. »Vielleicht ist das ja ein guter Ort zum Schreiben.«

Sanft legte Carolin ihre Hand an seine Wange und beugte sich vor, um Till zu küssen. Bestimmt war es ein guter Ort. Nicht nur zum Schreiben. Hauptsache, er wäre in ihrer Nähe.

Kurze Zeit später entpuppte sich Till als sehr rasanter Porschefahrer. Auf dem Hotelparkplatz parkte er in einer Staubwolke. Eilig stiegen er und Carolin aus, schlugen die Türen zu und liefen Hand in Hand durch den Garten, über die Brücke, ins Haus. Ein Glück, dass Moni in Hamburg war, denn bereits im Flur der Einliegerwohnung hatte Carolin ihr Oberteil verloren. Küssend und sich gegenseitig ausziehend taumelten sie ins Gästezimmer. Till öffnete ihren BH, sie zog ihm das T-Shirt über den Kopf, streichelte seine Brust, bedeckte seinen Hals und die Schultern mit Küssen, während ihre Hände den Rest seines Körpers erkundeten. Sie wollte sich Zeit lassen und gleichzeitig alles sofort haben und hatte absurderweise das Gefühl, dass es sogar möglich war. Carolin hatte ganz vergessen, wie schön sich Verliebtsein anfühlte. Verrückt. Spannend. Kopflos. Sie unterbrachen ihren Kuss, um sich in die Augen zu sehen. Die Hand an ihrer Wange, streifte Tills

Daumen Carolins Lippen, Carolin strich ihm durchs Haar. Sie mochte das. Es hatte so etwas Vertrautes. Und sie war nicht immer gut in Vertrauen. Wieder küssten sie sich, und Till drängte sie zum Schreibtisch, auf dem Carolin kurz darauf saß. Sie schlang die Beine um seine Hüfte. Was auch immer er mit ihr anstellen wollte, sie würde sich ihm hingeben. Ihr Kuss wurde verlangend und fordernd. Sie gehörten zusammen, sie spürte es mit jeder Faser ihres Körpers. Erst als Till sich von ihr löste, landete sie wieder in der Wirklichkeit. Unsanft.

»Was ist das denn?«, fragte er.

Zuerst verstand Carolin gar nicht, was Till meinte, doch als er sich leicht zur Seite neigte, wusste sie sofort, wovon er sprach. Der Schreck, der ihr in die Glieder fuhr, war unbeschreiblich. Plötzlich war sie hellwach, die Zeit blieb stehen, ihr Herz raste. Atmung: schwierig.

Auf dem Tisch neben ihrem Hintern lagen die Notizen der letzten Tage, obendrauf klebte ein Post-it, auf dem in Monis Handschrift stand:

Lagen auf dem Küchentisch – du weißt doch, wie ungeschickt ich manchmal mit meinem Kaffee bin. ;-)
Bis später, Moni

Er griff nach dem Blätterstapel der vergangenen Tage, die sie in der Küche liegen gelassen hatte. Ideen, Bilder, erste Sätze. Fragmente. In seinen Händen lag Carolins Seelenleben. Till spielte in der Geschichte keine unerhebliche Rolle.

»Das sind meine«, sagte Carolin hilflos und griff nach dem Papierstapel, doch Till war schneller.

»Was dagegen, wenn ich es mir ansehe? Mein Name taucht schließlich ziemlich oft auf«, gab er zurück.

»Nein, darfst du nicht. Niemand darf meine Entwürfe sehen, ehe ich nicht komplett fertig mit dem Roman bin.«

»Du willst also einen Roman über mich schreiben.«

»Ich will gar keinen Roman schreiben. Das ist bloß eine Schreibübung, um meine Blockade zu lösen. Im Moment bin ich nicht so gut mit meinem Manuskript zurechtgekommen und …«

Till machte ein paar Schritte rückwärts, woraufhin Carolin vom Tisch rutschte und einen weiteren Versuch startete, ihm die Blätter wegzunehmen.

»Das hat nichts zu bedeuten«, beteuerte sie. »Ich meine … Es ist nur für mich. Zum Freischreiben.«

»›Kai Beck, Fernsehkoch. Warum so ein Geheimnis? Was ist er für ein Typ?‹«, las Till laut vor. »Das frage ich mich auch. Wieso hat der Typ nicht vorher mal ein bisschen mehr über seine neue Bekanntschaft herausgefunden?« Er blätterte weiter. »Dir ist aber eine ganze Menge eingefallen, von dem du dich freischreiben musstest.« Jetzt sah er sie an. Seine Verletztheit war deutlich zu spüren und zu sehen, aber da war noch mehr in seinem Blick. Wut. Verwirrung. »Bin ich etwa nur eine Schreibübung für dich? Oder willst du mit mir in der Hauptrolle einen neuen Bestseller landen? Der gefallene Kai Beck in der Autorenfalle? Du hast ja wirklich alles aufgeschrieben. Alles! Arbeitest du immer so?

Sammelst du auf diese Weise Inspirationen?«, wollte er wutentbrannt wissen.

»Das würde ich nie tun. Und du solltest das eigentlich wissen.«

Till schüttelte den Kopf. »Ich weiß gerade gar nichts mehr. Du hast mir deinen Beruf so lange verheimlicht, und dann finde ich diese Aufzeichnungen. Im Grunde kennen wir uns ja gar nicht. Wie soll ich wissen, ob du gerade ehrlich bist? Immerhin hast du mir bisher verschwiegen, dass du Schriftstellerin bist. Was würdest du denn denken?«

Mit einem Arm verdeckte Carolin, so gut es ging, ihre Brüste, sie fröstelte und wollte sich gern etwas überziehen.

»Ich habe nur aufgeschrieben, was mir im Kopf herumgeistert. Und das hat nun mal fast alles mit dir zu tun.«

»Bitte sehr, jetzt hast du es selbst gesagt.«

»Freu dich doch! Offensichtlich bedeutest du mir so viel, dass ich Seiten über dich füllen kann. Ich würde das Material doch niemals verwenden. Wenn du willst, zerreiße ich die Seiten auf der Stelle. Oder ich verbrenne sie. Sie bedeuten mir nichts. Alles, was wichtig ist, ist hier.« Sie zeigte auf ihr Herz, doch Till beachtete sie gar nicht. Er legte die Notizen auf das Bett.

»Ich brauche frische Luft.«

»Wir haben das aber noch nicht ausdiskutiert.«

»Das Thema ist für mich beendet. Such dir einen anderen Dummen, dessen Geschichte du zu Geld machen kannst.« Er ging zur Zimmertür, wo sein T-Shirt lag, und zog es sich über.

»Unfug!«, rief Carolin aufgebracht und ein bisschen panisch. Sie lief zu ihm und berührte seinen Arm. »Du weißt schon, dass du überreagierst, oder?«

Ein enttäuschtes Lächeln huschte über Tills Gesicht. »Du weißt schon, dass ich in letzter Zeit so viel Mist mit Menschen erlebt habe, dass ich die Nase voll von allen habe, die nicht ehrlich mit mir sind. Hast du eigentlich eine Ahnung, wie es sich anfühlt, jeden Tag zu bangen, ob nicht wieder etwas Schlechtes über dich in einem dieser Boulevardblättchen oder in einer anderen Zeitung steht? Wenn du dich fragst, ob du der schlimme Mensch, von dem sie da schreiben, wirklich bist?«

»Stell dir vor, das weiß ich«, gab Carolin zurück. »In anderer Form zwar, aber ich weiß genau, wie es ist, wenn Fremde über dich und deine Arbeit urteilen. Zu meinen Büchern werden Rezensionen verfasst, in denen meine Arbeit teilweise zerrissen wird. In denen mir vorgeworfen wird, ich würde abschreiben, meine Figuren wären oberflächlich und so weiter. Zugegeben, ich werde meistens nicht direkt angegangen, aber manchmal schreiben die Leute hanebüchene Unterstellungen und Boshaftigkeiten, bloß um zu stänkern. Und ohne darüber nachzudenken, was das für mich als Autor bedeutet. Dann wird's doch persönlich und trifft mich, weil ich so eine Art und Weise nicht nachvollziehen kann. Wenn du also meinst, Herr Fernsehkoch inkognito, dass ich darauf aus bin, dich zu benutzen und mieszumachen, kann ich dir auch nicht helfen.«

Wenige Sekunden vergingen, in denen sich die beiden musterten und abwogen, wie es weitergehen sollte. Möglicherweise. Sicher war sich Carolin nicht, ob Till sie verstanden hatte. Oder ob sie in seiner Situation einlenken würde, nachdem man sich ihr gegenüber im Ton vergriffen hatte.

»Hast recht«, sagte Till schließlich. »Kannst du nicht.« Ohne ein weiteres Wort verließ er das Zimmer.

»Ich hätte es aber versucht!«, schrie Carolin ihm nach. »Und außerdem hast du mir auch nicht die Wahrheit gesagt! Vielleicht hat Torsten ja recht, und du bist der Hoteltester!«

Die Kiefer zornig aufeinandergepresst, kehrte Till zurück und funkelte sie an. »Wenn du das nicht weißt, Carolin, tust du mir leid«, sagte er tonlos. »Um das klarzustellen: Ich habe dich nie angelogen. Vielleicht solltest du das der Vollständigkeit halber noch dazuschreiben.«

Wenige Sekunden später fiel die Wohnungstür hinter ihm ins Schloss. Carolin sammelte die in Zimmer und Flur verteilten Kleidungsstücke ein und zog sich an. Till war fort, und an Carolins Herzen nagte die Gewissheit, dass er dieses Mal nicht zurückkehren würde. Unfähig, einen klaren Gedanken zu fassen, starrte sie an den Platz, auf dem er eben noch gestanden hatte. Wie hatte das passieren können? Sie sah auf den von ihr mit Bleistift und Kugelschreiber beschriebenen Papierhaufen und nahm die ersten Seiten in die Hand. Dort stand vor allem viel über ihre eigenen Gefühle, ihre Reise nach Klein Odorf. Till erwähnte sie nur mit wenigen unsentimentalen Worten. Die ersten Seiten lasen sich beinahe depressiv und zeugten von Unsicherheit und schlechter Laune. Wer auch immer das geschrieben hatte – Carolin mochte die Verfasserin nicht. Sie überflog die nächsten Seiten, und ihr fiel auf, dass sich der Ton Abschnitt für Abschnitt veränderte. Dass die Seiten bunter wurden, die Worte blumiger, sie hatte sogar Sterne, Smileys und Herzchen gemalt. Wenn man genau hinsah, bemerkte man, dass sich obendrein ihre Schrift verändert hatte. Von krakelig, schlecht lesbar zu geschwungenen, formschönen Buchstaben. Till hatte sie komplett missverstanden. Sonst hätte er nämlich erkannt, wie viel Liebe in den Zeilen steckte. Liebe für ihn. Für das Hotel und alle, die dazugehörten. Und dass es ihr piepegal war, welche Geschichte er mitbrachte. Sie wollte daran teilhaben.

Mit einem Mal wusste sie, was sie tun musste. Hektisch zog sie sich an und schlüpfte, noch während sie die Treppe hinunterrannte, in ihr Shirt. Dieses Mal würde Carolin sich nicht geschlagen geben, ohne zu kämpfen, so wie Lars es getan hatte. Sie würde nicht auf ihr Glück verzichten, bloß weil das Schicksal ihr immer wieder Steine in den Weg legte. Es war an der Zeit, das Geröll beiseitezuschieben und etwas Neues daraus zu bauen. Und sich zu holen, wonach sie sich sehnte.

Kapitel 15

Carolin rannte. Dieses Mal stolperte sie auf dem Weg in das Hauptgebäude nicht über den Stein vor der Brücke am Teich, sondern sprang darüber. Werner und Doris, die auf den reparierten Holzliegen auf der Terrasse ein kurzes Päuschen einlegten, sahen ihr verdutzt nach. An der Hortensie wäre sie beinahe mit Lola zusammengestoßen, die gerade noch rechtzeitig zur Seite gesprungen war. Als sie den Haupteingang erreichte, wischte sich Carolin den Schweiß von der Stirn, drückte die Türklinke runter und die Holztür auf und stürmte ins Haus, wo Paul hinter der Rezeption stand und sie verwundert ansah.

»Was ist denn mit dir los?«, wollte er besorgt wissen.

»Welches Zimmer hat Till? Hast du ihn gesehen?«

»Till? Du meinst den Till, der Kai Beck ist?«

»Sag schon, welches Zimmer?«, fragte Carolin ungeduldig.

»Er hat heute Morgen schon ausgecheckt.«

»Wie meinst du das – ausgecheckt? Das kann doch gar nicht sein, vorhin war er noch bei mir.« Das Herz schlug ihr bis zum Hals. »Bist du sicher?«

»Bist *du* sicher, dass es dir gut geht? Dachte, er wäre vielleicht bei dir eingezogen. Ihr versteht euch ja ziemlich gut.«

»Hat er gesagt, wohin er will? Irgendwas?«

»Äh … nein? In der Regel erzählen uns die Gäste nicht, wohin sie fahren, wenn sie fahren. Wusstest du eigentlich, dass er dieser Fernsehkoch ist, der mit dem Lebensmittelskandal, der …«

»Gib mir seine Telefonnummer«, unterbrach Carolin ihn.

»Telefonnummer? Wohl noch nie was von Datenschutz gehört.«

Carolin schnaubte. »Willst du mich absichtlich ärgern? Ich brauche die Nummer. Bitte, es ist wichtig!«

»Ja, ja. Moment, ich sehe mal im Computer nach«, sagte Paul und klickte mit der Maus. »Hier habe ich sie. Ist aber nur eine Festnetznummer.«

»Keine Handynummer? Verdammt! Was soll ich denn jetzt machen?«

»Wieso, was ist mit ihm? Oder euch?« Mit sorgenvollem Blick betrat Lola das Haus. »Vorhin schien doch noch alles in Ordnung.«

»Er hat meine Aufzeichnungen gefunden«, sagte Carolin und raufte sich die Haare.

»Welche Aufzeichnungen?«, wollte Paul wissen.

Carolin winkte ab, rannte zur Haustür, riss sie auf und sah hoffnungsvoll zum Parkplatz, auf dem Till vorhin noch den Porsche abgestellt hatte, nachdem sie aus Moorbach zurückgekehrt waren. Niedergeschlagen kehrte sie zu Lola und Paul an die Rezeption zurück und sagte: »Er ist wirklich weg. Oh Mann, dabei war es doch nur eine Schreibübung.«

»Was ist an einer Schreibübung so schlimm?«

»Ich habe einfach meinen Gedanken freien Lauf gelassen. Alles, was aus mir herausfloss, habe ich notiert. Das meiste, also ziemlich alles, hatte mit meinem Aufenthalt hier zu tun. Mit euch, dem Hotel … und mit Till.«

»Insbesondere mit Till, nehme ich an«, mutmaßte Lola.

»Ich habe damit gegen eine Schreibblockade gekämpft! Er unterstellt mir jedoch, ich wollte daraus eine Geschichte machen und Geld damit verdienen. Dabei war ich einfach nur froh, überhaupt noch schreiben zu können. Deswegen habe ich mir auch keine Gedanken darum gemacht, wie es auf Außenstehende wirken könnte. Es ist ja nur für mich!« Sie schluckte. »Allerdings habe ich beim Überfliegen bemerkt, dass ich zum Schluss tatsächlich viel über ihn geschrieben habe, auch Privates, aber nur, weil ich ihn sehr mag.«

»Er kommt bestimmt zurück«, versuchte Lola, Carolin aufzuheitern. »Und bis dahin lenke ich dich ein bisschen ab, indem du mir bei der Auswahl für einen neuen Koch hilfst. Vorhin habe ich mit einem Bekannten gesprochen, der jemanden kennt, der wiederum jemanden kennt, dessen Freund Koch ist. Der sucht wohl für nebenbei eine Beschäftigung – vielleicht passt er ja zu uns. Ich fühle förmlich, wie die Kraft zu mir zurückkommt.« Sie räusperte sich. »Paul hat mir gesagt, dass sie deinen Till hinter dem Hoteltester vermuten. Was sagst du dazu?«

»Humbug! Till ist wegen ganz anderen Dingen hier. Er hat mir davon erzählt, und ich glaube ihm.«

»Aber jetzt sind wir immer noch nicht schlauer. Wenn der Tester wirklich schon da ist …«, sagte Paul.

»Um ehrlich zu sein, fehlt mir die Kapazität, um mir darum Gedanken zu machen. Ich muss Till finden.«

»Wie willst du das ohne Handynummer anstellen? Er könnte überall sein.«

Da kam Carolin eine Idee. »Kannst du mich nach Moorbach fahren, Lola? Vielleicht ist er ja dort.«

»Alles klar«, sagte Lola. Ohne zu fragen, warum er sich ausgerechnet in Moorbach aufhalten sollte, holte sie den Autoschlüssel aus dem Büro und lief an Carolin vorbei zur Tür. »Auf, Schwesterherz, worauf wartest du? Holen wir deinen Mann zurück!«

Lolas eigenwilliger Fahrstil brachte Carolins Magen noch mehr in Aufruhr, als er ohnehin schon war. Sie bremste den Fiat zu spät ab und nahm Kurven im kleinstmöglichen Winkel, weswegen sich Carolin gut am Haltegriff festhalten musste.

»Ich habe mir schon angewöhnt, vorsichtiger zu fahren«, sagte Lola. »Immerhin trage ich jetzt Verantwortung.«

Carolin warf ihr einen skeptischen Seitenblick zu. Sie wollte sich lieber nicht vorstellen, wie Lola fuhr, wenn sie keine Verantwortung trug. Lieber dachte sie an Till. Sie hoffte so sehr, Till in seinem Restaurant anzutreffen. Sie wollte es zumindest versuchen. Und sie fand, dass sie eine Aussprache verdient hatte.

Sie passierten den Reit-Megastore, und Lola brauste

viel zu schnell in den kleinen Heideort hinein. Erst auf Höhe des Spielplatzes bremste sie heftig ab.

»Du meine Güte. In zwei Jahren werde ich da vielleicht auch sitzen. Ist das nicht verrückt?«

»Ein bisschen schon. Vor allem der Gedanke, dass Tante Caro sich dazusetzen könnte.« Carolin lächelte matt. »Ich freue mich schon darauf.«

»Wohin muss ich eigentlich fahren?«, fragte Lola, woraufhin Carolin ihr den Weg zum Dorfkrug erklärte.

Dort angekommen parkte Lola quer über dem Parkplatz, doch vom Porsche war hier keine Spur. Außerdem sah das Gebäude immer noch genauso verschlossen aus wie Stunden zuvor. Carolin stieß die Autotür auf, sprang hinaus und sah schon von Weitem das Schild an der Tür hängen, welches ihr vorhin gar nicht aufgefallen war. *Aus familiären Gründen geschlossen*. Trotzdem testete sie, ob sich die Tür öffnen ließ, klopfte, als das nicht der Fall war. Alles blieb stumm, doch Carolin gab nicht auf. Sie ging zu dem Holzzaun, der sich rechts an das Haus anschloss, um zu sehen, was sich dahinter befand oder ob sie dort jemanden sehen würde, den sie nach Till fragen könnte. Aber eine Koniferenhecke versperrte ihr die Sicht.

»Hallo?«, rief sie trotz allem, doch sie bekam auch nach mehrmaligem Rufen keine Antwort.

Carolin atmete tief durch. Was jetzt?

Sie zuckte zusammen, als sich eine Hand auf ihre Schulter legte. Kurz hatte sie gehofft, es wäre Till.

»Komm«, sagte Lola. »Ich bringe dich nach Hause. Da überlegen wir, wie wir ihn finden können.«

Es tat weh, dass Till verschwunden war, ohne wenigstens seine Handynummer hinterlassen zu haben. Vermutlich war er längst über alle Berge, immerhin waren gute eineinhalb Stunden vergangen, seitdem er aus ihrem Zimmer gestürmt war. Gott sei Dank hatte Carolin eine Schwester und ihre beste Freundin, die sich um sie kümmerten. Moni und Kati hatten sich gestritten und waren frühzeitig aus Hamburg zurückgekehrt, sodass Moni einen Grund mehr hatte, im Supermarkt von Groß Odorf einen Süßigkeiten-Großeinkauf zu machen. Plus Lakritztatzen. Am frühen Abend saßen Carolin, Moni und Lola auf einer Picknickdecke im Hotelgarten. Vor ihnen türmten sich haufenweise Schokoladenkekse, Kokosplätzchen, Gummibärchen sowie Salzbrezeln. Vor allem Moni schien das Frustessen nach dem Mutter-Tochter-Streit sehr zu brauchen, während Kati sich vor den Fernseher verkrümelt hatte.

Verzweifelt nahm Carolin eine Handvoll Lakritztatzen und stopfte sie sich in den Mund. »Jetzt hilft wohl nur noch platzen.«

»Ich finde, er stellt sich ein bisschen an«, meinte Moni. »Hätte ihn gar nicht so kleinkariert eingeschätzt. Okay, du hast also alles aufgeschrieben, was zwischen euch so passiert ist. Ist doch süß, oder?« Moni schüttelte den Kopf. »Schade. Ihr passt so gut zusammen, was meinst du, Lola? Sag doch auch mal was.«

Lola streckte die Beine aus, lehnte sich zurück und stützte sich dabei mit einer Hand ab, die andere legte sie auf ihren Bauch. »Soll ich jetzt sagen, wie gut er mir gefällt, oder ist es dir lieber, wenn ich ihn schlechtmache, Caro? Da richte ich mich nach dir.«

Carolin zuckte mit den Schultern. Alles, was sie heute noch tun würde, war essen, bis sie Bauchweh bekam, um dann zu schlafen, sodass sie nichts mehr fühlte. Dass Till sie einfach hatte stehen lassen, tat mehr weh, als sie sich eingestehen mochte. Nicht gewollt zu werden schmerzte immer, aber heute war es besonders schlimm. Warum hatte er am Morgen ausgecheckt, ohne ihr etwas zu sagen? Das machte doch keinen Sinn. Es sei denn, er hätte sie sowieso verlassen wollen und hatte ihre Notizen als willkommenen Vorwand genutzt. Aber das mochte sich Carolin nicht vorstellen.

»Bestimmt meldet er sich bald«, versuchte Lola sie in ihrem unerschütterlichen Optimismus aufzumuntern. »Du hast ihm ja auf den Anrufbeantworter gesprochen. Also wird er sich bestimmt melden, sobald er zu Hause ist.«

»Also, ich bin enttäuscht«, verkündete Moni und streichelte Carolins Arm. »Von ihm, meine ich. Benimmt sich wie ein Kleinkind. Ach, meine Süße. Was soll ich nur mit dir machen? Eine neue Frisur hast du ja schon. Vielleicht sollte Kati dich schminken?«

»Du kannst mich gleich ins Bett rollen, wenn ich hiermit fertig bin.« Carolin hatte die Tatzentüte bereits zu zwei Dritteln geleert. Die Lakritze wirkten aber nicht wie sonst aufheiternd, sondern eher stimmungssenkend, was möglicherweise an der Übelkeit lag, die sie verursachten. Sie vermisste Till und konnte nicht fassen, dass es zwischen ihnen vorbei sein sollte.

»Aber«, begann Moni. »Wenn Till sowieso weg ist, kannst du deine Aufzeichnungen doch jetzt verwenden.« Sie zupfte ein paar Grashalme ab. »Meiner Meinung nach könntest du was richtig Schönes daraus zaubern.«

»Auf keinen Fall, das geht gar nicht!«, entgegnete Carolin bestimmt und sah die Freundin an. »Selbst wenn ich alles umschreibe und daraus einen Liebesroman machen würde, könnte ich das moralisch nicht vertreten.« Sie legte die Lakritztüte zurück auf die Decke.

Moni blies die Wangen auf und beeilte sich zu sagen: »Ich weiß halt, dass du gut bist. Und wenn Till wirklich mit dem Gedanken spielt, dem Fernsehen abzuschwören und hier mit einem Restaurant und der richtigen Frau an seiner Seite einen Neustart zu wagen …«

»Moni?«, fragte Carolin scharf und verengte die Augen zu Schlitzen. »Woher weißt du das? Ich habe bisher niemandem davon erzählt.«

Wie jemand, der sich auf die Wange gebissen hatte, verzog Moni das Gesicht. »Ich dachte nur, weil … Das will man doch, wenn man verliebt ist.«

Carolin funkelte ihre Freundin an. »Du bist die schlechteste Lügnerin der Welt. Hast du etwa … du hast doch nicht meine Aufzeichnungen gelesen?«

»Auf keinen Fall! Hab ich nicht! Würde ich nie tun«, rief Moni schnell. Sie blinzelte unablässig, und ein böser Blick von Carolin genügte, dass sie ein genervtes Fauchen von sich gab und einlenkte. »Schon gut, ihr braucht mich gar nicht so anzugucken. Ich hatte vorhin nach dir gesucht, und da habe ich deine Notizen gefunden. Und ja, ich weiß, du hasst das, und es ist eine intime Sache, die Worte eines Autors zu lesen, solange sie noch unbearbeitet sind … blablabla. Aber das liest sich roh schon so schön, dass ich gar nicht mehr aufhören mochte. Man spürt richtig, wie du dich gefühlt hast, als du hier angekommen bist. Wie es mit Till und dir angefangen hat. Ich habe ja gesagt, er ist ein Leckerchen. Die Gefühle sind nur so aus dir herausgetropft, und das ist doch genau das, wonach du gesucht hast, ehe du hergekommen bist, oder nicht?«

Perplex starrte Carolin die Freundin an, und auch Lola hüllte sich in beredtes Schweigen. Lediglich die Spatzen, die um die drei herumhüpften, um Kekskrümel abzustauben, scherten sich nicht um die eigenartige Stimmung, die sich zwischen den Frauen breitmachte. Moni, die liebe, weise Moni. Carolin musste gar nicht lange nachdenken, um einzusehen, wie recht sie hatte. Ursprünglich war sie auf der Suche nach Inspiration hergekommen. Für einen Tapetenwechsel. Um frischen Wind in ihr Manuskript zu bekommen. Lag dieser Entschluss wirklich erst eine Woche zurück?

»Ich finde, du hast in sehr kurzer Zeit wahnsinnig viel für dich erreicht«, fügte Moni hinzu. »Bist richtig aufgeblüht. Bleib jetzt bloß dran. Dann ergibt sich der Rest von ganz allein. Wirst sehen. Mit Lola hast du ja auch schneller als erhofft einen Weg gefunden.«

Carolin ließ die Fahrt von Köln nach Klein Odorf Revue passieren, auf der sie unsicher und verzweifelt gewesen war, vor lauter Angst, das Manuskript nicht beenden zu können. Bis jetzt hatte sie keinen vernünftigen Abschnitt zustande gebracht, und wenn sie ganz ehrlich war, hatte sie ihre Geschichte auch nicht vermisst, was ein schlechtes Zeichen war. Es war viel leichter gewesen, sich in diese Wie-auch-immer-Schreibübung fallen zu lassen, und erst jetzt erkannte Carolin, dass ihre schlimmsten Befürchtungen gar nicht eingetreten waren: Von wegen, sie konnte nicht mehr schreiben! Sie hatte sich bloß dermaßen an ihrem Projekt festgebissen, dass sie ihr Feingespür und die Liebe zum Schreiben verloren hatte. Der Spaß war ihr abhandengekommen. Und den hatte sie, ohne sich dessen bewusst zu sein, wiedergefunden. Doch nicht nur das. Sie hatte sich endlich mit Lola ausgesprochen und eine Basis für eine bessere Beziehung geschaffen. Sie hatte sich unangenehmen Situationen gestellt, denen sie normalerweise aus dem Weg gegangen wäre. Und ganz nebenbei hatte sie ihr Herz für Till geöffnet, womit sie nie gerechnet hätte. Sie hatte schon viel erreicht.

»Weißt du, wovon sie spricht?«, fragte Lola und knabberte an einer Salzstange. »Das mit uns … war da was?«

»Ich wüsste nicht, dass wir je Probleme gehabt hätten«, stimmte Carolin zu.

Moni schnalzte verächtlich und biss herzhaft in einen verschrumpelten Winterapfel aus dem Garten. »Ihr schrecklichen Schwestern«, schimpfte sie, ehe sie hinzufügte: »Komm, Liebste, ich bringe dich ins Bett, und wir ärgern meine Teenagertochter, indem wir stundenlang die Schnulzen von David Hasselhoff hören. Das hat uns doch bei Lars auch geholfen. Alles wird gut.«

Mit einem Seufzer nickte Carolin. Ein klitzekleines bisschen glaubte sie selbst auch daran, dass sie das letzte Puzzleteil zu ihrem Glück noch finden würde. Irgendwo. Vielleicht.

Es war bereits dunkel, als Carolin zum wiederholten Male auf ihr Handy sah. Nichts. Keine Nachricht, kein Anruf. Moni, auf deren Schoß Hannibal es sich bequem gemacht hatte, und sie saßen im Wohnzimmer auf der geblümten Couch, auf deren Armlehnen Häkeldeckchen lagen, und hörten über Monis Handy David Hasselhoff, der für »Is Everybody Happy« nur ein müdes Lächeln von Carolin erntete. Und bei »Lonely Is the Night« wischte sie sich ein paar Tränen weg. Kati hatte die Flucht ergriffen und nahm mehr oder weniger freiwillig an einer Nachtwanderung mit Mareike, Torsten und Ole teil. Alles sei besser, als hier zu sein, hatte sie gesagt.

»Kannst du mich mal anrufen?«, fragte Carolin Moni. »Ich habe das Gefühl, die Verbindung ist hier sehr schlecht.«

Moni musterte sie skeptisch und kraulte Hannibal hinter den Ohren. »Ich habe doch erst vor zehn Minuten den letzten Testanruf getätigt.«

Carolin legte das Handy zurück auf den Couchtisch, auf dem eine noch größere Häkeltischdecke lag. »Irgendwie hat er es geschafft, mir unter die Haut zu gehen«, sagte sie. »Dabei fand ich ihn anfangs nicht mal besonders interessant. Aber Till war einfach da, als ich ihn brauchte, obwohl er das doch gar nicht hätte sein müssen.« Sie schnäuzte sich kräftig. »Und dann dieses Gekoche. Er kann das so gut. Und der Kapuzenpulli. So sexy!«

»Ach, Süße«, seufzte Moni, legte einen Arm um Carolin, zog sie an sich und drückte ihr einen Kuss auf die Wange. Wenn sie schon die Männer nicht halten konnte, waren zumindest Lola und Moni für sie da. Das war auch etwas wert.

»Du darfst mich nie verlassen«, murmelte sie an Monis Schulter.

»Aber nein. Nein! Woher sollte ich denn dann die beste Schokoladenmousse der Welt kriegen? Und wer sollte mir vom neuesten Klatsch und Tratsch der Buchbranche erzählen? Außerdem habe ich keine Lust, mir eine neue beste Freundin zu suchen – bin ganz glücklich mit dir, du Heulsuse.«

»Aber wenn du irgendwann genau deswegen genug von mir hast? Ich mach's wieder gut. Versprochen! Du hast doch selbst so viele Sorgen mit Kati und so. Das ist eigentlich viel wichtiger als alles andere.«

»Warum musstest du dich auch sofort verlieben? Ein bisschen Spaß hätte für den Anfang gereicht.« Moni seufzte. »Aber ich kenne dich ja, du machst keine halben Sachen.« Als Carolin daraufhin zu weinen begann, strich Moni ihr liebevoll über den Kopf. »Also – an der Frisur liegt's jedenfalls nicht.«

»Moniiiihiii!«, rief Carolin.

»Schon gut, ich versuche doch nur, dich aufzuheitern.« Sie schob Carolin von sich, nahm ihr Gesicht in beide Hände und schlug vor: »Wie wäre es, wenn ich dich am Sonntag mit nach Hause nehme? Vielleicht tut es gut, von hier wegzukommen. Heute ist schon Freitag, morgen kannst du dich noch ein bisschen erholen, und dann fahren wir.«

»Zuerst überredest du mich herzureisen, und jetzt soll ich wieder nach Hause«, jammerte Carolin mit tränenerstickter Stimme. Nach einer weiteren Heulattacke fuhr sie fort: »Ich will morgen nach Hause. Keinen Tag später.«

»Okay. Okay! Dann fahren wir morgen. Ich weiß zwar nicht, wie ich das Kati klarmachen soll, die morgen eine Kutschfahrt machen möchte, falls sie überhaupt noch mit mir redet, nachdem ich ihr verboten habe, sich dieses bauchfreie Netzoberteil zu kaufen, aber …«

»Oh Gott, ich denke wieder nur an mich. Ich bin eine egoistische Kuh.«

»Nein. Nein! Mach dir keine Gedanken, sie wird das verstehen. Hoffe ich. Doch, ja! Sie ist, wenn's drauf ankommt, sehr vernünftig. Manchmal. Wir fahren morgen. Versprochen. Schließlich können wir immer wieder herkommen, sobald es dir besser geht. Müssen wir aber nicht. Gott, gibt es in diesem Haus eigentlich irgendwo Alkohol? Das zieht mich alles so dermaßen runter …« Sie drückte Carolin einen Kuss auf die nasse Wange und stand just in dem Moment auf, als Carolins Handy zu klingeln begann, die hektisch aufsprang und sich wie von Sinnen das Gesicht trocken rubbelte.

Das war Till. Sie erkannte es am Klingeln. Er musste es sein!

»Oh Gott«, stöhnte sie und starrte auf das vibrierende Handy, das langsam über den Tisch rutschte. Eine unbekannte Mobilnummer rief an. »Ich kann in dem Zustand unmöglich telefonieren.« Sie beugte sich vor, nahm das Telefon und hielt es Moni hin. »Geh du ran«, forderte sie die Freundin auf. »Schnell, beeil dich! Und sei ganz cool und locker, hörst du?«

»Ich mach ja schon. Hör auf, mich in den Wahnsinn zu treiben!« Kurz darauf sagte Moni: »Ja? – Oh, hallo. – Ja, die ist da. – Ach so, das. Wäre nett, wenn das erst mal unter uns bliebe. – Gut, klar. Moment.« Moni reichte das Smartphone an Carolin weiter. »Für dich.«

Als würde das irgendetwas an ihrer bedauernswerten Verfassung ändern, knetete sich Carolin noch schnell die Haare, straffte die Schultern und räusperte sich möglichst lautlos. Dann sagte sie mit aufgesetzter Fröhlichkeit: »Ja?«

»Caro, du Liebe! Ich bin's, Anette.« Dem *Klick!* in der Leitung nach zu urteilen, zündete sich ihre Lektorin eine Zigarette an. Sie rauchte definitiv zu viel. »Ich muss dir einfach sagen, wie begeistert ich von dem bin, was ich da lese. Wuuunderbar! Darüber sollten wir uns dringend unterhalten.«

Nur schwer konnte Carolin die Enttäuschung darüber verbergen, dass der Anrufer Anette und nicht Till war. »Ich weiß zwar nicht, wovon du sprichst, aber es ist ganz nett hier«, sagte sie matt.

»Sag mal – hast du geweint? Du klingst so. Alles in Ordnung?«

»Ja, sicher«, antwortete Carolin schnell. »Ich habe … ich habe nur nicht mit deinem Anruf gerechnet. Warum arbeitest du überhaupt noch? Und worüber willst du mit mir sprechen?«

»Liebes, nach dem, was ich hier auf den Tisch bekommen habe, musste ich dich sofort anrufen.«

»Wir haben doch schon über das Manuskript gesprochen.«

»Was? Ach so, davon rede ich doch gar nicht. Also, ich meine, ja, auch. Aber vorrangig geht es um diese andere Geschichte. Diesen Heideroman. Der mit dem Koch. Wir sind ganz hingerissen davon. Das bist du, Caro! Das bist du! Wir wollen das unbedingt mit dir machen.«

»Was mit mir machen?« Unsicher, ob Anette etwas anderes rauchte als Nikotin, sah Carolin zu Moni, die gerade mit Hannibal auf dem Arm auf Zehenspitzen aus dem Wohnzimmer schlich.

»Halt!«, zischte Carolin. »Hiergeblieben.«

Moni stoppte, ließ den Kopf hängen und drehte sich zu Carolin um, die fragend die Brauen hob. Moni verzog daraufhin das Gesicht zu einer Grimasse wie ein Einbrecher, der auf frischer Tat ertappt worden war. Wovon redete Anette da? Welchen Heideroman …? Auf einmal war Carolin alles sonnenklar. Moni hatte also tatsächlich … Diese … diese …

»Anette, Augenblick bitte.« Zu Moni sagte Carolin: »Das hast du nicht getan, oder? Sag, dass du das nicht getan hast«, forderte sie nachdrücklich, während sie die Hand über die Sprechmuschel hielt. Moni würde nie ihre geheimsten Unterlagen … Nein. Das wäre … Verrat wäre das ja!

»Ich liebe diese Idee. Du erfasst alles mit so viel Hingabe und Liebe«, hörte sie Anette schwärmen. »Als hättest du das am eigenen Leib erlebt. Ich rieche das Brot sogar, ist das nicht verrückt? Der Wahnsinn.«

Auf den Schreck musste sich Carolin erst einmal aufrichten, um durchzuatmen. Was hatte sie im Leben eigentlich verbrochen, um mit so vielen Super-GAUs bestraft zu werden? Sie konnte gar nicht glauben, was sie da hörte. Wie vom Schlag getroffen, starrte sie Moni an, die hilflos die Schultern hob und sehr schuldbewusst dreinschaute und Hannibal absetzte.

»Sei nicht böse«, flüsterte sie nun und knetete ihre Hände. »Ich hab's doch nur gut gemeint. Als ich die Notizen in der Küche gefunden habe, wusste ich zwar, dass du es nicht gut finden würdest, aber ich habe trotzdem Fotos davon gemacht. Es war ein Leichtes, die Kontaktdaten deiner Lektorin herauszufinden – deine Handtasche mit dem Adressbuch lag auf dem Bett. Es tut mir leid! Aber ich finde die Idee grandios! Und wie du siehst, hat sie nicht nur mich berührt, sondern auch Anette. Das ist etwas Großes, Caro. Nimm es an, ich bitte dich. Dafür nehme ich sogar in Kauf, dass du sauer auf mich bist, bis du mir hoffentlich irgendwann verzeihst. Spätestens, wenn du den Roman deines Lebens geschrieben hast. Und das könnte er sein. Ich bin sicher.«

»Du hast meine privatesten Unterlagen ohne mein

Wissen weitergeschickt, Moni«, zischte Carolin, die nicht glauben konnte, so hintergangen worden zu sein. »Wie konntest du das tun? Was ich da aufgeschrieben habe, war nur für mich bestimmt, für niemanden sonst. Schon gar nicht für die Öffentlichkeit! Das war wie ein Tagebuch, intim, verstehst du? – Anette, entschuldige bitte. Da ist leider etwas schiefgelaufen. Irgendwie hast du aus Versehen meine Schreibübung bekommen. Die hat gar nichts zu bedeuten, und es steht auch nicht zur Diskussion, dass ich dieses Material in irgendeiner Form verwende. Tut mir leid.«

»Oh nein! Das wäre viel zu schade«, versicherte ihr die Lektorin, und Carolin hörte, wie sie Rauch ausblies. »Es liest sich wunderwunderschön. Es wäre eine Schande, wenn du da keinen typischen Carolin-Ahrens-Roman draus machen würdest.«

Damit hatte Anette mitten ins Schwarze getroffen. Vielleicht würde es nie wieder einen »typischen Carolin Ahrens« geben, dachte Carolin auf einmal. Möglicherweise war es Zeit umzudenken oder sich auf ein neues Genre einzulassen. »Ausgeschlossen, tut mir leid«, beharrte sie auf ihrer Meinung. »Das ist nur Geschreibsel. Ohne Sinn und vor allem ohne Ende. Tut mir leid, aber ich schreibe das nicht fertig.« Niemals. Es ging einfach nicht. Es würde wehtun. Und sie würde Till damit recht geben, dass sie ihre gemeinsame Zeit für ihre eigenen Zwecke benutzt hatte. »Nein«, fügte sie bekräftigend hinzu.

»Aber«, setzte Anette enttäuscht an. »Aber was wird dann aus der Schriftstellerin und dem Koch?«

Kapitel 16

November 2019

Die Wintersonne schien auf den verschneiten Garten, in dem ein Schneemann mit einem Fahrradhelm auf dem Kopf, einer Pastinake als Nase, Kronkorken als Augen und einem Mund aus Weinkorken stand. Um ihn herum zerfurchten unzählige Fußspuren den Schnee, die von dem Fachwerkhaus mit dem schwarz glänzenden Ziegeldach weg- und wieder dorthin zurückführten – ein Überbleibsel der feuchtfröhlichen Einweihungsparty vom Vorabend, genau wie die beiden Bierflaschen und der Aschenbecher, die noch auf dem Gartentisch standen. Im Vogelhaus, das zwischen den kahlen Sträuchern stand, pickte eine dicke Amsel Sonnenblumenkerne, und vom angrenzenden Feld hinter der Gartenhecke her hallten Krähenrufe. Carolin Ahrens stand am gekippten Terrassenfenster und fragte sich, wie ihr Garten wohl im Frühjahr und Sommer aussehen würde, während sie ihr Kaninchen Hannibal auf dem Arm hielt und die Ohren des Tieres kraulte. Sein Fell war seidenweich wie immer, aber sonst war fast nichts, wie es vorher gewesen war. Vor knapp drei Monaten war ihr das Häuschen sozusagen zugeflogen, nachdem eine mit ihrer Schwester Lola befreundete Immobilienmaklerin darauf gestoßen war. Sie hatte sich sofort in das Fachwerkhaus verliebt, das bereits über hundert Jahre alt, aber vom ehemaligen Besitzer für viel Geld kernsaniert worden war: Wasser- und Elektroleitungen, Fenster, Türen, Fußböden, Dach, Fassade … ein Rundumschlag eben. Bereits nach ihrer Rückkehr nach Köln Anfang Juni und nachdem sie sich mit Lola ausgesöhnt und neue Pläne für deren Hotel geschmiedet hatte, hatte Carolin damit begonnen, sich nach einem neuen Zuhause für sich und Hannibal umzusehen. Sie wollte einen Neuanfang wagen und Köln den Rücken kehren, das ihr mit einem Mal zu eng und zu lebhaft geworden war. Zuerst hatte sie überlegt, in die Heide zu ziehen, um näher bei ihrer Schwester und dem Baby zu sein, das in wenigen Wochen zur Welt kommen würde, aber letztendlich hatte sie sich doch dazu entschieden, vorerst im Rheinland zu bleiben. Schließlich war es ihr jederzeit möglich, Lola zu besuchen – auch für länger. Und dann hatte ihr Emma Flemming dieses hübsche Stück Land in der Nähe von Pulheim angeboten, was zwar ländlich, aber dennoch nicht weit von Köln entfernt lag. Zwar war es dort nicht ganz so ruhig wie in Klein Odorf, und auch optisch konnte Viersteden nicht mit dem kleinen Heideort mithalten – hier gab es Straßenzüge, in denen die alten, schmalen Häuser wie Perlen an einer Kette hingen, und keine weitläufigen Höfe. Trotzdem hatte sich Carolin bereits nach wenigen Tagen willkommen und heimisch gefühlt. Die Nachbarinnen, überwiegend ältere Damen, die von ihrer Arbeit und auch von

Hannibal ganz angetan waren, hatten sie mit selbst gebackenen Kuchen und eingekochter Marmelade überhäuft und auch gestern Abend ausgiebig mitgefeiert. Gemeinsam mit ihrer besten Freundin Moni, die Carolins Weggang aus der Nachbarschaft nur schwer verkraftete, hatte sie ein Buffet aus Salaten, selbst gebackenem Heidebrot und Dips vorbereitet, und ihre Schwester hatte einen Topf Gulaschsuppe mitgebracht, die allerdings so scharf war, dass jeder außer Lola sie nur aus Höflichkeit und mit sehr viel Bier oder Wein hatte hinunterbekommen können. Aber der Alkohol hatte der Stimmung keinen Abbruch getan, im Gegenteil, auf diese Weise waren Hubert der Schneemann sowie die Idee entstanden, einmal im Jahr eine Nachbarschaftsparty zu veranstalten. Und Carolin würde im Sommer ihren Garten dafür zur Verfügung stellen. Sie genoss es, ihr neues Leben mit vielen lieben Menschen zu teilen. Wer hätte je für möglich gehalten, dass ausgerechnet sie, die sich immer gern zurückgezogen hatte, liebend gern in Gesellschaft war und so schnell Anschluss finden würde?

Kurz nach ihrem Umzug nach Viersteden war Carolin der Einladung einer Nachbarin gefolgt, sich der hiesigen Hausfrauen-Laufgruppe anzuschließen, die sportlicher war, als sie sich anhörte. Somit hatte sie das Lauftraining wieder aufgenommen und schaffte mittlerweile mühelos die komplette Runde um den Decksteiner Weiher, an der sie noch vor einem halben Jahr gescheitert war – wobei sie jetzt viel lieber durch die Wiesen und Felder in ihrer unmittelbaren Umgebung joggte. Der Sport mit den Frauen machte Spaß, außerdem erfuhr sie auf diesem Wege immer den neuesten Klatsch und Tratsch aus dem Dorf.

Ihre Schwester sah Carolin jeden Monat, vor allem so kurz vor der Geburt besuchte sie Lola fast jedes Wochenende. Zwischen ihnen stand nun nichts mehr, und sie hatten sich geschworen, einander nie wieder so zu vernachlässigen. Sie hatten sogar mit der Planung für Carolins Hütte im schwesterlichen Garten begonnen, die eigens dafür gedacht war, um dort zu schreiben und ihre Seminare abzuhalten.

An die Zeit nach ihrer Rückkehr aus Klein Odorf dachte Carolin gerne zurück, selbst wenn die ersten Tage zu Hause einsam und mit Herzweh verbunden gewesen waren. Froh, dass niemand ihr die plötzliche Abreise übel genommen hatte, hatte sich Carolin von Moni nach einem kurzen, aber herzlichen Abschied und diversen Versprechungen, sich bald wiederzusehen, am Tag nach Lolas Rückkehr mit nach Köln nehmen lassen.

Doch mittlerweile mochte sie die Veränderungen, die der Aufenthalt in der Heide für sie gebracht hatte. Ihre Erlebnisse dort hatten sie gelehrt, wieder flexibler und offener zu sein. Die Tatsache, dass sich das Verhältnis zu ihrer Schwester so leicht hatte verbessern lassen, machte sie dankbar und zufrieden.

Vielleicht hatte sie deswegen entschieden, ihr altes und neues Zuhause bunter zu gestalten, Farbakzente zu setzen. Und siehe da: Die Farbe war noch nicht ganz getrocknet, als Carolin sich an die Arbeit machte. Sie sortierte die Notizen aus der Schreibübung und verwandelte sie in ihren ersten Heideroman, nachdem sie und der Verlag entschieden hatten, das ursprüngliche Projekt zu kippen. Der Handlungsablauf stand bereits grob, und auch das Ende spielte Carolin immer wieder im Kopf durch. Aber so, wie es im Roman sein sollte, würde es in Wirklichkeit nicht werden. In der Realität würde sie den Koch nicht bekommen. Die Figuren hatte sie verfremdet, sodass nur diejenigen sich darin erkennen konnten, die leibhaftig Teil der Geschichte gewesen waren.

Auch im wahren Leben spielten diese Menschen für Carolin noch eine Rolle. Doris, die sich einer Ernährungsberatung unterzog, welche sie dabei unterstützte, beim Essen auf ihren Körper zu vertrauen, hatte jeglicher Diät abgeschworen. Außerdem hatte sie Werner dazu überredet, alle zwei Tage mit ihr walken zu gehen. Die beiden hatten das geschenkte Wochenende für nächstes Jahr bereits gebucht und entschieden, nicht mehr so viel zu reisen, sondern viel mehr Zeit zu Hause zu verbringen. Mareike und Torsten hatten sich ein kleines Häuschen nahe Potsdam gekauft, weil Torsten dort arbeitete. Ole war mit dieser Veränderung zuerst gar nicht einverstanden gewesen, aber als er erfahren hatte, dass es ein paar Straßen weiter eine Kletterhalle gab, und Torsten versprochen hatte, einmal die Woche mit ihm hinzugehen, war der Junge einigermaßen besänftigt.

Mit Hannibal auf dem Arm setzte sich Carolin in Papas Lesesessel, der seinen Platz neben dem Kamin im Wohnzimmer gefunden hatte. Von dort aus musste sie lediglich den Arm ausstrecken, um an ihren Büchertisch zu gelangen, einen abgesägten Holzstamm, den sie aus dem Hotelgarten mitgenommen hatte. Für die Bücherwand dahinter brauchte es ein paar Schritte und eine Leiter, um ans oberste Regal heranzureichen. Zwischen die Bücher hatte Carolin Fotos von ihren Lieben gestellt. Am liebsten mochte sie das Bild von Moni und Kati, auf dem sie beide eines von Schnitzels Ferkeln auf dem Arm trugen und um die Wette grinsten – einer der hellen Momente des sonst von Natur aus grimmigen und rebellischen Teenagers. Ihren Eltern, insbesondere der Mutter, machte Kati das Leben nach wie vor schwer, indem sie vorlaut und zickig war. Carolin hingegen hatte das Mädchen erfreulicherweise angeboten, einen Autoren-Instagram-Account für sie zu pflegen, auf dem die Leser in Bildern alles über die Entstehung des Romans und zum Schauplatz erfahren konnten. Neuerdings kochte sie sogar Rezepte nach und setzte sie geschmackvoll in Szene. Offensichtlich war bei ihr doch nicht Hopfen und Malz verloren, wie Moni in regelmäßigen Abständen befürchtete.

Carolin setzte Hannibal auf ihren Schoß und legte die Hände auf den abgenutzten Armstützen des Sessels ab. Pauls Angebot, eine neue Polsterung zu spendieren, hatte Carolin dankend abgelehnt. Ohne die Stellen, auf denen Papas Ellenbogen immer gelegen hatten, und den Pflaumenmusfleck wäre es schließlich nicht mehr Papas Sessel. Nach und nach hatten sich also alle losen Fäden in ihrem Leben wieder miteinander verwoben und zu einem guten Ende geführt. Alle bis auf einen.

Mit einem eleganten Hopser sprang Hannibal von Carolins Schoß, die sich nun im Sessel zurücklehnte und die Augen schloss. Hin und wieder genehmigte sie es sich, bewusst an Till zu denken.

Er hatte drei Tage nach seiner Abreise zurückgerufen. Von New York aus. Bis dahin hatte Carolin nicht mehr versucht, ihn zu erreichen – nachlaufen musste sie ihm schließlich nicht –, sondern hatte sich bemüht, die Affäre zu vergessen – wobei sie genau wusste, dass es viel mehr gewesen war als das. Till hatte etwas in ihr wachgerufen, das sie lange nicht mehr gefühlt hatte. Mut. Kraft. Sie hatten sich ausgesprochen. Er hatte sich dafür entschuldigt, überreagiert und Carolins Anrufe ignoriert zu haben. In einer Kurzschlussreaktion hatte er das Engagement der Fernsehproduktionsfirma angenommen und war sofort aufgebrochen. Den Dorfkrug würde der ehemalige Besitzer so lange verwalten, bis Till zurück in Deutschland sein würde und seinen Umzug geregelt hätte. Carolin hatte Till davon überzeugt, dass ihre Aufzeichnungen bis zu dem Zeitpunkt wirklich nur eine Schreibübung gewesen waren, und ihn um Erlaubnis gebeten, die Geschichte verwenden zu dürfen – anonymisiert natürlich. Till hatte unter der Bedingung zugestimmt, das Manuskript vor der Abgabe an den Verlag lesen zu dürfen.

Es war ein langes Gespräch gewesen, in dem Carolin und Till beschlossen hatten, locker Kontakt zu halten und dass jeder seiner Wege gehen sollte. Es passte derzeit einfach nicht mit ihnen. Carolin war nicht glücklich mit dieser Entscheidung, aber sie akzeptierte sie. Seitdem schrieben sie sich E-Mails. Carolin fand, dass eine Mail am Tag die Grenze zwischen Lockerheit und Belästigung nicht überschritt. Sie versorgte ihn mit den neuesten Entwicklungen ihres Heideromans, und er berichtete von seiner Arbeit, davon, an welchem abenteuerlichen Ort er sich gerade befand (zum Beispiel in der Sahara. Oder auf Tahiti) und was er gekocht hatte. Carolin steckte auf einer Landkarte bunte Stecknadeln in all die Länder, Städte und Regionen, die er bereiste. Ganz locker natürlich. So locker, dass sie Lola und Moni vorsichtshalber nichts davon erzählte. Drei Monate nach ihrer Rückkehr beschränkte sich der Kontakt auf ein paar kurze Sätze alle paar Tage und schlief schließlich ein, nachdem Till um Abstand gebeten hatte.

Alibimäßig hatte sich Carolin irgendwann auf ein Date eingelassen, das Moni mit einem Kollegen ihres Mannes arrangiert hatte. Um die Freundin zu beruhigen, die sich allmählich Sorgen machte. Aber auch, weil es okay war, sich auf dem »Männermarkt« umzusehen. Carolin blickte eben nach vorn. Allerdings ohne besagtes Date, das sich als Börsenguru entpuppte. Und von Bankern aller Art hatte Carolin genug.

»Du bist ja schon angezogen«, sagte Lola, die barfuß und im Schlafanzug, die schulterlangen Haare (Monis Werk) zum Zopf gebunden, hinter ihrem beachtlichen Babybauch zur Wohnzimmertür hereinkam und sich mit einiger Anstrengung in einen Sitzsack vor dem lodernden Kamin sinken ließ. »Du musst mich hier nachher wieder rausholen, ja? Der Urlaub bei dir bekommt mir nicht – ich esse zu viel und bewege mich zu wenig.« Sie grinste. »Wie immer also, aber ich fühle mich pudelwohl. Und du, bist du aufgeregt?«

Carolin, die sich ihrer Fotosammlung ab- und ihrem Gast zugewandt hatte, schüttelte lächelnd den Kopf. »Merkwürdigerweise nicht. Ob das ein schlechtes Zeichen ist?« Sonst war sie bereits Tage vor einer Premierenlesung ein nervliches Wrack.

»Das bedeutet wahrscheinlich nur, dass du noch Restalkohol im Blut hast, der dich beruhigt.« Lola gähnte und reckte die Arme gen Zimmerdecke. »Du meine Güte, so viel wie gestern habe ich noch nie gegessen. Der arme Paul hatte eine unruhige Nacht mit mir. Offensichtlich rede ich im Schlaf, wenn ich vollgefuttert bin.«

Carolin lachte. »Da passt doch kaum noch was rein.«

»Ich habe übrigens leere Bierflaschen in der Dusche und in der Handtuchschublade gefunden«, warf Lola zusammenhanglos ein und gähnte abermals herzhaft.

»Mein Nachbar sagt, das mache man bei einem Umzug so. Und weil er dabei nicht anwesend war, hat er es eben jetzt nachgeholt. Ich habe eine Flasche unter meinem Kopfkissen und in meinen Hausschuhen gefunden.«

»Ich muss übrigens meinen Schwiegereltern noch eine Kleinigkeit mitbringen, als Dankeschön dafür, dass sie auf das Hotel aufpassen, während wir weg sind. Sie waren ganz aufgeregt, weil es jetzt beinahe so ist wie früher«, sinnierte Lola und streckte die Hände nach Hannibal aus, der neugierig an ihrem Fuß schnupperte. »Komm her, du süßes Kerlchen. Caro, gib ihn mir, ich komme nicht bis zu meinen Füßen. Ich setze ihn auf meinen Bauch, da ist viel Platz.«

»Aber versuch nicht noch mal, ihn zu hypnotisieren. Ich finde, seitdem benimmt er sich manchmal sehr seltsam. Neulich ist er gesprungen und in der Luft stehen geblieben.« Carolin kicherte, als sie Lolas beleidigten Gesichtsausdruck sah.

Doch sie fasste sich schnell wieder. »Haha, mach dich nur lustig über mich. Du wirst schon sehen. Wenn wir erst mal jemanden gefunden haben, der uns im Hotel unterstützt, und ich meine Ausbildung abgeschlossen habe – was mir unser superliebes Baby natürlich ermöglichen wird, weil es kaum weint und viel schläft –, werden Tiermeditation und -hypnose richtig gut laufen. Kundschaft haben wir genug – seitdem Paul einen Teil der Praxis übernommen hat, steigt die Anfrage. Genau wie die Buchungen für dein erstes Schreibseminar, auf das ich mich übrigens jetzt schon sehr freue.«

»Das Konzept für meine Seminare steht übrigens«, warf Carolin ein, erhob sich aus dem Sessel, beugte sich zu Hannibal hinunter und streichelte ihm über die Nase. »Komm mal her, mein Süßer. Die dicke Tante schafft es allein nicht, dich zu holen«, sagte sie gespielt spöttisch und setzte Lola das Tier auf den Bauch.

»Haha, sehr witzig«, gab Lola gespielt beleidigt zurück und streckte Carolin die Zunge heraus. »Um aufs Wesentliche zurückzukommen. *Natürlich* hast du schon alles geplant. Du und deine Listen, schrecklich.«

»Ach, komm. Ich bemühe mich, davon loszukommen.«

»Sie war stets bemüht …«, stichelte Lola und lachte. »So, und wann müssen wir nachher zu deiner Lesung aufbrechen?«, schob sie mit Hannibal auf dem Bauch hinterher. Langsam, aber sicher hatte der kleine Kerl genug vom Gekuscheltwerden. Er sprang auf den Fliesenboden und hoppelte eilig unter den Couchtisch, wo er noch ein Stück Möhre fand. »Ich kann es kaum erwarten – die erste Lesung, bei der ich dabei sein werde. Und das ausgerechnet zur Premiere. Meine tragende Nebenrolle nicht zu vergessen! Tragend im wahrsten Sinne des Wortes.« Zärtlich streichelte sie über ihre Kugel.

»Werner und Doris sind heute Morgen angereist und auch schon ganz aufgeregt. Übernachten in Monis beheiztem Gartenhaus.« Carolin sah versonnen in das Kaminfeuer, als sie sich vorstellte, wie Doris sich mit warmem Kakao bei Laune hielt und Werner ihr die Sahne weglöffelte.

»Schon verrückt, dass es den ganzen letzten Winter über nicht geschneit hat – und dieses Jahr liegt schon im November dick Schnee. Die armen Igelchen im Garten, hoffentlich haben sie sich genug Fett für den Winter angefressen«, plapperte Lola zusammenhanglos und knetete ihre Hände, als kämpfte sie mit Worten. »Sag mal … hast du eigentlich gesehen, dass Kai Beck, also dass Till letzte Woche beim Lanz in der Sendung war?«

»Ach, echt? Beim Lanz?«, fragte Carolin betont überrascht und musste auf einmal ganz dringend die Blumenvase mit Rosen auf dem Tisch zurechtrücken. Wie reagierte man möglichst unverfänglich auf ein Thema, das in etwa so viele Fragen aufwarf wie ein Steuererklärungsbogen – nur schlimmer?

»Was ich dich schon lange mal fragen wollte … Du sparst dich doch nicht für ihn auf, oder? Ich meine, es sieht ja nicht so aus, als würde er bald zu dir zurückkehren. Hat jetzt zwei Staffeln von dieser komischen Kochshow rund um die Welt gedreht, und so langsam finde ich, du könntest dich mal wieder mit anderen treffen.«

»Keine Sorge«, sagte Carolin schnell. »Das mache ich.« Allerdings nicht sehr erfolgreich, was ihre Schwester jedoch nicht wissen musste.

»Auch mit Männern?«, hakte diese argwöhnisch nach. Manchmal war es einfach von Nachteil, wenn die andere einen so gut kannte. Lola ahnte womöglich, dass sie noch nicht ganz über Till hinweg war. Aber sie wusste auch nicht, wie sehr sie sich bemühte, ihn komplett zu vergessen. Was nicht einfach war, gerade jetzt, wo die erste Staffel seiner neuen Sendung im Fernsehen gelaufen war. Zufällig war sie darauf gestoßen, nicht etwa, weil sie ihn aus Versehen auf seiner Webseite gestalkt hatte. In den letzten Wochen war sie diesbezüglich konsequent geblieben, aber dann hatte sie ihn im Fernsehen entdeckt. Und es hatte sie umgehauen, ihn unverhofft in bewegten Bildern zu sehen und seine Stimme zu hören. Er trug wieder Brille und

Bart, hatte sich die Haare umfärben und schneiden lassen. Wie schwer es für Carolin war, dass Till sich in Kai Beck zurückverwandelt hatte, obwohl er seine Rolle angeblich nicht mehr mochte, konnte Lola nicht ahnen. Auch nicht, dass Carolin die Ausgabe der Talkshow mit ihm bisher schon sechs Mal in der Mediathek angesehen hatte. Braun gebrannt war er, und seine Augen funkelten entschlossen. Er trug ein T-Shirt und Sportschuhe, nachdem er aus dem Flieger von Honolulu beziehungsweise Los Angeles gleich ins Taxi und ab ins Studio gefahren war. Großes Thema waren natürlich sein neues Engagement und seine Arbeit als Koch. Till wirkte souverän und hatte auf jede Frage eine Antwort auf Lager – mal präzise, mal schwammig. So hatte er auf die Frage zu dem plötzlichen Aus seiner ehemaligen Kochsendung und ob dies in Zusammenhang mit dem Lebensmittelskandal gestanden habe, nur vielsagend gelächelt und nach einem weiteren Glas Mineralwasser gefragt. Seine Stimme klang immer noch genau wie damals – liebe Güte, es war erst wenige Monate her, dass sie zusammen gewesen waren. Auf den Hinweis, dass sich seine Arbeit derzeit wohl kaum mit einer Beziehung vereinbaren ließe, hatte Till schlagfertig zurückgefragt, wie der Moderator denn sein Liebesleben und den Job unter einen Hut bringen würde.

»Mach dir keine Sorgen«, sagte Carolin ausweichend. »Läuft bei mir. Ich schaue nicht zurück.« Nur in den Fernseher. Heute Nacht nach der Lesung würde sie sich die Sendung noch einmal ansehen. Ein allerletztes Mal. Zum Abschied.

»Du weißt aber schon, dass er zurück in Deutschland ist?«, führte Lola ihr Verhör fort und musterte Carolin. Fehlte nur noch das Diktiergerät, das sie wie im Film auf den Tisch legen und einschalten würde.

»Können wir bitte das Thema wechseln?«, sagte Carolin mit Nachdruck.

»Ich wünschte wirklich, dass du ihn für immer vergisst«, meinte Lola und seufzte schwer.

»Schluss damit!«, rief Carolin und machte eine unwirsche Handbewegung. »Und jetzt sieh zu, dass du dich anziehst, Moni wird bald hier sein, um uns die Haare zu machen.«

»Ich mein's ja nur gut. Los, hilf mir auf, mein Körperschwerpunkt ist derzeit ungünstig.« Ächzend ließ sie sich von Carolin aufhelfen. Seitdem sie nicht mehr im Hotel putzen und Gartenarbeit verrichten konnte, ständig von Heißhungerattacken gejagt wurde und der Bauch explosionsartig gewachsen war, fiel ihr jede Bewegung zunehmend schwer. Gott sei Dank hatte sie Paul, der auf sie aufpasste. »Ich finde übrigens, du solltest dir wieder so eine fesche Frisur wie im Frühjahr schneiden lassen«, schob Lola noch hinterher. »Die langen Haare lassen dich so brav wirken. Und dann das Blond …«

»Ich bin ja auch brav«, gab Carolin zurück und musste doch grinsen. »Die Haare spare ich mir auf, falls ich mal wieder eine Totalerneuerung brauche. Außerdem stehen die Männer auf mein Blond.«

»Ach ja? Und warum gibt es keinen, der dich zu deinem großen Abend begleitet?«

»Vielleicht gibt's den ja, und ich habe dir nur nicht von ihm erzählt, weil du mich dann mit Fragen löchern würdest?«

Lola zupfte an einer von Carolins Haarsträhnen. »Pah, das denkst du dir doch gerade aus, alte Geschichtenerzählerin.«

Ja, im Geschichtenerzählen war Carolin wirklich gut. Und sie hatte bis jetzt gehofft, dass sich ihr selbst geschriebenes Happy End irgendwann für sie erfüllen würde – aber Till hatte in seinem Fernsehinterview sehr deutlich gemacht, dass er sich im Moment voll auf seine Karriere konzentrieren wolle und dass für die Liebe kein Platz in seinem Leben sei. »Prima«, sagte Carolin verbittert zu sich selbst. »Ich habe schließlich auch eine Karriere, um die ich mich kümmern muss.«

Carolin erreichte die Buchhandlung Zehnpfennig eine Dreiviertelstunde vor Veranstaltungsbeginn. Während Lola und Paul einen Parkplatz suchten, drückte Carolin die Glastür auf und betrat, begleitet vom Klingeln eines Glöckchens, von der verschneiten Straße das heizungswarme Geschäft, in dem Frau Zehnpfennig die Büchertische beiseitegeschoben und eine Armada von Stühlen Reihe für Reihe aufgestellt hatte. Vor der ersten Stuhlreihe standen ein Stuhl und ein Tisch mit einer Wasserkaraffe, einem Glas und Carolins Romanausgabe, die Moni bereits am Morgen für sie in der Buchhandlung abgegeben hatte und aus der gelbe Markierungszettel ragten. Auf dem Bistrotisch daneben hatte die Buchhändlerin einige Ausgaben des Heideromans drapiert, aus dem Carolin heute Abend lesen würde. An diesem Tisch würde sie nach der Lesung Bücher signieren und sich Zeit für einen Plausch mit ihren Leserinnen nehmen. Alles wirkte sehr eng und kuschelig, und genau deswegen war Carolin der Einladung gefolgt, hier ihre Premierenlesung abzuhalten. Sie schaute immer noch regelmäßig in der Buchhandlung vorbei, kaufte Bücher und holte sich Komplimente ab, die die resolute Buchhändlerin mit garstigen Sätzen tarnte. Aber manchmal blitzte seit einiger Zeit auch etwas Liebenswertes in ihr auf – aus einem ganz besonderen Grund, den Frau Zehnpfennig Carolin heute Abend vorstellen wollte.

Die Buchhändlerin empfing Carolin, indem sie ihr mit ausgestreckter Hand entgegenkam. Das graue Haar trug sie heute offen, und sie strahlte, was ihr sehr gut stand. »Das Fräulein Ahrens, guten Abend. Wir hatten zwar eine volle Stunde vorher verabredet, aber wir wollen mal nicht so sein.«

»Hallo, Frau Zehnpfennig. Der Stadtverkehr, Sie wissen doch, wie das ist. Gott sei Dank bin ich ja trotzdem die Erste.« Carolin lächelte und drückte die ihr angebotene Hand. Dann knöpfte sie ihre avocadofarbene Walkjacke auf und klopfte ein paar Schneeflocken vom knielangen Tweedrock. Seitdem sie wusste, dass in der Buchhändlerin ein weiches Herz schlug, fühlte sich Carolin viel wohler in ihrer Gegenwart. In diesem Moment erblickte sie den Mann, der vor dem Krimiregal stand und den beiden Frauen freundlich zulächelte. Er trug ein Cordsakko, Hemd und Fliege, und er kam Carolin von irgendwoher bekannt vor.

Eilig winkte Frau Zehnpfennig ihn herbei, und als Carolin ihre Marzipanapfelbäckchen sah, erinnerte sie sich an den Tag, an dem sie hier auf Lars getroffen war – und auf den netten Herrn mit der Fliege, der es Frau Zehnpfennig ganz offensichtlich damals schon angetan hatte.

»Das ist Bertram Heise. Mein *Freund*«, stellte die Buchhändlerin ihn vor und betonte das letzte Wort mit unverhohlenem Stolz.

Bertram Heise nickte Carolin lächelnd zu. »Ich freue mich sehr, heute Abend hier sein zu dürfen.« Zu Frau Zehnpfennig sagte er: »Ich schnappe noch ein bisschen frische Luft, meine Liebe. Wenn du mich brauchst – ich gehe nicht weit.« Er holte einen Mantel hinter dem Verkaufstresen hervor, zog ihn über und verabschiedete sich mit einer angedeuteten Verbeugung.

»Frau Zehnpfennig«, sagte Carolin verzückt und legte eine Hand auf ihr Dekolleté. »Ich freue mich ja so für Sie. Wie wunderbar!«

»Jaja, nun werd mal nicht sentimental, junge Dame«, gab Frau Zehnpfennig gewohnt barsch zurück. »Ich habe Pfefferminztee gekocht, steht in der Teeküche. Falls du welchen brauchst, um die Stimme zu ölen und ruhig zu werden.«

»Lieb von Ihnen, ich …«

»Findest du es nicht auch albern, dass ich dich duze und du beharrlich beim Sie bleibst?«, fragte Frau Zehnpfennig.

Kurz wartete Carolin, ob sie noch etwas hinzufügen würde, dann meinte sie: »Sie haben mir das Du ja nie angeboten.«

»Papperlapapp. Du gehst hier seit deiner Kindheit ein und aus und … nun ja. Ich bin beeindruckt, dass du deine schwere Phase überwunden hast, hab ja einiges davon mitbekommen. Obwohl du nicht mehr täglich herkommst, möchte ich dir sagen, dass ich mich für dich freue.«

»Wenn es Sie tröstet, kaufe ich einfach ein paar mehr Bücher, um die fehlenden Käufe auszugleichen«, schlug Carolin mit einem Augenzwinkern vor.

»Darum geht es doch gar nicht«, entgegnete Frau Zehnpfennig und winkte ab. »Anne-Kathrin heiße ich. So, und nun sieh zu, dass du dich vorbereitest, die ersten Gäste werden gleich eintrudeln.«

In diesem Augenblick drückte Paul die Eingangstür auf, das Glöckchen erklang, und Lola schob sich an ihm vorbei. Carolin grinste. Ihre Schwester sah so schön aus, so zufrieden.

»Ist das kalt draußen. Hallo, Frau Zehnpfennig. Wie toll, dass wir uns auch mal wiedersehen. Hat sich ja kaum verändert hier! Paul, sicherst du uns Plätze in der ersten Reihe? Werner, Doris und Moni habe ich auch schon gesehen.«

Paul nickte der Buchhändlerin zu, nahm Lola den Mantel ab, den sie vorne mit drei Sicherheitsnadeln zusammenhielt, und besetzte die erste Stuhlreihe.

Von draußen hörte Carolin bereits Werners unüberhörbare Stimme, und schon sah sie Doris und Moni an der Tür. »Nun lauf doch nicht so schnell, Häschen, ich habe immer noch Muskelkater von gestern«, zeterte Werner, als Moni die Tür aufdrückte.

»Hallo!«, rief ihre Freundin fröhlich und zog ihre Pudelmütze vom Kopf, ohne darauf zu achten, was mit ihrem Dutt geschah. Aber Moni sah auch mit Messy Bun schön aus.

»Da sind wir!«, trällerte Doris und flog mit weit geöffneten Armen auf Carolin zu. »Meine Liebe, wir sind so aufgeregt! Danke für das Exemplar, das du mir zugeschickt hast – wir haben es noch nicht gelesen, weil wir unbedingt den heutigen Abend abwarten wollten.« Sie drückte Carolin, dann Lola und den Bauch, Frau Zehnpfennig gab sie die Hand. »Haben Sie das Buch schon gelesen? Mein Mann und ich nehmen eine der Hauptrollen ein, auch, wenn man es nicht gleich merkt, nachdem Carolin die Geschichte überarbeitet hat. Wir stehen dazu!«

»Wie schön«, sagte Frau Zehnpfennig, und ihr distanzierter Tonfall ließ keinen Zweifel daran, dass ihr Doris' überschwängliche Art zu viel war. »Natürlich habe ich es gelesen.« Was niemand wusste: Anne-Kathrin hatte sich als Testleserin angeboten und Carolin mit vielen hilfreichen Tipps zur Seite gestanden.

»Halli, hallo, hallöchen!«, dröhnte Werner und ließ einen weiteren Gast nach sich eintreten, ehe er die Tür schloss. Eine Leserin.

Carolin musste dringend in den professionellen Autorinnenmodus schalten, der sich vom Privatmodus nur insofern unterschied, dass sie sich auf alle Anwesenden fokussierte statt auf eine einzelne Person. Sie tätschelte Werners Hand und sagte: »Paul hält euch vorne Plätze frei.«

Moni nahm ihr die Jacke ab, damit Carolin sich unter die Gäste mischen konnte, womit ihre Nervosität stetig anstieg. Nicht nur wegen der Lesung an sich, sondern vor allem aufgrund der Tatsache, dass sie zum ersten Mal vor Publikum vorlas, wie sie und Till sich kennengelernt hatten.

Um Punkt acht Uhr setzte sich Carolin an ihr Rednerpult. Moni hob aufmunternd den Daumen, Paul legte den Arm um Lola, die Doris' Hand hielt, während Werner sich die Nase schnäuzte.

Ein Raunen flog durch die Stuhlreihen, woraufhin Carolin aufgeregt lächelte. Einige Gesichter kannte sie, Frauen, die ihr bei jeder Lesung im Umkreis die Treue hielten. Oh Gott, wie würden sie und ihre Freunde wohl reagieren, wenn Carolin von ihren aktuellen schriftstellerischen Neuigkeiten berichten würde, von denen bisher niemand außer Hannibal etwas wusste? Schon länger hatte sie mit dem Gedanken gespielt, nach dem Heideroman eine Schreibpause einzulegen – mindestens ein halbes Jahr lang wollte sie sich keine Gedanken um Figuren, Plots und darüber machen, welche Geschichte ihren Fans gefallen könnte. Sie wollte sich um ihre eigene Geschichte kümmern. Für Lola, Paul und das Baby da sein. Urlaub machen. Sie hoffte, Till zu vergessen, indem sie sich auf andere schöne Dinge konzentrierte. Das hoffte sie wirklich.

»Geht los«, raunte die Buchhändlerin Carolin zu. Ans Publikum gewandt sagte sie: »Guten Abend, liebe Damen und, wie ich sehe, haben sich sogar ein paar Herren zu uns gesellt. Willkommen! Ich begrüße Sie alle recht herzlich zur heutigen Lesung mit Bestsellerautorin Carolin Ahrens. Ich freue mich besonders, dass dies die Premierenlesung zu ihrem aktuellen Heideroman ist. Wie Sie sehen, haben wir eine kleine Videopräsentation vorbereitet, die Sie sich in der Pause gern anschauen können. Hoffentlich haben Sie alle Ihr Gläschen Sekt erhalten?« Sie sah fragend ins Publikum, das brav nickte. »Dann will ich uns auch gar nicht lange auf die Folter spannen – Frau Ahrens möchte gern selbst ein paar einleitende Worte sagen – bitte schön.« Anne-Kathrin trat zur Seite, alle Augen waren auf Carolin gerichtet, deren Herz nun bis zum Hals schlug. Sie knetete die Hände, atmete ein letztes Mal tief durch und begann zu sprechen.

»Ich kann das noch so oft machen – am Ende überfällt mich doch das Lampenfieber.« Sie streckte lächelnd eine zitternde Hand aus, alle lachten. »Hallo, guten Abend. Wow. Ich bin überwältigt, dass so viele gekommen sind, um sich von mir aus meinem neuen Roman vorlesen zu lassen.« Sie nahm das Buch vom Tisch, schlug es auf, um sich zu vergewissern, dass die Seiten alle mit Buchstaben gefüllt waren. Gott sei Dank war ihr Albtraum nicht real geworden. Zunächst stellte sie sich vor, erzählte von ihrer Anreise in die Heide, von der rasanten Taxifahrt, dem versnobten Porschefahrer und Hannibal, der ihr die lange Zeit in der Box nachgetragen hatte. Wieder erntete sie Lachen für diese Anekdote. Dann begann sie zu lesen, verhaspelte sich gleich am Anfang, machte einen Witz darüber, lachte, fuhr fort. Nach etwa fünfzehn Minuten machte sie eine Pause und gab die Geschichte zum Besten, wie Hannibal ausgebüxt war und sie mit Till, der im Roman Markus hieß, im Dreck herumgekrochen war, was für weiteres Gelächter sorgte. Es war aufwühlender als erwartet, wieder im Garten vom lütten Hotel zu stehen, frisch gemähtes Gras zu riechen. Sie war wieder dort, fühlte die Sonne auf ihrer Haut, das aufgeregte Herzpochen, als Till sie zum ersten Mal küsste. Sie freute sich über jedes Auflachen und jeden Hach-Seufzer ihrer Zuhörer, doch beim Lesen der Küchenszene spürte Carolin, wie schwer es ihr fiel, sich damit abzufinden, nie wieder Rührei mit Till kochen zu können.

Die Veranstaltung wurde ein Erfolg, an dem niemand – außer Carolin selbst – gezweifelt hatte. Zweifel waren in ihrem Beruf wichtig, um sich nicht zu überschätzen und auf dem Boden der Tatsachen zu bleiben. Nach der Lesung stellte sich Carolin an den Bistrotisch. Sie gab Autogramme, signierte Bücher, verteilte Postkarten, passend zum Buch natürlich, plauderte mit ihren Gästen, ließ sich fotografieren, lächelte. Insgeheim freute sie sich darauf, nachher mit einer Tasse Kräutertee auf ihrer Couch zu sitzen, allein mit Hannibal, der nicht von ihr erwartete, dass sie mit ihm sprach.

Gerade, als sie den Stift beiseitelegen wollte, weil auch die letzten Gäste gegangen waren, hörte sie eine ihr bekannte Stimme sagen: »Ich hätte auch gern ein signiertes Exemplar. Mit persönlicher Widmung bitte.«

Carolin traute ihren Augen nicht, vor Überraschung ließ sie den Stift fallen. Plötzlich wusste sie nicht mehr, was sie denken sollte, ob sie sich darüber freute, dass Till wie ein Geist plötzlich vor ihr stand, oder ob sie ihn am liebsten fortschicken wollte, weil er sie so lange hatte warten lassen. Zuerst hatte er sich einfach nicht mehr gemeldet und um Abstand gebeten und tauchte dann mir nichts, dir nichts bei ihrer Lesung auf? Mit einem Schlag war alles wieder da. Das Herzklopfen, die Vertrautheit, die Sehnsucht, ihm nah zu sein. Heute Abend sah er bis auf die Frisur aus wie der Till, den sie kennengelernt hatte. Das war doch verrückt! Er trug die Kapuzensweatjacke, die er in der Nacht vor dem Schweinestall getragen hatte. Dazu Jeans und Sneakers. Es war nicht fair von ihm, einfach hier aufzutauchen und sie durcheinanderzubringen.

Er schob ein Buch über den Tisch und sah ihr dabei tief in die Augen, so wie er es im Sommer schon gemacht hatte.

»Tut mir leid, dass ich so lange gebraucht habe«, fuhr Till nun fort und rieb sich den Nacken. »Ich weiß, ich hätte mich melden sollen oder … Ich weiß auch nicht. Eben noch dachte ich, es wäre eine gute Idee, dich hier zu überraschen, aber wenn ich mir dein Gesicht ansehe, fürchte ich, mich geirrt zu haben.«

Carolin wandte den Blick ab und sah, dass Moni, Lola, Paul, Werner, Doris, Anne-Kathrin und ihr Freund sie erwartungsvoll ansahen. Moni hatte die Hände in die Hüften gestemmt.

»Was erwartest du?«, fragte Carolin. »Dass ich dich mit offenen Armen empfange, nachdem du nicht mir, sondern dem Moderator einer Talkshow gesagt hast, dass du keinen Bock auf Beziehungen hast? Von wegen ›Ich brauche ein bisschen Abstand.‹« Sie verschränkte abwehrend die Hände vor der Brust. Überfordert mit der Situation, merkte sie, dass sie wütend auf Till wurde. Sie fühlte sich in die Enge getrieben.

»Offen gestanden hatte ich mich so darauf gefreut, dich zu sehen, dass ich … Es passte alles so gut mit dem Ende meines Engagements, weswegen ich gleich hergefahren bin. Manchmal benötige ich leider etwas mehr Zeit, um zu kapieren, was ich wirklich brauche. Oder vielmehr – wen.« Er schlug das Buch auf. »Nur ein Autogramm. Bitte«, bat er und tippte unter die Titelei. »Dann bin ich weg, wenn du das willst. Versprochen.«

Carolin sah ihn an, atmete durch, schrieb.

»Für Till«, las er laut mit. »Den langsamsten Koch aller Zeiten. Du bist spät dran. C.«

»Oh Mann. Können wir reden? Nachher? Morgen?«

»Ich bin nicht allein«, sagte Carolin und meinte damit Lola und Paul, die noch eine Nacht bei ihr bleiben würden.

»Oh Mann«, wiederholte Till. »Das … freut mich für dich. Er ist … ein Glückspilz.«

Erst jetzt wurde ihr bewusst, dass Till dachte, sie meinte einen anderen Mann. Kurz wägte sie ab, ob sie das Spiel spielen sollte oder nicht. Vielleicht würde es ihr den Abschied erleichtern …

»Oh«, sagte sie dann, und das Herz klopfte ihr bis in den Kopf. Sie hatte keine Lust zu spielen. »Lola und Paul sind bei mir. Ich will dann auch mal Feierabend machen. War ein langer Abend.«

»Klar. Sicher. Sorry«, erwiderte er zerknirscht. Er sah sie mit traurigen Augen an, und Carolin zerriss es fast das Herz. Sie wollte ihn ja! Aber sie fand es auch nicht in Ordnung, dass er sie hier überfiel. Es hätte bestimmt eine Chance für sie beide gegeben, wenn er sich darauf eingelassen hatte. Jetzt war es zu spät. Er trat resigniert zurück.

»Mach's gut, Carolin«, sagte Till. Ein letzter langer Blick.

»Vergiss dein Buch nicht«, erinnerte Carolin ihn und schob das Buch über den Tisch. Als er danach griff, berührten seine Finger ihre.

»Falls du doch noch vorbeikommen willst – ich bin im Best Holiday«, antwortete er. »Zimmer einhundertvier. In diesen großen Anlagen ist man immer nur eine Nummer, wenn die einen nicht gerade kennen. Manchmal ist das ja ganz gut, aber ich muss immer wieder daran denken, wie gut mir das Persönliche in eurem Hotel gefallen hat. Danke übrigens für das Leseexemplar. Nach dem Lektorat ist die Geschichte noch viel besser. Du bist wirklich gut. Aber ich verstehe nicht, was Sophie an diesem Koch findet.«

Sie zuckte die Schultern, woraufhin er niedergeschlagen lächelte. Dann hob er zum Abschied die Hand. »Also dann. Danke für die Widmung.«

»Gern. Pass auf dich auf.«

Ehe er sich abwandte, sagte er noch: »Es war übrigens ein Fehler, mich Hals über Kopf in die TV-Sache zu stürzen. Ein großer Fehler. Ich war gekränkt und bereue, dass ich mich so wenig erwachsen verhalten habe. Tja. Wenn man derart wankelmütig ist, ist's kein Wunder, dass das Privatleben auf der Strecke bleibt.«

»Vielleicht gibt dir das Restaurant die Beständigkeit, die du suchst. Jetzt, da dein guter Ruf wiederhergestellt ist, solltest du dich vor Gästen kaum retten können.«

»Ich möchte Kai Beck da komplett raushalten. Keine Ahnung, was mich geritten hat, noch mal auf der Welle zu surfen. Der Ausflug war ja ganz nett, aber ich habe gemerkt, das ist nichts mehr für mich. Dieser Fernsehkram und der Druck, der damit verbunden ist. Ich möchte sesshaft werden und Sachen machen, die mich nicht stressen.«

»Klingt gut«, sagte Carolin und versuchte sich vergeblich an einem Lächeln. Bis zu seinem Fernsehauftritt hätte sie ihn ohne Wenn und Aber zurückgenommen. Doch jetzt, da er leibhaftig vor ihr stand, merkte sie, wie verletzt sie sich wirklich fühlte.

Er legte seine Hand auf ihre, drückte sie. Schließlich wandte er sich ab, winkte den anderen zum Abschied. Dann verschwand er so schnell, wie er aufgetaucht war. Carolin spürte, dass ihre Wangen brannten, und sie schnappte Lolas und Monis besorgte Blicke auf. Um sich selbst und die beiden zu beruhigen, setzte sie mit aller Mühe ein halbherziges Lächeln auf. Sie war froh, wenn der Abend vorbei war und sie auf ihre Couch fallen konnte.

Vorher verabschiedete sie sich von Werner und Doris, die Till netterweise mit keinem Wort erwähnten, dafür jedoch überschwänglich für den Abend und die Geschichte dankten. In der Zwischenzeit half Paul der

Buchhändlerin und Bertram, die Stühle in den Keller zu bringen, während Lola in der Küche frischen Tee zur Beruhigung kochte.

Moni half Carolin, die restlichen Exemplare zu stapeln.

»Du siehst furchtbar aus. Kommst du zurecht?«, wollte sie wissen.

»Klar«, gab Carolin knapp zurück und nahm einen Stapel, um ihn beiseitezuräumen.

»Lügst du?«

»Ja.«

»Dachte ich mir.« Moni folgte Carolin zum Büchertisch, wo sie die übrigen Exemplare einsortierten. »Und jetzt?«

»Nichts. Er geht seinen Weg, ich meinen. Alles prima.«

»Sicher«, sagte Moni mit ironischem Unterton.

»Doch, ehrlich. Er hätte das nicht tun dürfen. Ich bin durch damit.«

»Ich weiß, dass du noch Gefühle für Till hast«, platzte es aus Moni heraus. »Das sieht man. Und ich kenne dich gut genug. Ich weiß, dass du bis zum Interview beim Lanz auf ihn gewartet hast. Und dass er da alles kaputt gemacht hat. Ich glaube, das mit dem Privatleben hat er nur gesagt, um sich selbst zu schützen. Er musste eine Rolle spielen.«

»Er hatte seine Chance«, gab Carolin zurück.

»Manche Menschen verdienen eine zweite.«

»So? Findest du, er hätte sie verdient, nachdem er mich so lange hat warten und mich durchs Fernsehen hat wissen lassen, dass er keine Lust auf Beziehung hat?«

»Vielleicht redet ihr und schaut, was passiert«, schlug Moni vor.

»Nein«, sagte Carolin bestimmt. »Das funktioniert nicht, Till und ich. Er hat zu lange überlegt. Lola und du, ihr habt recht. Es wird Zeit, ihn abzuhaken.«

»Und das kannst du jetzt natürlich einfach so, nachdem es fünf Monate lang nicht funktioniert hat.« Immer diese Monifragen. Warum musste sie weiter bohren?

»Irgendwann ist es vorbei. So ist es doch immer. Und jetzt werde ich eine Runde gehen. Die frische Luft tut bestimmt gut.«

»Wenn du schon rausgehst, kannst du gleich die S1 zum Best Holiday nehmen. Sind nur drei Stationen.«

»Aber du hast doch selbst gesagt, dass …«

»Ich sage viel, wenn der Tag lang ist. Aber jetzt habe ich es gesehen. Dich und ihn. Es ist kaum zu ertragen, wie ihr euch anschmachtet und immer wieder wehtut. Wenn ich du wäre, würde ich mich beeilen, Caro.«

Unsicher betrachtete Carolin ihre beste Freundin, deren Ratschläge meist hilfreich waren. Ihr Magen zog sich zusammen, und in ihrem Bauch rumorte es, als tobte ein Sturm darin. Ihr war ganz flau und wackelig zumute. Sollte sie wirklich … Sie sah auf das Buch, das sie in den Händen hielt. Berührte die erhabene Schrift. Eine Gänsehaut überzog plötzlich ihren Nacken, als sie an das Ende dachte. Sie drückte das Buch an sich. Verdammt. Hatte sie gerade wirklich ihr Happy End kaputt gemacht?

Ein Ruck ging durch Carolins Körper. Sie legte das Buch auf den Tisch, rannte in die Teeküche, wo ihre Jacke über einer Stuhllehne lag, schnappte sie sich, kehrte sofort um.

»Fahrt schon mal nach Hause, ich komme mit dem Taxi nach!«, rief sie der verdutzten Lola zu, die gerade heißes Wasser aus dem Wasserkocher in Tassen goss.

»Viel Glück!«, schickte Moni ihr noch hinterher, als Carolin die Eingangstür aufriss und in die dunkle Kälte hinaustrat. Im Laufen zog sie den Mantel über, hoffte, nicht auszurutschen. Und dass es ihr nicht so ergehen würde wie vor fünf Monaten. Dieses Mal wollte sie Till finden.

Es war rutschig und windig. Nur mit Glück erreichte Carolin die S-Bahn-Station, ohne sich Arme, Beine oder das Genick zu brechen. So schnell es die Witterungsbedingungen zuließen, rannte sie die Treppen zum Bahnsteig hinauf. Sie hörte eine Bahn einfahren. *Schneller, Caro!*, feuerte sie sich an. Aber sie war schon zu weit gelaufen und musste einer Frau ausweichen, die mit Mühe einen Kinderwagen die Stufen hinunterbugsierte. Einen Wimpernschlag lang überlegte Carolin, ihr zu helfen, so, wie sie es sonst tat, doch dann dachte sie an Till und daran, dass oben möglicherweise die Bahn stand, die sie zu ihm fahren würde. Die Warntöne der schließenden Zugtüren piepten. Oh nein! Mit letzter Kraft beschleunigte Carolin, nahm zwei Stufen auf einmal, und als sie oben ankam, schlossen sich die Türen bereits. Das war ihr Zug!

»Stopp!«, schrie Carolin und erwartete, dass ihr die Bahn wie im Film vor der Nase wegfahren würde. Doch eine junge Frau im hinteren Wagen erkannte ihre Not und drückte im letzten Moment den Türknopf. Ein Glück, Carolin konnte hineinspringen. Schnaufend hielt sie sich an einem Haltegriff fest, presste ein »Danke!« hervor und verlor fast das Gleichgewicht, als die S-Bahn mit einem Ruck losfuhr.

Die Blondine, die eine unscheinbare dunkelblaue Jacke trug und mit einem untersetzten Mann zusammen reiste, nickte, ohne zu lächeln. »Fahrkarten bitte«, sagte sie tonlos, und der Mann begann damit, die übrigen Fahrgäste zu kontrollieren.

»Fahr… was?« So eine Unverschämtheit. Sie hatte Carolin ohne schlechtes Gewissen in die Falle tappen lassen. Wahrscheinlich war das die Strafe dafür, dass sie der Frau mit dem Kinderwagen nicht geholfen hatte. »Ich habe keine Fahrkarte«, gab Carolin zu. »Ich steige auch gleich wieder aus, ich muss nur …«

Mit einem süffisanten Lächeln zog die Blondine einen Block aus der Jackentasche. »Die Personalien bitte.«

Der Zug fuhr in die erste Haltestelle ein. Nur noch zwei Stopps, und Carolin müsste aussteigen. Sie sah der Frau geradewegs in die unnachgiebigen Augen und wusste, dass eine Diskussion zwecklos war. Und recht hatte die Frau schließlich auch. Schwarzfahren war falsch. Abfahrt.

»Name und Adresse?«

»Carolin Ahrens. Mit C und H.«

»Carolin mit H?«

»Ahrens!«

»Sagten Sie bereits. Ich bin ja nicht blöd.«

Das würde Carolin so nicht unterschreiben. »Ahrens mit H«, sagte sie genervt.

»Was?«, eine ältere Dame, die in einer der ersten Sitzbänke saß und eine Pelzmütze trug, wandte sich um. »Sie sind aber nicht die Carolin Ahrens, die die Liebesromane schreibt, oder?«

Carolin seufzte. »Doch, die bin ich.«

»Ich werd verrückt«, rief die Frau und strahlte Carolin aus dunkelblau geschminkten Augen an. »Ich habe alle Ihre Bücher gelesen und bin ein Riesenfan! Ob ich ein Autogramm bekommen könnte?«

»Entschuldigung, wir sind hier mit einer offiziellen Datenaufnahme beschäftigt«, fuhr die Fahrkartenkontrolleurin sie an.

Nächster Halt.

Carolin konnte kaum noch klar denken. Die Luft in der S-Bahn war stickig, woran auch das kurze Öffnen der Türen nichts änderte. Panik machte sich in ihr breit. Sie musste an der nächsten Haltestelle raus, koste es, was es wolle.

»Also schon«, sagte Carolin. »Nehmen Sie meine Daten, und Sie bekommen Ihr Autogramm. Aber bitte schnell, ich muss gleich aussteigen.«

»Na hören Sie mal, drängen lasse ich mich von Ihnen nicht.«

»Da ist mein Einkaufszettel!«, rief die Pelzmützenfrau und zog ein zerknittertes Papier aus der Schlangenlederhandtasche. Tierhaut oder Fell zu tragen ging gar nicht, fand Carolin.

Abfahrt.

»Am Weidenweg achtzehn«, sagte Carolin schnell. »In Viersteden. Postleitzahl …«

»Moment, Moment«, maßregelte die Kontrolleurin sie. »Weidenweg mit E oder A?«

»Was? Mit E natürlich!«, entgegnete Carolin ungeduldig. Sie hielt es kaum noch aus, die Frau nicht anzuschreien. Die Unruhe in ihr steigerte sich mehr und mehr. Ihr ganzer Körper kribbelte, die Knie wurden weich. Gleich würden sie den nächsten Halt anfahren. Und sie würde kostbare Zeit verlieren, bis ihre Personalien irgendwann aufgenommen sein würden. Da kam ihr eine Idee. »Wie wäre es, wenn wir an der nächsten Haltestelle aussteigen und ganz in Ruhe …«

»Aussteigen? Ich arbeite hier. Und steige ganz bestimmt nicht auf Wunsch einer einzelnen Dame aus.«

»Aber sie ist berühmt!«, wandte die Frau in der Sitzbank ein und wedelte mit ihrem Einkaufszettel.

Die Bahn wurde bereits langsamer. *Okay, Carolin. Nachdenken. Schnell!* Mit der Kontrolleurin aussteigen fiel aus. Die einzige Möglichkeit war, wenn sie trotzdem …

Bremsen.

»Mir egal, ob sie berühmt ist oder nicht. Vorschriften sind Vorschriften.«

»Haben Sie denn gar kein Herz, gute Frau?«

Der Wagen hielt.

Schnell schätzte Carolin ihre Fluchtchancen ein, legte die hohen Absätze und die Straßenverhältnisse zugrunde und kam zum Ergebnis, dass Weglaufen sinnlos war.

Luftzug. Offene Türen. Kälte. Eine Frau stieg aus.

»Jetzt hören Sie schon auf, mich von der Arbeit abzuhalten. So, Frau … äh …«

Piepen. Carolin starrte auf das Blinklicht an der Tür. Ihre Finger lösten sich vom Haltegriff. Tunnelblick. Zum Teufel mit den Vorschriften! Carolin rannte los.

»He, Sie! Halt!«, schrie die Kontrolleurin ihr perplex hinterher.

Gerade rechtzeitig sprang Carolin durch den Türspalt hindurch nach draußen und sprintete los, ohne sich noch einmal umzudrehen. Bloß weg hier! Der Zug fuhr los. Zeitgleich erreichte Carolin die Treppe nach unten. Sie hörte nur ihre eigenen Absätze, bekam nicht mit, ob ihr jemand folgte. Beinahe verlor sie den Halt auf den Stufen, und als sie unten angekommen war, wagte sie einen flüchtigen Blick zurück. Niemand da. Sie war allein. Sie und ihre brennende Lunge. Was war bloß in sie gefahren? War sie jetzt komplett verrückt geworden? Das würde bestimmt ein Nachspiel haben. Aber das war ihr egal.

Sie wartete ein paar Minuten, bis sie sich einigermaßen gefangen hatte. Dann holte sie das Handy aus der Tasche und startete die Navigation zum Best Holiday. Hoffentlich war die ganze Aktion nicht umsonst gewesen und Till auf seinem Zimmer. Andernfalls würde sie davor campieren, selbst wenn sie die ganze Nacht dort verbringen musste.

Es war ganz still am Ende des Hotelflurs, in dem es nach Zitronengras roch. Aus Zimmer einhundertvier drang gedämpfte Jazzmusik, als Carolin ihr Ohr an die Tür legte. Till war da! Sofort klopfte ihr Herz schneller, ein anderes Herzklopfen als bei ihrem Lauf vorhin. Gutes Herzklopfen, wenn man es so nennen wollte. Positive Anspannung. Sie hätte sich die Rennerei und die Nervosität sparen können, wenn sie vorhin gleich auf ihr Herz gehört hätte.

Carolin atmete tief durch, schloss die Augen, riss sie wieder auf. Wie sah sie überhaupt aus? Erschrocken befühlte sie ihr klammes Haar und die glühenden Wangen. Vermutlich ähnelte sie gerade einer Vogelscheuche. Egal! Schluss mit den überflüssigen Gedanken. Sie würde jetzt einfach klopfen. Carolin starrte die Tür an. Hob die Hand. Herzrasen. Sie klopfte. Schritte näherten sich. Till. Überrascht öffnete er den Mund, ohne etwas zu sagen. Er hatte das T-Shirt aus der Hose gezogen und war barfuß.

»Hi«, sagte Carolin mit vor Anspannung bebender Stimme. Warum hatte sie keine Rede vorbereitet? Sie befeuchtete sich die Lippen mit der Zunge. Sie hatte ihm sehr viel zu sagen. Als er sie verblüfft musterte, fügte sie hinzu: »Ziemlich verrückte Fahrt hierher. Ich bin vor einer Fahrkartenkontrolle geflüchtet und … Manchmal brauche ich genauso lange wie du, bis ich über meinen Schatten springen kann. Aber jetzt, jetzt habe ich es doch getan und hoffe, du gibst uns noch eine Chance. Deswegen warst du doch vorhin bei meiner Lesung, oder? Ich habe mich extra beeilt. Also frage ich dich: Willst du mein Happy End sein?«

Er sah Carolin immer noch schweigend an, und sie fürchtete fast, er würde sie fortschicken, als er einen Schritt nach vorne machte, ihr Gesicht in beide Hände nahm und sie küsste. Carolin konnte gar nicht glauben, dass das gerade wirklich passierte. Sie schlang die Arme um ihn und ließ sich von ihm ins Zimmer ziehen. Und als sie ihren Kuss unterbrachen, um sich tief in die Augen zu sehen, sagte Carolin mit einem schelmischen Grinsen auf den Lippen:

»Du schuldest mir übrigens noch ein Essen.«

In der Heide gibt's was fürs Herz

Lola Maackmann hat das Hotel ihres Vaters übernommen und bietet dort nicht nur wundervolle Urlaubsidylle, sondern auch kulinarische Höhepunkte und kleine Abenteuer, die jedes Herz höher schlagen lassen.

Familiär geht es im lütten Hotel in Klein Odorf, Lüneburger Heide, zu. Für Inhaberin Lola Maackmann und ihren Mann eine Herzensangelegenheit. »Wir möchten, dass unsere Gäste sich wie zu Hause fühlen.« Und das gelingt ihnen.

Wer die Anonymität eines großen Hotels sucht, ist bei Familie Maackmann falsch. Hier schenkt die Inhaberin jedem Gast ein freundliches Guten Morgen und serviert persönlich das reichhaltige, köstliche Frühstück, das aus Produkten der Region und nach regionalen Rezepten zubereitet wird. Frisches Heidebrot mit selbst gemachter Butter und Marmelade, Wurst aus der Dorfschlachterei und Eier von glücklichen Hühnern – was will das Urlauberherz mehr?

Aber das ist nicht alles, was dieses hübsche Hotel inmitten der malerischen Heidelandschaft zu bieten hat. Sechs liebevoll eingerichtete Zimmer, ein zauberhafter Bauerngarten, der zum Entspannen und Erholen einlädt, Wälder und Felder sowie der Anschluss an das Naturschutzgebiet lassen den Alltag schnell vergessen. Sorgen haben hier keinen Platz!

Ab Frühjahr 2020 bietet das Hotel interessierten

Gästen ein besonderes Highlight: Schreibbegeisterte dürfen an Seminaren für angehende Autoren teilnehmen, geleitet von Bestsellerautorin Carolin Ahrens.

Kommen Sie in die Lüneburger Heide und genießen Sie wahre Wohlfühlatmosphäre. Dat lütte Hotel ist der perfekte Ort zum Heimkehren und Glücklichsein.

Doris Müller

Dank

Liebe Leserin, lieber Leser, liebe Familie und Freunde, das Motto dieses Buches, den ersten Schritt zu wagen, begleitet mich tagtäglich – dich bestimmt auch. Selten presche ich spontan los, meistens benötige ich ein Weilchen, bis ich mir einen Plan zurechtgelegt habe und mich zum ersten Schritt überwinde – diese Eigenschaft haben Carolin und ich wohl gemeinsam.

Möglicherweise wurde Heidesommerträume deswegen eine Ansammlung von ersten Schritten: Carolin traut sich, auf ihre Schwester zuzugehen – Lola lässt los. Till sucht nach sich selbst und nach Wegen, die Vergangenheit hinter sich zu lassen – Hannibal macht sowieso, was er will.

Ich habe den Roman nach dem ersten Drittel abgebrochen und von vorn begonnen, nur, um ihn zum Schluss ein weiteres Mal komplett und dann wieder halb umzuwerfen. Lauter erste Schritte also, aber jetzt hältst du, liebe Leserin, lieber Leser, dieses Buch in den Händen, und ich bin froh, all diese Schritte gegangen zu sein.

Natürlich hätte ich das ohne die vielen lieben Menschen um mich herum nicht geschafft. Ohne meine Familie und meine Freunde, die mich bestärken und auch mal tagelang auf mich verzichten, weil ich mich hinter meinem Schreibtisch verschanze. So gut, dass es euch gibt!

Ohne meine Agentin Elisabeth Botros, die mir mit Rat und Tat zur Seite steht und dafür sorgt, dass ich auch mit dem nächsten Buch ein wunderbares Zuhause im Blanvalet Verlag gefunden habe.

Ohne meine aufmerksame Lektorin Diana Neiczer, die mir dabei geholfen hat, den Plot abzurunden und den Figuren noch mehr Leben einzuhauchen.

Ohne die warmherzige Angela Kuepper, die den Text mit ihrem Gefühl für Sprache und dem Blick auf die kleinen, feinen Nuancen bereichert hat.

Ohne meine wertvollen Testleserinnen Claudia, Marion und Sigrid, die nie mit liebevoller Kritik und tollen Verbesserungsvorschlägen sparen.

Ohne meinen wunderbaren Verlag, der dafür sorgt, dass dieses Buch in die Welt gelangt.

Ohne meine fleißige Bloggergruppe, die mir Buch um Buch die Treue hält.

Vergessen darf ich an dieser Stelle auf keinen Fall Melinda Winther und Anya Peter, mit deren Hilfe Werner und Doris zu Werner und Doris wurden. Und auch nicht meine Schwiegermutter, von der ich das Grundrezept für die Marmelade bekommen habe.

Danke euch allen!

Zu guter Letzt möchte ich meinen Dank natürlich auch an dich, liebe Leserin und lieber Leser, richten. Danke, dass du meine Bücher liest, mich auf meinen Social-Media-Kanälen begleitest. Danke für deine

Rezensionen, Kommentare und Nachrichten – jede einzelne bedeutet mir unendlich viel!

Von Herzen
Silvia Konnerth